LA FORTUNE
DES ROUGON

OUVRAGES DU MÊME AUTEUR

DANS LA BIBLIOTHÈQUE CHARPENTIER

à 3 fr. 50 le volume

LES ROUGON-MACQUART

Histoire naturelle et sociale d'une famille sous le second Empire.

LA FORTUNE DES ROUGON. 11e édition......................... 1 vol.

UNE PAGE D'AMOUR. 28e édition............................... 1 vol.

LE VENTRE DE PARIS. 11e éditton....................... ...... 1 vol.

LA CURÉE. 13e édition...................................... 1 vol.

LA CONQUÊTE DE PLASSANS. 9e édition......................... 1 vol.

LA FAUTE DE L'ABBÉ MOURET. 11e édition...................... 1 vol.

SON EXCELLENCE EUGÈNE ROUGON. 11e édition................... 1 vol.

L'ASSOMMOIR. 55e édition................................... 1 vol.

CONTES A NINON. Nouvelle édition................. 1 vol.

NOUVEAUX CONTES A NINON.............. 1 vol.

THÉATRE........i................................. 1 vol.

6761-78 — CORBEIL. TYP. ET STÉ. DE CRÉTÉ.

LES ROUGON-MACQUART

HISTOIRE NATURELLE ET SOCIALE D'UNE FAMILLE SOUS LE SECOND EMPIRE

LA FORTUNE
DES ROUGON

PAR

ÉMILE ZOLA

ONZIÈME ÉDITION

PARIS

G. CHARPENTIER, ÉDITEUR

13, RUE DE GRENELLE-SAINT-GERMAIN, 13

1879

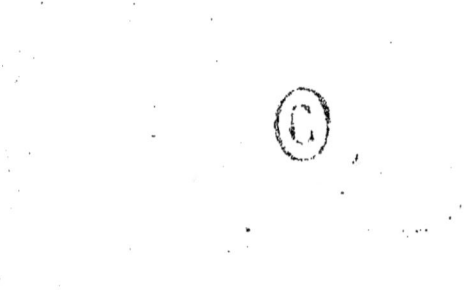

PRÉFACE

Je veux expliquer comment une famille, un petit groupe d'êtres, se comporte dans une société, en s'épanouissant pour donner naissance à dix, à vingt individus, qui paraissent, au premier coup d'œil, profondément dissemblables, mais que l'analyse montre intimement liés les uns aux autres. L'hérédité a ses lois, comme la pesanteur.

Je tâcherai de trouver et de suivre, en résolvant la double question des tempéraments et des milieux, le fil qui conduit mathématiquement d'un homme à un autre homme. Et quand je tiendrai tous les fils, quand j'aurai entre les mains tout un groupe social, je ferai voir ce groupe à l'œuvre, comme acteur d'une époque historique, je le créerai agissant dans la complexité de ses efforts, j'analyserai à la fois la somme de volonté de chacun de ses membres et la poussée générale de l'ensemble.

Les Rougon-Macquart, le groupe, la famille que je me propose d'étudier, a pour caractéristique le débordement des appétits, le large soulèvement de notre âge, qui se rue aux jouissances. Physiologiquement, ils sont la lente succession des accidents nerveux et sanguins qui se déclarent dans une race, à la suite d'une première lésion organique, et qui dé-

1

terminent, selon les milieux, chez chacun des individus de
cette race, les sentiments, les désirs, les passions, toutes les
manifestations humaines, naturelles et instinctives, dont les
produits prennent les noms convenus de vertus et de vices.
Historiquement, ils partent du peuple, ils s'irradient dans
toute la société contemporaine, ils montent à toutes les situations, par cette impulsion essentiellement moderne que
reçoivent les basses classes en marche à travers le corps social, et ils racontent ainsi le second empire, à l'aide de leurs
drames individuels, du guet-apens du coup d'État à la trahison de Sedan.

Depuis trois années, je rassemblais les documents de ce
grand ouvrage, et le présent volume était même écrit, lorsque la chute des Bonaparte, dont j'avais besoin comme artiste,
et que toujours je trouvais fatalement au bout du drame, sans
oser l'espérer si prochaine, est venue me donner le dénoûment terrible et nécessaire de mon œuvre. Celle-ci est, dès
aujourd'hui, complète; elle s'agite dans un cercle fini; elle
devient le tableau d'un règne mort, d'une étrange époque
de folie et de honte.

Cette œuvre, qui formera plusieurs épisodes, est donc,
dans ma pensée, l'Histoire naturelle et sociale d'une famille
sous le second empire. Et le premier épisode: *la Fortune
des Rougon*, doit s'appeler de son titre scientifique: *les
Origines*.

ÉMILE ZOLA.

Paris, le 1er juillet 1871.

LA FORTUNE
DES ROUGON

I

Lorsqu'on sort de Plassans par la porte de Rome, située au sud de la ville, on trouve, à droite de la route de Nice, après avoir dépassé les premières maisons du faubourg, un terrain vague désigné dans le pays sous le nom d'aire Saint-Mittre.

L'aire Saint-Mittre est un carré long, d'une certaine étendue, qui s'allonge au ras du trottoir de la route, dont une simple bande d'herbe usée la sépare. D'un côté, à droite, une ruelle, qui va se terminer en cul-de-sac, la borde d'une rangée de masures ; à gauche et au fond, elle est close par deux pans de muraille rongés de mousse, au-dessus desquels on aperçoit les branches hautes des mûriers du Jas-Meiffren, grande propriété qui a son entrée plus bas dans le faubourg. Ainsi fermée de trois côtés, l'aire est comme une place qui ne conduit nulle part et que les promeneurs seuls traversent.

Anciennement, il y avait là un cimetière placé sous la protection de Saint-Mittre, un saint provençal fort honoré

dans la contrée. Les vieux de Plassans, en 1851, se souvenaient encore d'avoir vu debout les murs de ce cimetière, qui
était resté fermé pendant des années. La terre, que l'on gor-
geait de cadavres depuis plus d'un siècle, suait la mort, et
l'on avait dû ouvrir un nouveau champ de sépultures, à
l'autre bout de la ville. Abandonné, l'ancien cimetière s'était
épuré à chaque printemps, en se couvrant d'une végétation
noire et drue. Ce sol gras, dans lequel les fossoyeurs ne pouvaient plus donner un coup de bêche sans arracher quelque
lambeau humain, eut une fertilité formidable. De la route,
après les pluies de mai et les soleils de juin, on apercevait les
pointes des herbes qui débordaient les murs ; en dedans,
c'était une mer d'un vert sombre, profonde, piquée de fleurs
larges, d'un éclat singulier. On sentait en dessous, dans
l'ombre des tiges pressées, le terreau humide qui bouillait
et suintait la sève.

Une des curiosités de ce champ était alors des poiriers aux
bras tordus, aux nœuds monstrueux, dont pas une ména-
gère de Plassans n'aurait voulu cueillir les fruits énormes.
Dans la ville, on parlait de ces fruits avec des grimaces de
dégoût ; mais les gamins du faubourg n'avaient pas de ces
délicatesses, et ils escaladaient la muraille, par bandes, le soir,
au crépuscule, pour aller voler les poires, avant même qu'elles
fussent mûres.

La vie ardente des herbes et des arbres eut bientôt dévoré
toute la mort de l'ancien cimetière Saint-Mittre ; la pourri-
ture humaine fut mangée avidement par les fleurs et les
fruits, et il arriva qu'on ne sentit plus, en passant le long de
ce cloaque, que les senteurs pénétrantes des giroflées sauvages. Ce fut l'affaire de quelques étés.

Vers ce temps, la ville songea à tirer parti de ce bien
communal, qui dormait inutile. On abattit les murs longeant
la route et l'impasse, on arracha les herbes et les poiriers.
Puis on déménagea le cimetière. Le sol fut fouillé à plusieurs

mètres, et l'on amoncela, dans un coin, les ossements que la terre voulut bien rendre. Pendant près d'un mois, les gamins, qui pleuraient les poiriers, jouèrent aux boules avec des crânes; de mauvais plaisants pendirent, une nuit, des fémurs et des tibias à tous les cordons de sonnette de la ville. Ce scandale, dont Plassans garde encore le souvenir, ne cessa que le jour où l'on se décida à aller jeter le tas d'os au fond d'un trou creusé dans le nouveau cimetière. Mais, en province, les travaux se font avec une sage lenteur, et les habitants, durant une grande semaine, virent, de loin en loin, un seul tombereau transportant des débris humains, comme il aurait transporté des plâtras. Le pis était que ce tombereau devait traverser Plassans dans toute sa longueur, et que le mauvais pavé des rues lui faisait semer, à chaque cahot, des fragments d'os et des poignées de terre grasse. Pas la moindre cérémonie religieuse; un charroi lent et brutal. Jamais ville ne fut plus écœurée.

Pendant plusieurs années, le terrain de l'ancien cimetière Saint-Mittre resta un objet d'épouvante. Ouvert à tous venants, sur le bord d'une grande route, il demeura désert, en proie de nouveau aux herbes folles. La ville qui comptait sans doute le vendre, et y voir bâtir des maisons, ne dut pas trouver d'acquéreur; peut-être le souvenir du tas d'os et de ce tombereau allant et venant par les rues, seul, avec le lourd entêtement d'un cauchemar, fit-il reculer les gens; peut-être faut-il plutôt expliquer le fait par les paresses de la province, par cette répugnance qu'elle éprouve à détruire et à reconstruire. La vérité est que la ville garda le terrain, et qu'elle finit même par oublier son désir de le vendre. Elle ne l'entoura seulement pas d'une palissade; entra qui voulut. Et, peu à peu, les années aidant, on s'habitua à ce coin vide; on s'assit sur l'herbe des bords, on traversa le champ, on le peupla. Quand les pieds des promeneurs eurent usé le tapis d'herbe, et que la terre battue fut devenue grise et dure, l'ancien cimetière eut quelque ressemblance avec une place publique mal nivelée. Pour mieux effacer tout souvenir répugnant, les habitants furent, à leur insu, conduits lentement à changer l'appellation du terrain ; on se contenta de garder le nom du saint, dont on baptisa également le cul-de-sac qui se creuse dans un coin du champ ; il y eut l'aire Saint-Mittre et l'impasse Saint-Mittre.

Ces faits datent de loin. Depuis plus de trente ans, l'aire Saint-Mittre a une physionomie particulière. La ville, bien trop insouciante et endormie pour en tirer un bon parti, l'a louée, moyennant une faible somme, à des charrons du faubourg, qui en ont fait un chantier de bois. Elle est encore aujourd'hui encombrée de poutres énormes, de 10 à 15 mètres de longueur, gisant çà et là, par tas, pareilles à des faisceaux de hautes colonnes renversées sur le sol. Ces tas de poutres, ces sortes de mâts posés parallèlement, et qui vont d'un bout du champ à l'autre, sont une continuelle joie pour les gamins. Des pièces de bois ayant glissé, le terrain se trouve, en certains endroits, complétement recouvert par une espèce de parquet, aux feuilles arrondies, sur lequel on n'arrive à marcher qu'avec des miracles d'équilibre. Tout le jour, des bandes d'enfants se livrent à cet exercice. On les voit sautant les gros madriers, suivant à la file les arêtes étroites, se traînant à califourchon, jeux variés qui se terminent généralement par des bousculades et des larmes ; ou bien ils s'assoient une douzaine, serrés les uns contre les autres, sur le bout mince d'une poutre élevée de quelques pieds au-dessus du sol, et ils se balancent pendant des heures. L'aire Saint-Mittre est ainsi devenue le lieu de récréation où tous les fonds de culotte des galopins du faubourg viennent s'user depuis plus d'un quart de siècle.

Ce qui a achevé de donner à ce coin perdu un caractère étrange, c'est l'élection de domicile que, par un usage traditionnel, y font les bohémiens de passage. Dès qu'une

de ces maisons roulantes, qui contiennent une tribu entière,
arrive à Plassans, elle va se remiser au fond de l'aire Saint-
Mittre. Aussi la place n'est-elle jamais vide ; il y a toujours
là quelque bande aux allures singulières, quelque troupe
d'hommes fauves et de femmes horriblement séchées,
parmi lesquels on voit se rouler à terre des groupes de beaux
enfants. Ce monde vit sans honte, en plein air, devant tous,
faisant bouillir leur marmite, mangeant des choses sans
nom, étalant leurs nippes trouées, dormant, se battant,
s'embrassant, puant la saleté et la misère.

Le champ mort et désert, où les frelons autrefois bour-
donnaient seuls autour des fleurs grasses, dans le silence
écrasant du soleil, est ainsi devenu un lieu retentissant,
qu'emplissent de bruit les querelles des bohémiens et les
cris aigus des jeunes vauriens du faubourg. Une scierie, qui
débite dans un coin les poutres du chantier, grince, servant
de basse sourde et continue aux voix aigres. Cette scierie est
toute primitive : la pièce de bois est posée sur deux trétaux
élevés, et deux scieurs de long, l'un en haut, monté sur la
poutre même, l'autre en bas, aveuglé par la sciure qui
tombe, impriment à une large et forte lame de scie un continuel mouvement de va-et-vient. Pendant des heures, ces
hommes se plient, pareils à des pantins articulés, avec une
régularité et une sécheresse de machine. Le bois qu'ils dé-
bitent est rangé, le long de la muraille du fond, par
tas hauts de 2 ou 3 mètres, et méthodiquement construits, planche à planche, en forme de cube parfait. Ces
sortes de meules carrées, qui restent souvent là plusieurs
saisons, rongées d'herbes au ras du sol, sont un des charmes
de l'aire Saint-Mittre. Elles ménagent des sentiers mystérieux,
étroits et discrets, qui conduisent à une allée plus large,
laissée entre les tas et la muraille. C'est un désert, une bande
de verdure d'où l'on ne voit que des morceaux de ciel. Dans
cette allée, dont les murs sont tendus de mousse et dont le

sol semble couvert d'un tapis de haute laine, règnent encore
la végétation puissante et le silence frissonnant de l'ancien
cimetière. On y sent courir ces souffles chauds et vagues des
voluptés de la mort qui sortent des vieilles tombes chauffées
par les grands soleils. Il n'y a pas, dans la campagne de
Plassans, un endroit plus ému, plus vibrant de tiédeur, de
solitude et d'amour. C'est là où il est exquis d'aimer. Lorsqu'on vida le cimetière, on dut entasser les ossements dans
ce coin, car il n'est pas rare, encore aujourd'hui, en fouil-
lant du pied l'herbe humide, d'y déterrer des fragments de
crâne.

Personne, d'ailleurs, ne songe plus aux morts qui ont
dormi sous cette herbe. Dans le jour, les enfants seuls vont
derrière les tas de bois, lorsqu'ils jouent à cache-cache.
L'allée verte reste vierge et ignorée. On ne voit que le chantier encombré de poutres et gris de poussière. Le matin et
l'après-midi, quand le soleil est tiède, le terrain entier
grouille, et au-dessus de toute cette turbulence, au-dessus
des galopins jouant parmi les pièces de bois et des bohémiens
attisant le feu sous leur marmite, la silhouette sèche du
scieur de long monté sur sa poutre se détache en plein ciel,
allant et venant avec un mouvement régulier de balancier,
comme pour régler la vie ardente et nouvelle qui a poussé
dans cet ancien champ d'éternel repos. Il n'y a que les vieux,
assis sur les poutres et se chauffant au soleil couchant, qui
parfois parlent encore entre eux des os qu'ils ont vu jadis
charrier dans les rues de Plassans, par le tombereau légendaire.

Lorsque la nuit tombe, l'aire Saint-Mittre se vide, se
creuse, pareille à un grand trou noir. Au fond, on n'aperçoit plus que la lueur mourante du feu des bohémiens. Par
moments, des ombres disparaissent silencieusement dans la
masse épaisse des ténèbres. L'hiver surtout, le lieu devient
sinistre.

Un dimanche soir, vers sept heures, un jeune homme
sortit doucement de l'impasse Saint-Mittre, et, rasant les
murs, s'engagea parmi les poutres du chantier. On était
dans les premiers jours de décembre 1851. Il faisait un froid
sec. La lune, pleine en ce moment, avait ces clartés aiguës
particulières aux lunes d'hiver. Le chantier, cette nuit-là, ne
se creusait pas sinistrement comme par les nuits pluvieuses ;
éclairé de larges nappes de lumière blanche, il s'étendait,
dans le silence et l'immobilité du froid, avec une mélancolie douce.

Le jeune homme s'arrêta quelques secondes sur le bord
du champ, regardant devant lui d'un air de défiance. Il
tenait, cachée sous sa veste, la crosse d'un long fusil, dont
le canon, baissé vers la terre, luisait au clair de lune. Serrant
l'arme contre sa poitrine, il scruta attentivement du regard
les carrés de ténèbres que les tas de planches jetaient au
fond du terrain. Il y avait là comme un damier blanc et noir
de lumière et d'ombre, aux cases nettement coupées. Au
milieu de l'aire, sur un morceau du sol gris et nu, les tréteaux des scieurs de long se dessinaient, allongés, étroits,
bizarres, pareils à une monstrueuse figure géométrique tracée
à l'encre sur du papier. Le reste du chantier, le parquet de
poutres, n'était qu'un vaste lit où la clarté dormait, à peine
striée de minces raies noires par les lignes d'ombres qui
coulaient le long des gros madriers. Sous cette lune d'hiver,
dans le silence glacé, ce flot de mâts couchés, immobiles,
comme raidis de sommeil et de froid, rappelait les morts du
vieux cimetière. Le jeune homme ne jeta sur cet espace
vide qu'un rapide coup d'œil ; pas un être, pas un souffle,
aucun péril d'être vu ni entendu. Les taches sombres du
fond l'inquiétaient davantage. Cependant, après un court
examen, il se hasarda, il traversa rapidement le chantier.

Dès qu'il se sentit à couvert, il ralentit sa marche. Il était
alors dans l'allée verte qui longe la muraille, derrière les

planches. Là, il n'entendit même plus le bruit de ses pas ;
l'herbe gelée craquait à peine sous ses pieds. Un sentiment
de bien-être parut s'emparer de lui. Il devait aimer ce lieu,
n'y craindre aucun danger, n'y rien venir chercher, que de
doux et de bon. Il cessa de cacher son fusil. L'allée s'allongeait, pareille à une tranchée d'ombre ; de loin en loin, la
lune, glissant entre deux tas de planches, coupait l'herbe
d'une raie de lumière. Tout dormait, les ténèbres et les
clartés, d'un sommeil profond, doux et triste. Rien de com-
parable à la paix de ce sentier. Le jeune homme le suivit
dans toute sa longueur. Au bout, à l'endroit où les murailles
du Jas-Meiffren font un angle, il s'arrêta, prêtant l'oreille,
comme pour écouter si quelque bruit ne venait pas de la
propriété voisine. Puis, n'entendant rien, il se baissa, écarta
une planche et cacha son fusil dans un tas de bois.

Il y avait là, dans l'angle, une vieille pierre tombale, oubliée lors du déménagement de l'ancien cimetière, et qui,
posée sur champ et un peu de biais, faisait une sorte de
banc élevé. La pluie en avait émietté les bords, la mousse la
rongeait lentement. On eût cependant pu lire encore, au clair
de lune, ce fragment d'épitaphe gravé sur la face qui entrait
en terre : *Cy-gist... Marie... morte...* Le temps avait effacé
le reste.

Quand il eut caché son fusil, le jeune homme, écoutant de
nouveau, et n'entendant toujours rien, se décida à monter
sur la pierre. Le mur était bas ; il posa les coudes sur le
chaperon. Mais au delà de la rangée de mûriers qui longe la
muraille, il ne vit qu'une plaine de lumière ; les terres du
Jas-Meiffren, plates et sans arbres, s'étendaient sous la lune
comme une immense pièce de linge écru ; à une centaine de
mètres, l'habitation et les communs habités par le méger
faisaient des taches d'un blanc plus éclatant. Le jeune
homme regardait de ce côté avec inquiétude, lorsqu'une
horloge de la ville se mit à sonner sept heures, à coups graves

et lents. Il compta les coups, puis il descendit de la pierre, comme surpris et soulagé.

Il s'assit sur le banc en homme qui consent à une longue attente. Il ne semblait même pas sentir le froid. Pendant près d'une demi-heure, il demeura immobile, les yeux fixés sur une masse d'ombre, songeur. Il s'était placé dans un coin noir; mais, peu à peu, la lune qui montait le gagna, et sa tête se trouva en pleine clarté.

C'était un garçon à l'air vigoureux, dont la bouche fine et la peau encore délicate annonçaient la jeunesse. Il devait avoir dix-sept ans. Il était beau d'une beauté caractéristique.

Sa face, maigre et allongée, semblait creusée par le coup de pouce d'un sculpteur puissant; le front montueux, les arcades sourcilières proéminentes, le nez en bec d'aigle, le menton fait d'un large méplat, les joues accusant les pommettes et coupées de plans fuyants, donnaient à la tête un relief d'une vigueur singulière. Avec l'âge, cette tête devait prendre un caractère osseux trop prononcé, une maigreur de chevalier errant. Mais, à cette heure de puberté, à peine couverte aux joues et au menton de poils follets, elle était corrigée dans sa rudesse par certaines mollesses charmantes, par certains coins de la physionomie restés vagues et enfantins. Les yeux, d'un noir tendre, encore noyés d'adolescence, mettaient aussi de la douceur dans ce masque énergique. Toutes les femmes n'auraient point aimé cet enfant, car il était loin d'être ce qu'on nomme un joli garçon; mais l'ensemble de ses traits avait une vie si ardente et si sympatique, une telle beauté d'enthousiasme et de force, que les filles de sa province, ces filles brûlées du Midi, devaient rêver de lui, lorsqu'il venait à passer devant leur porte, par les chaudes soirées de juillet.

Il songeait toujours, assis sur la pierre tombale, ne sentant pas les clartés de la lune qui coulaient maintenant le long

de sa poitrine et de ses jambes. Il était de taille moyenne,
légèrement trapu. Au bout de ses bras trop développés, des
mains d'ouvrier, que le travail avait déjà durcies, s'emman-
chaient solidement ; ses pieds, chaussés de gros souliers la-
cés, paraissaient forts, carrés du bout. Par les attaches et les
extrémités, par l'attitude alourdie des membres, il était
peuple ; mais il y avait en lui, dans le redressement du cou
et dans les lueurs pensantes des yeux, comme une révolte
sourde contre l'abrutissement du métier manuel qui commençait à le courber vers la terre. Ce devait être une nature
intelligente noyée au fond de la pesanteur de sa race et de sa
classe, un de ces esprits tendres et exquis logés en pleine
chair, et qui souffrent de ne pouvoir sortir rayonnants de
leur épaisse enveloppe. Aussi, dans sa force, paraissait-il timide et inquiet, ayant honte à son insu de se sentir incom-
plet et de ne savoir comment se compléter. Brave enfant,
dont les ignorances étaient devenues des enthousiasmes,
cœur d'homme servi par une raison de petit garçon, capable
d'abandons comme une femme et de courage comme un
héros. Ce soir-là, il était vêtu d'un pantalon et d'une veste
de velours de coton verdâtre à petites côtes. Un chapeau de
feutre mou, posé légèrement en arrière, lui jetait au front
une raie d'ombre.

Lorsque la demie sonna à l'horloge voisine, il fut tiré en
sursaut de sa rêverie. En se voyant blanc de lumière, il regarda devant lui avec inquiétude. D'un mouvement brusque,
il rentra dans le noir, mais il ne put retrouver le fil de sa
rêverie. Il sentit alors que ses pieds et ses mains se glaçaient,
et l'impatience le reprit. Il monta de nouveau jeter un coup
d'œil dans le Jas-Meiffren, toujours silencieux et vide. Puis,
ne sachant plus comment tuer le temps, il redescendit, prit
son fusil dans le tas de planches, où il l'avait caché, et s'a-
musa à en faire jouer la batterie. Cette arme était une longue
et lourde carabine qui avait sans doute appartenu à quelque

contrebandier; à l'épaisseur de la crosse et à la culasse puissante du canon, on reconnaissait un ancien fusil à pierre qu'un armurier du pays avait transformé en fusil à piston. On voit de ces carabines-là accrochées dans les fermes, au-dessus des cheminées. Le jeune homme caressait son arme avec amour ; il rabattit le chien à plus de vingt reprises, introduisit son petit doigt dans le canon, examina attentivement la crosse. Peu à peu, il s'anima d'un jeune enthousiasme, auquel se mêlait quelque enfantillage. Il finit par mettre la carabine en joue, visant dans le vide, comme un conscrit qui fait l'exercice.

Huit heures ne devaient pas tarder à sonner. Il gardait son arme en joue depuis une grande minute, lorsqu'une voix, légère comme un souffle, basse et haletante, vint du Jas-Meiffren.

— Es-tu là, Silvère? demanda la voix.

Silvère laissa tomber son fusil, et, d'un bond, se trouva sur la pierre tombale.

— Oui, oui, répondit-il, en étouffant également sa voix... Attends, je vais t'aider.

Il n'avait pas encore tendu les bras, qu'une tête de jeune fille apparut au-dessus de la muraille. L'enfant, avec une agilité singulière, s'était aidée du tronc d'un mûrier et avait grimpé comme une jeune chatte. A la certitude et à l'aisance de ses mouvements, on voyait que cet étrange chemin devait lui être familier. En un clin d'œil, elle se trouva assise sur le chaperon du mur. Alors Silvère la prit dans ses bras et la posa sur le banc. Mais elle se débattit.

— Laisse donc, disait-elle avec un rire de gamine qui joue, laisse donc... Je sais bien descendre toute seule.

Puis, quand elle fut sur la pierre :

— Tu m'attends depuis longtemps?... J'ai couru, je suis tout essoufflée.

Silvère ne répondit pas. Il ne paraissait guère en train de

2

rire, il regardait l'enfant d'un air chagrin. Il s'assit à côté
d'elle, en disant :

— Je voulais te voir, Miette. Je t'aurais attendue toute la
nuit... Je pars demain matin, au jour.

Miette venait d'apercevoir le fusil couché sur l'herbe. Elle
devint grave, elle murmura :

— Ah !... c'est décidé... voilà ton fusil...

Il y eut un silence.

— Oui, répondit Silvère d'une voix plus mal assurée encore, c'est mon fusil... J'ai préféré le sortir ce soir de la
maison ; demain matin, tante Dide aurait pu me le voir prendre, et cela l'aurait inquiétée... Je vais le cacher, je viendrai
le chercher au moment de partir.

Et, comme Miette semblait ne pouvoir détacher les
yeux de cette arme qu'il avait si sottement laissée sur
l'herbe, il se leva et la glissa de nouveau dans le tas de
planches.

— Nous avons appris ce matin, dit-il en se rasseyant, que
les insurgés de la Palud et de Saint-Martin-de-Vaulx étaient
en marche, et qu'ils avaient passé la nuit dernière à Alboise.
Il a été décidé que nous nous joindrions à eux. Cette après-
midi, une partie des ouvriers de Plassans ont quitté la ville ;
demain, ceux qui restent encore iront retrouver leurs
frères.

Il prononça ce mot de frères avec une emphase juvénile.
Puis, s'animant, d'une voix plus vibrante :

— La lutte devient inévitable, ajouta-t-il ; mais le droit
est de notre côté, nous triompherons.

Miette écoutait Silvère, regardant devant elle, fixement,
sans voir. Quand il se tut :

— C'est bien, dit-elle simplement.

Et, au bout d'un silence :

— Tu m'avais avertie... cependant j'espérais encore...
Enfin, c'est décidé.

Ils ne purent trouver d'autres paroles. Le coin désert du chantier, la ruelle verte reprit son calme mélancolique; il n'y eut plus que la lune vivante faisant tourner sur l'herbe l'ombre des tas de planches. Le groupe formé par les deux jeunes gens sur la pierre tombale était devenu immobile et muet, dans la clarté pâle. Silvère avait passé le bras autour de la taille de Miette, et celle-ci s'était laissée aller contre son épaule. Ils n'échangèrent pas de baisers, rien qu'une étreinte où l'amour avait l'innocence attendrie d'une tendresse fraternelle.

Miette était couverte d'une grande mante brune à capuchon, qui lui tombait jusqu'aux pieds et l'enveloppait tout entière. On ne voyait que sa tête et ses mains. Les femmes du peuple, les paysannes et les ouvrières portent encore, en Provence, ces larges mantes, que l'on nomme pelisses dans le pays, et dont la mode doit remonter fort loin. En arrivant, Miette avait rejeté le capuchon en arrière. Vivant en plein air, de sang brûlant, elle ne portait jamais de bonnet. Sa tête nue se détachait vigoureusement sur la muraille blanchie par la lune. C'était une enfant, mais une enfant qui devenait femme. Elle se trouvait à cette heure indécise et adorable où la grande fille naît dans la gamine. Il y a alors, chez toute adolescente, une délicatesse de bouton naissant, une hésitation de formes d'un charme exquis ; les lignes pleines et voluptueuses de la puberté s'indiquent dans les innocentes maigreurs de l'enfance ; la femme se dégage avec ses premiers embarras pudiques, gardant encore à demi son corps de petite fille, et mettant, à son insu, dans chacun de ses traits, l'aveu de son sexe. Pour certaines filles, cette heure est mauvaise ; celles-là croissent brusquement, enlaidissent, deviennent jaunes et frêles comme des plantes hâtives. Pour Miette, pour toutes celles qui sont riches de sang et qui vivent en plein air, c'est une heure de grâce pénétrante qu'elles ne retrouvent jamais. Miette avait treize ans.

Bien qu'elle fût forte déjà, on ne lui en eût pas donné davantage, tant sa physionomie riait encore, par moments, d'un
rire clair et naïf. D'ailleurs, elle devait être nubile, la femme
s'épanouissait rapidement en elle, grâce au climat et à la vie
rude qu'elle menait. Elle était presque aussi grande que Silvère, grasse et toute frémissante de vie. Comme son ami, elle
n'avait pas la beauté de tout le monde. On ne l'eût pas trouvée laide ; mais elle eût paru au moins étrange à beaucoup de
jolis jeunes gens. Elle avait des cheveux superbes ; plantés
rudes et droits sur le front, ils se rejetaient puissamment en
arrière, ainsi qu'une vague jaillissante, puis coulaient le long
de son crâne et de sa nuque, pareils à une mer crépue, pleine
de bouillonnements et de caprices, d'un noir d'encre. Ils
étaient si épais qu'elle ne savait qu'en faire. Ils la gênaient.
Elle les tordait en plusieurs brins, de la grosseur d'un poi-
gnet d'enfant, le plus fortement qu'elle pouvait, pour qu'ils
tinssent moins de place, puis elle les massait derrière sa tête.
Elle n'avait guère le temps de songer à sa coiffure, et il arrivait toujours que ce chignon énorme, fait sans glace et à la
hâte, prenait sous ses doigts une grâce puissante. A la voir
coiffée de ce casque vivant, de ce tas de cheveux frisés qui
débordaient sur ses tempes et sur son cou comme une peau
de bête, on comprenait pourquoi elle allait tête nue, sans jamais se soucier des pluies ni des gelées. Sous la ligne sombre des cheveux, le front, très-bas, avait la forme et la couleur dorée d'un mince croissant de lune. Les yeux gros, à
fleur de tête ; le nez court, large aux narines et relevé du
bout ; les lèvres, trop fortes et trop rouges, eussent paru autant de laideurs, si on les eût examinés à part. Mais, pris
dans la rondeur charmante de la face, vus dans le jeu ardent
de la vie, ces détails du visage formaient un ensemble d'une
étrange et saisissante beauté. Quand Miette riait, renversant
la tête en arrière et la penchant mollement sur son épaule
droite, elle ressemblait à la Bacchante antique, avec sa gorge

gonflée de gaieté sonore, ses joues arrondies comme celles
d'un enfant, ses larges dents blanches, ses torsades de cheveux crépus que les éclats de sa joie agitaient sur sa nuque,
ainsi qu'une couronne de pampres. Et, pour retrouver en elle
la vierge, la petite fille de treize ans, il fallait voir combien il
y avait d'innocence dans ses rires gras et souples de femme
faite, il fallait surtout remarquer la délicatesse encore en-
fantine du menton et la pureté molle des tempes. Le visage
de Miette, hâlé par le soleil, prenait, sous certains jours, des
reflets d'ambre jaune. Un fin duvet noir mettait déjà au-
dessus de sa lèvre supérieure une ombre légère. Le travail
commençait à déformer ses petites mains courtes, qui auraient
pu devenir, en restant paresseuses, d'adorables mains pote-
lées de bourgeoise.

Miette et Silvère restèrent longtemps muets. Ils lisaient
dans leurs pensées inquiètes. Et, à mesure qu'ils descendaient ensemble dans la crainte et l'inconnu du lendemain,
ils se serraient d'une étreinte plus étroite. Ils s'entendaient
jusqu'au cœur, ils sentaient l'inutilité et la cruauté de toute
plainte faite à voix haute. La jeune fille ne put cependant se
contenir davantage; elle étouffait, elle dit en une phrase leur
inquiétude à tous deux.

— Tu reviendras, n'est-ce pas? balbutia-t-elle en se pendant au cou de Silvère.

Silvère, sans répondre, la gorge serrée et craignant de
pleurer comme elle, la baisa sur la joue, en frère qui ne
trouve pas d'autre consolation. Ils se séparèrent, ils retombèrent dans leur silence.

Au bout d'un instant, Miette frissonna. Elle ne s'appuyait
plus contre l'épaule de Silvère, elle sentait son corps se gla-
cer. La veille, elle n'eût pas frissonné de la sorte, au fond
de cette allée déserte, sur cette pierre tombale, où, depuis
plusieurs saisons, ils vivaient si heureusement leurs tendresses, dans la paix des vieux morts.

— J'ai bien froid, dit-elle, en remettant le capuchon de sa pelisse.

— Veux-tu que nous marchions ? lui demanda le jeune homme. Il n'est pas neuf heures, nous pouvons faire un bout de promenade sur la route.

Miette pensait qu'elle n'aurait peut-être pas de longtemps la joie d'un rendez-vous, d'une de ces causeries du soir, pour lesquelles elle vivait les journées.

— Oui, marchons, répondit-elle vivement, allons jusqu'au moulin... Je passerais la nuit, si tu voulais.

Ils quittèrent le banc et se cachèrent dans l'ombre d'un tas de planches. Là, Miette écarta sa pelisse, qui était piquée à petits losanges et doublée d'une indienne rouge sang ; puis elle jeta un pan de ce chaud et large manteau sur les épaules de Silvère, l'enveloppant ainsi tout entier, le mettant avec elle, serré contre elle, dans le même vêtement. Ils passèrent mutuellement un bras autour de leur taille pour ne faire qu'un. Quand ils furent ainsi confondus en un seul être, quand ils se trouvèrent enfouis dans les plis de la pelisse au point de perdre toute forme humaine, ils se mirent à marcher à petits pas, se dirigeant vers la route, traversant sans crainte les espaces nus du chantier, blancs de lune. Miette avait enveloppé Silvère, et celui-ci s'était prêté à cette opération, d'une façon toute naturelle, comme si la pelisse leur eût, chaque soir, rendu le même service.

La route de Nice, aux deux côtés de laquelle se trouve bâti le faubourg, était bordée, en 1851, d'ormes séculaires, vieux géants, ruines grandioses et pleines encore de puissance, que la municipalité proprette de la ville a remplacés, depuis quelques années, par de petits platanes. Lorsque Silvère et Miette se trouvèrent sous les arbres, dont la lune dessinait le long du trottoir les branches monstrueuses, ils rencontrèrent, à deux ou trois reprises, des masses noires qui se mouvaient silencieusement, au ras des maisons

C'étaient, comme eux, des couples d'amoureux, hermétiquement clos dans un pan d'étoffe, promenant au fond de
l'ombre leur tendresse discrète.

Les amants des villes du Midi ont adopté ce genre de promenade. Les garçons et les filles du peuple, ceux qui doivent
se marier un jour, et qui ne sont pas fâchés de s'embrasser
un peu auparavant, ignorent où se réfugier, pour échanger
des baisers à l'aise, sans trop s'exposer aux bavardages. Dans
la ville, bien que les parents leur laissent une entière liberté,
s'ils louaient une chambre, s'ils se rencontraient seul à seule,
ils seraient, le lendemain, le scandale du pays ; d'autre part,
ils n'ont pas le temps, tous les soirs, de gagner les solitudes
de la campagne. Alors ils ont pris un moyen terme ; ils battent les faubourgs, les terrains vagues, les allées des routes,
tous les endroits où il y a peu de passants et beaucoup de
trous noirs. Et, pour plus de prudence, comme tous les habitants se connaissent, ils ont le soin de se rendre mécon-
naissables, en s'enfouissant dans une de ces grandes mantes,
qui abriteraient une famille entière. Les parents tolèrent ces
courses en pleines ténèbres ; la morale rigide de la province
ne paraît pas s'en alarmer ; il est admis que les amoureux ne
s'arrêtent jamais dans les coins ni ne s'assoient au fond des
terrains, et cela suffit pour calmer les pudeurs effarouchées.
On ne peut guère que s'embrasser en marchant. Parfois cependant une fille tourne mal : les amants se sont assis.

Rien de plus charmant, en vérité, que ces promenades
d'amour. L'imagination câline et inventive du Midi est là
tout entière. C'est une véritable mascarade, fertile en petits
bonheurs, et à la portée des misérables. L'amoureuse n'a
qu'à ouvrir son vêtement, elle a un asile tout prêt pour son
amoureux ; elle le cache sur son cœur, dans la tiédeur de
ses habits, comme les petites bourgeoises cachent leurs ga-
lants sous les lits ou dans les armoires. Le fruit défendu
prend ici une saveur particulièrement douce ; il se mange

en plein air, au milieu des indifférents, le long des routes.
Et ce qu'il y a d'exquis, ce qui donne une volupté pénétrante
aux baisers échangés, ce doit être la certitude de pouvoir
s'embrasser impunément devant le monde, de rester des
soirées en public aux bras l'un de l'autre, sans courir le
danger d'être reconnus et montrés au doigt. Un couple n'est
plus qu'une masse brune, il ressemble à un autre couple.
Pour le promeneur attardé, qui voit vaguement ces masses
se mouvoir, c'est l'amour qui passe, rien de plus ; l'amour
sans nom, l'amour qu'on devine et qu'on ignore. Les amants
se savent bien cachés ; ils causent à voix basse, ils sont chez
eux ; le plus souvent ils ne disent rien, ils marchent pendant
des heures, au hasard, heureux de se sentir serrés ensemble dans le même bout d'indienne. Cela est très-voluptueux
et très-virginal à la fois. Le climat est le grand coupable ;
lui seul a dû d'abord inviter les amants à prendre les coins
des faubourgs pour retraites. Par les belles nuits d'été, on
ne peut faire le tour de Plassans sans découvrir, dans l'ombre de chaque pan de mur, un couple encapuchonné ; certains endroits, l'aire Saint-Mittre par exemple, sont peuplés
de ces dominos sombres qui se frôlent lentement, sans
bruit, au milieu des tiédeurs de la nuit sereine ; on dirait
les invités d'un bal mystérieux que les étoiles donneraient
aux amours des pauvres gens. Quand il fait trop chaud et
que les jeunes filles n'ont plus leurs pelisses, elles se con-
tentent de retrousser leurs premières jupes. L'hiver, les
plus amoureux se moquent des gelées. Tandis qu'ils
descendaient la route de Nice, Silvère et Miette ne
songeaient guère à se plaindre de la froide nuit de décembre.

Les jeunes gens traversèrent le faubourg endormi sans
échanger une parole. Ils retrouvaient, avec une muette joie,
le charme tiède de leur étreinte. Leurs cœurs étaient tristes,
la félicité qu'ils goûtaient à se serrer l'un contre l'autre avait

l'émotion douloureuse d'un adieu, et il leur semblait qu'ils
n'épuiseraient jamais la douceur et l'amertune de ce silence
qui berçait lentement leur marche. Bientôt, les maisons devinrent plus rares, ils arrivèrent à l'extrémité du faubourg.
Là, s'ouvre le portail du Jas-Meiffren, deux forts piliers re-
liés par une grille, qui laisse voir, entre ses barreaux, une
longue allée de mûriers. En passant, Silvère et Miette
jetèrent instinctivement un regard dans la propriété.

A partir du Jas-Meiffren, la grande route descend par une
pente douce jusqu'au fond d'une vallée qui sert de lit à une
petite rivière, la Viorne, ruisseau l'été et torrent l'hiver. Les
deux rangées d'ormes continuaient, à cette époque, et faisaient de la route une magnifique avenue, coupant la côte,
plantée de blé et de vignes maigres, d'un large ruban d'arbres gigantesques. Par cette nuit de décembre, sous la lune
claire et froide, les champs fraîchement labourés s'étendaient
aux deux abords du chemin, pareils à de vastes couches
d'ouate grisâtre, qui auraient amorti tous les bruits de l'air.
Au loin, la voix sourde de la Viorne mettait seule un frisson
dans l'immense paix de la campagne.

Quand les jeunes gens eurent commencé à descendre l'a-
venue, la pensée de Miette retourna au Jas-Meiffren, qu'ils
venaient de laisser derrière eux.

— J'ai eu grand'peine à m'échapper ce soir, dit-elle....
Mon oncle ne se décidait pas à me congédier. Il s'était enfermé dans un cellier, et je crois qu'il y enterrait son argent,
car il a paru très-effrayé, ce matin, des événements qui se
préparent.

Silvère eut une étreinte plus douce.

— Va, répondit-il, sois courageuse. Il viendra un temps
où nous nous verrons librement toute la journée.... Il ne
faut pas se chagriner.

— Oh ! reprit la jeune fille en secouant la tête, tu as de
l'espérance, toi.... Il y a des jours où je suis bien triste. Ce

ne sont pas les gros travaux qui me désolent; au contraire,
je suis souvent heureuse des duretés de mon oncle et des
besognes qu'il m'impose. Il a eu raison de faire de moi
une paysanne; j'aurais peut-être mal tourné; car vois-tu,
Silvère, il y a des moments où je me crois maudite....
Alors je voudrais être morte.... Je pense à celui que tu
sais....

En prononçant ces dernières paroles, la voix de l'enfant
se brisa dans un sanglot. Silvère l'interrompit d'un ton
presque rude.

— Tais-toi! dit-il. Tu m'avais promis de moins songer à
cela. Ce n'est pas ton crime.

Puis il ajouta d'un accent plus doux :

— Nous nous aimons bien, n'est-ce pas? Quand nous serons
mariés, tu n'auras plus de mauvaises heures.

— Je sais, murmura Miette, tu es bon, tu me tends la
main. Mais que veux-tu? j'ai des craintes, je me sens des
révoltes, parfois. Il me semble qu'on m'a fait tort, et alors
j'ai des envies d'être méchante. Je t'ouvre mon cœur, à
toi. Chaque fois qu'on me jette le nom de mon père au visage, j'éprouve une brûlure par tout le corps. Quand je
passe et que les gamins crient : Eh! la Chantegreil! cela
me met hors de moi; je voudrais les tenir pour les
battre.

Et, après un silence farouche, elle reprit :

— Tu es un homme, toi, tu vas tirer des coups de fusils....
Tu es bien heureux.

Silvère l'avait laissé parler. Au bout de quelques pas, il
dit d'une voix triste :

— Tu as tort, Miette; ta colère est mauvaise. Il ne faut
pas se révolter contre la justice. Moi je vais me battre
pour notre droit à tous; je n'ai aucune vengeance à satisfaire.

— N'importe, continua la jeune fille, je voudrais être un

homme et tirer des coups de fusil. Il me semble que cela me ferait du bien.

Et, comme Silvère gardait le silence, elle vit qu'elle l'avait mécontenté. Toute sa fièvre tomba. Elle balbutia d'une voix suppliante :

— Tu ne m'en veux pas? C'est ton départ qui me chagrine et qui me jette à ces idées-là. Je sais bien que tu as raison, que je dois être humble....

Elle se mit à pleurer. Silvère ému, prit ses mains qu'il baisa.

— Voyons, dit-il tendrement, tu vas de la colère aux larmes comme une enfant. Il faut être raisonnable. Je ne te gronde pas... Je voudrais simplement te voir plus heureuse, et cela dépend beaucoup de toi.

Le drame dont Miette venait d'évoquer si douloureusement le souvenir, laissa les amoureux tout attristés pendant quelques minutes. Ils continuèrent à marcher, la tête basse, troublés par leurs pensées. Au bout d'un instant :

— Me crois-tu beaucoup plus heureux que toi? demanda Silvère, revenant malgré lui à la conversation. Si ma grand'mère ne m'avait recueilli et élevé, que serai-je devenu? A part l'oncle Antoine, qui est ouvrier comme moi et qui m'a appris à aimer la république, tous mes autres parents ont l'air de craindre que je ne les salisse, quand je passe à côté d'eux.

Il s'animait en parlant; il s'était arrêté, retenant Miette au milieu de la route.

— Dieu m'est témoin, continua-t-il, que je n'envie et que je ne déteste personne. Mais, si nous triomphons, il faudra que je leur dise leur fait, à ces beaux messieurs. C'est l'oncle Antoine qui en sait long là-dessus. Tu verras à notre retour. Nous vivrons tous libres et heureux.

Miette l'entraîna doucement. Ils se remirent à marcher.

— Tu l'aimes bien ta république, dit l'enfant en essayant de plaisanter. M'aimes-tu autant qu'elle?

Elle riait, mais il y avait quelque amertume au fond de son rire. Peut-être se disait-elle que Silvère la quittait bien facilement pour courir les campagnes. Le jeune homme répondit d'un ton grave :

— Toi, tu es ma femme. Je t'ai donné tout mon cœur. J'aime la république, vois-tu, parce que je t'aime. Quand nous serons mariés, il nous faudra beaucoup de bonheur, et c'est pour une part de ce bonheur que je m'éloignerai demain matin... Tu ne me conseilles pas de rester chez moi?

— Oh! non, s'écria vivement la jeune fille. Un homme doit être fort. C'est beau, le courage!... Il faut me pardonner d'être jalouse. Je voudrais bien être aussi forte que toi. Tu m'aimerais encore davantage, n'est-ce pas?

Elle garda un instant le silence, puis elle ajouta avec une vivacité et une naïveté charmantes :

— Ah! comme je t'embrasserai volontiers, quand tu reviendras!

Ce cri d'un cœur aimant et courageux toucha profondément Silvère. Il prit Miette entre ses bras et lui mit plusieurs baisers sur les joues. L'enfant se défendit un peu en riant. Et elle avait des larmes d'émotion plein les yeux.

Autour des amoureux, la campagne continuait à dormir, dans l'immense paix du froid. Ils étaient arrivés au milieu de la côte. Là, à gauche, se trouvait un monticule assez élevé, au sommet duquel la lune blanchissait les ruines d'un moulin à vent; la tour seule restait, tout écroulée d'un côté. C'était le but que les jeunes gens avaient assigné à leur promenade. Depuis le faubourg, ils allaient devant eux, sans donner un seul coup d'œil aux champs qu'ils traversaient. Quand il eut baisé Miette sur les joues, Silvère leva la tête. Il aperçut le moulin.

— Comme nous avons marché ! s'écria-t-il. Voici le moulin. Il doit être près de neuf heures et demie, il faut rentrer.

Miette fit la moue.

— Marchons encore un peu, implora-t-elle, quelques pas seulement, jusqu'à la petite traverse... Vrai, rien que jusque-là.

Silvère la reprit à la taille, en souriant. Ils se mirent de nouveau à descendre la côte. Ils ne craignaient plus les regards des curieux; depuis les dernières maisons, ils n'avaient pas rencontré âme qui vive. Ils n'en restèrent pas moins enveloppés dans la grande pelisse. Cette pelisse, ce vêtement commun, était comme le nid naturel de leurs amours. Elle les avait cachés pendant tant de soirées heureuses! S'ils s'étaient promenés côte à côte, ils se seraient crus tout petits et tout isolés dans la vaste campagne. Cela les rassurait, les grandissait, de ne former qu'un être. Ils regardaient, à travers les plis de la pelisse, les champs qui s'étendaient aux deux bords de la route, sans éprouver cet écrasement que les larges horizons indifférents font peser sur les tendresses humaines. Il leur semblait qu'ils avaient emporté leur maison avec eux, jouissant de la campagne comme on en jouit par une fenêtre, aimant ces solitudes calmes, ces nappes de lumière dormante, ces bouts de nature, vagues sous le linceul de l'hiver et de la nuit, cette vallée entière qui, en les charmant, n'était cependant pas assez forte pour se mettre entre leurs deux cœurs serrés l'un contre l'autre.

D'ailleurs, ils avaient cessé toute conversation suivie; ils ne parlaient plus des autres, ils ne parlaient même plus d'eux-mêmes; ils étaient à la seule minute présente, échangeant un serrement de mains, poussant une exclamation à la vue d'un coin de paysage, prononçant de rares paroles, sans trop s'entendre, comme assoupis par la tiédeur de leurs corps. Silvère oubliait ses enthousiasmes républicains; Miette ne

3

songeait plus que son amoureux devait la quitter dans une
heure, pour longtemps, pour toujours peut-être. Ainsi
qu'aux jours ordinaires, lorsqu'aucun adieu ne troublait la
paix de leurs rendez-vous, ils s'endormaient dans le ravissement de leurs tendresses.

Ils allaient toujours. Ils arrivèrent bientôt à la petite traverse dont Miette avait parlé, bout de ruelle qui s'enfonce
dans la campagne, menant à un village bâti au bord de la
Viorne. Mais ils ne s'arrêtèrent pas, ils continuèrent à descendre, en feignant de ne point voir ce sentier qu'ils s'étaient
promis de ne point dépasser. Ce fut seulement quelques minutes plus loin que Silvère murmura :

— Il doit être bien tard, tu vas te fatiguer.

— Non, je te jure, je ne suis pas lasse, répondit la
jeune fille. Je marcherais bien comme cela pendant des
lieues.

Puis elle ajouta d'une voix câline :

— Veux-tu? nous allons descendre jusqu'aux prés Sainte-
Claire... Là, ce sera fini pour tout de bon, nous rebrousse-
rons chemin.

Silvère, que la marche cadencée de l'enfant berçait, et qui
sommeillait doucement, les yeux ouverts, ne fit aucune objection. Ils reprirent leur extase. Ils avançaient d'un pas ralenti, par crainte du moment où il leur faudrait remonter la
côte ; tant qu'ils allaient devant eux, il leur semblait marcher à l'éternité de cette étreinte qui les liait l'un à l'autre ;
le retour, c'était la séparation, l'adieu cruel.

Peu à peu la pente de la route devenait moins rapide. Le
fond de la vallée est occupé par des prairies qui s'étendent
jusqu'à la Viorne, coulant à l'autre bout, le long d'une suite
de collines basses. Ces prairies, que des haies vives séparent
du grand chemin, sont les prés Sainte-Claire.

— Bah ! s'écria Silvère à son tour, en apercevant les premières nappes d'herbe, nous irons bien jusqu'au pont.

Miette eut un frais éclat de rire. Elle prit le jeune homme par le cou et l'embrassa bruyamment.

A l'endroit où commencent les haies, la longue avenue d'arbres se terminait alors par deux ormes, deux colosses plus gigantesques encore que les autres. Les terrains s'étendent au ras de la route, nus, pareils à une large bande de laine verte, jusqu'aux saules et aux bouleaux de la rivière. Des derniers ormes au pont, il y avait, d'ailleurs, à peine 500 mètres. Les amoureux mirent un bon quart d'heure pour franchir cette distance. Enfin, malgré toutes leurs lenteurs, ils se trouvèrent sur le pont. Ils s'arrêtèrent.

Devant eux, la route de Nice montait le versant opposé de la vallée ; mais ils ne pouvaient en voir qu'un bout assez court, car elle fait un coude brusque, à un demi-kilomètre du pont, et se perd entre des coteaux boisés. En se retournant, ils aperçurent l'autre bout de la route, celui qu'ils venaient de parcourir, et qui va en ligne droite de Plassans à la Viorne. Sous ce beau clair de lune d'hiver, on eût dit un long ruban d'argent que les rangées d'ormes bordaient de deux lisérés sombres. A droite et à gauche, les terres labourées de la côte faisaient de larges mers grises et vagues, coupées par ce ruban, par cette route blanche de gelée, d'un éclat métallique. Tout en haut, brillaient, au ras de l'horizon, pareilles à des étincelles vives, quelques fenêtres encore éclairées du faubourg. Miette et Silvère, pas à pas, s'étaient éloignés d'une grande lieue. Ils jetèrent un regard sur le chemin parcouru, frappés d'une muette admiration par cet immense amphithéâtre qui montait jusqu'au bord du ciel, et sur lequel des nappes de clartés bleuâtres coulaient comme sur les degrés d'une cascade géante. Ce décor étrange, cette apothéose colossale se dressait dans une immobilité et dans un silence de mort. Rien n'était d'une plus souveraine grandeur.

Puis les jeunes gens, qui venaient de s'appuyer contre un

parapet du pont, regardèrent à leurs pieds. La Viorne, grossie par les pluies, passait au-dessous d'eux, avec des bruits sourds et continus. En amont et en aval, au milieu des ténèbres amassées dans les creux, ils distinguaient les lignes noires des arbres poussés sur les rives ; çà et là, un rayon de lune glissait, mettant sur l'eau une traînée d'étain fondu qui luisait et s'agitait, comme un reflet de jour sur les écailles d'une bête vivante. Ces lueurs couraient avec un charme mystérieux le long de la coulée grisâtre du torrent, entre les fantômes vagues des feuillages. On eût dit une vallée enchantée, une merveilleuse retraite où vivait d'une vie étrange tout un peuple d'ombres et de clartés.

Les amoureux connaissaient bien ce bout de rivière ; par les chaudes nuits de juillet, ils étaient souvent descendus là, pour trouver quelque fraîcheur ; ils avaient passé de longues heures, cachés dans les bouquets de saules, sur la rive droite, à l'endroit où les prés Sainte-Claire déroulent leur tapis de gazon jusqu'au bord de l'eau. Ils se souvenaient des moindres plis de la rive ; des pierres sur lesquelles il fallait sauter pour enjamber la Viorne, alors mince comme un fil ; de certains trous d'herbe dans lesquels ils avaient rêvé leurs rêves de tendresse. Aussi Miette, du haut du pont, contemplait-elle d'un regard d'envie la rive droite du torrent.

— S'il faisait plus chaud, soupira-t-elle, nous pourrions descendre nous reposer un peu, avant de remonter la côte...

Puis, après un silence, les yeux toujours fixés sur les bords de la Viorne :

— Regarde donc, Silvère, reprit-elle, cette masse noire, là-bas, avant l'écluse... Te rappelles-tu ?... C'est la broussaille dans laquelle nous nous sommes assis, à la Fête-Dieu dernière.

— Oui, c'est la broussaille, répondit Silvère à voix basse.

C'était là qu'ils avaient osé se baiser sur les joues. Ce sou-

venir que l'enfant venait d'évoquer, leur causa à tous deux
une sensation délicieuse, émotion dans laquelle se mêlaient
les joies de la veille et les espoirs du lendemain. Ils virent,
comme à la lueur d'un éclair, les bonnes soirées qu'ils avaient
vécues ensemble, surtout cette soirée de la Fête-Dieu, dont
ils se rappelaient les moindres détails, le grand ciel tiède, le
frais des saules de la Viorne, les mots caressants de leur cau-
serie. Et, en même temps, tandis que les choses du passé
leur remontaient au cœur avec une saveur douce, ils crurent
pénétrer l'inconnu de l'avenir, se voir au bras l'un de l'autre, ayant réalisé leur rêve et se promenant dans la vie comme
ils venaient de le faire sur la grande route, chaudement cou-
verts d'une même pelisse. Alors le ravissement les reprit, les
yeux sur les yeux, se souriant, perdus au milieu des muettes
clartés.

Brusquement, Silvère leva la tête. Il se débarrassa des plis
de la pelisse, il prêta l'oreille. Miette, surprise, l'imita,
sans comprendre pourquoi il se séparait d'elle d'un geste si
prompt.

Depuis un instant, des bruits confus venaient de derrière
les coteaux, au milieu desquels se perd la route de Nice.
C'étaient comme les cahots éloignés d'un convoi de charrettes.
La Viorne, d'ailleurs, couvrait de son grondement ces bruits
encore indistincts. Mais peu à peu ils s'accentuèrent, ils devinrent pareils aux piétinements d'une armée en marche.
Puis on distingua, dans ce roulement continu et croissant,
des brouhaha de foule, d'étranges souffles d'ouragan cadencés et rhythmiques ; on aurait dit les coups de foudre d'un
orage qui s'avançait rapidement, troublant déjà de son approche l'air endormi. Silvère écoutait, ne pouvant saisir ces
voix de tempête que les coteaux empêchaient d'arriver nettement jusqu'à lui. Et, tout à coup, une masse noire apparut
au coude de la route ; *la Marseillaise*, chantée avec une furie
vengeresse, éclata, formidable.

3.

— Ce sont eux ! s'écria Silvère dans un élan de joie et d'enthousiasme.

Il se mit à courir, montant la côte, entraînant Miette. Il y avait, à gauche de la route, un talus planté de chênes verts, sur lequel il grimpa avec la jeune fille, pour ne pas être emportés tous deux par le flot hurlant de la foule.

Quand ils furent sur le talus, dans l'ombre des broussailles, l'enfant, un peu pâle, regarda tristement ces hommes dont les chants lointains avaient suffi pour arracher Silvère de ses bras. Il lui sembla que la bande entière venait se mettre entre elle et lui. Ils étaient si heureux, quelques minutes auparavant, si étroitement unis, si seuls, si perdus dans le grand silence et les clartés discrètes de la lune ! Et maintenant Silvère, la tête tournée, ne paraissant même plus savoir qu'elle était là, n'avait de regards que pour ces inconnus qu'il appelait du nom de frères.

La bande descendait avec un élan superbe, irrésistible. Rien de plus terriblement grandiose que l'irruption de ces quelques milliers d'hommes dans la paix morte et glacée de l'horizon. La route, devenue torrent, roulait des flots vivants qui semblaient ne pas devoir s'épuiser ; toujours, au coude du chemin, se montraient de nouvelles masses noires, dont les chants enflaient de plus en plus la grande voix de cette tempête humaine. Quand les derniers bataillons apparurent, il y eût un éclat assourdissant. *La Marseillaise* emplit le ciel, comme soufflée par des bouches géantes dans de monstrueuses trompettes qui la jetaient, vibrante, avec des sécheresses de cuivre, à tous les coins de la vallée. Et la campagne endormie s'éveilla en sursaut ; elle frissonna tout entière, ainsi qu'un tambour que frappent les baguettes ; elle retentit jusqu'aux entrailles, répétant par tous ses échos les notes ardentes du chant national. Alors ce ne fut plus seulement la bande qui chanta ; des bouts de l'horizon, des rochers lointains, des pièces de terre labourées, des prairies, des bou-

quets d'arbres, des moindres broussailles, semblèrent sortir
des voix humaines ; le large amphithéâtre qui monte de la
rivière à Plassans, la cascade gigantesque sur laquelle coulaient les bleuâtres clartés de la lune, était comme couvert
par un peuple invisible et innombrable acclamant les insurgés ; et, au fond des creux de la Viorne, le long des eaux
rayées de mystérieux reflets d'étain fondu, il n'y avait pas
un trou de ténèbres où des hommes cachés ne parussent reprendre chaque refrain avec une colère plus haute. La campagne, dans l'ébranlement de l'air et du sol, criait vengeance et liberté. Tant que la petite armée descendit la
côte, le rugissement populaire roula ainsi par ondes sonores
traversées de brusques éclats, secouant jusqu'aux pierres du
chemin.

Silvère, blanc d'émotion, écoutait et regardait toujours.
Les insurgés qui marchaient en tête, traînant derrière eux
cette longue coulée grouillante et mugissante, monstrueu-
sement indistincte dans l'ombre, approchaient du pont à pas
rapides.

— Je croyais, murmura Miette, que vous ne deviez pas
traverser Plassans ?

— On aura modifié le plan de campagne, répondit Silvère ;
nous devions, en effet, nous porter sur le chef-lieu par la
route de Toulon, en prenant à gauche de Plassans et d'Orchères. Ils seront partis d'Alboise cette après-midi et auront
passé aux Tulettes dans la soirée.

La tête de la colonne était arrivée devant les jeunes gens.
Il régnait, dans la petite armée, plus d'ordre qu'on n'en aurait pu attendre d'une bande d'hommes indisciplinés. Les
contingents de chaque ville, de chaque bourg, formaient des
bataillons distincts qui marchaient à quelques pas les uns
des autres. Ces bataillons paraissaient obéir à des chefs.
D'ailleurs, l'élan qui les précipitait en ce moment sur la
pente de la côte, en faisait une masse compacte, solide, d'une

puissance invincible. Il pouvait y avoir là environ trois mille hommes unis et emportés d'un bloc par un vent de colère. On distinguait mal, dans l'ombre que les hauts talus jetaient le long de la route, les détails étranges de cette scène. Mais, à cinq ou six pas de la broussaille où s'étaient abrités Miette et Silvère, le talus de gauche s'abaissait pour laisser passer un petit chemin qui suivait la Viorne, et la lune, glissant par cette trouée, rayait la route d'une large bande lumineuse. Quand les premiers insurgés entrèrent dans ce rayon, ils se trouvèrent subitement éclairés d'une clarté dont les blancheurs aiguës découpaient avec une netteté singulière les moindres arêtes des visages et des costumes. A mesure que les contingents défilèrent, les jeunes gens les virent ainsi, en face d'eux, farouches, sans cesse renaissants, surgir brusquement des ténèbres.

Aux premiers hommes qui entrèrent dans la clarté, Miette, d'un mouvement instinctif, se serra contre Silvère, bien qu'elle se sentît en sûreté, à l'abri même des regards. Elle passa le bras au cou du jeune homme, appuya la tête contre son épaule. Le visage encadré par le capuchon de la pelisse, pâle, elle se tint debout, les yeux fixés sur ce carré de lumière que traversaient rapidement de si étranges faces, transfigurées par l'enthousiasme, la bouche ouverte et noire, toute pleine du cri vengeur de *la Marseillaise*.

Silvère, qu'elle sentait frémir à son côté, se pencha alors à son oreille et lui nomma les divers contingents, à mesure qu'ils se présentaient.

La colonne marchait sur un rang de huit hommes. En tête, venaient de grands gaillards, aux têtes carrées, qui paraissaient avoir une force herculéenne et une foi naïve de géants. La république devait trouver en eux des défenseurs aveugles et intrépides. Ils portaient sur l'épaule de grandes haches dont le tranchant, fraîchement aiguisé, luisait au clair de lune.

— Les bûcherons des forêts de la Seille, dit Silvère. On en
a fait un corps de sapeurs... Sur un signe de leurs chefs, ces
hommes iraient jusqu'à Paris, enfonçant les portes des villes
à coups de cognée, comme ils abattent les vieux chênes-liéges de la montagne...

Le jeune homme parlait orgueilleusement des gros poings
de ses frères. Il continua, en voyant arriver derrière les bûcherons, une bande d'ouvriers et d'hommes aux barbes rudes, brûlés par le soleil :

— Le contingent de la Palud. C'est le premier bourg qui
s'est mis en insurrection. Les hommes en blouse sont des
ouvriers qui travaillent les chênes-liéges ; les autres, les hommes aux vestes de velours, doivent être des chasseurs et des
charbonniers vivant dans les gorges de la Seille... Les chasseurs ont connu ton père, Miette. Ils ont de bonnes armes
qu'ils manient avec adresse. Ah ! si tous étaient armés de la
sorte ! Les fusils manquent. Vois, les ouvriers n'ont que des
bâtons.

Miette regardait, écoutait, muette. Quand Silvère lui parla
de son père, le sang lui monta violemment aux joues. Le
visage brûlant, elle examina les chasseurs d'un air de colère
et d'étrange sympathie. A partir de ce moment, elle parut
peu à peu s'animer aux frissons de fièvre que les chants des
insurgés lui apportaient.

La colonne, qui venait de recommencer *la Marseillaise*,
descendait toujours, comme fouettée par les souffles âpres du
mistral. Aux gens de la Palud avait succédé une autre troupe
d'ouvriers, parmi lesquels on apercevait un assez grand nombre de bourgeois en paletot.

— Voici les hommes de Saint-Martin-de-Vaulx, reprit Silvère. Ce bourg s'est soulevé presque en même temps que la
Palud... Les patrons se sont joints aux ouvriers. Il y a là des
des gens riches, Miette ; des riches qui pourraient vivre tranquilles chez eux et qui vont risquer leur vie pour la défense

de la liberté. Il faut aimer ces riches... Les armes manquent toujours; à peine quelques fusils de chasse...Tu vois, Miette, ces hommes qui ont au coude gauche un brassard d'étoffe rouge? Ce sont les chefs.

Mais Silvère s'attardait. Les contingents descendaient la côte, plus rapides que ses paroles. Il parlait encore des gens de Saint-Martin-de-Vaulx, que deux bataillons avaient déjà traversé la raie de clarté qui blanchissait la route.

— Tu as vu? demanda-t-il ; les insurgés d'Alboise et des Tulettes viennent de passer. J'ai reconnu Burgat le forgeron... Ils se seront joints à la bande aujourd'hui même... Comme ils courent !

Miette se penchait maintenant, pour suivre plus longtemps du regard les petites troupes que lui désignait le jeune homme. Le frisson qui s'emparait d'elle lui montait dans la poitrine et la prenait à la gorge. A ce moment parut un bataillon plus nombreux et mieux discipliné que les autres. Les insurgés qui en faisaient partie, presque tous vêtus de blouses bleues, avaient la taille serrée d'une ceinture rouge; on les eût dit pourvus d'un uniforme. Au milieu d'eux marchait un homme à cheval, ayant un sabre au côté. Le plus grand nombre de ces soldats improvisés avaient des fusils, des carabines ou d'anciens mousquets de la garde nationale.

— Je ne connais pas ceux-là, dit Silvère. L'homme à cheval doit être le chef dont on m'a parlé. Il a amené avec lui les contingents de Faverolles et des villages voisins. Il faudrait que toute la colonne fût équipée de la sorte.

Il n'eut pas le temps de reprendre haleine.

— Ah! voici les campagnes! cria-t-il.

Derrière les gens de Faverolles, s'avançaient de petits groupes composés chacun de dix à vingt hommes au plus. Tous portaient la veste courte des paysans du Midi. Ils brandissaient en chantant des fourches et des faux ; quelques-uns même n'avaient que de larges pelles de terrassier. Chaque hameau avait envoyé ses hommes valides.

Silvère, qui reconnaissait les groupes à leurs chefs, les énuméra d'une voix fiévreuse.

— Le contingent de Chavanoz ! dit-il. Il n'y a que huit hommes, mais ils sont solides ; l'oncle Antoine les connaît... Voici Nazères ! voici Poujols ! tous y sont, pas un n'a manqué à l'appel... Valqueyras ! Tiens, monsieur le curé est de la partie ; on m'a parlé de lui ; c'est un bon républicain.

Il se grisait. Maintenant que chaque bataillon ne comptait plus que quelques insurgés, il lui fallait les nommer à la hâte, et cette précipitation lui donnait un air fou.

— Ah ! Miette, continua-t-il, le beau défilé ! Rozan ! Vernoux ! Corbière ! et il y en a encore, tu vas voir... Ils n'ont que des faux, ceux-là, mais ils faucheront la troupe aussi rase que l'herbe de leurs prés... Saint-Eutrope ! Mazet ! les Gardes ! Marsanne ! tout le versant nord de la Seille !... Va, nous serons vainqueurs ! Le pays entier est avec nous. Regarde les bras de ces hommes, ils sont durs et noirs comme du fer... Ça ne finit pas. Voici Pruinas ! les Roches-Noires ! Ce sont des contrebandiers, ces derniers ; ils ont des carabines... Encore des faux et des fourches, les contingents des campagnes continuent. Castel-le-Vieux ! Sainte-Anne ! Graille ! Estourmel ! Murdaran !

Et il acheva, d'une voix étranglée par l'émotion, le dénombrement de ces hommes, qu'un tourbillon semblait prendre et enlever à mesure qu'il les désignait. La taille grandie, le visage en feu, il montrait les contingents d'un geste nerveux. Miette suivait ce geste. Elle se sentait attirée vers le bas de la route, comme par les profondeurs d'un précipice. Pour ne pas glisser le long du talus, elle se retenait au cou du jeune homme. Une ivresse singulière montait de cette foule grisée de bruit, de courage et de foi Ces êtres entrevus dans un

rayon de lune, ces adolescents, ces hommes mûrs, ces vieillards brandissant des armes étranges, vêtus des costumes les
plus divers, depuis le sarreau du manœuvre jusqu'à la redingote du bourgeois ; cette file interminable de têtes, dont
l'heure et la circonstance faisaient des masques inoubliables
d'énergie et de ravissement fanatiques, prenaient à la longue
devant les yeux de la jeune fille une impétuosité vertigineuse
de torrent. A certains moments, il lui semblait qu'ils ne marchaient plus, qu'ils étaient charriés par *la Marseillaise* elle-
même, par ce chant rauque aux sonorités formidables. Elle
ne pouvait distinguer les paroles, elle n'entendait qu'un grondement continu, allant de notes sourdes à des notes vibrantes, aiguës comme des pointes qu'on aurait, par saccades,
enfoncées dans sa chair. Ce rugissement de la révolte, cet
appel à la lutte et à la mort, avec ses secousses de colère,
ses désirs brûlants de liberté, son étonnant mélange de mas-
sacres et d'élans sublimes, en la frappant au cœur, sans relâche, et plus profondément à chaque brutalité du rhythme,
lui causait une de ces angoisses voluptueuses de vierge martyre se redressant et souriant sous le fouet. Et toujours,
roulée dans le flot sonore, la foule coulait. Le défilé, qui dura
à peine quelques minutes, parut aux jeunes gens ne devoir
jamais finir.

Certes, Miette était une enfant. Elle avait pâli à l'approche
de la bande, elle avait pleuré ses tendresses envolées ; mais
elle était une enfant de courage, une nature ardente que
l'enthousiasme exaltait aisément. Aussi l'émotion qui l'avait
peu à peu gagnée, la secouait-t-elle maintenant tout entière.
Elle devenait un garçon. Volontiers elle eût pris une arme
et suivi les insurgés. Ses dents blanches, à mesure que défi-
laient les fusils et les faux, se montraient plus longues et
plus aiguës, entre ses lèvres rouges, pareilles aux crocs d'un
jeune loup qui aurait des envies de mordre. Et lorsqu'elle
entendit Silvère dénombrer d'une voix de plus en plus pres-

sée les contingents des campagnes, il lui sembla que l'élan
de la colonne s'accélérait encore, à chaque parole du jeune
homme. Bientôt ce fut un emportement, une poussière
d'hommes balayée par une tempête. Tout se mit à tourner
devant elle. Elle ferma les yeux. De grosses larmes chaudes
coulaient sur ses joues.

Silvère avait, lui aussi, des pleurs au bord des cils.

— Je ne vois pas les hommes qui ont quitté Plassans cette
après-midi, murmura-t-il.

Il tâchait de distinguer le bout de la colonne, qui
se trouvait encore dans l'ombre. Puis il cria avec une joie
triomphante :

— Ah ! les voici !... Ils ont le drapeau, on leur a confié le
drapeau !

Alors il voulut sauter du talus pour aller rejoindre ses
compagnons ; mais, à ce moment, les insurgés s'arrêtèrent.
Des ordres coururent le long de la colonne. *La Marseillaise*
s'éteignit dans un dernier grondement, et l'on n'entendit
plus que le murmure confus de la foule, encore toute vibrante. Silvère, qui écoutait, put comprendre les ordres que
les contingents se transmettaient, et qui appelaient les gens
de Plassans en tête de la bande. Comme chaque bataillon se
rangeait au bord de la route, pour laisser passer le drapeau,
le jeune homme, entraînant Miette, se mit à remonter le
talus.

— Viens, lui dit-il, nous serons avant eux de l'autre côté
du pont.

Et quand ils furent en haut, dans les terres labourées, ils
coururent jusqu'à un moulin dont l'écluse barre la rivière.
Là, ils traversèrent la Viorne sur une planche que les meu-
niers y ont jetée. Puis ils coupèrent en biais les prés Sainte-
Claire, toujours se tenant par la main, toujours courant, sans
échanger une parole. La colonne faisait, sur le grand chemin, une ligne sombre qu'ils suivirent le long des haies. Il

4

y avait des trous dans les aubépines. Silvère et Miette sautè-
rent sur la route par un de ces trous.

Malgré le détour qu'ils venaient de faire, ils arrivèrent en
même temps que les gens de Plassans. Silvère échangea
quelques poignées de main ; on dut penser qu'il avait appris
la marche nouvelle des insurgés et qu'il était venu à leur
rencontre. Miette, dont le visage était caché à demi par le
capuchon de la pelisse, fut regardée curieusement.

— Eh ! c'est la Chantegreil, dit un homme du faubourg,
la nièce de Rébufat, le méger du Jas-Meiffren.

— D'où sors-tu donc, coureuse ? cria une autre voix.

Silvère, gris d'enthousiasme, n'avait pas songé à la singulière figure que ferait son amoureuse devant les plaisanteries
certaines des ouvriers. Miette, confuse, le regardait comme
pour implorer aide et secours. Mais, avant même qu'il eût pu
ouvrir les lèvres, une nouvelle voix s'éleva du groupe, disant
avec brutalité :

— Son père est au bagne, nous ne voulons pas avec nous
la fille d'un voleur et d'un assassin.

Miette pâlit affreusement.

— Vous mentez, murmura-t-elle ; si mon père a tué, il n'a
pas volé.

Et comme Silvère serrait les poings, plus pâle et plus fré-
missant qu'elle :

— Laisse, reprit-elle, ceci me regarde...

Puis se retournant vers le groupe , elle répéta avec éclat :

— Vous mentez, vous mentez ! il n'a jamais pris un sou à
personne. Vous le savez bien. Pourquoi l'insultez-vous, quand
il ne peut être là ?

Elle s'était redressée, superbe de colère. Sa nature ardente,
à demi sauvage, paraissait accepter avec assez de calme l'accusation de meurtre ; mais l'accusation de vol l'exaspérait.
On le savait, et c'est pourquoi la foule lui jetait souvent cette
accusation à la face, par méchanceté bête.

L'homme qui venait d'appeler son père voleur, n'avait,
d'ailleurs, répété que ce qu'il entendait dire depuis des années. Devant l'attitude violente de l'enfant, les ouvriers ri-
canèrent. Silvère serrait toujours les poings. La chose allait
mal tourner, lorsqu'un chasseur de la Seille, qui s'était assis
sur un tas de pierres, au bord de la route, en attendant
qu'on se remît en marche, vint au secours de la jeune fille.

— La petite a raison, dit-il. Chantegreil était un des nô-
tres. Je l'ai connu. Jamais on n'a bien vu clair dans son affaire. Moi, j'ai toujours cru à la vérité de ses déclarations
devant les juges. Le gendarme qu'il a descendu, à la chasse,
d'un coup de fusil, devait déjà le tenir lui-même au bout
de sa carabine. On se défend, que voulez-vous ! Mais Chantegreil était un honnête homme, Chantegreil n'a pas volé.

Comme il arrive en pareil cas, l'attestation de ce braconnier suffit pour que Miette trouvât des défenseurs. Plusieurs
ouvriers voulurent avoir également connu Chantegreil.

— Oui, oui, c'est vrai, dirent-ils. Ce n'était pas un voleur.
Il y a, à Plassans, des canailles qu'il faudrait envoyer au bagne à sa place... Chantegreil était notre frère... Allons, cal-
me-toi, petite.

Jamais Miette n'avait entendu dire du bien de son père.
On le traitait ordinairement devant elle de gueux, de scélérat, et voilà qu'elle rencontrait de braves cœurs qui avaient
pour lui des paroles de pardon et qui le déclaraient un honnête homme. Alors elle fondit en larmes, elle retrouva l'é-
motion que *la Marseillaise* avait fait monter à sa gorge, elle
chercha comment elle pourrait remercier ces hommes doux
aux malheureux. Un moment, il lui vint l'idée de leur serrer la main à tous, comme un garçon. Mais son cœur trouva
mieux. A côté d'elle se tenait debout l'insurgé qui portait le
drapeau. Elle toucha la hampe du drapeau, et, pour tout remerciement, elle dit d'une voix suppliante :

— Donnez-le-moi, je le porterai.

Les ouvriers, simples d'esprit, comprirent le côté naïvement sublime de ce remerciement.

— C'est cela, crièrent-ils, la Chantegreil portera le drapeau.

Un bûcheron fit remarquer qu'elle se fatiguerait vite qu'elle ne pourrait aller loin.

— Oh ! je suis forte, dit-elle orgueilleusement en retroussant ses manches, et en montrant ses bras ronds, aussi gros déjà que ceux d'une femme faite.

Et comme on lui tendait le drapeau :

— Attendez, reprit-elle.

Elle retira vivement sa pelisse, qu'elle remit ensuite, après l'avoir tournée du côté de la doublure rouge. Alors elle apparut, dans la blanche clarté de la lune, drapée d'un large manteau de pourpre qui lui tombait jusqu'aux pieds. Le capuchon, arrêté sur le bord de son chignon, la coiffait d'une sorte de bonnet phrygien. Elle prit le drapeau, en serra la hampe contre sa poitrine, et se tint droite, dans les plis de cette bannière sanglante qui flottait derrière elle. Sa tête d'enfant exaltée, avec ses cheveux crépus, ses grands yeux humides, ses lèvres entr'ouvertes par un sourire, eut un élan d'énergique fierté, en se levant à demi vers le ciel. A ce moment, elle fut la vierge Liberté.

Les insurgés éclatèrent en applaudissements. Ces Méridionaux, à l'imagination vive, étaient saisis et enthousiasmés par la brusque apparition de cette grande fille toute rouge qui serrait si nerveusement leur drapeau sur son sein. Des cris partirent du groupe :

— Bravo, la Chantegreil ! Vive la Chantegreil ! Elle restera avec nous, elle nous portera bonheur !

On l'eût acclamée longtemps si l'ordre de se remettre en marche n'était arrivé. Et, pendant que la colonne s'ébranlait, Miette pressa la main de Silvère, qui venait de se placer à son côté, et lui murmura à l'oreille :

— Tu entends! je resterai avec toi. Tu veux bien?

Silvère, sans répondre, lui rendit son étreinte. Il acceptait. Profondément ému, il était d'ailleurs incapable de ne pas se laisser aller au même enthousiasme que ses compagnons. Miette lui était apparue si belle, si grande, si sainte! Pendant toute la montée de la côte, il la revit devant lui, rayonnante, dans une gloire empourprée. Maintenant, il la confondait avec son autre maîtresse adorée, la république. Il aurait voulu être arrivé, avoir son fusil sur l'épaule. Mais les insurgés montaient lentement. L'ordre était donné de faire le moins de bruit possible. La colonne s'avançait entre les deux rangées d'ormes, pareille à un serpent gigantesque dont chaque anneau aurait eu d'étranges frémissements. La nuit glacée de décembre avait repris son silence, et seule la Viorne paraissait gronder d'une voix plus haute.

Dès les premières maisons du faubourg, Silvère courut en avant pour aller chercher son fusil à l'aire Saint-Mittre, qu'il retrouva endormie sous la lune. Quand il rejoignit les insurgés, ils étaient arrivés devant la porte de Rome. Miette se pencha, et lui dit avec son sourire d'enfant :

— Il me semble que je suis à la procession de la Fête-Dieu, et que je porte la bannière de la Vierge.

4.

II

Plassans est une sous-préfecture d'environ dix mille âmes. Bâtie sur le plateau qui domine la Viorne, adossée au nord contre les collines des Garrigues, une des dernières ramifications des Alpes, la ville est comme située au fond d'un cul-de-sac. En 1851, elle ne communiquait avec les pays voisins que par deux routes, la route de Nice, qui descend à l'est, et la route de Lyon, qui monte à l'ouest, l'une continuant l'autre, sur deux lignes presque parallèles. Depuis cette époque, on a construit un chemin de fer dont la voie passe au sud de la ville, en bas du coteau qui va en pente raide des anciens remparts à la rivière. Aujourd'hui, quand on sort de la gare, placée sur la rive droite du petit torrent, on aperçoit, en levant la tête, les premières maisons de Plassans, dont les jardins forment terrasse. Il faut monter pendant un bon quart d'heure avant d'atteindre ces maisons.

Il y a une vingtaine d'années, grâce sans doute au manque de communications, aucune ville n'avait mieux conservé le caractère dévot et aristocratique des anciennes cités provençales. Elle avait, et a d'ailleurs encore aujourd'hui, tout un quartier de grands hôtels bâtis sous Louis XIV et sous Louis XV, une douzaine d'églises, des maisons de jésuites et de capucins, un nombre considérable de couvents. La distinction des classes y est restée longtemps tranchée par la division des quartiers. Plassans en compte trois, qui forment chacun comme un bourg particulier et complet, ayant ses églises, ses promenades, ses mœurs, ses horizons.

Le quartier des nobles, qu'on nomme quartier Saint-Marc, du nom d'une des paroisses qui le desservent, un petit Versailles aux rues droites, rongées d'herbe, et dont les larges maisons carrées cachent de vastes jardins, s'étend au sud, sur le bord du plateau ; certains hôtels, construits au ras même de la pente, ont une double rangée de terrasses, d'où l'on découvre toute la vallée de la Viorne, admirable point de vue très-vanté dans le pays. Le vieux quartier, l'ancienne ville, étage au nord-ouest ses ruelles étroites et tortueuses, bordées de masures branlantes ; là se trouvent la mairie, le tribunal civil, le marché, la gendarmerie ; cette partie de Plassans, la plus populeuse, est occupée par les ouvriers, les commerçants, tout le menu peuple actif et misérable. La ville neuve, enfin, forme une sorte de carré long, au nord-est ; la bourgeoisie, ceux qui ont amassé sou à sou une fortune, et ceux qui exercent une profession libérale, y habitent des maisons bien alignées, enduites d'un badigeon jaune clair. Ce quartier, qu'embellit la sous-préfecture, une laide bâtisse de plâtre ornée de rosaces, comptait à peine cinq ou six rues en 1851 ; il est de création récente, et, surtout depuis la construction du chemin de fer, il tend seul à s'agrandir.

Ce qui, de nos jours, partage encore Plassans en trois parties indépendantes et distinctes, c'est que les quartiers sont nettement bornés par de grandes voies. Le cours Sauvaire et la rue de Rome, qui en est comme le prolongement étranglé,

vont de l'ouest à l'est, de la Grand'-Porte à la porte de Rome,
coupant ainsi la ville en deux morceaux, séparant le quartier
des nobles des deux autres quartiers. Ceux-ci sont eux-
mêmes délimités par la rue de la Banne ; celte rue, la plus
belle du pays, prend naissance à l'extrémité du cours Sauvaire et monte vers le nord, en laissant à gauche les masses
noires du vieux quartier, à droite les maisons jaune clair de
la ville neuve. C'est là, vers le milieu de la rue, au fond
d'une petite place plantée d'arbres maigres, que se dresse la
sous-préfecture, monument dont les bourgeois de Plassans
sont très-fiers.

Comme pour s'isoler davantage et se mieux enfermer
chez elle, la ville est entourée d'une ceinture d'anciens remparts qui ne servent aujourd'hui qu'à la rendre plus noire et
plus étroite. On démolirait à coups de fusils ces fortifications
ridicules, mangées de lierre et couronnées de giroflées sauvages, tout au plus égales en hauteur et en épaisseur aux
murailles d'un couvent. Elles sont percées de plusieurs ouvertures, dont les deux principales, la porte de Rome et la
Grand'-Porte, s'ouvrent, la première, sur la route de Nice,
la seconde sur la route de Lyon, à l'autre bout de la ville.
Jusqu'en 1853, ces ouvertures sont restées garnies d'énormes portes de bois à deux battants, cintrées dans le haut, et
que consolidaient des lames de fer. A onze heures en été, à
dix heures en hiver, on fermait ces portes à double tour. La
ville, après avoir ainsi poussé les verrous comme une fille
peureuse, dormait tranquille. Un gardien, qui habitait une
logette placée dans un des angles intérieurs de chaque portail, avait charge d'ouvrir aux personnes attardées. Mais il
fallait parlementer longtemps. Le gardien n'introduisait les
gens qu'après avoir éclairé de sa lanterne et examiné attentivement leur visage au travers d'un judas ; pour peu qu'on
lui déplût, on couchait dehors. Tout l'esprit de la ville, fait
de poltronnerie, d'égoïsme, de routine, de la haine du dehors

et du désir religieux d'une vie cloîtrée, se trouvait dans ces
tours de clef donnés aux portes chaque soir. Plassans, quand
il s'était bien cadenassé, se disait : « Je suis chez moi »,
avec la satisfaction d'un bourgeois dévot, qui, sans crainte
pour sa caisse, certain de n'être réveillé par aucun tapage,
va réciter ses prières et se mettre voluptueusement au lit. Il
n'y a pas de cité, je crois, qui se soit entêtée si tard à s'enfermer comme une nonne.

La population de Plassans se divise en trois groupes ; autant de quartiers, autant de petits mondes à part. Il faut
mettre en dehors les fonctionnaires, le sous-préfet, le receveur particulier, le conservateur des hypothèques, le directeur des postes, tous gens étrangers à la contrée, peu aimés
et très-enviés, vivant à leur guise. Les vrais habitants, ceux
qui ont poussé là, et qui sont fermement décidés à y mourir, respectent trop les usages reçus et les démarcations
établies pour ne pas se parquer d'eux-mêmes dans une des
sociétés de la ville.

Les nobles se cloîtrent hermétiquement. Depuis la chute
de Charles X, ils sortent à peine, se hâtant de rentrer dans
leurs grands hôtels silencieux, marchant furtivement, comme
en pays ennemi. Ils ne vont chez personne, et ne se reçoivent
même pas entre eux. Leurs salons ont pour seuls habitués
quelques prêtres. L'été, ils habitent les châteaux qu'ils pos-
sèdent aux environs ; l'hiver, ils restent au coin de leur feu.
Ce sont des morts s'ennuyant dans la vie. Aussi leur quartier
a-t-il le calme lourd d'un cimetière. Les portes et les fenêtres sont soigneusement barricadées ; on dirait une suite de
couvents fermés à tous les bruits du dehors. De loin en
loin, on voit passer un abbé dont la démarche discrète met
un silence de plus le long des maisons closes, et qui dispa-
raît comme une ombre dans l'entre-bâillement d'une porte.

La bourgeoisie, les commerçants retirés, les avocats, les
notaires, tout le petit monde aisé et ambitieux qui peuple

la ville neuve, tâche de donner quelque vie à Plassans.
Ceux-là vont aux soirées de M. le sous-préfet et rêvent de
rendre des fêtes pareilles. Ils font volontiers de la popularité, appellent un ouvrier « mon brave, » parlent des récoltes aux paysans, lisent les journaux, se promènent le dimanche avec leurs dames. Ce sont les esprits avancés de
l'endroit, les seuls qui se permettent de rire en parlant des
remparts ; ils ont même plusieurs fois réclamé de « l'édi-
lité » la démolition de ces vieilles murailles, « vestige d'un
autre âge. » D'ailleurs, les plus sceptiques d'entre eux reçoivent une violente commotion de joie chaque fois qu'un
marquis ou un comte veut bien les honorer d'un léger salut.
Le rêve de tout bourgeois de la ville neuve est d'être admis
dans un salon du quartier Saint-Marc. Ils savent bien que
ce rêve est irréalisable, et c'est ce qui leur fait crier très-haut
qu'ils sont libres penseurs, des libres penseurs tout de paroles, fort amis de l'autorité, se jetant dans les bras du premier sauveur venu, au moindre grondement du peuple.

Le groupe qui travaille et végète dans le vieux quartier
n'est pas aussi nettement déterminé. Le peuple, les ouvriers,
y sont en majorité ; mais on y compte aussi les petits détaillants et même quelques gros négociants. A la vérité,
Plassans est loin d'être un centre de commerce ; on y trafique
juste assez pour se débarrasser des productions du pays, les
huiles, les vins, les amandes. Quant à l'industrie, elle n'y
est guère représentée que par trois ou quatre tanneries qui
empestent une des rues du vieux quartier, des manufactures
de chapeaux de feutre et une fabrique de savon reléguée
dans un coin du faubourg. Ce petit monde commercial et
industriel, s'il fréquente, aux grands jours, les bourgeois de
la ville neuve, vit surtout au milieu des travailleurs de l'ancienne ville Commerçants, détaillants, ouvriers, ont des intérêts communs qui les unissent en une seule famille. Le dimanche seulement, les patrons se lavent les mains et font

bande à part. D'ailleurs, la population ouvrière, qui compte
pour un cinquième à peine, se perd au milieu des oisifs du
pays.

Une seule fois par semaine, dans la belle saison, les trois
quartiers de Plassans se rencontrent face à face. Toute la
ville se rend au cours Sauvaire, le dimanche, après les vê-
pres; les nobles eux-mêmes se hasardent. Mais, sur cette
sorte de boulevard planté de deux allées de platanes, il s'é-
tablit trois courants bien distincts. Les bourgeois de la ville
neuve ne font que passer; ils sortent par la Grand'-Porte et
prennent, à droite, l'avenue du Mail, le long de laquelle ils
vont et viennent, jusqu'à la tombée de la nuit. Pendant ce
temps, la noblesse et le peuple se partagent le cours Sauvaire. Depuis plus d'un siècle, la noblesse a choisi l'allée
placée au sud, qui est bordée d'une rangée de grands hôtels
et que le soleil quitte la première; le peuple a dû se contenter de l'autre allée, celle du nord, côté où se trouvent les
cafés, les hôtels, les débits de tabac. Et, toute l'après-midi,
peuple et noblesse se promènent, montant et descendant le
cours, sans que jamais un ouvrier ou un noble ait la pensée
de changer d'avenue. Six à huit mètres les séparent, et ils
restent à mille lieues les uns des autres, suivant avec scrupule deux lignes parallèles, comme ne devant pas se rencontrer en ce bas monde. Même aux époques révolutionnaires, chacun a gardé son allée. Cette promenade régle-
mentaire du dimanche et les tours de clef donnés le soir aux
portes, sont des faits du même ordre, qui suffisent pour
juger les dix mille âmes de la ville.

Ce fut dans ce milieu particulier que végéta jusqu'en 1848
une famille obscure et peu estimée, dont le chef, Pierre
Rougon, joua plus tard un rôle important, grâce à certaines
circonstances.

Pierre Rougon était un fils de paysan. La famille de sa
mère, les Fouque, comme on les nommait, possédait, vers

la fin du siècle dernier, un vaste terrain situé dans le faubourg, derrière l'ancien cimetière Saint-Mittre ; ce terrain
a été plus tard réuni au Jas-Meiffren. Les Fouque étaient
les plus riches maraîchers du pays ; ils fournissaient de légumes tout un quartier de Plassans. Le nom de cette famille
s'éteignit quelques années avant la révolution. Une fille seule
resta, Adélaïde, née en 1768, et qui se trouva orpheline à
l'âge de dix-huit ans. Cette enfant, dont le père mourut fou,
était une grande créature, mince, pâle, aux regards effarés,
d'une singularité d'allures qu'on put prendre pour de la
sauvagerie tant qu'elle resta petite fille. Mais, en grandis-
sant, elle devint plus bizarre encore ; elle commit certaines
actions que les plus fortes têtes du faubourg ne purent raisonnablement expliquer, et, dès lors, le bruit courut qu'elle
avait le cerveau fêlé comme son père. Elle se trouvait seule
dans la vie, depuis six mois à peine, maîtresse d'un bien qui
faisait d'elle une héritière recherchée, quand on apprit son
mariage avec un garçon jardinier, un nommé Rougon, paysan mal dégrossi, venu des Basses-Alpes. Ce Rougon, après
la mort du dernier des Fouque, qui l'avait loué pour une
saison, était resté au service de la fille du défunt. De serviteur
à gages, il passait brusquement au titre envié de mari. Ce
mariage fut un premier étonnement pour l'opinion ; personne
ne put comprendre pourquoi Adélaïde préférait ce pauvre
diable, épais, lourd, commun, sachant à peine parler français, à tels et tels jeunes gens, fils de cultivateurs aisés, qu'on
voyait rôder autour d'elle depuis longtemps. Et comme en
province rien ne doit rester inexpliqué, on voulut voir un
mystère quelconque au fond de cette affaire, on prétendit
même que le mariage était devenu d'une absolue nécessité
entre les jeunes gens. Mais les faits démentirent ces médi-
sances. Adélaïde eut un fils au bout de douze grands mois. Le
faubourg se fâcha ; il ne pouvait admettre qu'il se fût trompé,
il entendait pénétrer le prétendu secret ; aussi toutes les

commères se mirent-elles à espionner les Rougon. Elles ne tardèrent pas à avoir une ample matière à bavardages. Rougon mourut presque subitement, quinze mois après son mariage, d'un coup de soleil qu'il reçut, une après-midi, en sarclant un plant de carottes. Une année s'était à peine écoulée que la jeune veuve donna lieu à un scandale inouï; on sut d'une façon certaine qu'elle avait un amant ; elle ne paraissait pas s'en cacher ; plusieurs personnes affirmaient l'avoir entendue tutoyer publiquement le successeur du pauvre Rougon. Un an de veuvage au plus, et un amant! Un pareil oubli des convenances parut monstrueux, en dehors de la saine raison. Ce qui rendit le scandale plus éclatant, ce fut l'étrange choix d'Adélaïde. Alors demeurait au fond de l'impasse Saint-Mittre, dans une masure dont les derrières donnaient sur le terrain des Fouque, un homme mal famé, que l'on désignait d'habitude sous cette locution, « ce gueux de Macquart. » Cet homme disparaissait pendant des semaines entières ; puis on le voyait reparaître, un beau soir, les bras vides, les mains dans les poches, flânant ; il sifflait, il semblait revenir d'une petite promenade. Et les femmes, assises sur le seuil de leur porte, disaient en le voyant passer : « Tiens ! ce gueux de Macquart! il aura caché ses ballots et son fusil dans quelque creux de la Viorne. » La vérité était que Macquart n'avait pas de rentes, et qu'il mangeait et buvait en heureux fainéant, pendant ses courts séjours à la ville. Il buvait surtout avec un entêtement farouche ; seul à une table, au fond d'un cabaret, il s'oubliait chaque soir, les yeux fixés stupidement sur son verre, sans jamais écouter ni regarder autour de lui. Et, quand le marchand de vin fermait sa porte, il se retirait d'un pas ferme, la tête plus haute, comme redressé par l'ivresse. « Macquart marche bien droit, il est ivre-mort, » disait-on en le voyant rentrer. D'ordinaire, lorsqu'il n'avait pas bu, il allait légèrement courbé, évitant les regards des curieux, avec une sorte de timidité sauvage.

5

Depuis la mort de son père, un ouvrier tanneur, qui lui avait laissé pour tout héritage la masure de l'impasse Saint-Mittre, on ne lui connaissait ni parents ni amis. La proximité des frontières et le voisinage des forêts de la Seille avaient fait de ce paresseux et singulier garçon un contrebandier doublé d'un braconnier, un de ces êtres à figure louche dont les passants disent : « Je ne voudrais pas rencontrer cette tête-là, à minuit, au coin d'un bois. » Grand, terriblement barbu, la face maigre, Macquart était la terreur des bonnes femmes du faubourg ; elles l'accusaient de manger des petits enfants tout crus. A peine âgé de trente ans, il paraissait en avoir cinquante. Sous les broussailles de sa barbe et les mèches de ses cheveux, qui lui couvraient le visage, pareilles aux touffes de poils d'un caniche, on ne distinguait que le luisant de ses yeux bruns, le regard furtif et triste d'un homme aux instincts vagabonds, que le vin et une vie de paria ont rendu mauvais. Bien qu'on ne pût préciser aucun de ses crimes, il ne se commettait pas un vol, pas un assassinat dans le pays, sans que le premier soupçon se portât sur lui. Et c'était cet ogre, ce brigand, ce gueux de Macquart qu'Adélaïde avait choisi ! En vingt mois, elle eut deux enfants, un garçon, puis une fille. De mariage entre eux il n'en fut pas un instant question. Jamais le faubourg n'a vu une pareille audace dans l'inconduite. La stupéfaction fut si grande, l'idée que Macquart avait pu trouver une maîtresse jeune et riche renversa à un tel point les croyances des commères, qu'elles furent presque douces pour Adélaïde. « La pauvre ! elle est devenue complétement folle, disaient-elles ; si elle avait une famille, il y a longtemps qu'elle serait enfermée. » Et, comme on ignora toujours l'histoire de ces amours étranges, ce fut encore cette canaille de Macquart qui fut accusé d'avoir abusé du cerveau faible d'Adélaïde pour lui voler son argent.

Le fils légitime, le petit Pierre Rougon, grandit avec les

bâtards de sa mère. Adélaïde garda auprès d'elle ces derniers, Antoine et Ursule, les louveteaux, comme on les nommait dans le quartier, sans d'ailleurs les traiter ni plus ni moins tendrement que son enfant du premier lit. Elle paraissait n'avoir pas une conscience bien nette de la situation faite dans la vie à ces deux pauvres créatures. Pour elle, ils étaient ses enfants au même titre que son premier né ; elle sortait parfois tenant Pierre d'une main et Antoine de l'autre, ne s'apercevant pas de la façon déjà profondément différente dont on regardait les chers petits.

Ce fut une singulière maison.

Pendant près d'une vingtaine d'années, chacun y vécut à son caprice, les enfants comme la mère. Tout y poussa librement. En devenant femme. Adélaïde était restée la grande fille étrange qui passait à quinze ans pour une sauvage ; non pas qu'elle fût folle, ainsi que le prétendaient les gens du faubourg, mais il y avait en elle un manque d'équilibre entre le sang et les nerfs, une sorte de détraquement du cerveau et du cœur, qui la faisait vivre en dehors de la vie ordinaire, autrement que tout le monde. Elle était certainement très-naturelle, très-logique avec elle-même ; seulement sa logique devenait de la pure démence aux yeux des voisins. Elle semblait vouloir s'afficher, chercher méchamment à ce que tout, chez elle, allât de mal en pis, lorsqu'elle obéissait avec une grande naïveté aux seules poussées de son tempérament.

Dès ses premières couches, elle fut sujette à des crises nerveuses qui la jetaient dans des convulsions terribles. Ces crises revenaient périodiquement tous les deux ou trois mois. Les médecins qui furent consultés, répondirent qu'il n'y avait rien à faire, que l'âge calmerait ces accès. On la mit seulement au régime des viandes saignantes et du vin de quinquina. Ces secousses répétées achevèrent de la détraquer. Elle vécut au jour le jour, comme une enfant, comme une

bête caressante qui cède à ses instincts. Quand Macquart
était en tournée, elle passait ses journées, oisive, songeuse,
ne s'occupant de ses enfants que pour les embrasser et
jouer avec eux. Puis, dès le retour de son amant, elle disparaissait.

Derrière la masure de Macquart, il y avait une petite cour
qu'une muraille séparait du terrain des Fouque. Un matin,
les voisins furent très-surpris en voyant cette muraille per-
cée d'une porte, qui la veille au soir n'était pas là. En une
heure, le faubourg entier défila aux fenêtres voisines. Les
amants avaient dû travailler toute la nuit pour creuser l'ouverture et pour poser la porte. Maintenant, ils pouvaient aller librement de l'un chez l'autre. Le scandale recommença ;
on fut moins doux pour Adélaïde, qui décidément était la
honte du faubourg ; cette porte, cet aveu tranquille et brutal de vie commune lui fut plus violemment reproché que
ses deux enfants. « On sauve au moins les apparences, » disaient les femmes les plus tolérantes. Adélaïde ignorait ce
qu'on appelle « sauver les apparences ; » elle était très-heureuse, très-fière de sa porte ; elle avait aidé Macquart à arracher les pierres du mur, elle lui avait même gâché du plâtre pour que la besogne allât plus vite ; aussi vint-elle, le
lendemain, avec une joie d'enfant, regarder son œuvre, en
plein jour, ce qui parut le comble du dévergondage à trois
commères, qui l'aperçurent, contemplant la maçonnerie encore fraîche. Dès lors, à chaque apparition de Macquart, on
pensa, en ne voyant plus la jeune femme, qu'elle allait vivre
avec lui dans la masure de l'impasse Saint-Mittre.

Le contrebandier venait très-irrégulièrement presque toujours à l'improviste. Jamais on ne sut au juste quelle était la
vie des amants, pendant les deux ou trois jours qu'il passait
à la ville, de loin en loin. Ils s'enfermaient, le petit logis paraissait inhabité. Le faubourg ayant décidé que Macquart
avait séduit Adélaïde uniquement pour lui manger son ar-

gent, on s'étonna, à la longue, de voir cet homme vivre comme par le passé, sans cesse par monts et par vaux, aussi mal équipé qu'auparavant. Peut-être la jeune femme l'aimait-elle d'autant plus qu'elle le voyait à de plus longs intervalles ; peut-être avait-il résisté à ses supplications, éprouvant l'impérieux besoin d'une existence aventureuse. On inventa mille fables, sans pouvoir expliquer raisonnablement une liaison qui s'était nouée et se prolongeait en dehors de tous les faits ordinaires. Le logis de l'impasse Saint-Mittre resta hermétiquement clos et garda ses secrets. On devina seulement que Macquart devait battre Adélaïde, bien que jamais le bruit d'une querelle ne sortît de la maison. A plusieurs reprises, elle reparut, la face meurtrie, les cheveux arrachés. D'ailleurs, pas le moindre accablement de souffrance ni même de tristesse, pas le moindre souci de cacher ses meurtrissures. Elle souriait, elle semblait heureuse. Sans doute, elle se laissait assommer sans souffler mot. Pendant plus de quinze ans, cette existence dura.

Lorsque Adélaïde rentrait chez elle, elle trouvait la maison au pillage, sans s'émouvoir le moins du monde, Elle manquait absolument du sens pratique de la vie. La valeur exacte des choses, la nécessité de l'ordre lui échappaient.

Elle laissa croître ses enfants comme ces pruniers qui poussent le long des routes, au bon plaisir de la pluie et du soleil. Ils portèrent leurs fruits naturels, en sauvageons que la serpe n'a point greffés ni taillés. Jamais la nature ne fut moins contrariée, jamais petits êtres malfaisants ne grandirent plus franchement dans le sens de leurs instincts. En attendant, ils se roulaient dans les plants de légumes, passant leur vie en plein air, à jouer et à se battre comme des vauriens. Ils volaient les provisions du logis, ils dévastaient les quelques arbres fruitiers de l'enclos, ils étaient les démons familiers, pillards et criards, de cette étrange maison de la folie lucide.

Quand leur mère disparaissait pendant des journées entières, leur vacarme devenait tel, ils trouvaient des inventions si diaboliques pour molester les gens, que les voisins devaient les menacer d'aller leur donner le fouet. Adélaïde, d'ailleurs, ne les effrayait guère; lorsqu'elle était là, s'ils devenaient moins insupportables aux autres, c'est qu'ils la prenaient pour victime, manquant l'école régulièrement cinq ou six fois par semaine, faisant tout au monde pour s'attirer une correction qui leur eût permis de brailler à leur aise. Mais jamais elle ne les frappait, ni même ne s'emportait; elle vivait très-bien au milieu du bruit, molle, placide, l'esprit perdu. A la longue même, l'affreux tapage de ces garnements lui devint nécessaire pour emplir le vide de son cerveau. Elle souriait doucement, quand elle entendait dire : « Ses enfants la battront, et ce sera bien fait. » A toutes choses, son allure indifférente semblait répondre : Qu'importe ! Elle s'occupait de son bien encore moins que de ses enfants. L'enclos des Fouque, pendant les longues années que dura cette singulière existence, serait devenu un terrain vague, si la jeune femme n'avait eu la bonne chance de confier la culture de ses légumes à un habile maraîcher. Cet homme, qui devait partager les bénéfices avec elle, la volait impudemment, ce dont elle ne s'aperçut jamais. D'ailleurs, cela eut un heureux côté : pour la voler davantage, le maraîcher tira le plus grand parti possible du terrain, qui doubla presque de valeur.

Soit qu'il fût averti par un instinct secret, soit qu'il eût déjà conscience de la façon différente dont l'accueillaient les gens du dehors, Pierre, l'enfant légitime, domina dès le bas âge son frère et sa sœur. Dans leurs querelles, bien qu'il fût beaucoup plus faible qu'Antoine, il le battait en maître. Quant à Ursule, pauvre petite créature chétive et pâle, elle était frappée aussi rudement par l'un que par l'autre. D'ailleurs, jusqu'à l'âge de quinze ou seize ans, les trois enfants

se rouèrent de coups fraternellement, sans s'expliquer leur
haine vague, sans comprendre d'une manière nette combien
ils étaient étrangers. Ce fut seulement à cet âge qu'ils se
trouvèrent face à face, avec leur personnalité consciente et
arrêtée.

A seize ans, Antoine était un grand galopin, dans lequel
les défauts de Macquart et d'Adélaïde se montraient déjà
comme fondus. Macquart dominait cependant, avec son
amour du vagabondage, sa tendance à l'ivrognerie, ses emportements de brute. Mais, sous l'influence nerveuse d'Adélaïde, ces vices qui, chez le père, avaient une sorte de franchise sanguine, prenaient, chez le fils, une sournoiserie
pleine d'hypocrisie et de lâcheté. Antoine appartenait à sa
mère par un manque absolu de volonté digne, par un égoïsme
de femme voluptueuse qui lui faisait accepter n'importe quel
lit d'infamie, pourvu qu'il s'y vautrât à l'aise et qu'il y dor-
mît chaudement. On disait de lui : « Ah ! le brigand ! il n'a
même pas, comme Macquart, le courage de sa gueuserie ; s'il
assassine jamais, ce sera à coups d'épingle. » Au physique,
Antoine n'avait que les lèvres charnues d'Adélaïde ; ses autres
traits étaient ceux du contrebandier, mais adoucis, rendus
fuyants et mobiles.

Chez Ursule, au contraire, la ressemblance physique et
morale de la jeune femme l'emportait ; c'était toujours un
mélange intime ; seulement la pauvre petite, née la seconde,
à l'heure où les tendresses d'Adélaïde dominaient l'amour
déjà plus calme de Macquart, semblait avoir reçu avec son
sexe, l'empreinte plus profonde du tempérament de sa mère.
D'ailleurs, il n'y avait plus ici une fusion des deux natures,
mais plutôt une juxtaposition, une soudure singulièrement
étroite. Ursule, fantasque, montrait par moments des sau-
vageries, des tristesses, des emportements de paria ; puis,
le plus souvent, elle riait par éclats nerveux, elle rêvait avec
mollesse, en femme folle du cœur et de la tête. Ses yeux, où

passaient les regards effarés d'Adélaïde, étaient d'une limpidité de cristal, comme ceux des jeunes chats qui doivent
mourir d'éthisie.

En face des deux bâtards, Pierre semblait un étranger, il
différait d'eux profondément, pour quiconque ne pénétrait
pas les racines mêmes de son être. Jamais enfant ne fut à pareil point la moyenne équilibrée des deux créatures qui l'a-
vaient engendré. Il était un juste milieu entre le paysan
Rougon et la fille nerveuse Adélaïde. Sa mère avait en lui
dégrossi son père. Ce sourd travail des tempéraments qui
détermine à la longue l'amélioration ou la déchéance d'une
race, paraissait obtenir chez Pierre un premier résultat. Il
n'était toujours qu'un paysan, mais un paysan à la peau
moins rude, au masque moins épais, à l'intelligence plus
large et plus souple. Même son père et sa mère s'étaient chez
lui corrigés l'un par l'autre. Si la nature d'Adélaïde, que la
rébellion des nerfs affinait d'une façon exquise, avait com-
battu et amoindri les lourdeurs sanguines de Rougon, la
masse pesante de celui-ci s'était opposée à ce que l'enfant re-
çût le contre-coup des détraquements de la jeune femme.
Pierre ne connaissait ni les emportements ni les rêveries
maladives des louveteaux de Macquart. Fort mal élevé, tapageur comme tous les enfants lâchés librement dans la vie,
il possédait néanmoins un fond de sagesse raisonnée qui devait toujours l'empêcher de commettre une folie improduc-
tive. Ses vices, sa fainéantise, ses appétits de jouissance,
n'avaient pas l'élan instinctif des vices d'Antoine; il entendait les cultiver et les contenter au grand jour, honorable-
ment. Dans sa personne grasse, de taille moyenne, dans sa
face longue, blafarde, où les traits de son père avaient pris
certaines finesses du visage d'Adélaïde, on lisait déjà l'ambition sournoise et rusée, le besoin insatiable d'assouvisse-
ment, le cœur sec et l'envie haineuse d'un fils de paysan, dont
la fortune et les nervosités de sa mère ont fait un bourgeois.

Lorsque, à dix-sept ans, Pierre apprit et put comprendre les désordres d'Adélaïde et la singulière situation d'Antoine et d'Ursule, il ne parut ni triste ni indigné, mais simplement très-préoccupé du parti que ses intérêts lui conseillaient de prendre. Des trois enfants, lui seul avait suivi l'école avec une certaine assiduité. Un paysan qui commence à sentir la nécessité de l'instruction, devient le plus souvent un calculateur féroce. Ce fut à l'école que ses camarades, par leurs huées et la façon insultante dont ils traitaient son frère, lui donnèrent de premiers soupçons. Plus tard, il s'expliqua bien des regards, bien des paroles. Il vit enfin clairement la maison au pillage. Dès lors, Antoine et Ursule furent pour lui des parasites éhontés, des bouches qui dévoraient son bien. Quant à sa mère, il la regarda du même œil que le faubourg, comme une femme bonne à enfermer, qui finirait par manger son argent, s'il n'y mettait ordre. Ce qui acheva de le navrer, ce furent les vols du maraîcher. L'enfant tapageur se transforma, du jour au lendemain, en un garçon économe et égoïste, mûri hâtivement dans le sens de ses instincts par l'étrange vie de gaspillage qu'il ne pouvait voir maintenant autour de lui sans en avoir le cœur crevé. C'était à lui ces légumes sur la vente desquels le maraîcher prélevait les plus gros bénéfices; c'était à lui ce vin bu, ce pain mangé par les bâtards de sa mère. Toute la maison, toute la fortune était à lui. Dans sa logique de paysan, lui seul, fils légitime, devait hériter. Et comme les biens périclitaient, comme tout le monde mordait avidement à sa fortune future, il chercha le moyen de jeter ces gens à la porte, mère, frère, sœur, domestiques, et d'hériter immédiatement.

La lutte fut cruelle. Le jeune homme comprit qu'il devait avant tout frapper sa mère. Il exécuta pas à pas, avec une patience tenace, un plan dont il avait longtemps mûri chaque détail. Sa tactique fut de se dresser devant Adélaïde comme

un reproche vivant ; non pas qu'il s'emportât ni qu'il lui
adressât des paroles amères sur son inconduite ; mais il avait
trouvé une certaine façon de la regarder, sans mot dire, qui
la terrifiait. Lorsqu'elle reparaissait, après un court séjour
au logis de Macquart, elle ne levait plus les yeux sur son fils
qu'en frissonnant ; elle sentait ses regards, froids et aigus
comme des lames d'acier, qui la poignardaient, longuement,
sans pitié. L'attitude sévère et silencieuse de Pierre, de cet
enfant d'un homme qu'elle avait si vite oublié, troublait
étrangement son pauvre cerveau malade. Elle se disait que
Rougon ressuscitait pour la punir de ses désordres. Toutes
les semaines, maintenant, elle était prise d'une de ces attaques nerveuses qui la brisaient ; on la laissait se débattre ;
quand elle revenait à elle, elle rattachait ses vêtements, elle
se traînait, plus faible. Souvent, elle sanglotait la nuit, se
serrant la tête entre les mains, acceptant les blessures de
Pierre comme les coups d'un dieu vengeur. D'autres fois,
elle le reniait ; elle ne reconnaissait pas le sang de ses entrailles dans ce garçon épais, dont le calme glaçait si douloureusement sa fièvre. Elle eût mieux aimé mille fois être
battue que d'être ainsi regardée en face. Ces regards impla-
cables qui la suivaient partout, finirent par la secouer d'une
façon si insupportable, qu'elle forma, à plusieurs reprises,
le projet de ne plus revoir son amant ; mais, dès que Macquart arrivait, elle oubliait ses serments, elle courait à lui.
Et la lutte recommençait à son retour, plus muette, plus
terrible. Au bout de quelques mois, elle appartint à son fils.
Elle était devant lui comme une petite fille qui n'est pas
certaine de sa sagesse et qui craint toujours d'avoir mérité le
fouet. Pierre, en habile garçon, lui avait lié les pieds et les
mains, s'en était fait une servante soumise, sans ouvrir les
lèvres, sans entrer dans des explications difficiles et compro
mettantes.

Quand le jeune homme sentit sa mère en sa possession,

qu'il put la traiter en esclave, il commença à exploiter dans
son intérêt les faiblesses de son cerveau et la terreur folle
qu'un seul de ses regards lui inspirait. Son premier soin,
dès qu'il fut maître au logis, fut de congédier le maraîcher,
et de le remplacer par une créature à lui. Il prit la haute direction de la maison, vendant, achetant, tenant la caisse. Il
ne chercha, d'ailleurs, ni à régler la conduite d'Adélaïde, ni
à corriger Antoine et Ursule de leur paresse. Peu lui importait, car il comptait se débarrasser de ces gens à la première
occasion. Il se contenta de leur mesurer le pain et l'eau.
Puis, ayant déjà toute la fortune dans les mains, il attendit
un événement qui lui permit d'en disposer à son gré.

Les circonstances le servirent singulièrement. Il échappa
à la conscription, à titre de fils aîné d'une femme veuve.
Mais, deux ans plus tard, Antoine tomba au sort. Sa mauvaise chance le toucha peu ; il comptait que sa mère lui achèterait un homme. Adélaïde, en effet, voulut le sauver du
service. Pierre, qui tenait l'argent, fit la sourde oreille. Le
départ forcé de son frère était un heureux événement servant trop bien ses projets. Quand sa mère lui parla de cette
affaire, il la regarda d'une telle façon qu'elle n'osa même pas
achever. Son regard disait : « Vous voulez donc me ruiner
pour votre bâtard ? » Elle abandonna Antoine, égoïstement,
ayant avant tout besoin de paix et de liberté. Pierre, qui
n'était pas pour les moyens violents, et qui se réjouissait de
pouvoir mettre son frère à la porte sans querelle, joua alors
le rôle d'un homme désespéré : l'année avait été mauvaise,
l'argent manquait à la maison, il faudrait vendre un coin de
terre, ce qui était le commencement de la ruine. Puis il
donna sa parole à Antoine qu'il le rachèterait l'année suivante,
bien décidé à n'en rien faire. Antoine partit, dupé, à demi
content.

Pierre se débarrassa d'Ursule d'une façon encore plus
inattendue. Un ouvrier chapelier du faubourg, nommé Mou-

ret, se prit d'une belle tendresse pour la jeune fille, qu'il
trouvait frêle et blanche comme une demoiselle du quartier
Saint-Marc. Il l'épousa. Ce fut de sa part un mariage d'a-
mour, un véritable coup de tête, sans calcul aucun. Quant
à Ursule, elle accepta ce mariage pour fuir une maison où
son frère aîné lui rendait la vie intolérable. Sa mère, en-
foncée dans ses jouissances, mettant ses dernières énergies
à se défendre elle-même, en était arrivée à une indifférence
complète ; elle fut même heureuse de son départ, espérant
que Pierre, n'ayant plus aucun sujet de mécontentement, la
laisserait vivre en paix, à sa guise. Dès que les jeunes gens
furent mariés, Mouret comprit qu'il devait quitter Plassans,
s'il ne voulait entendre chaque jour des paroles désobligeantes
sur sa femme et sur sa belle-mère. Il partit, il emmena Ursule à Marseille, où il travailla de son état. D'ailleurs, il
n'avait pas demandé un sou de dot. Comme Pierre, surpris
de ce désintéressement, s'était mis à balbutier, cherchant à
lui donner des explications, il lui avait fermé la bouche en
disant qu'il préférait gagner le pain de sa femme. Le digne
fils du paysan Rougon demeura inquiet ; cette façon d'agir
lui sembla cacher quelque piége.

Restait Adélaïde. Pour rien au monde, Pierre ne voulait
continuer à demeurer avec elle. Elle le compromettait. C'é-
tait par elle qu'il aurait désiré commencer. Mais il se trouvait pris entre deux alternatives fort embarrassantes : la
garder, et alors recevoir les éclaboussures de sa honte, s'attacher au pied un boulet qui arrêterait l'élan de son ambition ; la chasser, et à coup sûr se faire montrer au doigt
comme un mauvais fils, ce qui aurait dérangé ses calculs de
bonhomie. Sentant qu'il allait avoir besoin de tout le monde,
il souhaitait que son nom rentrât en grâce auprès de Plassans entier. Un seul moyen était à prendre, celui d'amener
Adélaïde à s'en aller d'elle-même. Pierre ne négligeait rien
pour obtenir ce résultat. Il se croyait parfaitement excusé de

ses duretés par l'inconduite de sa mère. Il la punissait comme on punit un enfant. Les rôles étaient renversés. Sous cette férule toujours levée, la pauvre femme se courbait. Elle était à peine âgée de quarante-deux ans, et elle avait des balbutiements d'épouvante, des airs vagues et humbles de vieille femme tombée en enfance. Son fils continuait à la tuer de ses regards sévères, espérant qu'elle s'enfuirait, le jour où elle serait à bout de courage. La malheureuse souffrait horriblement de honte, de désirs contenus, de lâchetés acceptées, recevant passivement les coups et retournant quand même à Macquart, prête à mourir sur la place plutôt que de céder. Il y avait des nuits où elle se serait levée pour courir se jeter dans la Viorne, si sa chair faible de femme nerveuse n'avait eu une peur atroce de la mort. Plusieurs fois, elle rêva de fuir, d'aller retrouver son amant à la frontière. Ce qui la retenait au logis, dans les silences méprisants et les secrètes brutalités de son fils, c'était de ne savoir où se réfugier. Pierre sentait que depuis longtemps elle l'aurait quitté, si elle avait eu un asile. Il attendait l'occasion de lui louer quelque part un petit logement, lorsqu'un accident, sur lequel il n'osait compter, brusqua la réalisation de ses désirs. On apprit, dans le faubourg, que Macquart venait d'être tué à la frontière par le coup de feu d'un douanier, au moment où il entrait en France toute une cargaison de montres de Genève. L'histoire était vraie. On ne ramena pas même le corps du contrebandier, qui fut enterré dans le cimetière d'un petit village des montagnes. La douleur d'Adélaïde fut stupide. Son fils, qui l'observa curieusement, ne lui vit pas verser une larme. Macquart l'avait faite sa légataire. Elle hérita de la masure de l'impasse Saint-Mittre et de la carabine du défunt, qu'un contrebandier, échappé aux balles des douaniers, lui rapporta loyalement. Dès le lendemain, elle se retira dans la petite maison ; elle pendit la carabine au-dessus de la cheminée, et vécut là, étrangère au monde, solitaire, muette.

Enfin, Pierre Rougon était seul maître au logis. L'enclos des Fouque lui appartenait en fait, sinon légalement. Jamais il n'avait compté s'y établir. C'était un champ trop étroit pour son ambition. Travailler à la terre, soigner des légumes, lui semblait grossier, indigne de ses facultés. Il avait hâte de n'être plus un paysan. Sa nature, affinée par le tempérament nerveux de sa mère, éprouvait des besoins irrésistibles de jouissances bourgeoises. Aussi, dans chacun de ses calculs, avait-il vu, comme dénoûment, la vente de l'enclos des Fouque. Cette vente, en lui mettant dans les mains une somme assez ronde, devait lui permettre d'épouser la fille de quelque négociant qui le prendrait comme associé. En ce temps-là, les guerres de l'empire éclaircissaient singulièrement les rangs des jeunes hommes à marier. Les parents se montraient moins difficiles dans le choix d'un gendre. Pierre se disait que l'argent arrangerait tout, et qu'on passerait aisément sur les commérages du faubourg ; il entendait se poser en victime, en brave cœur qui souffre des hontes de sa famille, qui les déplore, sans en être atteint et sans les excuser. Depuis plusieurs mois, il avait jeté ses vues sur la fille d'un marchand d'huile, Félicité Puech. La maison Puech et Lacamp, dont les magasins se trouvaient dans une des ruelles les plus noires du vieux quartier, était loin de prospérer. Elle avait un crédit douteux sur la place, on parlait vaguement de faillite. Ce fut justement à cause de ces mauvais bruits que Rougon dressa ses batteries de ce côté. Jamais un commerçant à son aise ne lui eût donné sa fille. Il comptait arriver lorsque le vieux Puech ne saurait plus par où passer, lui acheter Félicité et relever ensuite la maison par son intelligence et son énergie. C'était une façon habile de gravir un échelon, de s'élever d'un cran au-dessus de sa classe. Il voulait, avant tout, fuir cet affreux faubourg où l'on clabaudait sur sa famille, faire oublier les sales lé-

gendes, en effaçant jusqu'au nom de l'enclos des Fouque.
Aussi les rues puantes du vieux quartier lui semblaient-elles
un paradis. Là seulement il devait faire peau neuve.

Bientôt le moment qu'il guettait arriva. La maison Puech
t Lacamp râlait. Le jeune homme négocia alors son mariage
avec une adresse prudente. Il fut accueilli, sinon comme un
sauveur, du moins comme un expédient nécessaire et accep-
table. Le mariage arrêté, il s'occupa activement de la vente
de l'enclos. Le propriétaire du Jas-Meiffren, désirant arrondir
ses terres, lui avait déjà fait des offres à plusieurs reprises ;
un mur mitoyen, bas et mince, séparait seul les deux propriétés. Pierre spécula sur les désirs de son voisin, homme
fort riche, qui, pour contenter un caprice, alla jusqu'à donner cinquante mille francs de l'enclos. C'était le payer deux
fois sa valeur. D'ailleurs, Pierre se faisait tirer l'oreille avec
une sournoiserie de paysan, disant qu'il ne voulait pas vendre,
que sa mère ne consentirait jamais à se défaire d'un bien où
les Fouque, depuis près de deux siècles, avaient vécu de
père en fils. Tout en paraissant hésiter, il préparait la vente.
Des inquiétudes lui étaient venues. Selon sa logique brutale,
l'enclos lui appartenait, il avait le droit d'en disposer à son
gré. Cependant, au fond de cette assurance, s'agitait le vague
pressentiment des complications du Code. Il se décida à
consulter indirectement un huissier du faubourg.

Il en apprit de belles. D'après l'huissier, il avait les mains
absolument liées. Sa mère seule pouvait aliéner l'enclos, ce
dont il se doutait. Mais ce qu'il ignorait, ce qui fut pour lui
un coup de massue, c'était qu'Ursule et Antoine, les bâtards,
les louveteaux, eussent des droits sur cette propriété. Comment ! ces canailles allaient le dépouiller, le voler, lui l'enfant légitime ! Les explications de l'huissier étaient claires et
précises : Adélaïde avait, il est vrai, épousé Rougon sous le
régime de la communauté ; mais toute la fortune consistant
en biens-fonds, la jeune femme, selon la loi, était rentrée en

possession de cette fortune, à la mort de son mari ; d'un autre côté, Macquart et Adélaïde avaient reconnu leurs enfants,
qui dès lors devaient hériter de leur mère. Comme unique
consolation, Pierre apprit que le Code rognait la part des
bâtards au profit des enfants légitimes. Cela ne le consola
nullement. Il voulait tout. Il n'aurait pas partagé dix sous
entre Ursule et Antoine. Cette échappée sur les complications
du Code lui ouvrit de nouveaux horizons, qu'il sonda d'un
air singulièrement songeur. Il comprit vite qu'un homme
habile doit toujours mettre la loi de son côté. Et voici ce
qu'il trouva, sans consulter personne, pas même l'huissier,
auquel il craignait de donner l'éveil. Il savait pouvoir disposer de sa mère comme d'une chose. Un matin, il la mena
chez un notaire et lui fit signer un acte de vente. Pourvu
qu'on lui laissât son taudis de l'impasse Saint-Mittre, Adélaïde
aurait vendu Plassans. Pierre lui assurait, d'ailleurs, une
rente annuelle de six cents francs, et lui jurait ses grands
dieux qu'il veillerait sur son frère et sa sœur. Un tel ser-
ment suffisait à la bonne femme. Elle récita au notaire la
leçon qu'il plut à son fils de lui souffler. Le lendemain, le
jeune homme lui fit mettre son nom au bas d'un reçu, dans
lequel elle reconnaissait avoir touché cinquante mille
francs, comme prix de l'enclos. Ce fut là son coup de génie,
un acte de fripon. Il se contenta de dire à sa mère, étonnée
d'avoir à signer un pareil reçu, lorsqu'elle n'avait pas vu un
centime des cinquante mille francs, que c'était une simple
formalité ne tirant pas à conséquence. En glissant le papier
dans sa poche, il pensait : « Maintenant, les louveteaux
peuvent me demander des comptes. Je leur dirai que la
vieille a tout mangé. Ils n'oseront jamais me faire un procès. » Huit jours après, le mur mitoyen n'existait plus, la
charrue avait retourné la terre des plants de légumes ; l'enclos des Fouque, selon le désir du jeune Rougon, allait devenir un souvenir légendaire. Quelques mois plus tard, le pro-

priétaire du Jas-Meiffren fit même démolir l'ancien logis des maraîchers, qui tombait en ruine.

Quand Pierre eut les cinquante mille francs entre les mains, il épousa Félicité Puech, dans les délais strictement nécessaires. Félicité était une petite femme noire, comme on en voit en Provence. On eût dit une de ces cigales brunes, sèches, stridentes, aux vols brusques, qui se cognent la tête dans les amandiers. Maigre, la gorge plate, les épaules pointues, le visage en museau de fouine, singulièrement fouillé et accentué, elle n'avait pas d'âge ; on lui eût donné quinze ans ou trente ans, bien qu'elle en eût en réalité dix-neuf, quatre de moins que son mari. Il y avait une ruse de chatte au fond de ses yeux noirs, étroits, pareils à des trous de vrille. Son front bas et bombé ; son nez légèrement déprimé à la racine, et dont les narines s'évasaient ensuite, fines et frémissantes, comme pour mieux goûter les odeurs ; la mince ligne rouge de ses lèvres, la proéminence de son menton qui se rattachait au joues par des creux étranges ; toute cette physionomie de naine futée était comme le masque vivant de l'intrigue, de l'ambition active et envieuse. Avec sa laideur, Félicité avait une grâce à elle, qui la rendait séduisante. On disait d'elle, qu'elle était jolie ou laide à volonté. Cela devait dépendre de la façon dont elle nouait ses cheveux, qui étaient superbes ; mais cela dépendait plus encore du sourire triomphant qui illuminait son teint doré, lorsqu'elle croyait l'emporter sur quelqu'un. Née avec une sorte de mauvaise chance, se jugeant mal partagée par la fortune, elle consentait le plus souvent à n'être qu'un laideron. D'ailleurs, elle n'abandonnait pas la lutte, elle s'était promis de faire un jour crever d'envie la ville entière par l'étalage d'un bonheur et d'un luxe insolents. Et si elle avait pu jouer sa vie sur une scène plus vaste, où son esprit délié se fût développé à l'aise, elle aurait à coup sûr réalisé promptement son rêve. Elle était d'une intelligence fort supérieure à celle

6.

des filles de sa classe et de son instruction. Les méchantes
langues prétendaient que sa mère, morte quelques années
après sa naissance, avait, dans les premiers temps de son
mariage, été intimement liée avec le marquis de Carnavant,
un jeune noble du quartier Saint-Marc. La vérité était que
Félicité avait des pieds et des mains de marquise, et qui
semblaient ne pas devoir appartenir à la race de travailleurs
dont elle descendait.

Le vieux quartier s'étonna, un mois durant, de lui voir
épouser Pierre Rougon, ce paysan à peine dégrossi, cet
homme du faubourg, dont la famille n'était guère en odeur
de sainteté. Elle laissa clabauder, accueillant par de singuliers sourires les félicitations contraintes de ses amies. Ses
calculs étaient faits, elle choisissait Rougon en fille qui
prend un mari comme on prend un complice. Son père, en
acceptant le jeune homme, ne voyait que l'apport des cinquante mille francs qui allaient le sauver de la faillite. Mais
Félicité avait de meilleurs yeux. Elle regardait au loin dans
l'avenir, et elle se sentait le besoin d'un homme bien portant, un peu rustre même, derrière lequel elle pût se cacher,
et dont elle fît aller à son gré les bras et les jambes. Elle
avait une haine raisonnée pour les petits messieurs de province, pour ce peuple efflanqué de clercs de notaire, de futurs avocats, qui grelottent dans l'espérance d'une clientèle.
Sans la moindre dot, désespérant d'épouser le fils d'un gros
négociant, elle préférait mille fois un paysan, qu'elle comptait employer comme un instrument passif, à quelque maigre
bachelier qui l'écraserait de sa supériorité de collégien et la
traînerait misérablement toute la vie à la recherche de vanités creuses. Elle pensait que la femme doit faire l'homme.
Elle se croyait de force à tailler un ministre dans un vacher.
Ce qui l'avait séduite chez Rougon, c'était la carrure de la
poitrine, le torse trapu et ne manquant pas d'une certaine
élégance. Un garçon ainsi bâti devait porter avec aisance et

gaillardise le monde d'intrigues qu'elle rêvait de lui mettre
sur les épaules. Si elle appréciait la force et la santé de son
mari, elle avait d'ailleurs su deviner qu'il était loin d'être un
imbécile; sous la chair épaisse, elle avait flairé les souplesses
sournoises de l'esprit; mais elle était loin de connaître son
Rougon, elle le jugeait encore plus bête qu'il n'était. Quelques jours après son mariage, ayant fouillé par hasard dans
le tiroir d'un secrétaire, elle trouva le reçu des cinquante
mille francs signé par Adélaïde. Elle comprit et fut effrayée :
sa nature, d'une honnêteté moyenne, répugnait à ces sortes
de moyens. Mais, dans son effroi, il y eut de l'admiration.
Rougon devint à ses yeux un homme très-fort.

Le jeune ménage se mit bravement à la conquête de la
fortune. La maison Puech et Lacamp se trouvait moins
compromise que Pierre ne le pensait. Le chiffre des dettes
était faible, l'argent seul manquait. En province, le commerce a des allures prudentes qui le sauvent des grands dé-
sastres. Les Puech et Lacamp étaient sages parmi les
plus sages; ils risquaient un millier d'écus en tremblant;
aussi leur maison, un véritable trou, n'avait-elle que très-
peu d'importance. Les cinquante mille francs que Pierre
apporta suffirent pour payer les dettes et pour donner au
commerce une plus large extension. Les commencements
furent heureux. Pendant trois années consécutives, la ré-
colte des oliviers donna abondamment. Félicité, par un coup
d'audace qui effraya singulièrement Pierre et le vieux Puech,
leur fit acheter une quantité considérable d'huile qu'ils
amassèrent et gardèrent en magasin. Les deux années sui-
vantes, selon les pressentiments de la jeune femme, la ré-
colte manqua, il y eut une hausse considérable, ce qui leur
permit de réaliser de gros bénéfices en écoulant leur provision.

Peu de temps après ce coup de filet, Puech et le sieur
Lacamp se retirèrent de l'association, contents des quelques

sous qu'il venaient de gagner, mordus par l'ambition de mourir rentiers.

Le jeune ménage, resté seul maître de la maison, pensa qu'il avait enfin fixé la fortune.

— Tu as vaincu mon guignon, disait parfois Félicité à son mari.

Une des rares faiblesses de cette nature énergique était de se croire frappée de malechance. Jusque-là, prétendait-elle, rien ne leur avait réussi, à elle ni à son père, malgré leurs efforts. La superstition méridionnale aidant, elle s'apprêtait à lutter contre la destinée, comme on lutte contre une personne en chair et en os qui chercherait à vous étrangler.

Les faits ne tardèrent pas à justifier étrangement ses appréhensions. Le guignon revint, implacable. Chaque année, un nouveau désastre ébranla la maison Rougon. Un banqueroutier lui emportait quelques milliers de francs ; les calculs probables sur l'abondance des récoltes devenaient faux par suite de circonstances incroyables ; les spéculations les plus sûres échouaient misérablement. Ce fut un combat sans trève ni merci.

— Tu vois bien que je suis née sous une mauvaise étoile, disait amèrement Félicité.

Et elle s'acharnait cependant, furieuse, ne comprenant pas pourquoi elle, qui avait eu le flair si délicat pour une première spéculation, ne donnait plus à son mari que des conseils déplorables.

Pierre, abattu, moins tenace, aurait vingt fois liquidé sans l'attitude crispée et opiniâtre de sa femme. Elle voulait être riche. Elle comprenait que son ambition ne pouvait bâtir que sur la fortune. Quand ils auraient quelques centaines de mille francs, ils seraient les maîtres de la ville ; elle ferait nommer son mari à un poste important, elle gouvernerait. Ce n'était pas la conquête des honneurs qui l'inquiétait ; elle se sentait merveilleusement armée pour cette

lutte. Mais elle restait sans force devant les premiers sacs
d'écus à gagner. Si le maniement des hommes ne l'effrayait
pas, elle éprouvait une sorte de rage impuissante en face de
ces pièces de cent sous, inertes, blanches et froides, sur lesquelles son esprit d'intrigue n'avait pas de prise, et qui se
refusaient stupidement à elle.

Pendant plus de trente ans la bataille dura. Lorsque
Puech mourut, ce fut un nouveau coup de massue. Félicité,
qui comptait hériter d'une quarantaine de mille francs, apprit que le vieil égoïste, pour mieux dorloter ses vieux jours,
avait placé sa petite fortune à fonds perdu. Elle en fit une
maladie. Elle s'aigrissait peu à peu, elle devenait plus sèche,
plus stridente. A la voir tourbillonner, du matin au soir,
autour des jarres d'huile, on eût dit qu'elle croyait activer
la vente par ces vols continuels de mouche inquiète. Son mari,
au contraire, s'appesantissait ; le guignon l'engraissait, le
rendait plus épais et plus mou. Ces trente années de lutte ne
les menèrent cependant pas à la ruine. A chaque inventaire
annuel, ils joignaient à peu près les deux bouts ; s'ils éprouvaient des pertes pendant une saison, ils les réparaient à la
saison suivante. C'était cette vie au jour le jour qui exaspérait Félicité. Elle eût préféré une belle et bonne faillite.
Peut-être auraient-ils pu alors recommencer leur vie, au lieu
de s'entêter dans l'infiniment petit, de se brûler le sang pour
ne gagner que leur strict nécessaire. En un tiers de siècle,
ils ne mirent pas cinquante mille francs de côté.

Il faut dire que, dès les premières années de leur mariage,
il poussa chez eux une famille nombreuse qui devint à la
longue une très-lourde charge. Félicité, comme certaines
petites femmes, eut une fécondité qu'on n'aurait jamais sup-
posée, à voir la structure chétive de son corps. En cinq années, de 1811 à 1815, elle eut trois garçons, un tous les
deux ans. Pendant les quatre années qui suivirent, elle ac-
coucha encore de deux filles. Rien ne fait mieux pousser les

enfants que la vie placide et bestiale de la province. Les
époux accueillirent fort mal les deux dernières venues ; les
filles, quand les dots manquent, deviennent de terribles embarras. Rougon déclara à qui voulut l'entendre que c'était
assez, que le diable serait bien fin s'il lui envoyait un
sixième enfant. Félicité, effectivement, en demeura là. On
ne sait pas à quel chiffre elle se serait arrêtée.

D'ailleurs, la jeune femme ne regarda pas cette marmaille
comme une cause de ruine. Au contraire, elle reconstruisit
sur la tête de ses fils l'édifice de sa fortune, qui s'écroulait
entre ses mains. Ils n'avaient pas dix ans, qu'elle escomptait
déjà en rêve leur avenir. Doutant de jamais réussir par
elle-même, elle se mit à espérer en eux pour vaincre l'acharnement du sort. Ils satisferaient ses vanités déçues, ils lui
donneraient cette position riche et enviée qu'elle poursuivait en vain. Dès lors, sans abandonner la lutte soutenue
par la maison de commerce, elle eut une seconde tactique
pour arriver à contenter ses instincts de domination. Il lui
semblait impossible que, sur ses trois fils, il n'y eût pas un
homme supérieur qui les enrichirait tous. Elle sentait cela,
disait-elle. Aussi soigna-t-elle les marmots avec une ferveur
où il y avait des sévérités de mère et des tendresses d'usu-
rier. Elle se plut à les engraisser amoureusement comme un
capital qui devait plus tard rapporter de gros intérêts.

— Laisse donc ! criait Pierre, tous les enfants sont des
ingrats. Tu les gâtes, tu nous ruines.

Quand Félicité parla d'envoyer les petits au collège, il se
fâcha. Le latin était un luxe inutile, il suffirait de leur faire
suivre les classes d'une petite pension voisine. Mais la jeune
femme tint bon ; elle avait des instincts plus élevés qui lui
faisaient mettre un grand orgueil à se parer d'enfants ins-
truits ; d'ailleurs, elle sentait que ses fils ne pouvaient rester
aussi illettrés que son mari, si elle voulait les voir un jour
des hommes supérieurs. Elle les rêvait tous trois à Paris, dans

de hautes positions qu'elle ne précisait pas. Lorsque Rougon
eut cédé et que les trois gamins furent entrés en huitième,
Félicité goûta les plus vives jouissances de vanité qu'elle eût
encore ressenties. Elle les écoutait avec ravissement parler
entre eux de leurs professeurs et de leurs études. Le jour où
l'aîné fit devant elle décliner *Rosa, la rose*, à un de ses ca-
dets, elle crut entendre une musique délicieuse. Il faut le
dire à sa louange, sa joie fut alors pure de tout calcul. Rougon
lui-même se laissa prendre à ce contentement de l'homme
illettré qui voit ses enfants devenir plus savant que lui. La
camaraderie qui s'établit naturellement entre leurs fils et ceux
des plus gros bonnets de la ville, acheva de griser les époux.
Les petits tutoyaient le fils du maire, celui du sous-préfet,
même deux ou trois jeunes gentilshommes que le quartier
Saint-Marc avait daigné mettre au collége de Plassans. Félicité ne croyait pouvoir trop payer un tel honneur. L'instruction des trois gamins greva terriblement le budget de la
maison Rougon.

Tant que les enfants ne furent pas bacheliers, les époux,
qui les maintenaient au collége, grâce à d'énormes sacrifices,
vécurent dans l'espérance de leur succès. Et même, lorsqu'ils
eurent obtenu leur diplôme, Félicité voulut achever son
œuvre; elle décida son mari à les envoyer tous trois à Paris.
Deux firent leur droit, le troisième suivit les cours de l'École
de médecine. Puis, quand ils furent hommes, quand ils
eurent mis la maison Rougon à bout de ressources et qu'ils
se virent obligés de revenir se fixer en province, le désen-
chantement commença pour les pauvres parents. La province
sembla reprendre sa proie. Les trois jeunes gens s'endormirent, s'épaissirent. Toute l'aigreur de sa malechance remonta
à la gorge de Félicité. Ses fils lui faisaient banqueroute. Ils
l'avaient ruinée, ils ne lui servaient pas les intérêts du capital qu'ils représentaient. Ce dernier coup de la destinée lui fut
d'autant plus sensible qu'il l'atteignait à la fois dans ses am-

bitions de femme et dans ses vanités de mère. Rougon lui
répéta du matin au soir : « Je te l'avais bien dit! » ce qui
l'exaspéra encore davantage.

Un jour, comme elle reprochait amèrement à son aîné les
sommes d'argent que lui avait coûtées son instruction, il lui
dit avec non moins d'amertume :

— Je vous rembourserai plus tard, si je puis. Mais, puisque vous n'aviez pas de fortune, il fallait faire de nous des
travailleurs. Nous sommes des déclassés, nous souffrons plus
que vous.

Félicité comprit la profondeur de ces paroles. Dès lors elle
cessa d'accuser ses enfants, elle tourna sa colère contre le
sort, qui ne se lassait pas de la frapper. Elle recommença
ses doléances, elle se mit à geindre de plus belle sur le
manque de fortune qui la faisait échouer au port. Quand
Rougon lui disait : « Tes fils sont des fainéants, ils nous
grugeront jusqu'à la fin, » elle répondait aigrement !
« Plût à Dieu que j'eusse encore de l'argent à leur donner.
S'ils végètent, les pauvres garçons, c'est qu'ils n'ont pas le
sou. »

Au commencement de l'année 1848, à la veille de la révolution de février, les trois fils Rougon avaient à Plassans
des positions fort précaires. Ils offraient alors des types curieux, profondément dissemblables, bien que parallèlement
issus de la même souche. Ils valaient mieux en somme que
leurs parents. La race des Rougon devait s'épurer par les
femmes. Adélaïde avait fait de Pierre un esprit moyen, apte
aux ambitions basses ; Félicité venait de donner à ses fils des
intelligences plus hautes, capables de grands vices et de
grandes vertus.

A cette époque, l'aîné, Eugène, avait près de quarante ans.
C'était un garçon de taille moyenne, légèrement chauve,
tournant déjà à l'obésité. Il avait le visage de son père, un
visage long, aux traits larges ; sous la peau, on devinait la

graisse qui amollissait les rondeurs et donnait à la face
une blancheur jaunâtre de cire. Mais si l'on sentait encore
le paysan dans la structure massive et carrée de la tête, la
physionomie se transfigurait, s'éclairait en dedans, lorsque
le regard s'éveillait, en soulevant les paupières appesanties.
Chez le fils, la lourdeur du père était devenue de la gravité.
Ce gros garçon avait d'ordinaire une attitude de sommeil
puissant ; à certains gestes larges et fatigués, on eût dit un
géant qui se détirait les membres en attendant l'action.
Par un de ces prétendus caprices de la nature où la science
commence à distinguer des lois, si la ressemblance physique
de Pierre était complète chez Eugène, Félicité semblait avoir
contribué à fournir la matière pensante. Eugène offrait le cas
curieux de certaines qualités morales et intellectuelles de sa
mère enfouies dans les chairs épaisses de son père. Il avait
des ambitions hautes, des instincts autoritaires, un mépris
singulier pour les petits moyens et les petites fortunes. Il
était la preuve que Plassans ne se trompait peut-être pas en
soupçonnant que Félicité avait dans les veines quelques
gouttes de sang noble. Les appétits de jouissance qui se déve-
loppaient furieusement chez les Rougon, et qui étaient comme
la caractéristique de cette famille, prenaient en lui une de leurs
faces les plus élevées ; il voulait jouir, mais par les voluptés
de l'esprit, en satisfaisant ses besoins de domination. Un tel
homme n'était pas fait pour réussir en province. Il y végéta
quinze ans, les yeux tournés vers Paris, guettant les occa-
sions. Dès son retour dans sa petite ville, pour ne pas manger le pain de ses parents, il s'était fait inscrire au tableau
des avocats. Il plaida de temps à autre, gagnant maigrement
sa vie, sans paraître s'élever au-dessus d'une honnête médio-
crité. A Plassans, on lui trouvait la voix pâteuse, les gestes
lourds. Il était rare qu'il réussît à gagner la cause d'un client ;
il sortait le plus souvent de la question, il divaguait, selon
l'expression des fortes têtes de l'endroit. Un jour surtout,

plaidant une affaire de dommages et intérêts, il s'oublia, il
s'égara dans des considérations politiques, à ce point que le
président lui coupa la parole. Il s'assit immédiatement en
souriant d'un singulier sourire. Son client fut condamné à
payer une somme considérable, ce qui ne parut pas lui faire
regretter ses disgressions le moins du monde. Il semblait
regarder ses plaidoyers comme de simples exercices qui lui
serviraient plus tard. C'était là ce que ne comprenait pas et
ce qui désespérait Félicité ; elle aurait voulu que son fils
dictât des lois au tribunal civil de Plassans. Elle finit par se
faire une opinion très-défavorable sur son aîné ; selon elle,
ce ne pouvait être ce garçon endormi qui serait la gloire de
la famille. Pierre, au contraire, avait en lui une confiance
absolue, non qu'il eût des yeux plus pénétrants que sa femme,
mais parce qu'il s'en tenait à la surface, et qu'il se flattait
lui-même en croyant au génie d'un fils qui était son vivant
portrait. Un mois avant les journées de février, Eugène devint inquiet ; un flair particulier lui fit deviner la crise. Dès
lors, le pavé de Plassans lui brûla les pieds. On le vit rôder
sur les promenades comme une âme en peine. Puis il se décida brusquement, il partit pour Paris. Il n'avait pas cinq
cents francs dans sa poche.

Aristide, le plus jeune des fils Rougon, était opposé à Eugène, géométriquement pour ainsi dire. Il avait le visage de
sa mère et des avidités, un caractère sournois, apte aux intrigues vulgaires, où les instincts de son père dominaient.
La nature a souvent des besoins de symétrie. Petit, la mine
chafouine, pareille à une pomme de canne curieusement taillée
en tête de Polichinelle, Aristide furetait, fouillait partout,
peu scrupuleux, pressé de jouir. Il aimait l'argent comme
son frère aîné aimait le pouvoir. Tandis qu'Eugène rêvait de
plier un peuple à sa volonté et s'enivrait de sa toute-puissance future, lui se voyait dix fois millionnaire, logé dans
une demeure princière, mangeant et buvant bien, savourant

la vie par tous les sens et tous les organes de son corps. Il
voulait surtout une fortune rapide. Lorsqu'il bâtissait un
château en Espagne, ce château s'élevait magiquement dans
son esprit; il avait des onneaux d'or du soir au lendemain;
cela plaisait à ses paresses, d'autant plus qu'il ne s'inquiétait jamais des moyens, et que les plus prompts lui semblaient les meilleurs. La race des Rougon, de ces paysans
épais et avides, aux appétits de brute, avait mûri trop vite :
tous les besoins de jouissance matérielle s'épanouissaient
chez Aristide, triplés par une éducation hâtive, plus insa-
tiables et dangereux depuis qu'ils devenaient raisonnés. Malgré ses délicates intuitions de femme, Félicité préférait ce
garçon ; elle ne sentait pas combien Eugène lui appartenait
davantage ; elle excusait les sottises et les paresses de son
fils cadet, sous prétexte qu'il serait l'homme supérieur de
la famille, et qu'un homme supérieur a le droit de mener
une vie débraillée, jusqu'au jour où la puissance de ses facultés se révèle. Aristide mit rudement son indulgence à
l'épreuve. A Paris, il mena une vie sale et oisive ; il fut un de
ces étudiants qui prennent leurs inscriptions dans les bras-
series du quartier latin. D'ailleurs, il n'y resta que deux années; son père, effrayé, voyant qu'il n'avait pas encore passé
un seul examen, le retint à Plassans et parla de lui chercher
une femme, espérant que les soucis du ménage en feraient
un homme rangé. Aristide se laissa marier. A cette époque
il ne voyait pas clairement dans ses ambitions ; la vie de
province ne lui déplaisait pas ; il se trouvait à l'engrais dans
sa petite ville, mangeant, dormant, flânant. Félicité plaida
sa cause avec tant de chaleur que Pierre consentit à nourrir
et à loger le ménage, à la condition que le jeune homme
s'occuperait activement de la maison de commerce. Dès lors
commença pour ce dernier une belle existence de fainéantise ;
il passa au cercle ses journées et la plus grande partie de
ses nuits, s'échappant du bureau de son père comme un col-

légien, allant jouer les quelques louis que sa mère lui donnait en cachette. Il faut avoir vécu au fond d'un département, pour bien comprendre quelles furent les quatre années
d'abrutissement que ce garçon passa de la sorte. Il y a ainsi,
dans chaque petite ville, un groupe d'individus vivant aux
crochets de leurs parents, feignant parfois de travailler, mais
cultivant en réalité leur paresse avec une sorte de religion.
Aristide fut le type de ces flâneurs incorrigibles que l'on voit
se traîner voluptueusement dans le vide de la province. Il
joua à l'écarté pendant quatre ans. Tandis qu'il vivait au
cercle, sa femme, une blonde molle et placide, aidait à la
ruine de la maison Rougon par un goût prononcé pour les
toilettes voyantes et par un appétit formidable, très-curieux
chez une créature aussi frêle. Angèle adorait les rubans bleu-
ciel et le filet de bœuf rôti. Elle était fille d'un capitaine
retraité, qu'on nommait le commandant Sicardot, bonhomme
qui lui avait donné pour dot dix mille francs, toutes ses économies. Aussi Pierre, en choisissant Angèle pour son fils,
avait-il pensé conclure une affaire inespérée, tant il estimait
Aristide à bas prix. Cette dot de dix mille francs, qui le décida, devint justement par la suite un pavé attaché à son cou.
Son fils était déjà un rusé fripon ; il lui remit les dix mille
francs, en s'associant avec lui, ne voulant pas garder un sou,
affichant le plus grand dévouement.

— Nous n'avons besoin de rien, disait-il ; vous nous en-
tretiendrez, ma femme et moi, et nous compterons plus
tard.

Pierre était gêné, il accepta, un peu inquiet du désintéressement d'Aristide. Celui-ci se disait que de longtemps peut-
être son père n'aurait pas dix mille francs liquides à lui rendre, et que lui et sa femme vivraient largement à ses dépens,
tant que l'association ne pourrait être rompue. C'était là quelques billets de banque admirablement placés. Quand le marchand d'huile comprit quel marché de dupe il avait fait, il

ne lui était plus permis de se débarrasser d'Aristide ; la dot
d'Angèle se trouvait engagée dans des spéculations qui tournaient mal. Il dut garder le ménage chez lui, exaspéré,
frappé au cœur par le gros appétit de sa belle-fille et par les
fainéantises de son fils. Vingt fois, s'il avait pu les désinté-
resser, il aurait mis à la porte cette vermine qui lui suçait le
sang, selon son énergique expression. Félicité les soutenait
sourdement ; le jeune homme, qui avait pénétré ses rêves
d'ambition, lui exposait chaque soir d'admirables plans de
fortune qu'il devait prochainement réaliser. Par un hasard
assez rare, elle était au mieux avec sa bru ; il faut dire qu'Angèle n'avait pas une volonté, et qu'on pouvait disposer d'elle
comme d'un meuble. Pierre s'emportait, quand sa femme
lui parlait des succès futurs de leur fils cadet ; il l'accusait
plutôt de devoir être un jour la ruine de leur maison. Pendant
les quatre années que le ménage resta chez lui, il tempêta
ainsi, usant en querelles sa rage impuissante, sans qu'Aristide ni Angèle sortissent le moins du monde de leur calme
souriant Ils s'étaient posés là, ils y restaient, comme des
masses. Enfin, Pierre eut une heureuse chance ; il put rendre à son fils ses dix mille francs. Quand il voulut compter
avec lui, Aristide chercha tant de chicanes, qu'il dut le laisser partir sans lui retenir un sou pour ses frais de nourriture
et de logement. Le ménage alla s'établir à quelques pas, sur
une petite place du vieux quartier, nommée la place Saint-
Louis. Les dix mille francs furent vite mangés. Il fallut s'é-
tablir. Aristide, d'ailleurs, ne changea rien à sa vie, tant
qu'il y eut de l'argent à la maison. Lorsqu'il en fut à son
dernier billet de cent francs, il devint nerveux. On le vit rôder dans la ville d'un air louche ; il ne prit plus sa demi-tasse
au cercle ; il regarda jouer, fiévreusement, sans toucher une
carte. La misère le rendit pire encore qu'il n'était. Longtemps
il tint le coup, il s'entêta à ne rien faire. Il eut un enfant,
en 1840, le petit Maxime, que sa grand'mère Félicité fit heu-

reusement entrer au collége, et dont elle paya secrètement
la pension. C'était une bouche de moins chez Aristide ; mais
la pauvre Angèle mourait de faim, le mari dut enfin chercher une place. Il réussit à entrer à la sous-préfecture. Il y
resta près de dix années, et n'arriva qu'aux appointements
de dix-huit cents francs. Dès lors, haineux, amassant le fiel,
il vécut dans l'appétit continuel des jouissances dont il était
sevré. Sa position infime l'exaspérait ; les misérables cent
cinquante francs qu'on lui mettait dans la main, lui semblaient une ironie de la fortune. Jamais pareille soif d'assou-
vir sa chair ne brûla un homme. Félicité, à laquelle il comptait ses souffrances, ne fut pas fâchée de le voir affamé ; elle
pensa que la misère fouetterait ses paresses. L'oreille au guet,
en embuscade, il se mit à regarder autour de lui, comme un
voleur qui cherche un bon coup à faire. Au commencement
de l'année 1848, lorsque son frère partit pour Paris, il eut un
instant l'idée de le suivre. Mais Eugène était garçon ; lui ne
pouvait traîner sa femme si loin, sans avoir en poche une
forte somme. Il attendit, flairant une catastrophe, prêt à
étrangler la première proie venue.

L'autre fils Rougon, Pascal, celui qui était né entre Eugène et Aristide, ne paraissait pas appartenir à la famille.
C'était un de ces cas fréquents qui font mentir les lois de
l'hérédité. La nature donne souvent ainsi naissance, au milieu d'une race, à un être dont elle puise tous les éléments
dans ses forces créatrices. Rien au moral ni au physique ne
rappelait les Rougon chez Pascal. Grand, le visage doux et
sévère, il avait une droiture d'esprit, un amour de l'étude,
un besoin de modestie, qui contrastaient singulièrement avec
les fièvres d'ambition et les menées peu scrupuleuses de sa
famille. Après avoir fait à Paris d'excellentes études médi-
cales, il s'était retiré à Plassans par goût, malgré les offres
de ses professeurs. Il aimait la vie calme de la province ; il
soutenait que cette vie est préférable pour un savant au ta-

page parisien. Même à Plassans, il ne s'inquiéta nullement
de grossir sa clientèle. Très-sobre, ayant un beau mépris
pour la fortune, il sut se contenter des quelques malades
que le hasard seul lui envoya. Tout son luxe consista dans
une petite maison claire de la ville neuve, où il s'enfermait
religieusement, s'occupant avec amour d'histoire naturelle.
Il se prit surtout d'une belle passion pour la physiologie. On
sut dans la ville qu'il achetait souvent des cadavres au fos-
soyeur de l'hospice, ce qui le fit prendre en horreur par les
dames délicates et certains bourgeois poltrons. On n'alla
pas heureusement jusqu'à le traiter de sorcier ; mais sa
clientèle se restreignit encore, on le regarda comme un
original auquel les personnes de la bonne société ne devaient
pas confier le bout de leur petit doigt, sous peine de
se compromettre. On entendit la femme du maire dire un
jour :

— J'aimerais mieux mourir que de me faire soigner par
ce monsieur. Il sent le mort.

Pascal, dès lors, fut jugé. Il parut heureux de cette peur
sourde qu'il inspirait. Moins il avait de malades, plus il pouvait s'occuper de ses chères sciences. Comme il avait mis ses
visites à un prix très-modique, le peuple lui demeurait fidèle. Il gagnait juste de quoi vivre, et vivait satisfait, à mille
lieues des gens du pays, dans la joie pure de ses recherches
et de ses découvertes. De temps à autre, il envoyait un mémoire à l'Académie des sciences de Paris. Plassans ignorait
absolument que cet original, ce monsieur qui sentait le mort,
fût un homme très-connu et très-écouté du monde savant.
Quand on le voyait, le dimanche, partir pour une excursion
dans les collines des Garrigues, une boîte de botaniste pendue
au cou et un marteau de géologue à la main, on haussait les
épaules, on le comparait à tel autre docteur de la ville, si
bien cravaté, si mielleux avec les dames, et dont les vête-
msnts exhalaient toujours une délicieuse odeur de violette.

Pascal n'était pas davantage compris par ses parents.
Lorsque Félicité lui vit arranger sa vie d'une façon si
étrange et si mesquine, elle fut stupéfaite et lui reprocha
de tromper ses espérances. Elle qui tolérait les paresses d'A-
ristide, qu'elle croyait fécondes, ne put voir sans colère
le train médiocre de Pascal, son amour de l'ombre, son dédain de la richesse, sa ferme résolution de rester à l'écart.
Certes, ce ne serait pas cet enfant qui contenterait jamais ses
vanités !

— Mais d'où sors-tu? lui disait-elle parfois. Tu n'es
pas à nous. Vois tes frères, ils cherchent, ils tâchent de tirer
profit de l'instruction que nous leur avons donnée. Toi, tu
ne fais que des sottises. Tu nous récompenses bien mal,
nous qui nous sommes ruinés pour t'élever. Non, tu n'es pas
à nous.

Pascal, qui préférait rire chaque fois qu'il avait à se fâ-
cher, répondait gaiement, avec une fine ironie :

— Allons, ne vous plaignez pas, je ne veux point vous faire
entièrement banqueroute : je vous soignerai tous pour rien,
quand vous serez malades.

D'ailleurs, il voyait sa famille rarement, sans afficher la
moindre répugnance, obéissant malgré lui à ses instincts particuliers. Avant qu'Aristide fût entré à la sous-préfecture,
il vint plusieurs fois à son secours. Il était resté garçon. Il
ne se douta seulement pas des graves événements qui se
préparaient. Depuis deux ou trois ans, il s'occupait du grand
problème de l'hérédité, comparant les races animales à la
race humaine, et il s'absorbait dans les curieux résultats
qu'il obtenait. Les observations qu'il avait faites sur lui et
sur sa famille, avaient été comme le point de départ
de ses études. Le peuple comprenait si bien, avec son intuition inconsciente, à quel point il différait des Rougon,
qu'il le nommait M. Pascal, sans jamais ajouter son nom de
famille.

Trois ans avant la révolution de 1848, Pierre et Félicité quittèrent leur maison de commerce. L'âge venait, ils avaient tous deux dépassé la cinquantaine, ils étaient las de lutter. Devant leur peu de chance, ils eurent peur de se mettre absolument sur le paille, s'ils s'entêtaient. Leurs fils, en trompant leurs espérances, leur avaient porté le coup de grâce. Maintenant qu'ils doutaient d'être jamais enrichis par eux, ils voulaient au moins se garder un morceau de pain pour leurs vieux jours. Ils se retiraient avec une quarantaine de mille francs, au plus. Cette somme leur constituait une rente de deux mille francs, juste de quoi vivre la vie mesquine de province. Heureusement, ils restaient seuls, ayant réussi à marier leurs filles, Marthe et Sidonie, dont l'une était fixée à Marseille et l'autre à Paris.

En liquidant, ils auraient bien voulu aller habiter la ville neuve, le quartier des commerçants retirés ; mais ils n'osèrent. Leurs rentes étaient trop modiques ; ils craignirent d'y faire mauvaise figure. Par une sorte de compromis, ils louèrent un logement rue de la Banne, la rue qui sépare le vieux quartier du quartier neuf. Leur demeure se trouvant dans la rangée de maisons qui bordent le vieux quartier, ils habitaient bien encore la ville de la canaille ; seulement ils voyaient de leurs fenêtres, à quelques pas, la ville des gens riches ; ils étaient sur le seuil de la terre promise.

Leur logement, situé au deuxième étage, se composait de trois grandes pièces ; ils en avaient fait une salle à manger, un salon et une chambre à coucher. Au premier, demeurait le propriétaire, un marchand de cannes et de parapluies, dont le magasin occupait le rez-de-chaussée. La maison, étroite et peu profonde, n'avait que deux étages. Quand Félicité emménagea, elle eut un affreux serrement de cœur. Demeurer chez les autres, en province, est un aveu de pauvreté. Chaque famille bien posée à Plassans a sa maison, les immeubles s'y vendant à très-bas prix. Pierre tint serrés les

cordons de sa bourse ; il ne voulut pas entendre parler d'em-
bellissements ; l'ancien mobilier, fané, usé, éclopé, dut ser
vir sans être seulement réparé. Félicité, qui sentait vivement,
d'ailleurs, les raisons de cette ladrerie, s'ingénia pour donner
un nouveau lustre à toutes ces ruines ; elle recloua elle-même
certains meubles plus endommagés que les autres ; elle re-
prisa le velours éraillé des fauteuils.

La salle à manger, qui se trouvait sur le derrière, ainsi
que la cuisine, resta presque vide ; une table et une douzaine
de chaises se perdirent dans l'ombre de cette vaste pièce,
dont la fenêtre s'ouvrait sur le mur gris d'une maison voisine. Comme jamais personne n'entrait dans la chambre à
coucher, Félicité y avait caché les meubles hors de service ;
outre le lit, une armoire, un secrétaire et une toilette, on y
voyait deux berceaux mis l'un sur l'autre, un buffet dont les
portes manquaient, et une bibliothèque entièrement vide,
ruines respectables que la vieille femme n'avait pu se décider à jeter. Mais tous ses soins furent pour le salon. Elle
réussit presque à en faire un lieu habitable. Il était garni d'un
meuble de velours jaunâtre, à fleurs satinées. Au milieu se
trouvait un guéridon à tablette de marbre ; des consoles,
surmontées de glaces, s'appuyaient aux deux bouts de la pièce.
Il y avait même un tapis qui ne couvrait que le milieu du
parquet, et un lustre garni d'un étui de mousseline blanche
que les mouches avaient piqué de chiures noires. Aux murs,
étaient pendues six lithographies représentant les grandes
batailles de Napoléon. Cet ameublement datait des premières
années de l'Empire. Pour tout embellissement, Félicité ob-
tint qu'on tapissât la pièce d'un papier orange à grands ramages. Le salon avait ainsi pris une étrange couleur jaune
qui l'emplissait d'un jour faux et aveuglant ; le meuble, le
papier, les rideaux de fenêtre étaient jaunes ; le tapis et jusqu'aux marbres du guéridon et des consoles tiraient eux-mêmes sur le jaune. Quand les rideaux étaient fermés, les

teintes devenaient cependant assez harmonieuses, le salon
paraissait presque propre. Mais Félicité avait rêvé un autre
luxe. Elle voyait avec un désespoir muet cette misère mal
dissimulée. D'habitude, elle se tenait dans le salon, la plus
belle pièce du logis. Une de ses distractions les plus douces
et les plus amères à la fois, était de se mettre à l'une des
fenêtres de cette pièce, qui donnaient sur la rue de la Banne.
Elle apercevait de biais la place de la Sous-Préfecture. C'était
là son paradis rêvé. Cette petite place, nue, proprette, aux
maisons claires, lui semblait un Éden. Elle eût donné dix
ans de sa vie pour posséder une de ces habitations. La maison qui formait le coin de gauche, et dans laquelle logeait le
receveur particulier, la tentait surtout furieusement. Elle la
contemplait avec des envies de femme grosse. Parfois, lorsque les fenêtres de cet appartement étaient ouvertes, elle
apercevait des coins de meubles riches, des échappées de
luxe qui lui tournaient le sang.

A cette époque, les Rougon traversaient une curieuse crise
de vanité et d'appétits inassouvis. Leurs quelques bons sentiments s'aigrissaient. Ils se posaient en victimes du guignon,
sans résignation aucune, plus âpres et plus décidés à ne pas
mourir avant de s'être contentés. Au fond, ils n'abandonnaient aucune de leurs espérances, malgré leur âge avancé ;
Félicité prétendait avoir le pressentiment qu'elle mourrait
riche. Mais chaque jour de misère leur pesait davantage.
Quand ils récapitulaient leurs efforts inutiles, quand ils se
rappelaient leurs trente années de lutte, la défection de leurs
enfants, et qu'ils voyaient leurs châteaux en Espagne aboutir
à ce salon jaune dont il fallait tirer les rideaux pour en cacher la laideur, ils étaient pris de rages sourdes. Et alors,
pour se consoler, ils bâtissaient des plans de fortune colossale, ils cherchaient des combinaisons ; Félicité rêvait qu'elle
gagnait à une loterie le gros lot de 100,000 francs ; Pierre
s'imaginait qu'il allait inventer quelque spéculation merveil-

leuse. Ils vivaient dans une pensée unique : faire fortune,
tout de suite, en quelques heures ; être riches, jouir, ne fût-
ce que pendant une année. Tout leur être tendait à cela, brutalement, sans relâche. Et ils comptaient encore vaguement
sur leurs fils, avec cet égoïsme particulier des parents qui
ne peuvent s'habituer à la pensée d'avoir envoyé leurs enfants
au collége sans aucun bénéfice personnel.

Félicité semblait ne pas avoir vieilli ; c'était toujours la
même petite femme noire, ne pouvant rester en place, bour-
donnante comme une cigale. Un passant qui l'eût vue de dos,
sur un trottoir, l'eût prise pour une fillette de quinze ans,
à sa marche leste, aux sécheresses de ses épaules et de sa
taille. Son visage lui-même n'avait guère changé, il s'était
seulement creusé davantage, se rapprochant de plus en plus
du museau de la fouine ; on aurait dit la tête d'une petite
fille qui se serait parcheminée sans changer de traits.

Quant à Pierre Rougon, il avait pris du ventre ; il était
devenu un très-respectable bourgeois, auquel il ne manquait
que de grosses rentes pour paraître tout à fait digne. Sa face
empâtée et blafarde, sa lourdeur, son air assoupi, semblaient
suer l'argent. Il avait entendu dire un jour à un paysan qui
ne le connaissait pas : « C'est quelque richard, ce gros-là ;
allez, il n'est pas inquiet de son dîner ! » réflexion qui l'a-
vait frappé au cœur, car il regardait comme une atroce mo-
querie d'être resté un pauvre diable, tout en prenant la
graisse et la gravité satisfaite d'un millionnaire. Lorsqu'il se
rasait, le dimanche, devant un petit miroir de cinq sous
pendu à l'espagnolette d'une fenêtre, il se disait que, en
habit et en cravate blanche, il ferait, chez M. le sous-préfet,
meilleure figure que tel ou tel fonctionnaire de Plassans. Ce
fils de paysan, blêmi dans les soucis du commerce, gras de
vie sédentaire, cachant ses appétits haineux sous la placidité
naturelle de ses traits, avait en effet l'air nul et solennel, la
carrure imbécile qui pose un homme dans un salon officiel.

On prétendait que sa femme le menait à la baguette, et l'on se trompait. Il était d'un entêtement de brute ; devant une volonté étrangère, nettement formulée, il se serait emporté grossièrement jusqu'à battre les gens. Mais Félicité était trop souple pour le contre-carrer ; la nature vive, papillonnante de cette naine n'avait pas pour tactique de se heurter de front aux obstacles ; quand elle voulait obtenir quelque chose de son mari ou le pousser dans la voie qu'elle croyait la meilleure, elle l'entourait de ses vols brusques de cigale, le piquait de tous les côtés, revenait cent fois à la charge, jusqu'à ce qu'il cédât, sans trop s'en apercevoir lui-même. Il la sentait, d'ailleurs, plus intelligente que lui et supportait assez patiemment ses conseils. Félicité, plus utile que la mouche du coche, faisait parfois toute la besogne en bourdonnant aux oreilles de Pierre. Chose rare, les époux ne se jetaient presque jamais leurs insuccès à la tête. La question de l'instruction des enfants déchaînait seule des tempêtes dans le ménage.

La révolution de 1848 trouva donc tous les Rougon sur le qui-vive, exaspérés par leur mauvaise chance et disposés à violer la fortune, s'ils la rencontraient jamais au détour d'un sentier. C'était une famille de bandits à l'affût, prêts à détrousser les événements. Eugène surveillait Paris ; Aristide rêvait d'égorger Plassans ; le père et la mère, les plus âpres peut-être, comptaient travailler pour leur compte et profiter en outre de la besogne de leurs fils ; Pascal seul, cet amant discret de la science, menait la belle vie indifférente d'un amoureux, dans sa petite maison claire de la ville neuve.

III

A Plassans, dans cette ville close où la division des classes se trouvait si nettement marquée en 1848, le contre-coup des événements politiques était très-sourd. Aujourd'hui même, la voix du peuple s'y étouffe; la bourgeoisie y met sa prudence, la noblesse son désespoir muet, le clergé sa fine sournoiserie. Que des rois se volent un trône ou que des républiques se fondent, la ville s'agite à peine. On dort à Plassans, quand on se bat à Paris. Mais la surface a beau paraître calme et indifférente, il y a, au fond, un travail caché très-curieux à étudier. Si les coups de fusil sont rares dans les rues, les intrigues dévorent les salons de la ville neuve et du quartier Saint-Marc. Jusqu'en 1830, le peuple n'a pas compté. Encore aujourd'hui, on agit comme s'il n'était pas. Tout se passe entre le clergé, la noblesse et la bourgeoisie. Les prêtres, très-nombreux, donnent le ton à la politique de l'endroit; ce sont des mines souterraines, des coups dans l'ombre, une tactique savante et peureuse qui permet à peine de faire un pas en avant ou en arrière tous les dix ans. Ces luttes secrètes d'hommes qui veulent avant tout éviter le bruit, demandent une finesse particulière, une aptitude aux petites choses, une patience de gens privés de passions. Et c'est ainsi que les lenteurs provinciales, dont on se moque volontiers à Paris, sont pleines de traîtrises, d'égorgillements sournois, de défaites et de victoires cachées. Ces bonshommes, surtout quand leurs intérêts sont en jeu, tuent à domicile, à coup de chiquenaudes, comme nous tuons à coups de canon, en place publique.

L'histoire politique de Plassans, ainsi que celle de toutes les petites villes de la Provence, offre une curieuse particularité. Jusqu'en 1830, les habitants restèrent catholiques pratiquants et fervents royalistes ; le peuple lui-même ne jurait que par Dieu et que par ses rois légitimes. Puis un étrange revirement eut lieu ; la foi s'en alla, la population ouvrière et bourgeoise, désertant la cause de la légitimité, se donna peu à peu au grand mouvement démocratique de notre époque. Lorsque la révolution de 1848 éclata, la noblesse et le clergé se trouvèrent seuls à travailler au triomphe d'Henri V. Longtemps ils avaient regardé l'avénement des Orléans comme un essai ridicule qui ramènerait tôt ou tard les Bourbons ; bien que leurs espérances fussent singulièrement ébranlées, ils n'en engagèrent pas moins la lutte, scandalisés par la défection de leurs anciens fidèles et s'efforçant de les ramener à eux. Le quartier Saint-Marc, aidé de toutes les paroisses, se mit à l'œuvre. Dans la bourgeoisie, dans le peuple surtout, l'enthousiasme fut grand, au lendemain des journées de février ; ces apprentis républicains avaient hâte de dépenser leur fièvre révolutionnaire. Mais pour les rentiers de la ville neuve, ce beau feu eut l'éclat et la durée d'un feu de paille. Les petits propriétaires, les commerçants retirés, ceux qui avaient dormi leurs grasses matinées ou arrondi leur fortune sous la monarchie, furent bientôt pris de panique ; la république, avec sa vie de secousses, les fit trembler pour leur caisse et pour leur chère

existence d'égoïstes. Aussi, lorsque la réaction cléricale de
1849 se déclara, presque toute la bourgeoisie de Plassans
passa-t-elle au parti conservateur. Elle y fut reçue à bras
ouverts. Jamais la ville neuve n'avait eu des rapports si
étroits avec le quartier Saint-Marc ; certains nobles allèrent
jusqu'à toucher la main à des avoués et à d'anciens marchands d'huile. Cette familiarité inespérée enthousiasma le
nouveau quartier, qui fit, dès lors, une guerre acharnée au
gouvernement républicain. Pour amener un pareil rappro-
chement, le clergé dut dépenser des trésors d'habileté et de
patience. Au fond, la noblesse de Plassans se trouvait plongée, comme une moribonde, dans une prostration invincible ;
elle gardait sa foi, mais elle était prise du sommeil de la
terre, elle préférait ne pas agir, laisser faire le ciel ; volontiers elle aurait protesté par son silence seul, sentant vaguement peut-être que ses dieux étaient morts et qu'elle n'avait
plus qu'à aller les rejoindre. Même à cette époque de bouleversement, lorsque la catastrophe de 1848 put lui faire espérer un instant le retour des Bourbons, elle se montra en-
gourdie, indifférente, parlant de se jeter dans la mêlée et ne
quittant qu'à regret le coin de son feu. Le clergé combattit
sans relâche ce sentiment d'impuissance et de résignation.
Il y mit une sorte de passion. Un prêtre, lorsqu'il déses-
père, n'en lutte que plus âprement ; toute la politique
de l'Église est d'aller droit devant elle, quand même, remettant la réussite de ses projets à plusieurs siècles, s'il est nécessaire, mais ne perdant pas une heure, se poussant toujours en avant, d'un effort continu. Ce fut donc le clergé
qui, à Plassans, mena la réaction. La noblesse devint son
prête-nom, rien de plus ; il se cacha derrière elle, il la gour-
manda, la dirigea, parvint même à lui rendre une vie fac-
tice. Quand il l'eut amenée à vaincre ses répugnances au
point de faire cause commune avec la bourgeoisie, il se crut
certain de la victoire. Le terrain était merveilleusement pré-

paré ; cette ancienne ville royaliste, cette population de
bourgeois paisibles et de commerçants poltrons devait fatalement se ranger tôt ou tard dans le parti de l'ordre. Le
clergé, avec sa tactique savante, hâta la conversion. Après
avoir gagné les propriétaires de la ville neuve, il sut même
convaincre les petits détaillants du vieux quartier. Dès lors
la réaction fut maîtresse de la ville. Toutes les opinions
étaient représentées dans cette réaction ; jamais on ne vit
un pareil mélange de libéraux tournés à l'aigre, de légitimistes, d'orléanistes, de bonapartistes, de cléricaux. Mais
peu importait, à cette heure. Il s'agissait uniquement de tuer
la République. Et la République agonisait. Une fraction du
peuple, un millier d'ouvriers au plus, sur les dix mille âmes
de la ville, saluaient encore l'arbre de la liberté, planté au
milieu de la place de la Sous-Préfecture.

Les plus fins politiques de Plassans, ceux qui dirigeaient
le mouvement réactionnaire, ne flairèrent l'empire que fort
tard. La popularité du prince Louis-Napoléon leur parut un
engouement passager de la foule dont on aurait facilement
raison. La personne même du prince leur inspirait une admiration médiocre. Ils le jugeaient nul, songe creux, incapable de mettre la main sur la France et surtout de se maintenir au pouvoir. Pour eux, ce n'était qu'un instrument
dont ils comptaient se servir, qui ferait la place nette, et
qu'ils mettraient à la porte, lorsque l'heure serait venue où
le vrai prétendant devrait se montrer. Cependant les mois
s'écoulèrent, ils devinrent inquiets. Alors seulement ils eurent vaguement conscience qu'on les dupait. Mais on ne leur
laissa pas le temps de prendre un parti ; le coup d'État
éclata sur leur tête, et ils durent applaudir. La grande im-
pure, la République, venait d'être assassinée. C'était un
triomphe quand même. Le clergé et la noblesse acceptèrent
les faits avec résignation, remettant à plus tard la réalisation
de leurs espérances, se vengeant de leur mécompte en

8.

s'unissant aux bonapartistes pour écraser les derniers républicains.

Ces événements fondèrent la fortune des Rougon. Mêlés
aux diverses phases de cette crise, ils grandirent sur les
ruines de la liberté. Ce fut la République que volèrent ces
bandits à l'affût; après qu'on l'eut égorgée, ils aidèrent à la
détrousser.

Au lendemain des journées de février, Félicité, le nez le
plus fin de la famille, comprit qu'ils étaient enfin sur la
bonne piste. Elle se mit à tourner autour de son mari, à
l'aiguillonner, pour qu'il se remuât. Les premiers bruits de
révolution avaient effrayé Pierre. Lorsque sa femme lui eut
fait entendre qu'ils avaient peu à perdre et beaucoup à
gagner dans un bouleversement, il se rangea vite à son opinion.

— Je ne sais ce que tu peux faire, répétait Félicité, mais
il me semble qu'il y a quelque chose à faire. M. de Carnavant ne nous disait-il pas, l'autre jour, qu'il serait riche si
jamais Henri V revenait, et que ce roi récompenserait magnifiquement ceux qui auraient travaillé à son retour. Notre
fortune est peut-être là. Il serait temps d'avoir la main heureuse.

Le marquis de Carnavant, ce noble qui, selon la chronique scandaleuse de la ville, avait connu intimement la
mère de Félicité, venait, en effet, de temps à autre rendre
visite aux époux. Les méchantes langues prétendaient que
madame Rougon lui ressemblait. C'était un petit homme,
maigre, actif, alors âgé de soixante-quinze ans, dont cette
dernière semblait avoir pris, en vieillissant, les traits et les
allures. On racontait que les femmes lui avaient dévoré les
débris d'une fortune déjà fort entamée par son père au temps
de l'émigration. Il avouait, d'ailleurs sa pauvreté de fort
bonne grâce. Recueilli par un de ses parents, le comte de
Valqueyras, il vivait en parasite, mangeant à la table du

comte, habitant un étroit logement situé sous les combles de son hôtel.

— Petite, disait-il souvent en tapotant les joues de Félicité, si jamais Henri V me rend une fortune, je te ferai mon héritière.

Félicité avait cinquante ans qu'il l'appelait encore « petite ». C'était à ces tapes familières et à ces continuelles promesses d'héritage que madame Rougon pensait en poussant son mari dans la politique. Souvent M. de Carnavant s'était plaint amèrement de ne pouvoir lui venir en aide. Nul doute qu'il ne se conduisît en père à son égard, le jour où il serait puissant. Pierre, auquel sa femme expliqua la situation à demi-mots, se déclara prêt à marcher dans le sens qu'on lui indiquerait.

La position particulière du marquis fit de lui, à Plassans, dès les premiers jours de la République, l'agent actif du mouvement réactionnaire. Ce petit homme remuant, qui avait tout à gagner au retour de ses rois légitimes, s'occupa avec fièvre du triomphe de leur cause. Tandis que la noblesse riche du quartier Saint-Marc s'endormait dans son désespoir muet, craignant peut-être de se compromettre et de se voir de nouveau condamnée à l'exil, lui se multipliait, faisait de la propagande, racolait des fidèles. Il fut une arme dont une main invisible tenait la poignée. Dès lors, ses visites chez les Rougon devinrent quotidiennes. Il lui fallait un centre d'opérations. Son parent, M. de Valqueyras, lui ayant défendu d'introduire des affiliés dans son hôtel, il avait choisi le salon jaune de Félicité. D'ailleurs, il ne tarda pas à trouver dans Pierre un aide précieux. Il ne pouvait aller prêcher lui-même la cause de la légitimité aux petits détaillants et aux ouvriers du vieux quartier; on l'aurait hué. Pierre, au contraire, qui avait vécu au milieu de ces gens-là, parlait leur langue, connaissait leurs besoins, arrivait à les catéchiser en douceur. Il devint ainsi l'homme indispen-

sable. En moins de quinze jours, les Rougon furent plus
royalistes que le roi. Le marquis, en voyant le zèle de Pierre,
s'était finement abrité derrière lui. A quoi bon se mettre en
vue, quand un homme à fortes épaules veut bien endosser
toutes les sottises d'un parti. Il laissa Pierre trôner, se gon-
fler d'importance, parler en maître, se contentant de le retenir ou de le jeter en avant, selon les nécessités de la cause.
Aussi l'ancien marchand d'huile fut-il bientôt un personnage. Le soir, quand ils se retrouvaient seuls, Félicité lui
disait :

— Marche, ne crains rien. Nous sommes en bon chemin. Si cela continue, nous serons riches, nous aurons
un salon pareil à celui du receveur, et nous donnerons des
soirées.

Il s'était formé chez les Rougon un noyau de conservateurs
qui se réunissaient chaque soir dans le salon jaune pour déblatérer contre la République.

Il y avait là trois ou quatre négociants retirés qui tremblaient pour leurs rentes, et qui appelaient de tous leurs
vœux un gouvernement sage et fort. Un ancien marchand
d'amandes, membre du conseil municipal, M. Isidore Granoux, était comme le chef de ce groupe. Sa bouche en bec
de lièvre, fendue à cinq ou six centimètres du nez, ses yeux
ronds, son air à la fois satisfait et ahuri, le faisaient ressem-
bler à une oie grasse qui digère dans la salutaire crainte du
cuisinier. Il parlait peu, ne pouvant trouver les mots; il
n'écoutait que lorsqu'on accusait les républicains de vouloir piller les maisons des riches, se contentant alors de
devenir rouge à faire craindre une apoplexie, et de murmurer des invectives sourdes, au milieu desquelles
revenaient les mots « fainéants, scélérats, voleurs, assassins. »

Tous les habitués du salon jaune, à la vérité, n'avaient
pas l'épaisseur de cette oie grasse. Un riche propriétaire,

M. Roudier, au visage grassouillet et insinuant, y discourait des heures entières, avec la passion d'un orléaniste que la chute de Louis-Philippe avait dérangé dans ses calculs. C'était un bonnetier de Paris retiré à Plassans, ancien fournisseur de la cour, qui avait fait de son fils un magistrat, comptant sur les Orléans pour pousser ce garçon aux plus hautes dignités. La révolution ayant tué ses espérances, il s'était jeté dans la réaction à corps perdu. Sa fortune, ses anciens rapports commerciaux avec les Tuileries, dont il semblait faire des rapports de bonne amitié, le prestige que prend en province tout homme qui a gagné de l'argent à Paris et qui daigne venir le manger au fond d'un département, lui donnaient une très-grande influence dans le pays ; certaines gens l'écoutaient parler comme un oracle.

Mais la plus forte tête du salon jaune était à coup sûr le commandant Sicardot, le beau-père d'Aristide. Taillé en Hercule, le visage rouge brique, couturé et planté de bouquets de poil gris, il comptait parmi les plus glorieuses ganaches de la grande armée. Dans les journées de février, la guerre des rues seule l'avait exaspéré ; il ne tarissait pas sur ce sujet, disant avec colère qu'il était honteux de se battre de la sorte ; et il rappelait avec orgueil le grand règne de Napoléon.

On voyait aussi, chez les Rougon, un personnage aux mains humides, aux regards louches, le sieur Vuillet, un libraire qui fournissait d'images saintes et de chapelets toutes les dévotes de la ville. Vuillet tenait la librairie classique et la librairie religieuse ; il était catholique pratiquant, ce qui lui assurait la clientèle des nombreux couvents et des paroisses. Par un coup de génie, il avait joint à son commerce la publication d'un petit journal bi-hebdomadaire, la *Gazette de Plassans*, dans lequel il s'occupait exclusivement des intérêts du clergé. Ce journal lui mangeait chaque année un millier de francs ; mais il faisait de lui le champion de l'Église, et l'aidait à écouler les rossignols sacrés de sa boutique. Cet homme illettré, dont l'orthographe était douteuse, rédigeait lui-même les articles de la *Gazette* avec une humilité et un fiel qui lui tenaient lieu de talent. Aussi le marquis, en se mettant en campagne, avait-il été frappé du parti qu'il pourrait tirer de cette figure plate de sacristain, de cette plume grossière et intéressée. Depuis février, les articles de la *Gazette* contenaient moins de fautes; le marquis les revoyait.

On peut imaginer, maintenant, le singulier spectacle que le salon jaune des Rougon offrait chaque soir. Toutes les opinions se coudoyaient et aboyaient à la fois contre la République. On s'entendait dans la haine. Le marquis, d'ailleurs, qui ne manquait pas une réunion, apaisait par sa présence les petites querelles qui s'élevaient entre le commandant et les autres adhérents. Ces roturiers étaient secrètement flattés des poignées de main qu'il voulait bien leur distribuer à l'arrivée et au départ. Seul, Roudier, en libre penseur de la rue Saint-Honoré, disait que le marquis n'avait pas un sou, et qu'il se moquait du marquis. Ce dernier gardait un aimable sourire de gentilhomme; il s'encanaillait avec ces bourgeois, sans une seule des grimaces de mépris que tout autre habitant du quartier Saint-Marc aurait cru devoir faire. Sa vie de parasite l'avait assoupli. Il était l'âme du groupe. Il commandait au nom de personnages inconnus, dont il ne livrait jamais les noms. « Ils veulent ceci, ils ne veulent pas cela, » disait-il. Ces dieux cachés, veillant aux destinées de Plassans du fond de leur nuage, sans paraître se mêler directement des affaires publiques, devaient être certains prêtres, les grands politiques du pays. Quand le marquis prononçait cet « ils » mystérieux, qui inspirait à l'assemblée un merveilleux respect, Vuillet confessait par une attitude béate qu'il les connaissait parfaitement.

La personne la plus heureuse dans tout cela était Félicité.

Elle commençait enfin à avoir du monde dans son salon.
Elle se sentait bien un peu honteuse de son vieux meuble de
velours jaune ; mais elle se consolait en pensant au riche
mobilier qu'elle achèterait, lorsque la bonne cause aurait
triomphé. Les Rougon avaient fini par prendre leur royalisme
au sérieux. Félicité allait jusqu'à dire, quand Roudier n'était
pas là, que, s'ils n'avaient pas fait fortune dans leur commerce d'huile, la faute en était à la monarchie de Juillet.
C'était une façon de donner une couleur politique à leur
pauvreté. Elle trouvait des caresses pour tout le monde,
même pour Granoux, inventant chaque soir une nouvelle
façon polie de le réveiller, à l'heure du départ.

Le salon, ce noyau de conservateurs appartenant à tous
les partis, et qui grossissait journellement, eut bientôt une
grande influence. Par la diversité de ses membres, et surtout grâce à l'impulsion secrète que chacun d'eux recevait
du clergé, il devint le centre réactionnaire qui rayonna sur
Plassans entier. Le tactique du marquis, qui s'effaçait, fit
regarder Rougon comme le chef de la bande. Les réunions
avaient lieu chez lui, cela suffisait aux yeux peu clairvoyants
du plus grand nombre pour le mettre à la tête du groupe et
le désigner à l'attention publique. On lui attribua toute la
besogne ; on le crut le principal ouvrier de ce mouvement
qui, peu à peu, ramenait au parti conservateur les républicains enthousiastes de la veille. Il est certaines situations
dont bénéficient seuls les gens tarés. Ils fondent leur fortune
là ou des hommes mieux posés et plus influents n'auraient
point osé risquer la leur. Certes, Roudier, Granoux et les
autres, par leur position d'hommes riches et respectés, semblaient devoir être mille fois préférés à Pierre comme chefs
actifs du parti conservateur. Mais aucun d'eux n'aurait con-
senti à faire de son salon un centre politique ; leurs convictions n'allaient pas jusqu'à se compromettre ouvertement ;
en somme, ce n'étaient que des braillards, des commères de

province, qui voulaient bien cancaner chez un voisin contre
la République, du moment où le voisin endossait la responsabilité de leurs cancans. La partie était trop chanceuse. Il
n'y avait pour la jouer, dans la bourgeoisie de Plassans, que
les Rougon, ces grands appétits inassouvis et poussés aux
résolutions extrêmes.

En avril 1849, Eugène quitta brusquement Paris et vint
passer quinze jours auprès de son père. On ne connut jamais
bien le but de ce voyage. Il est à croire qu'Eugène vint tâter
sa ville natale pour savoir s'il y poserait avec succès sa can-
didature de représentant à l'Assemblée législative, qui devait
remplacer prochainement la Constituante. Il était trop fin
pour risquer un échec. Sans doute l'opinion publique lui
parut peu favorable, car il s'abstint de toute tentative. On
ignorait, d'ailleurs, à Plassans ce qu'il était devenu, ce qu'il
faisait à Paris. A son arrivée, on le trouva moins gros, moins
endormi. On l'entoura, on tâcha de le faire causer. Il feignit
l'ignorance, ne se livrant pas, forçant les autres à se livrer.
Des esprits plus souples eussent trouvé, sous son apparente
flânerie, un grand souci des opinions politiques de la ville.
Il semblait sonder le terrain plus encore pour un parti que
pour son propre compte.

Bien qu'il eût renoncé à toute espérance personnelle, il
n'en resta pas moins à Plassans jusqu'à la fin du mois, très-
assidu surtout aux réunions du salon jaune. Dès le premier
coup de sonnette, il s'asseyait dans le creux d'une fenêtre,
le plus loin possible de la lampe. Il demeurait là toute la
soirée, le menton sur la paume de la main droite, écoutant
religieusement. Les plus grosses niaiseries le laissaient impassible. Il approuvait tout de la tête, jusqu'aux grognements
effarés de Granoux. Quand on lui demandait son avis, il répétait poliment l'opinion de la majorité. Rien ne parvint à
lasser sa patience, ni les rêves creux du marquis qui parlait
des Bourbons comme au lendemain de 1815, ni les effusions

bourgeoises de Roudier, qui s'attendrissait en comptant le nombre de paires de chaussettes qu'il avait fournies jadis au roi citoyen. Au contraire, il paraissait fort à l'aise au milieu de cette tour de Babel. Parfois, quand tous ces grotesques tapaient à bras raccourcis sur la République, on voyait ses yeux rire sans que ses lèvres perdissent leur moue d'homme grave. Sa façon recueillie d'écouter, sa complaisance inaltérable lui avaient concilié toutes les sympathies. On le jugeait nul, mais bon enfant. Lorsqu'un ancien marchand d'huile ou d'amandes, ne pouvait placer, au milieu du tumulte, de quelle façon il sauverait la France, s'il était le maître, il se réfugiait auprès d'Eugène et lui criait ses plans merveilleux à l'oreille. Eugène hochait doucement la tête, comme ravi des choses élevées qu'il entendait. Vuillet seul le regardait d'un air louche. Ce libraire, doublé d'un sacristain et d'un journaliste, parlant moins que les autres, observait davantage. Il avait remarqué que l'avocat causait parfois dans les coins avec le commandant Sicardot. Il se promit de les surveiller, mais il ne put jamais surprendre une seule de leurs paroles. Eugène faisait taire le commandant d'un clignement d'yeux, dès qu'il approchait. Sicardot, à partir de cette époque, ne parla plus des Napoléon qu'avec un mystérieux sourire.

Deux jours avant son retour à Paris, Eugène rencontra sur le cours Sauvaire son frère Aristide, qui l'accompagna quelques instants, avec l'insistance d'un homme en quête d'un conseil. Aristide était dans une grande perplexité. Dès la proclamation de la République, il avait affiché le plus vif enthousiasme pour le gouvernement nouveau. Son intelligence, assouplie par ses deux années de séjour à Paris, voyait plus loin que les cerveaux épais de Plassans ; il devinait l'impuissance des légitimistes et des orléanistes, sans distinguer avec netteté quel serait le troisième larron qui viendrait voler la République. A tout hasard, il s'était mis du côté des vain-

queurs. Il avait rompu tout rapport avec son père, le quali-
fiant en public de vieux fou, de vieil imbécile enjôlé par la
noblesse.

— Ma mère est pourtant une femme intelligente, ajoutait-
il. Jamais je ne l'aurais crue capable de pousser son mari
dans un parti dont les espérances sont chimériques. Ils vont
achever de se mettre sur la paille. Mais les femmes n'entendent rien à la politique.

Lui, voulait se vendre, le plus cher possible. Sa grande inquiétude fut dès lors de prendre le vent, de se mettre toujours du côté de ceux qui pourraient, à l'heure du triomphe,
le récompenser magnifiquement. Par malheur, il marchait
en aveugle ; il se sentait perdu, au fond de sa province, sans
boussole, sans indications précises. En attendant que le cours
des événements lui traçât une voie sûre, il garda l'attitude
de républicain enthousiaste prise par lui dès le premier jour.
Grâce à cette attitude, il resta à la sous-préfecture; on augmenta même ses appointements. Mordu bientôt par le désir
de jouer un rôle, il détermina un libraire, un rival de Vuillet, à fonder un journal démocratique, dont il devint un des
rédacteurs les plus âpres. L'*Indépendant* fit, sous son impulsion, une guerre sans merci aux réactionnaires. Mais le
courant l'entraîna peu à peu, malgré lui, plus loin qu'il ne
voulait aller ; il en arriva à écrire des articles incendiaires qui
lui donnaient des frissons lorsqu'il les relisait. On remarqua
beaucoup, à Plassans, une série d'attaques dirigées par le fils
contre les personnes que le père recevait chaque soir dans le
fameux salon jeune. La richesse des Roudier et des Granoux
exaspérait Aristide au point de lui faire perdre toute prudence. Poussé par ses aigreurs jalouses d'affamé, il s'était
fait de la bourgeoisie une ennemie irréconciliable, lorsque
l'arrivée d'Eugène et la façon dont il se comporta à Plassans
vinrent le consterner. Il accordait à son frère une grande
habileté. Selon lui, ce gros garçon endormi ne sommeillait

jamais que d'un œil, comme les chats à l'affût devant un trou
de souris. Et voilà qu'Eugène passait les soirées entières dans
le salon jaune, écoutant religieusement ces grotesques que
lui, Aristide, avait si impitoyablement raillés. Quand il sut,
par les bavardages de la ville, que son frère donnait des poignées de main à Granoux et en recevait du marquis, il se demanda avec anxiété ce qu'il devait croire. Se serait-il trompé
à ce point ? Les légitimistes ou les orléanistes auraient-ils
quelque chance de succès ? Cette pensée le terrifia. Il perdit
son équilibre, et, comme il arrive souvent, il tomba sur les
conservateurs avec plus de rage, pour se venger de son aveuglement.

La veille du jour où il arrêta Eugène sur le cours Sauvaire, il avait publié, dans *l'Indépendant*, un article terrible
sur les menées du clergé, en réponse à un entrefilet de Vuillet, qui accusait les républicains de vouloir démolir les églu-
ses. Vuillet était la bête noire d'Aristide. Il ne se passait pas
de semaines sans que les deux journalistes échangeassent
les plus grossières injures. En province, où l'on cultive encore la périphrase, la polémique met le catéchisme pois-
sard en beau langage : Aristide appelait son adversaire
« frère Judas, » ou encore « serviteur de saint Antoine, »
et Vuillet répondait galamment en traitant le républicain
de « monstre gorgé de sang dont la guillotine était l'ignoble
pourvoyeuse. »

Pour sonder son frère, Aristide, qui n'osait paraître inquiet ouvertement, se contenta de lui demander :

— As-tu lu mon article d'hier ? Qu'en penses-tu ?

Eugène eut un léger mouvement d'épaules.

— Vous êtes un niais, mon frère, répondit-il simplement.

— Alors, s'écria le journaliste en pâlissant, tu donnes raison à Vuillet, tu crois au triomphe de Vuillet.

— Moi !... Vuillet...

Il allait certainement ajouter : « Vuillet est un niais comme toi. » Mais en apercevant la face grimaçante de son frère, qui se tendait anxieusement vers lui, il parut pris d'une subite défiance.

— Vuillet a du bon, dit-il avec tranquillité.

En quittant son frère, Aristide se sentit encore plus perplexe qu'auparavant. Eugène avait dû se moquer de lui, car Vuillet était bien le plus sale personnage qu'on pût imaginer. Il se promit d'être prudent, de ne pas se lier davantage, de façon à avoir les mains libres, s'il lui fallait un jour aider un parti à étrangler la République.

Le matin même de son départ, une heure avant de monter en diligence, Eugène emmena son père dans la chambre à coucher et eut avec lui un long entretien. Félicité, restée dans le salon, essaya vainement d'écouter. Les deux hommes parlaient bas, comme s'ils eussent redouté qu'une seule de leurs paroles pût être entendue du dehors. Quand ils sortirent enfin de la chambre, ils paraissaient très-animés. Après avoir embrassé son père et sa mère, Eugène, dont la voix traînait d'habitude, dit avec une vivacité émue :

— Vous m'avez bien compris, mon père ? Là est notre fortune. Il faut travailler de toutes nos forces, dans ce sens. Ayez foi en moi.

— Je suivrai tes instructions fidèlement, répondit Rougon. Seulement n'oublie pas ce que je t'ai demandé comme prix de mes efforts.

— Si nous réussissons, vos désirs seront satisfaits, je vous le jure. D'ailleurs, je vous écrirai, je vous guiderai, selon la direction que prendront les évenements. Pas de panique ni d'enthousiasme. Obéissez-moi en aveugle.

— Qu'avez-vous donc comploté ? demanda curieusement Félicité.

— Ma chère mère, répondit Eugène avec un sourire, vous

avez trop douté de moi pour que je vous confie aujourd'hui mes espérances, qui ne reposent encore que sur des calculs de probabilité. Il vous faudrait la foi pour me comprendre. D'ailleurs, mon père vous instruira, quand l'heure sera venue.

Et comme Félicité prenait l'attitude d'une femme piquée, il ajouta à son oreille, en l'embrassant de nouveau :

— Je tiens de toi, bien que tu m'aies renié. Trop d'intelligence nuirait en ce moment. Lorsque la crise arrivera, c'est toi qui devras conduire l'affaire.

Il s'en alla ; puis il rouvrit la porte, et dit encore d'une voix impérieuse :

— Surtout défiez-vous d'Aristide, c'est un brouillon qui gâterait tout. Je l'ai assez étudié pour être certain qu'il retombera toujours sur ses pieds. Ne vous apitoyez pas ; car, si nous faisons fortune, il saura nous voler sa part.

Quand Eugène fut parti, Félicité essaya de pénétrer le secret qu'on lui cachait. Elle connaissait trop son mari pour l'interroger ouvertement ; il lui aurait répondu avec colère que cela ne la regardait pas. Mais, malgré la tactique savante qu'elle déploya, elle n'apprit absolument rien. Eugène, à cette heure trouble où la plus grande discrétion était nécessaire, avait bien choisi son confident. Pierre, flatté de la confiance de son fils, exagéra encore cette lourdeur passive qui faisait de lui une masse grave et impénétrable. Lorsque Félicité eut compris qu'elle ne saurait rien, elle cessa de tourner autour de lui. Une seule curiosité lui resta, la plus âpre. Les deux hommes avaient parlé d'un prix stipulé par Pierre lui-même. Quel pouvait être ce prix ? Là était le grand intérêt pour Félicité, qui se moquait parfaitement des questions politiques. Elle savait que son mari avait dû se vendre cher, mais elle brûlait de connaître la nature du marché. Un soir, voyant Pierre de belle humeur, comme ils venaient de se mettre au lit, elle amena la conversation sur les ennuis de leur pauvreté.

9.

— Il est bien temps que cela finisse, dit-elle; nous nou
ruinons en bois et en huile, depuis que ces messieurs vien
nent ici. Et qui payera la note? Personne peut-être.

Son mari donna dans le piége. Il eut un sourire de supériorité complaisante.

— Patience, dit-il.

Puis il ajouta d'un air fin, en regardant sa femme dans les
yeux.

— Serais-tu contente d'être la femme d'un receveur particulier?

Le visage de Félicité s'empourpra d'une joie chaude. Elle
se mit sur son séant, frappant comme une enfant dans ses
mains sèches de petite vieille.

— Vrai?... balbutia-t-elle. A Plassans?...

Pierre, sans répondre, fit un long signe affirmatif. Il
jouissait de l'étonnement de sa compagne. Elle étranglait
d'émotion.

— Mais, reprit-elle enfin, il faut un cautionnement
énorme. Je me suis laissé dire que notre voisin,
M. Peirotte, avait dû déposer quatre-vingt mille francs au
trésor.

— Eh! dit l'ancien marchand d'huile, ça ne me regarde
pas. Eugène se charge de tout. Il me fera avancer le cautionnement par un banquier de Paris... Tu comprends, j'ai
choisi une place qui rapporte gros. Eugène a commencé par
faire la grimace. Il me disait qu'il fallait être riche pour occuper ces positions-là, qu'on choisissait d'habitude des gens
influents. J'ai tenu bon, et il a cédé. Pour être receveur, on
n'a pas besoin de savoir le latin ni le grec; j'aurai,
comme M. Peirotte, un fondé de pouvoir qui fera toute la besogne.

Félicité l'écoutait avec ravissement.

— J'ai bien deviné, continua-t-il, ce qui inquiétait notre
cher fils. Nous sommes peu aimés ici. On nous sait sans for-

tine, on clabaudera. Mais bast! dans les moments de crise,
tout arrive. Eugène voulait me faire nommer dans une autre
ville. J'ai refusé, je veux rester à Plassans.

— Oui, oui, il faut rester, dit vivement la vieille femme.
C'est ici que nous avons souffert, c'est ici que nous devons
triompher. Ah! je les écraserai, toutes ces belles promeneu-
ses du Mail qui toisent dédaigneusement mes robes de laine!...
Je n'avais pas songé à la place de receveur : je croyais que tu
voulais devenir maire.

— Maire, allons donc !... La place est gratuite !... Eugène
aussi m'a parlé de la mairie. Je lui ai répondu :
« J'accepte, si tu me constitues une rente de quinze mille
francs. »

Cette conversation, où de gros chiffres partaient comme
des fusées, enthousiasmait Félicité. Elle frétillait, elle éprouvait une sorte de démangeaison intérieure. Enfin elle prit
une pose dévote, et, se recueillant :

— Voyons, calculons, dit-elle. Combien gagneras-tu ?

— Mais, dit Pierre, les appointements fixes sont, je crois,
de trois mille francs.

— Trois mille, compta Félicité.

— Puis, il y a le tant pour cent sur les recettes, qui,
à Plassans, peut produire une somme de douze mille
francs.

— Ça fait quinze mille.

— Oui, quinze mille francs environ. C'est ce que gagne
Peirotte. Ce n'est pas tout. Peirotte fait de la banque pour
son compte personnel. C'est permis. Peut-être me risque-
rai-je, dès que je sentirai la chance venue.

— Alors mettons vingt mille... Vingt mille francs de
rente! répéta Félicité ahurie par ce chiffre.

— Il faudra rembourser les avances, fit remarquer
Pierre.

— N'importe, reprit Félicité, nous serons plus riches que

beaucoup de ces messieurs... Est-ce que le marquis et les
autres doivent partager le gâteau avec toi?

— Non, non, tout sera pour nous.

Et, comme elle insistait, Pierre crut qu'elle voulait lui
arracher son secret. Il fronça les sourcils.

— Assez causé, dit-il brusquement. Il est tard, dormons.
Ça nous portera malheur de faire des calculs à l'avance. Je
ne tiens pas encore la place. Surtout, soit discrète.

La lampe éteinte, Félicité ne put dormir. Les yeux fermés, elle faisait de merveilleux châteaux en Espagne. Les
vingt mille francs de rente dansaient devant elle, dans l'ombre, une danse diabolique. Elle habitait un bel appartement
de la ville neuve, avait le luxe de M. Peirotte, donnait des
soirées, éclaboussait de sa fortune la ville entière. Ce qui
chatouillait le plus ses vanités, c'était la belle position que
son mari occuperait alors. Ce serait lui qui payerait leurs
rentes à Granoux, à Roudier, à tous ces bourgeois qui venaient aujourd'hui chez elle comme on va dans un café,
pour parler haut et savoir les nouvelles du jour. Elle s'était
parfaitement aperçu de la façon cavalière dont ces gens en-
traient dans son salon, ce qui les lui avait fait prendre en
grippe. Le marquis lui-même, avec sa politesse ironique,
commençait à lui déplaire. Aussi, triompher seuls, garder
tout le gâteau, suivant son expression, était une vengeance
qu'elle caressait amoureusement. Plus tard, quand ces
grossiers personnages se présenteraient le chapeau bas chez
M. le receveur Rougon, elle les écraserait à son tour. Toute
la nuit elle remua ces pensées. Le lendemain, en ouvrant
ses persiennes, son premier regard se porta instinctivement
de l'autre côté de la rue, sur les fenêtres de M. Peirotte;
elle sourit en contemplant les larges rideaux de damas qui
pendaient derrière les vitres.

Les espérances de Félicité, en se déplaçant, ne furent que
plus âpres. Comme toutes les femmes, elle ne détestait pas

une pointe de mystère. Le but caché que poursuivait son mari la passionna plus que ne l'avaient jamais fait les menées légitimistes de M. de Carnavant. Elle abandonna sans trop de regret les calculs fondés sur la réussite du marquis, du moment que, par d'autres moyens, son mari prétendait pouvoir garder les gros bénéfices. Elle fut, d'ailleurs, admirable de discrétion et de prudence.

Au fond, une curiosité anxieuse continuait à la torturer ; elle étudiait les moindres gestes de Pierre, elle tâchait de comprendre. S'il allait faire fausse route? Si Eugène l'entraînait à sa suite dans quelque casse-cou d'où ils sortiraient plus affamés et plus pauvres? Cependant la foi lui venait. Eugène avait commandé avec une telle autorité, qu'elle finissait par croire en lui. Là encore agissait la puissance de l'inconnu. Pierre lui parlait mystérieusement des hauts personnages que son fils aîné fréquentait à Paris ; elle-même ignorait ce qu'il pouvait y faire, tandis qu'il lui était impossible de fermer les yeux sur les coups de tête commis par Aristide à Plassans. Dans son propre salon, on ne se gênait guère pour traiter le journaliste démocrate avec la dernière sévérité. Granoux l'appelait brigand entre ses dents, et Roudier, deux ou trois fois par semaine, répétait à Félicité :

— Votre fils en écrit de belles. Hier encore il attaquait notre ami Vuillet avec un cynisme révoltant.

Tout le salon faisait chorus. Le commandant Sicardot parlait de calotter son gendre. Pierre reniait nettement son fils. La pauvre mère baissait la tête, dévorant ses larmes. Par instant, elle avait envie d'éclater, de crier à Roudier que son cher enfant, malgré ses fautes, valait encore mieux que lui et les autres ensemble. Mais elle était liée, elle ne voulait pas compromettre la position si laborieusement acquise. En voyant toute la ville accabler Aristide, elle pensait avec désespoir que le malheureux se perdait. A deux reprises, elle l'entretint secrètement, le conjurant de revenir à eux, de ne pas irriter davantage le salon jaune. Aristide lui répondit qu'elle n'entendait rien à ces choses-là, et que c'était elle qui avait commis une grande faute en mettant son mari au service du marquis. Elle dut l'abandonner, se promettant bien, si Eugène réussissait, de le forcer à partager la proie avec le pauvre garçon, qui restait son enfant préféré

Après le départ de son fils aîné, Pierre Rougon continua à vivre en pleine réaction. Rien ne parut changé dans les opinions du fameux salon jaune. Chaque soir, les mêmes hommes vinrent y faire la même propagande en faveur d'une monarchie, et le maître du logis les approuva et les aida avec autant de zèle que par le passé. Eugène avait quitté Plassans le 1er mai. Quelques jours plus tard, le salon jaune était dans l'enthousiasme. On y commentait la lettre du président de la République au général Oudinot, dans laquelle le siége de Rome était décidé. Cette lettre fut regardée comme une victoire éclatante, due à la ferme attitude du parti réactionnaire. Depuis 1848, les Chambres discutaient la question romaine; il était réservé à un Bonaparte d'aller étouffer une République naissante par une intervention dont la France libre ne se fût jamais rendue coupable. Le marquis déclara qu'on ne pouvait mieux travailler pour la cause de la légitimité. Vuillet écrivit un article superbe. L'enthousiasme n'eut plus de bornes, lorsque, un mois plus tard, le commandant Sicardot entra un soir chez les Rougon, en annonçant à la société que l'armée française se battait sous les murs de Rome. Pendant que tout le monde s'exclamait, il alla serrer la main à Pierre d'une façon significative. Puis, dès qu'il se fût assis, il entama l'éloge du président de la République, qui, disait-il, pouvait seul sauver la France de l'anarchie.

— Qu'il la sauve donc au plus tôt, interrompit le marquis,

et qu'il comprenne ensuite son devoir en la remettant entre les mains de ses maîtres légitimes !

Pierre sembla approuver vivement cette belle réponse. Quand il eut ainsi fait preuve d'ardent royalisme, il osa dire que le prince Louis Bonaparte avait ses sympathies, dans cette affaire. Ce fut alors, entre lui et le commandant, un échange de courtes phrases qui célébraient les excellentes intentions du président et qu'on eût dites préparées et apprises à l'avance. Pour la première fois, le bonapartisme entrait ouvertement dans le salon jaune. D'ailleurs, depuis l'élection du 10 décembre, le prince y était traité avec une certaine douceur. On le préférait mille fois à Cavaignac, et toute la bande réactionnaire avait voté pour lui. Mais on le regardait plutôt comme un complice que comme un ami ; encore se défiait-on de ce complice, que l'on commençait à accuser de vouloir garder pour lui les marrons après les avoir tirés du feu. Ce soir-là, cependant, grâce à la campagne de Rome, on écouta avec faveur les éloges de Pierre et du commandant.

Le groupe de Granoux et de Roudier demandait déjà que le président fît fusiller tous ces scélérats de républicains. Le marquis, appuyé contre la cheminée, regardait d'un air méditatif une rosace déteinte du tapis. Lorsqu'il leva enfin la tête, Pierre, qui semblait suivre à la dérobée sur son visage l'effet de ses paroles, se tut subitement. M. de Carnavant se contenta de sourire en regardant Félicité d'un air fin. Ce jeu rapide échappa aux bourgeois qui se trouvaient là. Vuillet seul dit d'une voix aigre :

— J'aimerais mieux voir votre Bonaparte à Londres qu'à Paris. Nos affaires marcheraient plus vite.

L'ancien marchand d'huile pâlit légèrement, craignant de s'être trop avancé.

— Je ne tiens pas à « mon » Bonaparte, dit-il avec assez de fermeté ; vous savez où je l'enverrais, si j'étais le maître,

je prétends simplement que l'expédition de Rome est une
bonne chose.

Félicité avait suivi cette scène avec un étonnement curieux. Elle n'en reparla pas à son mari, ce qui prouvait
qu'elle la prit pour base d'un secret travail d'intuition. Le
sourire du marquis, dont le sens exact lui échappait, lui
donnait beaucoup à penser.

A partir de ce jour, Rougon, de loin en loin, lorsque l'occasion se présentait, glissait un mot en faveur du président
de la République. Ces soirs-là, le commandant Sicardot jouait
le rôle d'un compère complaisant. D'ailleurs, l'opinion cléricale dominait encore en souveraine dans le salon jaune. Ce
fut surtout l'année suivante que ce groupe de réactionnaires
prit dans la ville une influence décisive, grâce au mouvement
rétrograde qui s'accomplissait à Paris. L'ensemble de mesures antilibérales qu'on nomma l'expédition de Rome à
l'intérieur, assura définitivement à Plassans le triomphe du
parti Rougon. Les derniers bourgeois enthousiastes virent la
République agonisante et se hâtèrent de se rallier aux conservateurs. L'heure des Rougon était venue. La ville neuve
leur fit presque une ovation le jour où l'on scia l'arbre de la
liberté planté sur la place de la Sous-Préfecture. Cet arbre,
un jeune peuplier apporté des bords de la Viorne, s'était
desséché peu à peu, au grand désespoir des ouvriers républicains qui venaient chaque dimanche constater les progrès
du mal, sans pouvoir comprendre les causes de cette mort
lente. Un apprenti chapelier prétendit enfin avoir vu une
femme sortir de la maison des Rougon et venir verser un
sceau d'eau empoisonnée au pied de l'arbre. Il fut dès lors
acquis à l'histoire que Félicité en personne se levait chaque
nuit pour arroser le peuplier de vitriol. L'arbre mort, la
municipalité déclara que la dignité de la République commandait de l'enlever. Comme on redoutait le mécontentement
de la population ouvrière, on choisit une heure avancée de

la soirée. Les rentiers conservateurs de la ville neuve eurent
vent de la petite fête ; ils descendirent tous sur la place de
la Sous-Préfecture, pour voir comment tomberait un arbre
de la liberté. La société du salon jaune s'était mise aux fenêtres. Quand le peuplier craqua sourdement et s'abattit dans
l'ombre avec la raideur tragique d'un héros frappé à mort,
Félicité crut devoir agiter un mouchoir blanc. Alors il y eut
des applaudissements dans la foule, et les spectateurs répondirent au salut en agitant également leurs mouchoirs. Un
groupe vint même sous la fenêtre, criant :

— Nous l'enterrerons, nous l'enterrerons !

Ils parlaient sans doute de la République. L'émotion faillit
donner une crise de nerf à Félicité. Ce fut une belle soirée
pour le salon jaune.

Cependant, le marquis gardait toujours son mystérieux
sourire en regardant Félicité. Ce petit vieux était bien trop
fin pour ne pas comprendre où allait la France. Un des premiers, il flaira l'Empire. Plus tard, quand l'Assemblée législative s'usa en vaines querelles, quand les orléanistes et les
légitimistes eux-mêmes acceptèrent tacitement la pensée
d'un coup d'État, il se dit que décidément la partie était
perdue. D'ailleurs, lui seul vit clair. Vuillet sentit bien que
la cause d'Henri V, défendue par son journal, devenait détestable ; mais peu lui importait ; il lui suffisait d'être la
créature obéissante du clergé ; toute sa politique tendait à
écouler le plus possible de chapelets et d'images saintes.
Quant à Roudier et à Granoux, ils vivaient dans un aveuglement effaré ; il n'était pas certain qu'ils eussent une opinion ; ils voulaient manger et dormir en paix, là se bornaient
leurs aspirations politiques. Le marquis, après avoir dit
adieu à ses espérances, n'en vint pas moins régulièrement
chez les Rougon. Il s'y amusait. Le heurt des ambitions,
l'étalage des sottises bourgeoises, avaient fini par lui offrir
chaque soir un spectacle des plus réjouissants. Il grelottait

à la pensée de se renfermer dans son petit logement, dû à
la charité du comte de Valqueyras. Ce fut avec une joie ma
licieuse qu'il garda pour lui la conviction que l'heure de
Bourbons n'était pas venue. Il feignit l'aveuglement, tra-
vaillant comme par le passé au triomphe de la légitimité,
restant toujours aux ordres du clergé et de la noblesse. Dès
le premier jour, il avait pénétré la nouvelle tactique de
Pierre, et il croyait que Félicité était sa complice.

Un soir, étant arrivé le premier, il trouva la vieille femme
seule dans le salon.

— Eh bien ! petite, lui demanda-t-il avec sa familiarité
souriante, vos affaires marchent ?... Pourquoi, diantre !
fais-tu la cachottière avec moi ?

— Je ne fais pas la cachottière, répondit Félicité intri-
guée.

— Voyez-vous, elle croit tromper un vieux renard de
mon espèce ! Eh ! ma chère enfant, traite-moi en ami. Je
suis tout prêt à vous aider secrètement... Allons, sois
franche.

Félicité eut un éclair d'intelligence. Elle n'avait rien à
dire, elle allait peut-être tout apprendre, si elle savait se
taire.

— Tu souris ? reprit M. de Carnavant. C'est le commencement d'un aveu. Je me doutais bien que tu devais être
derrière ton mari ! Pierre est trop lourd pour inventer la
jolie trahison que vous préparez... Vrai, je souhaite de tout
mon cœur que les Bonaparte vous donnent ce que j'aurais
demandé pour toi aux Bourbons.

Cette simple phrase confirma les soupçons que la vieille
femme avait depuis quelque temps.

— Le prince Louis a toutes les chances, n'est-ce pas ? demanda-t-elle vivement.

— Me trahiras-tu, si je te dis que je le crois ? répondit en
riant le marquis. J'en ai fait mon deuil, petite. Je suis un

vieux bonhomme fini et enterré. C'est pour toi, d'ailleurs,
que je travaillais. Puisque tu as su trouver sans moi le bon
chemin, je me consolerai en te voyant triompher de ma défaite... Surtout ne joue plus le mystère. Viens à moi, si tu
es embarrassée.

Et il ajouta, avec le sourire sceptique du gentilhomme
encanaillé :

— Bast ! je puis bien trahir un peu, moi aussi.

A ce moment arriva le clan des anciens marchands d'huile
et d'amandes.

— Ah ! les chers réactionnaires ! reprit à voix basse M. de
Carnavant. Vois-tu, petite, le grand art en politique consiste
à avoir deux bons yeux, quand les autres sont aveugles. Tu
as toutes les belles cartes dans ton jeu.

Le lendemain, Félicité, aiguillonnée par cette conversation, voulut avoir une certitude. On était alors dans les premiers jours de l'année 1851. Depuis plus de dix-huit mois,
Rougon recevait régulièrement, tous les quinze jours, une
lettre de son fils Eugène. Il s'enfermait dans la chambre à
coucher pour lire ces lettres, qu'il cachait ensuite au fond
d'un vieux secrétaire, dont il gardait soigneusement la clef
dans une poche de son gilet. Lorsque sa femme l'interrogeait, il se contentait de répondre : « Eugène m'écrit qu'il
se porte bien. » Il y avait longtemps Félicité rêvait de mettre
la main sur les lettres de son fils. Le lendemain matin, pendant que Pierre dormait encore, elle se leva et alla, sur la
pointe des pieds, substituer à la clef du secrétaire, dans la
poche du gilet, la clef de la commode, qui était de la même
grandeur. Puis, dès que son mari fut sorti, elle s'enferma à
son tour, vida le tiroir et lut les lettres avec une curiosité
fébrile.

M. de Carnavant ne s'était pas trompé, et ses propres
soupçons se confirmaient. Il y avait là une quarantaine de
lettres, dans lesquelles elle put suivre le grand mouvement

bonapartiste qui devait aboutir à l'Empire. C'était une sorte
de journal succinct, exposant les faits à mesure qu'ils s'é-
taient présentés, et tirant de chacun d'eux des espérances et
des conseils. Eugène avait la foi. Il parlait à son père du
prince Louis Bonaparte comme de l'homme nécessaire et fa-
tal qui seul pouvait dénouer la situation. Il avait cru en lui
avant même son retour en France, lorsque le bonapartisme
était traité de chimère ridicule. Félicité comprit que son fils
était depuis 1848 un agent secret très-actif. Bien qu'il ne
s'expliquât pas nettement sur sa situation à Paris, il était
évident qu'il travaillait à l'Empire, sous les ordres de personnages qu'il nommait avec une sorte de familiarité. Cha-
cune de ses lettres constatait les progrès de la cause et faisait prévoir un dénoûment prochain. Elles se terminaient
généralement par l'exposé de la ligne de conduite que Pierre
devait tenir à Plassans. Félicité s'expliqua alors certaines paroles et certains actes de son mari dont l'utilité lui avait
échappé; Pierre obéissait à son fils, il suivait aveuglément
ses recommandations.

Quand la vieille femme eut terminé sa lecture, elle était
convaincue. Toute la pensée d'Eugène lui apparut clairement.
Il comptait faire sa fortune politique dans la bagarre, et, du
coup, payer à ses parents la dette de son instruction, en leur
jetant un lambeau de la proie, à l'heure de la curée. Pour
peu que son père l'aidât, se rendît utile à la cause, il lui
serait facile de le faire nommer receveur particulier. On ne
pourrait rien lui refuser, à lui qui aurait mis les deux mains
dans les plus secrètes besognes. Ses lettres étaient une simple prévenance de sa part, une façon d'éviter bien des sottises
aux Rougon. Aussi Félicité éprouva-t-elle une vive reconnaissance. Elle relut certains passages des lettres, ceux dans
lesquels Eugène parlait en termes vagues de la catastrophe
finale. Cette catastrophe, dont elle ne devinait pas bien le
genre ni la portée, devint pour elle une sorte de fin du monde;

le Dieu rangerait les élus à sa droite et les damnés à sa gauche, et elle se mettait parmi les élus.

Lorsqu'elle eut réussi, la nuit suivante, à remettre la clef
du secrétaire dans la poche du gilet, elle se promit d'user
du même moyen pour lire chaque nouvelle lettre qui arriverait. Elle résolut également de faire l'ignorante. Cette tactique était excellente. A partir de ce jour, elle aida d'autant
plus son mari qu'elle parut le faire en aveugle. Lorsque
Pierre croyait travailler seul, c'était elle qui, le plus souvent,
amenait la conversation sur le terrain voulu, qui recrutait
des partisans pour le moment décisif. Elle souffrait de la méfiance d'Eugène. Elle voulait pouvoir lui dire, après la réussite : « Je savais tout, et, loin de rien gâter, j'ai assuré le
triomphe. » Jamais complice ne fit moins de bruit et plus de
besogne. Le marquis, qu'elle avait pris pour confident, en
était émerveillé.

Ce qui l'inquiétait toujours, c'était le sort de son cher
Aristide. Depuis qu'elle partageait la foi de son fils aîné, les
articles rageurs de l'*Indépendant* l'épouvantaient davantage encore. Elle désirait vivement convertir le malheureux
républicain aux idées napoléoniennes ; mais elle ne savait
comment le faire d'une façon prudente. Elle se rappelait
avec quelle insistance Eugène leur avait dit de se défier d'A-
ristide. Elle soumit le cas à M. de Carnavant, qui fut absolument du même avis.

— Ma petite, lui dit-il, en politique il faut savoir être
égoïste. Si vous convertissiez votre fils et que l'*Indépendant* se mît à défendre le bonapartisme, ce serait porter un
rude coup au parti. L'*Indépendant* est jugé ; son titre seul
suffit pour mettre en fureur les bourgeois de Plassans. Laissez le cher Aristide patauger, cela forme les jeunes gens. Il
me paraît taillé de façon à ne pas jouer longtemps le rôle
de martyr.

Dans sa rage d'indiquer aux siens la bonne voie, mainte-

nant qu'elle croyait posséder la vérité, Félicité alla jusqu'à
vouloir endoctriner son fils Pascal. Le médecin, avec l'égoïsme
du savant enfoncé dans ses recherches, s'occupait fort peu
de politique. Les empires auraient pu crouler, pendant
qu'il faisait une expérience, sans qu'il daignât tourner
la tête. Cependant il avait fini par céder aux instances
de sa mère, qui l'accusait plus que jamais de vivre en loup-
garou.

— Si tu fréquentais le beau monde, lui disait-elle, tu aurais des clients dans la haute société. Viens au moins passer
les soirées dans notre salon. Tu feras la connaissance de
MM. Roudier, Granoux, Sicardot, tous gens bien posés qui
te payeront tes visites quatre et cinq francs. Les pauvres ne
t'enrichiront pas.

L'idée de réussir, de voir toute sa famille arriver à la fortune, était devenue une monomanie chez Félicité. Pascal,
pour ne pas la chagriner, vint donc passer quelques soirées
dans le salon jaune. Il s'y ennuya moins qu'il ne le craignait.
La première fois, il fut stupéfait du degré d'imbécillité auquel un homme bien portant peut descendre. Les anciens
marchands d'huile et d'amandes, le marquis et le commandant eux-mêmes, lui parurent des animaux curieux qu'il
n'avait pas eu jusque-là l'occasion d'étudier. Il regarda
avec l'intérêt d'un naturaliste leurs masques figés dans une
grimace, où il retrouvait leurs occupations et leurs appétits; il écouta leurs bavardages vides, comme il aurait cherché à surprendre le sens du miaulement d'un chat ou de l'a-
boiement d'un chien. A cette époque, il s'occupait beaucoup
d'histoire naturelle comparée, ramenant à la race humaine
les observations qu'il lui était permis de faire sur la façon
dont l'hérédité se comporte chez les animaux. Aussi, en se
trouvant dans le salon jaune, s'amusa-t-il à se croire tombé
dans une ménagerie. Il établit des ressemblances entre chacun de ces grotesques et quelque animal de sa connaissance.

Le marquis lui rappela exactement une grande sauterelle verte, avec sa maigreur, sa tête mince et fûtée. Vuillet lui fit l'impression blême et visqueuse d'un crapaud. Il fut plus doux pour Roudier, un mouton gras, et pour le commandant, un vieux dogue édenté. Mais son continuel étonnement était le prodigieux Granoux. Il passa toute une soirée à mesurer son angle facial. Quand il l'écoutait bégayer quelque vague injure contre les républicains, ces buveurs de sang, il s'attendait toujours à l'entendre geindre comme un veau ; et il ne pouvait le voir se lever, sans s'imaginer qu'il allait se mettre à quatre pattes pour sortir du salon.

— Cause donc, lui disait tout bas sa mère, tâche d'avoir la clientèle de ces messieurs.

— Je ne suis pas vétérinaire, répondit-il enfin, poussé à bout.

Félicité le prit, un soir, dans un coin, et essaya de le catéchiser. Elle était heureuse de le voir venir chez elle avec une certaine assiduité. Elle le croyait gagné au monde, ne pouvant supposer un instant les singuliers amusements qu'il goûtait à ridiculiser des gens riches. Elle nourrissait le secret projet de faire de lui, à Plassans, le médecin à la mode. Il suffirait que des hommes comme Granoux et Roudier consentissent à le lancer. Avant tout, elle voulait lui donner les idées politiques de la famille, comprenant qu'un médecin avait tout à gagner en se faisant le chaud partisan du régime qui devait succéder à la République.

— Mon ami, lui dit-elle, puisque te voilà devenu raisonnable, il te faut songer à l'avenir… On t'accuse d'être républicain, parce que tu es assez bête pour soigner tous les gueux de la ville sans te faire payer. Sois franc, quelles sont tes véritables opinions ?

Pascal regarda sa mère avec un étonnement naïf. Puis, souriant :

— Mes véritables opinions ? répondit-il, je ne sais trop…

On m'accuse d'être républicain, dites-vous ? Eh bien ! je ne m'en trouve nullement blessé. Je le suis sans doute, si l'on entend par ce mot un homme qui souhaite le bonheur de tout le monde.

— Mais tu n'arriveras à rien, interrompit vivement Félicité. On te grugera. Vois tes frères, ils cherchent à faire leur chemin.

Pascal comprit qu'il n'avait point à se défendre de ses égoïsmes de savant. Sa mère l'accusait simplement de ne pas spéculer sur la situation politique. Il se mit à rire, avec quelque tristesse, et il détourna la conversation. Jamais Félicité ne put l'amener à calculer les chances des partis, ni à s'enrôler dans celui qui paraissait devoir l'emporter. Il continua cependant à venir de temps à autre passer une soirée dans le salon jaune. Granoux l'intéressait comme un animal antédiluvien.

Cependant les événements marchaient. L'année 1851 fut, pour les politiques de Plassans, une année d'anxiété et d'effarement dont la cause secrète des Rougon profita. Les nouvelles les plus contradictoires arrivaient de Paris ; tantôt les républicains l'emportaient, tantôt le parti conservateur écrasait la République. L'écho des querelles qui déchiraient l'Assemblée législative parvenait au fond de la province, grossi un jour, affaibli le lendemain, changé au point que les plus clairvoyants marchaient en pleine nuit. Le seul sentiment général était qu'un dénoûment approchait. Et c'était l'ignorance de ce dénoûment qui tenait dans une inquiétude ahurie ce peuple de bourgeois poltrons. Tous souhaitaient d'en finir. Ils étaient malades d'incertitude, ils se seraient jetés dans les bras du Grand-Turc, si le Grand-Turc eût daigné sauver la France de l'anarchie.

Le sourire du marquis devenait plus aigu. Le soir, dans le salon jaune, lorsque l'effroi rendait indistincts les groguements de Granoux, il s'approchait de Félicité, il lui disait à l'oreille :

— Allons, petite, le fruit est mûr... Mais il faut vous rendre utile.

Souvent Félicité, qui continuait à lire les lettres d'Eugène,
et qui savait que, d'un jour à l'autre, une crise décisive pouvait avoir lieu, avait compris cette nécessité : se rendre utile,
et s'était demandé de quelle façon les Rougon s'emploieraient.
Elle finit par consulter le marquis.

— Tout dépend des événements, répondit le petit vieillard.
Si le département reste calme, si quelque insurrection ne
vient pas effrayer Plassans, il vous sera difficile de vous mettre en vue et de rendre des services au gouvernement nouveau. Je vous conseille alors de rester chez vous et d'attendre en paix les bienfaits de votre fils Eugène. Mais si le
peuple se lève et que nos braves bourgeois se croient menacés, il y aura un bien joli rôle à jouer... Ton mari est un
peu épais...

— Oh ! dit Félicité, je me charge de l'assouplir... Pensez-
vous que le département se révolte ?

— C'est chose certaine, selon moi. Plassans ne bougera
peut-être pas ; la réaction y a triomphé trop largement.
Mais les villes voisines, les bourgades et les campagnes surtout, sont travaillées depuis longtemps par des sociétés secrètes et appartiennent au parti républicain avancé.
Qu'un coup d'État éclate, et l'on entendra le tocsin dans toute
la contrée, des forêts de la Seille au plateau de Sainte-Roure.

Félicité se recueillit.

— Ainsi, reprit-elle, vous pensez qu'une insurrection est
nécessaire pour assurer notre fortune ?

— C'est mon avis, répondit M. de Carnavant.

Et il ajouta avec un sourire légèrement ironique :

— On ne fonde une nouvelle dynastie que dans une
bagarre. Le sang est un bon engrais. Il sera beau que les
Rougon, comme certaines illustres familles, datent d'un massacre.

Ces mots, accompagnés d'un ricanement, firent courir un
frisson froid dans le dos de Félicité. Mais elle était femme de
tête, et la vue des beaux rideaux de M. Peirotte, qu'elle regardait religieusement chaque matin, entretenait son courage. Quand elle se sentait faiblir, elle se mettait à la fenêtre
et contemplait la maison du receveur. C'était ses Tuileries, à
elle. Elle était décidée aux actes les plus extrêmes pour entrer dans la ville neuve, cette terre promise sur le seuil de
laquelle elle brûlait de désirs depuis tant d'années.

La conversation qu'elle avait eue avec le marquis acheva
de lui montrer clairement la situation. Peu de jours après,
elle put lire une lettre d'Eugène dans laquelle l'employé au
coup d'État semblait également compter sur une insurrection pour donner quelque importance à son père. Eugène
connaissait son département. Tous ses conseils avaient
tendu à faire mettre entre les mains des réactionnaires du
salon jaune le plus d'influence possible, pour que les Rougon pussent tenir la ville au moment critique. Selon ses
vœux, en novembre 1851, le salon jaune était maître de
Plassans. Roudier y représentait la bourgeoisie riche; sa
conduite déciderait à coup sûr celle de toute la ville neuve.
Granoux était plus précieux encore; il avait derrière lui le
conseil municipal, dont il était le membre le plus influent,
ce qui donne une idée des autres membres. Enfin, par le
commandant Sicardot, que le marquis était parvenu à faire
nommer chef de la garde nationale, le salon jaune disposait
de la force armée. Les Rougon, ces pauvres hères mal fa-
més, avaient donc réussi à grouper autour d'eux les outils
de leur fortune. Chacun, par lâcheté ou par bêtise, devait
leur obéir et travailler aveuglément à leur élévation. Ils n'a-
vaient qu'à redouter les autres influences qui pouvaient agir
dans le sens de la leur, et enlever, en partie, à leurs efforts
le mérite de la victoire. C'était là leur grande crainte, car
ils entendaient jouer à eux seuls le rôle de sauveurs. A

l'avance, ils savaient qu'ils seraient plutôt aidés qu'entra-
vés par le clergé et la noblesse. Mais, dans le cas où le sous-
préfet, le maire et les autres fonctionnaires se mettraient
en avant et étoufferaient immédiatement l'insurrection, ils
se trouveraient diminués, arrêtés même 'dans leurs exploits;
ils n'auraient ni le temps ni les moyens de se rendre utiles.
Ce qu'ils rêvaient, c'était l'abstention complète, la panique
générale des fonctionnaires. Si toute administration régulière disparaissait, et s'ils étaient alors un seul jour les maîtres des destinées de Plassans, leur fortune était solidement
fondée. Heureusement pour eux, il n'y avait pas dans l'administration un homme assez convaincu ou assez besoigneux
pour risquer la partie. Le sous-préfet était un esprit libéral
que le pouvoir exécutif avait oublié à Plassans, grâce sans
doute au bon renom de la ville; timide de caractère, incapable d'un excès de pouvoir, il devait se montrer fort embarrassé devant une insurrection. Les Rougon, qui le savaient favorable à la cause démocratique, et qui, par consé-
quent, ne redoutaient pas son zèle, se demandaient simplement avec curiosité quelle attitude il prendrait. La municipalité ne leur donnait guère plus de crainte. Le maire,
M. Garçonnet, était un légitimiste que le quartier Saint-
Marc avait réussi à faire nommer en 1849; il détestait les
républicains et les traitait d'une façon fort dédaigneuse;
mais il se trouvait trop lié d'amitié avec certains membres
du clergé, pour prêter activement la main à un coup d'État
bonapartiste. Les autres fonctionnaires étaient dans le même
cas. Les juges de paix, le directeur de la poste, le percep-
teur, ainsi que le receveur particulier, M. Peirotte, tenant
leur place de la réaction cléricale, ne pouvaient accepter
l'Empire avec de grands élans d'enthousiasme. Les Rougon,
sans bien voir comment ils se débarrasseraient de ces gens-
là et feraient ensuite place nette pour se mettre seuls en
vue, se livraient pourtant à de grandes espérances, en ne

trouvant personne qui leur disputât leur rôle de sauveurs.

Le dénoûment approchait. Dans les derniers jours de novembre, comme le bruit d'un coup d'État courait et qu'on
accusait le prince président de vouloir se faire nommer empereur :

— Eh ! nous le nommerons ce qu'il voudra, s'était écrié
Granoux, pourvu qu'il fasse fusiller ces gueux de républicains !

Cette exclamation de Granoux, qu'on croyait endormi,
causa une grande émotion. Le marquis feignit de ne pas
avoir entendu ; mais tous les bourgeois approuvèrent de la
tête l'ancien marchand d'amandes. Roudier, qui ne craignait
pas d'applaudir tout haut, parce qu'il était riche, déclara
même, en regardant M. de Carnavant du coin de l'œil, que
la position n'était plus tenable, et que la France devait être
corrigée au plus tôt par n'importe quelle main.

Le marquis garda encore le silence, ce qui fut pris pour
un acquiescement. Le clan des conservateurs, abandonnant
la légitimité, osa alors faire des vœux pour l'Empire.

— Mes amis, dit le commandant Sicardot en se levant,
un Napoléon peut seul aujourd'hui protéger les personnes
et les propriétés menacées... Soyez sans crainte, j'ai pris
les précautions nécessaires pour que l'ordre règne à Plassans.

Le commandant avait, en effet, de concert avec Rougon,
caché, dans une sorte d'écurie, près des remparts, une provision de cartouches et un nombre assez considérable de fusils ; il s'était en même temps assuré le concours de gardes
nationaux sur lesquels il croyait pouvoir compter. Ses paroles produisirent une très-heureuse impression. Ce soir-là,
en se séparant, les paisibles bourgeois du salon jaune parlaient de massacrer « les rouges, » s'ils osaient bouger.

Le 1er décembre, Pierre Rougon reçut une lettre d'Eugène
qu'il alla lire dans la chambre à coucher, selon sa prudente

habitude. Félicité remarqua qu'il était fort agité en sortant
de la chambre. Elle tourna toute la journée autour du secrétaire. La nuit venue, elle ne put patienter davantage. Son
mari fut à peine endormi, qu'elle se leva doucement, prit la
clef du secrétaire dans la poche du gilet, et s'empara de la
lettre, en faisant le moins de bruit possible. Eugène, en dix
lignes, prévenait son père que la crise allait avoir lieu et lui
conseillait de mettre sa mère au courant de la situation.
L'heure était venue de l'instruire; il pourrait avoir besoin
de ses conseils.

Le lendemain, Félicité attendit une confidence qui ne
vint pas. Elle n'osa pas avouer ses curiosités, elle continua à
feindre l'ignorance, en enrageant contre les sottes défiances
de son mari, qui la jugeait sans doute bavarde et faible
comme les autres femmes. Pierre, avec cet orgueil marital
qui donne à un homme la croyance de sa supériorité dans le
ménage, avait fini par attribuer à sa femme toutes les mauvaises chances passées. Depuis qu'il s'imaginait conduire
seul leurs affaires, tout lui semblait marcher à souhait. Aussi
avait-il résolu de se passer entièrement des conseils de sa
compagne, et de ne lui rien confier, malgré les recommandations de son fils.

Félicité fut piquée, au point qu'elle aurait mis des bâtons
dans les roues, si elle n'avait pas désiré le triomphe aussi
ardemment que Pierre. Elle continua de travailler activement au succès, mais en cherchant quelque vengeance.

— Ah! s'il pouvait avoir une bonne peur, pensait-elle,
s'il commettait une grosse bêtise!... Je le verrais venir me
demander humblement conseil, je ferais la loi à mon tour.

Ce qui l'inquiétait, c'était l'attitude de maître tout-puis-
sant que Pierre prendrait nécessairement, s'il triomphait
sans son aide. Quand elle avait épousé ce fils de paysan, de
préférence à quelque clerc de notaire, elle avait entendu
s'en servir comme d'un pantin solidement bâti, dont elle ti-

rerait les ficelles à sa guise. Et voilà qu'au jour décisif le
pantin, dans sa lourdeur aveugle, voulait marcher seul ! Tout
l'esprit de ruse, toute l'activité fébrile de la petite vieille
protestaient. Elle savait Pierre très-capable d'une décision
brutale, pareille à celle qu'il avait prise en faisant signer à
sa mère le reçu de cinquante mille francs ; l'instrument était
bon, peu scrupuleux ; mais elle sentait le besoin de le diriger, surtout dans les circonstances présentes qui demandaient beaucoup de souplesse.

La nouvelle officielle du coup d'État n'arriva à Plassans
que dans l'après-midi du 3 décembre, un jeudi. Dès sept
heures du soir, la réunion était au complet dans le salon
jaune. Bien que la crise fût vivement désirée, une vague inquiétude se peignait sur la plupart des visages. On com-
menta les événements, au milieu de bavardages sans fin.
Pierre, légèrement pâle comme les autres, crut devoir, par
un luxe de prudence, excuser l'acte décisif du prince Louis
devant les légitimistes et les orléanistes qui étaient présents.

— On parle d'un appel au peuple, dit-il ; la nation sera
libre de choisir le gouvernement qui lui plaira... Le président est homme à se retirer devant nos maîtres légitimes.

Seul, le marquis, qui avait tout son sang-froid de gentilhomme, accueillit ces paroles par un sourire. Les autres,
dans la fièvre de l'heure présente, se moquaient bien de ce
qui arriverait ensuite ! Toutes les opinions sombraient.
Roudier, oubliant sa tendresse d'ancien boutiquier pour
les Orléans, interrompit Pierre avec brusquerie. Tous crièrent :

— Ne raisonnons pas. Songeons à maintenir l'ordre.

Ces braves gens avaient une peur horrible des républicains. Cependant la ville n'avait éprouvé qu'une légère émotion à l'annonce des événements de Paris. Il y avait eu des

rassemblements devant les affiches collées à la porte de la sous-préfecture ; le bruit courait aussi que quelques centaines d'ouvriers venaient de quitter leur travail et cherchaient à organiser la résistance. C'était tout. Aucun trouble grave ne paraissait devoir éclater. L'attitude que prendraient les villes et les campagnes voisines était bien autrement inquiétante ; mais on ignorait encore la façon dont elles avaient accueilli le coup d'État.

Vers neuf heures, Granoux arriva, essoufflé ; il sortait d'une séance du conseil municipal, convoqué d'urgence. D'une voix étranglée par l'émotion, il dit que le maire, M. Garçonnet, tout en faisant ses réserves, s'était montré décidé à maintenir l'ordre par les moyens les plus énergiques. Mais la nouvelle qui fit le plus clabauder le salon jaune, fut celle de la démission du sous-préfet; ce fonctionnaire avait absolument refusé de communiquer aux habitants de Plassans les dépêches du ministre de l'intérieur ; il venait, affirmait Granoux, de quitter la ville, et c'était par les soins du maire que les dépêches se trouvaient affichées. C'est peut-être le seul sous-préfet, en France, qui ait eu le courage de ses opinions démocratiques.

Si l'attitude ferme de M. Garçonnet inquiéta secrètement les Rougon, ils firent des gorges chaudes sur la fuite du sous-préfet, qui leur laissait la place libre. Il fut décidé, dans cette mémorable soirée, que le groupe du salon jaune acceptait le coup d'État et se déclarait ouvertement en faveur des faits accomplis. Vuillet fut chargé d'écrire immédiatement un article dans ce sens, que la *Gazette* publierait le lendemain. Lui et le marquis ne firent aucune objection. Ils avaient sans doute reçu les instructions des personnages mystérieux auxquels ils faisaient parfois une dévote allusion. Le clergé et la noblesse se résignaient déjà à prêter main-forte aux vainqueurs pour écraser l'ennemie commune, la République.

Ce soir-là, pendant que le salon jaune délibérait, Aristide eut des sueurs froides d'anxiété. Jamais joueur qui risque son dernier louis sur une carte, n'a éprouvé une pareille angoisse. Dans la journée, la démission de son chef lui donna beaucoup à réfléchir. Il lui entendit répéter à plusieurs reprises que le coup d'État devait échouer. Ce fonctionnaire, d'une honnêteté bornée, croyait au triomphe définitif de la démocratie, sans avoir cependant le courage de travailler à ce triomphe en résistant. Aristide écoutait d'ordinaire aux portes de la sous-préfecture, pour avoir des renseignements précis; il sentait qu'il marchait en aveugle, et il se raccrochait aux nouvelles qu'il volait à l'administration. L'opinion du sous-préfet le frappa; mais il resta très-perplexe. Il pensait : « Pourquoi s'éloigne-t-il, s'il est certain de l'échec du prince président? » Toutefois, forcé de prendre un parti, il résolut de continuer son opposition. Il écrivit un article très-hostile au coup d'État, qu'il porta le soir même à *l'Indépendant*, pour le numéro du lendemain matin. Il avait corrigé les épreuves de cet article, et il revenait chez lui, presque tranquillisé, lorsqu'en passant par la rue de la Banne, il leva machinalement la tête et regarda les fenêtres des Rougon. Ces fenêtres étaient vivement éclairées.

— Que peuvent-ils comploter là-haut? se demanda le journaliste avec une curiosité inquiète.

Une envie furieuse lui vint alors de connaître l'opinion du salon jaune sur les derniers événements. Il accordait à ce groupe réactionnaire une médiocre intelligence; mais ses doutes revenaient, il était dans une de ces heures où l'on prendrait conseil d'un enfant de quatre ans. Il ne pouvait songer à entrer chez son père en ce moment, après la campagne qu'il avait faite contre Granoux et les autres. Il monta cependant, tout en songeant à la singulière mine qu'il ferait, si l'on venait à le surprendre dans l'escalier. Arrivé à la porte des Rougon, il ne put saisir qu'un bruit confus de voix.

— Je suis un enfant, dit-il ; la peur me rend bête.

Et il allait redescendre, quand il entendit sa mère qui reconduisait quelqu'un. Il n'eut que le temps de se jeter dans un trou noir que formait un petit escalier menant aux combles de la maison. La porte s'ouvrit, le marquis parut, suivi de Félicité. M. de Carnavant se retirait d'habitude avant les rentiers de la ville neuve, sans doute pour ne pas avoir à leur distribuer des poignées de main dans la rue.

— Eh ! petite, dit-il sur le palier, en étouffant sa voix, ces gens sont encore plus poltrons que je ne l'aurais cru. Avec de pareils hommes, la France sera toujours à qui osera la prendre.

Et il ajouta avec amertume, comme se parlant à lui-même :

— La monarchie est décidément devenue trop honnête pour les temps modernes. Son temps est fini.

— Eugène avait annoncé la crise à son père, dit Félicité. Le triomphe du prince Louis lui paraît assuré.

— Oh ! vous pouvez marcher hardiment, répondit le marquis en descendant les premières marches. Dans deux ou trois jours, le pays sera bel et bien garrotté. A demain, petite.

Félicité referma la porte. Aristide, dans son trou noir, venait d'avoir un éblouissement. Sans attendre que le marquis eût gagné la rue, il dégringola quatre à quatre l'escalier et s'élança dehors comme un fou ; puis il prit sa course vers l'imprimerie de l'Indépendant. Un flot de pensées battait dans sa tête. Il enrageait, il accusait sa famille de l'avoir dupé. Comment ! Eugène tenait ses parents au courant de la situation, et jamais sa mère ne lui avait fait lire les lettres de son frère aîné, dont il aurait suivi aveuglément les conseils ! Et c'était à cette heure qu'il apprenait par hasard que ce frère aîné regardait le succès du coup d'État comme certain ! Cela,

11.

d'ailleurs, confirmait en lui certains pressentiments que cet imbécile de sous-préfet lui avait empêché d'écouter. Il était surtout exaspéré contre son père, qu'il avait cru assez sot pour être légitimiste, et qui se révélait bonapartiste au bon moment.

— M'ont-ils laissé commettre assez de bêtises, murmurait-il en courant. Je suis un joli monsieur, maintenant. Ah ! quelle école ! Granoux est plus fort que moi.

Il entra dans les bureaux de *l'Indépendant*, avec un bruit de tempête, en demandant son article d'une voix étranglée. L'article était déjà mis en page. Il fit desserrer la forme, et ne se calma qu'après avoir décomposé lui-même l'article, en mêlant furieusement les lettres comme un jeu de dominos. Le libraire qui dirigeait le journal, le regarda faire d'un air stupéfait. Au fond, il était heureux de l'incident, car l'article lui avait paru dangereux. Mais il lui fallait absolument de la matière, s'il voulait que *l'Indépendant* parût.

— Vous allez me donner autre chose ? demanda-t-il.

— Certainement, répondit Aristide.

Il se mit à une table et commença un panégyrique très-chaud du coup d'État. Dès la première ligne, il jurait que le prince Louis venait de sauver la République. Mais il n'avait pas écrit une page, qu'il s'arrêta et parut chercher la suite. Sa face de fouine devenait inquiète.

— Il faut que je rentre chez moi, dit-il enfin. Je vous enverrai cela tout à l'heure. Vous paraîtrez un peu plus tard, s'il est nécessaire.

En revenant chez lui, il marcha lentement, perdu dans ses réflexions. L'indécision le reprenait. Pourquoi se rallier si vite? Eugène était un garçon intelligent, mais peut-être sa mère avait-elle exagéré la portée d'une simple phrase de sa lettre. En tous cas, il fallait mieux attendre et se taire.

Une heure plus tard, Angèle arriva chez le libraire, en feignant une vive émotion.

— Mon mari vient de se blesser cruellement, dit-elle. Il s'est pris en rentrant les quatre doigts dans une porte. Il m'a, au milieu des plus vives souffrances, dicté cette petite note qu'il vous prie de publier demain.

Le lendemain, *l'Indépendant*, presque entièrement composé de faits divers, parut avec ces quelques lignes en tête de la première colonne :

« Un regrettable accident survenu à notre éminent collaborateur, M. Aristide Rougon, va nous priver de ses articles pendant quelque temps. Le silence lui sera cruel dans les graves circonstances présentes. Mais aucun de nos lecteurs ne doutera des vœux que ses sentiments patriotiques font pour le bonheur de la France. »

Cette note amphigourique avait été mûrement étudiée. La dernière phrase pouvait s'expliquer en faveur de tous les partis. De cette façon, après la victoire, Aristide se ménageait une superbe rentrée par un panégyrique des vainqueurs. Le lendemain, il se montra dans toute la ville, le bras en écharpe. Sa mère étant accourue, très-effrayée par la note du journal, il refusa de lui montrer sa main et lui parla avec une amertume qui éclaira la vieille femme.

— Ce ne sera rien, lui dit-elle en le quittant, rassurée et légèrement railleuse. Tu n'as besoin que de repos.

Ce fut sans doute grâce à ce prétendu accident et au départ du sous-préfet, que *l'Indépendant* dut de n'être pas inquiété, comme le furent la plupart des journaux démocratiques des départements.

La journée du 4 se passa à Plassans dans un calme relatif. Il y eut, le soir, une manifestation populaire que la vue des gendarmes suffit à disperser. Un groupe d'ouvriers vint demander la communication des dépêches de Paris à M. Garçonnet, qui refusa avec hauteur : en se retirant, le groupe poussa les cris de : *Vive la République ! Vive la Constitution !* Puis, tout rentra dans l'ordre. Le salon jaune, après

avoir commenté longuement cette innocente promenade, déclara que les choses allaient pour le mieux.

Mais les journées du 5 et du 6 furent plus inquiétantes.
On apprit successivement l'insurrection des petites villes
voisines : tout le sud du département prenait les armes;
la Palud et Saint-Martin-de-Vaulx s'étaient soulevés les
premiers, entraînant à leur suite les villages, Chavanos,
Nazères, Poujols, Valqueyras, Vernoux. Alors le salon jaune
commença à être sérieusement pris de panique. Ce qui l'inquiétait surtout. c'était de sentir Plassans isolé au sein
même de la révolte. Des bandes d'insurgés devaient battre
les campagnes et interrompre toute communication. Granoux répétait d'un air effaré que M. le maire était sans nouvelles. Et des gens commençaient à dire que le sang coulait à Marseille et qu'une formidable révolution avait éclaté
à Paris. Le commandant Sicardot, furieux de la poltronnerie des bourgeois, parlait de mourir à la tête de ses
hommes.

Le 7, un dimanche, la terreur fut à son comble. Dès six
heures, le salon jaune, où une sorte de comité réactionnaire
se tenait en permanence, fut encombré par une foule de
bonshommes pâles et frissonnants, qui causaient entre eux
à voix basse, comme dans la chambre d'un mort. On avait
su, dans la journée, qu'une colonne d'insurgés, forte environ de trois mille hommes, se trouvait réunie à Alboise, un
bourg éloigné au plus de trois lieues. On prétendait, à la vérité, que cette colonne devait se diriger sur le chef-lieu, en
laissant Plassans à sa gauche; mais le plan de campagne pouvait être changé, et il suffisait, d'ailleurs, aux rentiers poltrons de sentir les insurgés à quelques kilomètres, pour s'i-
maginer que des mains rudes d'ouvriers les serraient déjà à
la gorge. Ils avaient eu, le matin, un avant-goût de la révolte : les quelques républicains de Plassans, voyant qu'ils
ne sauraient rien tenter de sérieux dans la ville, avaient ré-

solu d'aller rejoindre leurs frères de la Palud et de Saint-Martin-de-Vaulx ; un premier groupe était parti, vers onze heures, par la porte de Rome, en chantant la *Marseillaise* et en cassant quelques vitres. Une des fenêtres de Granoux se trouvait endommagée. Il racontait le fait avec des balbutiements d'effroi.

Le salon jaune, cependant, s'agitait dans une vive anxiété. Le commandant avait envoyé son domestique pour être renseigné sur la marche exacte des insurgés, et l'on attendait le retour de cet homme, en faisant les suppositions les plus étonnantes. La réunion était au complet. Roudier et Granoux, affaissés dans leurs fauteuils, se jetaient des regards lamentables, tandis que, derrière eux, geignait le groupe ahuri des commerçants retirés. Vuillet, sans paraître trop effrayé, réfléchissait aux dispositions qu'il prendrait pour protéger sa boutique et sa personne ; il délibérait s'il se cacherait dans son grenier ou dans sa cave, et il penchait pour la cave. Pierre et le commandant marchaient de long en large, échangeant un mot de temps à autre. L'ancien marchand d'huile se raccrochait à son ami Sicardot, pour lui emprunter un peu de son courage. Lui qui attendait la crise depuis si longtemps, il tâchait de faire bonne contenance, malgré l'émotion qui l'étranglait. Quant au marquis, plus pimpant et plus souriant que de coutume, il causait dans un coin avec Félicité, qui paraissait fort gaie.

Enfin, on sonna. Ces messieurs tressaillirent comme s'ils avaient entendu un coup de fusil. Pendant que Félicité allait ouvrir, un silence de mort régna dans le salon ; les faces, blêmes et anxieuses, se tendaient vers la porte. Le domestique du commandant parut sur le seuil, tout essoufflé, et dit brusquement à son maître :

— Monsieur, les insurgés seront ici dans une heure.

Ce fut un coup de foudre. Tout le monde se dressa en s'exclamant ; des bras se levèrent au plafond. Pendant plu-

sieurs minutes, il fut impossible de s'entendre. On entourait
le messager, on le pressait de questions.

— Sacré tonnerre! cria enfin le commandant, ne braillez
donc pas comme ça. Du calme, ou je ne réponds plus de
rien!

Tous retombèrent sur leurs siéges, en poussant de gros
soupirs. On put alors avoir quelques détails. Le messager
avait rencontré la colonne aux Tulettes, et s'était empressé
de revenir.

— Ils sont au moins trois mille, dit-il. Ils marchent comme
des soldats, par bataillons. J'ai cru voir des prisonniers au
milieu d'eux.

— Des prisonniers! crièrent les bourgeois épouvantés.

— Sans doute! interrompit le marquis de sa voix flûtée.
On m'a dit que les insurgés arrêtaient les personnes connues
pour leurs opinions conservatrices.

Cette nouvelle acheva de consterner le salon jaune. Quelques bourgeois se levèrent et gagnèrent furtivement la
porte, songeant qu'ils n'avaient pas trop de temps devant eux
pour trouver une cachette sûre.

L'annonce des arrestations opérées par les républicains
parut frapper Félicité. Elle prit le marquis à part et lui
demanda :

— Que font donc ces hommes des gens qu'ils arrêtent?

— Mais, ils les emmènent à leur suite, répondit M. de
Carnavant. Ils doivent les regarder comme d'excellents
otages.

— Ah! répondit la vieille femme d'une voix singulière.

Elle se remit à suivre d'un air pensif la curieuse scène
de panique qui se passait dans le salon. Peu à peu, les bourgeois s'éclipsèrent; il ne resta bientôt plus que Vuillet et
Roudier, auxquels l'approche du danger rendait quelque
courage. Quant à Granoux, il demeura également dans son
coin, ses jambes lui refusant tout service.

— Ma foi! j'aime mieux cela, dit Sicardot en remarquant la fuite des autres adhérents. Ces poltrons finissaient par m'exaspérer. Depuis plus de deux ans, ils parlent de fusiller tous les républicains de la contrée, et aujourd'hui ils ne leur tireraient seulement pas sous le nez un pétard d'un sou.

Il prit son chapeau et se dirigea vers la porte.

— Voyons, continua-t-il, le temps presse... Venez, Rougon.

Félicité semblait attendre ce moment. Elle se jeta entre la porte et son mari, qui, d'ailleurs, ne s'empressait guère de suivre le terrible Sicardot.

— Je ne veux pas que tu sortes, cria-t-elle, en feignant un subit désespoir. Jamais je ne te laisserai me quitter. Ces gueux te tueraient.

Le commandant s'arrêta, étonné.

— Sacrebleu! gronda-t-il, si les femmes se mettent à pleurnicher, maintenant... Venez donc, Rougon.

— Non, non, reprit la vieille femme en affectant une terreur de plus en plus croissante, il ne vous suivra pas; je m'attacherai plutôt à ses vêtements.

Le marquis, très-surpris de cette scène, regardait curieusement Félicité. Était-ce bien cette femme qui, tout à l'heure, causait si gaiement? Quelle comédie jouait-elle donc? Cependant Pierre, depuis que sa femme le retenait, faisait mine de vouloir sortir à toute force.

— Je te dis que tu ne sortiras pas, répétait la vieille, qui se cramponnait à l'un de ses bras.

Et, se tournant vers le commandant :

— Comment pouvez-vous songer à résister? Ils sont trois mille, et vous ne réunirez pas cent hommes de courage. Vous allez vous faire égorger inutilement.

— Eh! c'est notre devoir, dit Sicardot impatienté.

Félicité éclata en sanglots.

— S'ils ne me le tuent pas, ils le feront prisonnier, poursuivit-elle, en regardant son mari fixement. Mon Dieu! que deviendrai-je, seule, dans une ville abandonnée!

— Mais, s'écria le commandant, croyez-vous que nous n'en serons pas moins arrêtés, si nous permettons aux insurgés d'entrer tranquillement chez nous? Je jure bien qu'au bout d'une heure, le maire et tous les fonctionnaires se trouveront prisonniers, sans compter votre mari et les habitués de ce salon.

Le marquis crut voir un vague sourire passer sur les lèvres de Félicité, pendant qu'elle répondait d'un air épouvanté :

— Vous croyez?

— Pardieu ! reprit Sicardot, les républicains ne sont pas assez bêtes pour laisser des ennemis derrière eux. Demain, Plassans sera vide de fonctionnaires et de bons citoyens.

A ces paroles, qu'elle avait habilement provoquées, Félicité lâcha le bras de son mari. Pierre ne fit plus mine de sortir. Grâce à sa femme, dont la savante tactique lui échappa d'ailleurs, et dont il ne soupçonna pas un instant la secrète complicité, il venait d'entrevoir tout un plan de campagne.

— Il faudrait délibérer avant de prendre une décision, dit-il au commandant. Ma femme n'a peut-être pas tort, en nous accusant d'oublier les véritables intérêts de nos familles.

— Non, certes, madame n'a pas tort, s'écria Granoux, qui avait écouté les cris terrifiés de Félicité avec le ravissement d'un poltron.

Le commandant enfonça son chapeau sur sa tête, d'un geste énergique, et dit, d'une voix nette :

— Tort ou raison, peu m'importe. Je suis commandant de la garde nationale, je devrais déjà être à la mairie. Avouez que vous avez peur et que vous me laissez seul... Alors, bonsoir.

Il tournait le bouton de la porte, lorsque Rougon le retint vivement.

— Écoutez, Sicardot, dit-il.

Et il l'entraîna dans un coin, en voyant que Vuillet tendait ses larges oreilles. Là, à voix basse, il lui expliqua qu'il était de bonne guerre de laisser derrière les insurgés quelques hommes énergiques, qui pourraient rétablir l'ordre dans la ville. Et comme le farouche commandant s'entêtait à ne pas vouloir déserter son poste, il s'offrit pour se mettre à la tête du corps de réserve.

— Donnez-moi, lui dit-il, la clef du hangar où sont les armes et les munitions, et faites dire à une cinquantaine de nos hommes de ne pas bouger jusqu'à ce que je les appelle.

Sicardot finit par consentir à ces mesures prudentes. Il lui confia la clef du hangar, comprenant lui-même l'inutilité présente de la résistance, mais voulant quand même payer de sa personne.

Pendant cet entretien, le marquis murmura quelques mots d'un air fin à l'oreille de Félicité. Il la complimentait sans doute sur son coup de théâtre. La vieille femme ne put réprimer un léger sourire. Et comme Sicardot donnait une poignée de main à Rougon et se disposait à sortir :

— Décidément, vous nous quittez ? lui demanda-t-elle en reprenant son air bouleversé.

— Jamais un vieux soldat de Napoléon, répondit-il, ne se laissera intimider par la canaille.

Il était déjà sur le palier, lorsque Granoux se précipita et lui cria :

— Si vous allez à la mairie, prévenez le maire de ce qui se passe. Moi, je cours chez ma femme pour la rassurer.

Félicité s'était à son tour penchée à l'oreille du marquis, en murmurant avec une joie discrète :

— Ma foi ! j'aime mieux que ce diable de commandant aille se faire arrêter. Il a trop de zèle.

Cependant Rougon avait ramené Granoux dans le salon. Roudier, qui, de son coin, suivait silencieusement la scène, en appuyant de signes énergiques les propositions de mesures prudentes, vint les retrouver. Quand le marquis et Vuillet se furent également levés :

— A présent, dit Pierre, que nous sommes seuls, entre gens paisibles, je vous propose de nous cacher, afin d'éviter une arrestation certaine, et d'être libres, lorsque nous redeviendrons les plus forts.

Granoux faillit l'embrasser; Roudier et Vuillet respirèrent plus à l'aise.

— J'aurai prochainement besoin de vous, messieurs, continua le marchand d'huile avec importance. C'est à nous qu'est réservé l'honneur de rétablir l'ordre à Plassans.

— Comptez sur nous, s'écria Vuillet avec un enthousiasme qui inquiéta Félicité.

L'heure pressait. Les singuliers défenseurs de Plassans qui se cachaient pour mieux défendre la ville, se hâtèrent chacun d'aller s'enfouir au fond de quelque trou. Resté seul avec sa femme, Pierre lui recommanda de ne pas commettre la faute de se barricader, et de répondre, si l'on venait la questionner, qu'il était parti pour un petit voyage. Et comme elle faisait la niaise, feignant quelque terreur et lui demandant ce que tout cela allait devenir, il lui répondit brusquement :

— Ça ne te regarde pas. Laisse-moi conduire seul nos affaires. Elles n'en iront que mieux.

Quelques minutes après, il filait rapidement le long de la rue de la Banne. Arrivé au cours Sauvaire, il vit sortir du vieux quartier une bande d'ouvriers armés qui chantaient *la Marseillaise.*

— Fichtre! pensa-t-il, il était temps. Voilà la ville qui s'insurge, maintenant.

Il hâta sa marche, qu'il dirigea vers la porte de Rome. Là,

Il eut des sueurs froides, pendant les lenteurs que le gardien
mit à lui ouvrir cette porte. Dès ses premiers pas sur la
route, il aperçut, au clair de lune, à l'autre bout du faubourg, la colonne des insurgés, dont les fusils jetaient de
petites flammes blanches. Ce fut en courant qu'il s'engagea
dans l'impasse Saint-Mittre et qu'il arriva chez sa mère, où
il n'était pas allé depuis de longues années.

IV

Antoine Macquart revint à Plassans après la chute de Napoléon. Il avait eu l'incroyable chance de ne faire aucune
des dernières et meurtrières campagne de l'Empire. Il s'était
traîné de dépôt en dépôt, sans que rien le tirât de sa vie hébétée de soldat. Cette vie acheva de développer ses vices naturels. Sa paresse devint raisonnée; son ivrognerie, qui lui
valut un nombre incalculable de punitions, fut dès lors à ses
yeux une religion véritable. Mais ce qui fit surtout de lui le
pire des garnements, ce fut le beau dédain qu'il contracta
pour les pauvres diables qui gagnaient le matin leur pain
du soir.

— J'ai de l'argent au pays, disait-il souvent à ses camarades ; quand j'aurai fait mon temps, je pourrai vivre bourgeois.

Cette croyance et son ignorance crasse l'empêchèrent
d'arriver même au grade de caporal.

Depuis son départ, il n'était pas venu passer un seul jour
de congé à Plassans, son frère inventant mille prétextes pour
l'en tenir éloigné. Aussi ignorait-il complétement la façon

adroite dont Pierre s'était emparé de la fortune de leur mère. Adélaïde, dans l'indifférence profonde où elle vivait, ne lui écrivit pas trois fois, pour lui dire simplement qu'elle se portait bien. Le silence qui accueillait le plus souvent ses nombreuses demandes d'argent, ne lui donna aucun soupçon; la ladrerie de Pierre suffit pour lui expliquer la difficulté qu'il éprouvait à arracher, de loin en loin, une misérable pièce de vingt francs. Cela ne fit, d'ailleurs, qu'augmenter sa rancune contre son frère, qui le laissait se morfondre au service, malgré sa promesse formelle de le racheter. Il se jurait, en rentrant au logis, de ne plus obéir en petit garçon et de réclamer carrément sa part de fortune, pour vivre à sa guise. Il rêva, dans la diligence qui le ramenait, une délicieuse existence de paresse. L'écroulement de ses châteaux en Espagne fut terrible. Quand il arriva dans le faubourg et qu'il ne reconnut plus l'enclos des Fouque, il resta stupide. Il lui fallut demander la nouvelle adresse de sa mère. Là, il y eut une scène épouvantable. Adélaïde lui apprit tranquillement la vente des biens. Il s'emporta, allant jusqu'à lever la main.

La pauvre femme répétait :

— Ton frère a tout pris; il aura soin de toi, c'est convenu.

Il sortit enfin et courut chez Pierre, qu'il avait prévenu de son retour, et qui s'était préparé à le recevoir de façon à en finir avec lui, au premier mot grossier.

— Écoutez, lui dit le marchand d'huile qui affecta de ne plus le tutoyer, ne m'échauffez pas la bile ou je vous jette à la porte. Après tout, je ne vous connais pas. Nous ne portons pas le même nom. C'est déjà bien assez malheureux pour moi que ma mère se soit mal conduite, sans que ses bâtards viennent ici m'injurier. J'étais bien disposé pour vous; mais, puisque vous êtes insolent, je ne ferai rien, absolument rien.

Antoine faillit étrangler de colère

— Et mon argent, criait-il, me le rendras-tu, voleur, ou faudra-t-il que je te traîne devant les tribunaux ?

Pierre haussait les épaules :

— Je n'ai pas d'argent à vous, répondit-il, de plus en plus calme. Ma mère a disposé de sa fortune comme elle l'a entendu. Ce n'est pas moi qui irai mettre le nez dans ses affaires. J'ai renoncé volontiers à toute espérance d'héritage. Je suis à l'abri de vos sales accusations.

Et, comme son frère bégayait, exaspéré par ce sang-froid et ne sachant plus que croire, il lui mit sous les yeux le reçu qu'Adélaïde avait signé. La lecture de cette pièce acheva d'accabler Antoine.

— C'est bien, dit-il d'une voix presque calmée, je sais ce qu'il me reste à faire.

La vérité était qu'il ne savait quel parti prendre. Son impuissance à trouver un moyen immédiat d'avoir sa part et de se venger, activait encore sa fièvre furieuse. Il revint chez sa mère, il lui fit subir un interrogatoire honteux. La malheureuse femme ne pouvait que le renvoyer chez Pierre.

— Est-ce que vous croyez, s'écria-t-il insolemment, que vous allez me faire aller comme une navette ? Je saurai bien qui de vous deux a le magot. Tu l'as peut-être déjà croqué, toi ?...

Et, faisant allusion à son ancienne inconduite, il lui demanda si elle n'avait pas quelque canaille d'homme auquel elle donnait ses derniers sous. Il n'épargna même pas son père, cet ivrogne de Macquart, disait-il, qui devait l'avoir grugée jusqu'à sa mort, et qui laissait ses enfants sur la paille. La pauvre femme écoutait, d'un air hébété. De grosses larmes coulaient sur ses joues. Elle se défendit avec une terreur d'enfant, répondant aux questions de son fils comme à celles d'un juge, jurant qu'elle se conduisait bien, et répétant toujours avec insistance qu'elle n'avait pas eu un sou, que Pierre avait tout pris. Antoine finit presque par la croire.

— Ah ! quel gueux ! murmura-t-il ; c'est pour cela qu'il ne me rachetait pas.

Il dut coucher chez sa mère, sur une paillasse jetée dans un coin. Il était revenu les poches absolument vides, et ce qui l'exaspérait, c'était surtout de se sentir sans aucune ressource, sans feu ni lieu, abandonné comme un chien sur le pavé, tandis que son frère, selon lui, faisait de belles affaires, mangeait et dormait grassement. N'ayant pas de quoi acheter des vêtements, il sortit le lendemain avec son pantalon et son képi d'ordonnance. Il eut la chance de trouver, au fond d'une armoire, une vieille veste de velours jaunâtre, usée et rapiécée, qui avait appartenu à Macquart. Ce fut dans ce singulier accoutrement qu'il courut la ville, contant son histoire et demandant justice.

Les gens qu'il alla consulter le reçurent avec un mépris qui lui fit verser des larmes de rage. En province, on est implacable pour les familles déchues. Selon l'opinion commune, les Rougon-Macquart chassaient de race en se dévorant entre eux ; la galerie, au lieu de les séparer, les aurait plutôt excités à se mordre. Pierre, d'ailleurs, commençait à se laver de sa tache originelle. On rit de sa friponnerie ; des personnes allèrent jusqu'à dire qu'il avait bien fait, s'il s'était réellement emparé de l'argent, et que cela serait une bonne leçon pour les personnes débauchées de la ville.

Antoine rentra découragé. Un avoué lui avait conseillé, avec des mines dégoûtées, de laver son linge sale en famille, après s'être habilement informé s'il possédait la somme nécessaire pour soutenir un procès. Selon cet homme, l'affaire paraissait bien embrouillée, les débats seraient très-longs, et le succès était douteux. D'ailleurs, il fallait de l'argent, beaucoup d'argent.

Ce soir-là, Antoine fut encore plus dur pour sa mère ; ne

sachant sur qui se venger, il reprit ses accusations de la veille; il tint la malheureuse jusqu'à minuit, toute frissonnante de honte et d'épouvante. Adélaïde lui ayant appris que Pierre lui servait une pension, il devint certain pour lui que son frère avait empoché les cinquante mille francs. Mais, dans son irritation, il feignit de douter encore, par un raffinement de méchanceté qui le soulageait. Et il ne cessait de l'interroger d'un air soupçonneux, en paraissant continuer à croire qu'elle avait mangé sa fortune avec des amants.

— Voyons, mon père n'a pas été le seul, dit-il enfin avec grossièreté.

A ce dernier coup, elle alla se jeter en chancelant sur un vieux coffre, où elle resta toute la nuit à sangloter.

Antoine comprit bientôt qu'il ne pouvait, seul et sans ressources, mener à bien une campagne contre son frère. Il essaya d'abord d'intéresser Adélaïde à sa cause; une accusation, portée par elle, devait avoir de graves conséquences. Mais la pauvre femme, si molle et si endormie, dès les premiers mots d'Antoine, refusa avec énergie d'inquiéter son fils aîné.

— Je suis une malheureuse, balbutiait-elle. Tu as raison de te mettre en colère. Mais, vois-tu, ce serait trop de remords, si je faisais conduire un de mes enfants en prison. Non, j'aime mieux que tu me battes.

Il sentit qu'il n'en tirerait que des larmes, et il se contenta d'ajouter qu'elle était justement punie et qu'il n'avait aucune pitié d'elle. Le soir, Adélaïde, secouée par les querelles successives que lui cherchait son fils, eut une de ces crises nerveuses qui la tenaient roidie, les yeux ouverts, comme morte. Le jeune homme la jeta sur son lit; puis, sans même la délacer, il se mit à fureter dans la maison, cherchant si la malheureuse n'avait pas des économies cachées quelque part. Il trouva une quarantaine de francs. Il s'en empara, et, tandis que sa mère restait là, rigide et sans

souffle, il alla prendre tranquillement la diligence de Marseille.

Il venait de songer que Mouret, cet ouvrier chapelier qui
avait épousé sa sœur Ursule, devait être indigné de la friponnerie de Pierre, et qu'il voudrait sans doute défendre les
intérêts de sa femme. Mais il ne trouva pas l'homme sur lequel il comptait. Mouret lui dit nettement qu'il s'était habi-
tué à regarder Ursule comme une orpheline, et qu'il ne voulait, à aucun prix, avoir des démêlés avec sa famille. Les
affaires du ménage prospéraient. Antoine, reçu très-froide-
ment, se hâta de reprendre la diligence. Mais, avant de partir, il voulut se venger du secret mépris qu'il lisait dans les
regards de l'ouvrier ; sa sœur lui ayant paru pâle et oppres-
sée, il eut la cruauté sournoise de dire au mari, en s'éloignant :

— Prenez garde, ma sœur a toujours été chétive, et je
l'ai trouvée bien changée ; vous pourriez la perdre.

Les larmes qui montèrent aux yeux de Mouret lui prouvè-
rent qu'il avait mis le doigt sur une plaie vive. Ces ouvriers
étalaient aussi par trop leur bonheur.

Quand il fut revenu à Plassans, la certitude qu'il avait les
mains liées rendit Antoine plus menaçant encore. Pendant
un mois, on ne vit que lui dans la ville. Il courait les rues,
contant son histoire à qui voulait l'entendre. Lorsqu'il avait
réussi à se faire donner une pièce de vingt sous par sa mère,
il allait la boire dans quelque cabaret, et là criait tout haut
que son frère était une canaille qui aurait bientôt de ses
nouvelles. En de pareils endroits, la douce fraternité qui
règne entre ivrognes lui donnait un auditoire sympathique ;
toute la crapule de la ville épousait sa querelle ; c'étaient des
invectives sans fin contre ce gueux de Rougon qui laissait
sans pain un brave soldat, et la séance se terminait d'ordinaire par la condamnation générale de tous les riches. Antoine, par un raffinement de vengeance, continuait à se pro-

mener avec son képi, son pantalon d'ordonnance et sa vieille
veste de velours jaune, bien que sa mère eût offert de lui
acheter des vêtements plus convenables. Il affichait ses guenilles, les étalait le dimanche, en plein cours Sauvaire.

Une de ses plus délicates jouissances fut de passer dix fois
par jour devant le magasin de Pierre. Il agrandissait les trous
de la veste avec les doigts, il ralentissait le pas, se mettait
parfois à causer devant la porte, pour rester davantage dans
la rue. Ces jours-là, il emmenait quelque ivrogne de ses
amis, qui lui servait de compère ; il lui racontait le vol des
cinquante mille francs, accompagnant son récit d'injures et
de menaces, à voix haute, de façon à ce que toute la rue l'en-
tendît, et que ses gros mots allassent à leur adresse, jusqu'au
fond de la boutique.

— Il finira, disait Félicité désespérée, par venir mendier
devant notre maison.

La vaniteuse petite femme souffrait horriblement de ce
scandale. Il lui arriva même, à cette époque, de regretter en
secret d'avoir épousé Rougon ; ce dernier avait aussi une famille par trop terrible. Elle eût donné tout au monde pour
qu'Antoine cessât de promener ses haillons. Mais Pierre, que
la conduite de son frère affolait, ne voulait seulement pas
qu'on prononçât son nom devant lui. Lorsque sa femme lui
faisait entendre qu'il vaudrait peut-être mieux s'en débarrasser en donnant quelques sous :

— Non, rien, pas un liard, criait-il avec fureur. Qu'il
crève !

Cependant il finit lui-même par confesser que l'attitude
d'Antoine devenait intolérable. Un jour, Félicité, voulant en
finir, appela cet homme, comme elle le nommait en faisant
une moue dédaigneuse. « Cet homme » était en train de la
traiter de coquine au milieu de la rue, en compagnie d'un
sien camarade encore plus déguenillé que lui. Tous deux
étaient gris.

— Viens donc, on nous appelle là-dedans, dit Antoine à son compagnon d'une voix goguenarde.

Félicité recula en murmurant :

— C'est à vous seul que nous désirons parler.

— Bah ! répondit le jeune homme, le camarade est un bon enfant. Il peut tout entendre. C'est mon témoin.

Le témoin s'assit lourdement sur une chaise. Il ne se découvrit pas et se mit à regarder autour de lui, avec ce sourire hébété des ivrognes et des gens grossiers qui se sentent insolents. Félicité, honteuse, se plaça devant la porte de la boutique, pour qu'on ne vît pas du dehors quelle singulière compagnie elle recevait. Heureusement que son mari arriva à son secours. Une violente querelle s'engagea entre lui et son frère. Ce dernier, dont la langue épaisse s'embarrassait dans les injures, répéta à plus de vingt reprises les mêmes griefs. Il finit même par se mettre à pleurer, et peu s'en fallut que son émotion ne gagnât son camarade. Pierre s'était défendu d'une façon très-digne.

— Voyons, dit-il enfin, vous êtes malheureux et j'ai pitié de vous. Bien que vous m'ayez cruellement insulté, je n'oublie pas que nous avons la même mère. Mais si je vous donne quelque chose, sachez que je le fais par bonté et non par crainte... Voulez-vous cent francs pour vous tirer d'affaire?

Cette offre brusque de cent francs éblouit le camarade d'Antoine. Il regarda ce dernier d'un air ravi qui signifiait clairement : « Du moment que le bourgeois offre cent francs, il n'y a plus de sottises à lui dire. » Mais Antoine entendait spéculer sur les bonnes dispositions de son frère. Il lui demanda s'il se moquait de lui ; c'était sa part, dix mille francs, qu'il exigeait.

— Tu as tort, tu as tort, bégayait son ami.

Enfin, comme Pierre impatienté parlait de les jeter tous les deux à la porte, Antoine abaissa ses prétentions et, d'un

coup, ne réclama plus que mille francs. Ils se que-
rellèrent encore un grand quart d'heure sur ce chiffre. Félicité intervint. On commençait à se rassembler devant la
boutique.

— Écoutez, dit-elle vivement, mon mari vous donnera
deux cents francs, et moi je me charge de vous acheter un
vêtement complet et de vous louer un logement pour une
année.

Rougon se fâcha. Mais le camarade d'Antoine, enthou-
siasmé, cria :

— C'est dit, mon ami accepte.

Et Antoine déclara, en effet, d'un air rechigné, qu'il acceptait. Il sentait qu'il n'obtiendrait pas davantage. Il fut
convenu qu'on lui enverrait l'argent et le vêtement le lendemain, et que peu de jours après, dès que Félicité lui aurait
trouvé un logement, il pourrait s'installer chez lui. En se retirant, l'ivrogne qui accompagnait le jeune homme fut aussi
respectueux qu'il venait d'être insolent ; il salua plus de dix
fois la compagnie, d'un air humble et gauche, bégayant des
remercîments vagues, comme si les dons des Rougon lui
eussent été destinés.

Une semaine plus tard, Antoine occupait une grande
chambre du vieux quartier, dans laquelle Félicité, tenant
plus que ses promesses, sur l'engagement formel du jeune
homme de les laisser tranquilles désormais, avait fait mettre un lit, une table et des chaises. Adélaïde vit sans
aucun regret partir son fils ; elle était condamnée à plus de
trois mois de pain et d'eau par le court séjour qu'il avait
fait chez elle. Antoine eut vite bu et mangé les deux cents
francs. Il n'avait pas songé un instant à les mettre dans quelque petit commerce qui l'eût aidé à vivre. Quand il fut de
nouveau sans le sou, n'ayant aucun métier, répugnant d'ailleurs à toute besogne suivie, il voulut puiser encore dans la
bourse des Rougon. Mais les circonstances n'étaient plus les

mêmes, il ne réussit pas à les effrayer. Pierre profita même
de cette occasion pour le jeter à la porte, en lui défendant
de jamais remettre les pieds chez lui. Antoine eut beau reprendre ses accusations : la ville, qui connaissait la munificence
de son frère, dont Félicité avait fait grand bruit, lui donna
tort et le traita de fainéant. Cependant la faim le pressait. Il
menaça de se faire contrebandier comme son père, et de commettre quelque mauvais coup qui déshonorerait sa famille.
Les Rougon haussèrent les épaules ; ils le savaient trop lâche pour risquer sa peau. Enfin, plein d'une rage sourde
contre ses proches et contre la société tout entière, Antoine
se décida à chercher du travail.

Il avait fait connaissance, dans un cabaret du faubourg,
d'un ouvrier vannier qui travaillait en chambre. Il lui offrit
de l'aider. En peu de temps, il apprit à tresser des corbeilles
et des paniers, ouvrages grossiers et à bas prix d'une vente
facile. Bientôt il travailla pour son compte. Ce métier peu
fatigant lui plaisait. Il restait maître de ses paresses, et
c'était là surtout ce qu'il demandait. Il se mettait à la besogne lorsqu'il ne pouvait plus faire autrement, tressant à la
hâte une douzaine de corbeilles qu'il allait vendre au marché. Tant que l'argent durait, il flânait, courant les marchands de vin, digérant au soleil ; puis, quand il avait jeûné
pendant un jour, il reprenait ses brins d'osier avec de sourdes invectives, accusant les riches, qui, eux, vivent sans rien
faire. Le métier de vannier, ainsi entendu, est fort ingrat ;
son travail n'aurait pu suffire à payer ses soûleries, s'il ne
s'était arrangé de façon à se procurer de l'osier à bon compte.
Comme il n'en achetait jamais à Plassans, il disait qu'il allait faire chaque mois sa provision dans une ville voisine, où
il prétendait qu'on le vendait meilleur marché. La vérité
était qu'il se fournissait dans les oseraies de la Viorne, par
les nuits sombres. Le garde champêtre l'y surprit même une
fois ce qui lui valut quelques jours de prison. Ce fut à par-

tir de ce moment qu'il se posa dans la ville en républicain
farouche. Il affirma qu'il fumait tranquillement sa pipe au
bord de la rivière, lorsque le garde champêtre l'avait arrêté.
Et il ajoutait :

— Ils voudraient se débarrasser de moi, parce qu'ils savent quelles sont mes opinions. Mais je ne les crains pas, ces
gueux de riches !

Cependant, au bout de dix ans de fainéantise, Macquart
trouva qu'il travaillait trop. Son continuel rêve était d'inventer une façon de bien vivre sans rien faire. Sa paresse ne
se serait pas contentée de pain et d'eau, comme celle de certains fainéants qui consentent à rester sur leur faim, pourvu
qu'ils puissent se croiser les bras. Lui, il voulait de bons repas et de belles journées d'oisiveté. Il parla un instant d'entrer comme domestique chez quelque noble du quartier Saint-
Marc. Mais un palefrenier de ses amis lui fit peur en lui
racontant les exigences de ses maîtres. Macquart, dégoûté
de ses corbeilles, voyant venir le jour où il lui faudrait acheter l'osier nécessaire, allait se vendre comme remplaçant et
reprendre la vie de soldat, qu'il préférait mille fois à celle
d'ouvrier, lorsqu'il fit connaissance d'une femme dont la rencontre modifia ses plans.

Joséphine Gavaudan, que toute la ville connaissait sous le
diminutif familier de Fine, était une grande et grosse gaillarde d'une trentaine d'années. Sa face carrée, d'une ampleur
masculine, portait au menton et aux lèvres des poils rares,
mais terriblement longs. On la nommait comme une maîtresse femme, capable à l'occasion de faire le coup de poing.
Aussi ses larges épaules, ses bras énormes, imposaient-ils un
merveilleux respect aux gamins, qui n'osaient seulement pas
sourire de ses moustaches. Avec cela, Fine avait une toute
petite voix, une voix d'enfant, mince et claire. Ceux qui la
fréquentaient affirmaient que, malgré son air terrible, elle
était d'une douceur de mouton. Très-courageuse à la

besogne, elle aurait pu mettre quelque argent de côté, si elle n'avait aimé les liqueurs ; elle adorait l'anisette. Souvent, le dimanche soir, on était obligé de la rapporter chez elle.

Toute la semaine, elle travaillait avec entêtement de bête. Elle faisait trois ou quatre métiers, vendait des fruits ou des châtaignes bouillies à la halle, suivant la saison, s'occupait des ménages de quelques rentiers, allait laver la vaisselle chez les bourgeois les jours de gala, et employait ses loisirs à rempailler les vieilles chaises. C'était surtout comme rempailleuse qu'elle était connue de la ville entière. On fait, dans le Midi, une grande consommation de chaises de paille, qui y sont d'un usage commun.

Antoine Macquart lia connaissance avec Fine à la halle. Quand il allait y vendre ses corbeilles, l'hiver, il se mettait, pour avoir chaud, à côté du fourneau sur lequel elle faisait cuire ses châtaignes. Il fut émerveillé de son courage, lui que la moindre besogne épouvantait. Peu à peu, sous l'apparente rudesse de cette forte commère, il découvrit des timidités, des bontés secrètes. Souvent il lui voyait donner des poignées de châtaignes aux marmots en guenilles qui s'arrêtaient en extase devant sa marmite fumante. D'autres fois, lorsque l'inspecteur du marché la bousculait, elle pleurait presque, sans paraître avoir conscience de ses gros poings. Antoine finit par se dire que c'était la femme qu'il lui fallait. Elle travaillerait pour deux, et il ferait la loi au logis. Ce serait sa bête de somme, une bête infatigable et obéissante. Quant à son goût pour les liqueurs, il le trouvait tout naturel. Après avoir bien pesé les avantages d'une pareille union, il se déclara. Fine fut ravie. Jamais aucun homme n'avait osé s'attaquer à elle. On eut beau lui dire qu'Antoine était le pire des chenapans, elle ne se sentit pas le courage de se refuser au mariage que sa forte nature réclamait depuis longtemps. Le soir même des noces, le jeune homme vint habi-

ter le logement de sa femme, rue Civadière, près de la halle:
ce logement, composé de trois pièces, était beaucoup plus
confortablement meublé que le sien, et ce fut avec un soupir
de contentement qu'il s'allongea sur les deux excellents ma-
telas qui garnissaient le lit.

Tout marcha bien pendant les premiers jours. Fine va-
quait, comme par le passé, à ses besognes multiples; Antoine, pris d'une sorte d'amour-propre marital qui l'étonna
lui-même, tressa en une semaine plus de corbeilles qu'il
n'en avait jamais fait en un mois. Mais, le dimanche, la
guerre éclata. Il y avait à la maison une somme assez ronde
que les époux entamèrent fortement. La nuit, ivres tous
deux, ils se battirent comme plâtre, sans qu'il leur fût possible, le lendemain, de se souvenir comment la querelle
avait commencé. Ils étaient restés fort tendres jusque vers
les dix heures; puis Antoine s'était mis à cogner brutalement sur Fine, et Fine, exaspérée, oubliant sa douceur,
avait rendu autant de coups de poings qu'elle recevait de
giffles. Le lendemain, elle se remit bravement au travail,
comme si de rien n'était. Mais son mari, avec une sourde
rancune, se leva tard et alla le restant du jour fumer sa
pipe au soleil.

A partir de ce moment, les Macquart prirent le genre de
vie qu'ils devaient continuer à mener. Il fut comme entendu
tacitement entre eux que la femme suerait sang et eau pour
entretenir le mari. Fine, qui aimait le travail par instinct,
ne protesta pas. Elle était d'une patience angélique, tant
qu'elle n'avait pas bu, trouvant tout naturel que son homme
fût paresseux, et tâchant de lui éviter même les plus petites
besognes. Son péché mignon, l'anisette, la rendait non pas
méchante, mais juste; les soirs où elle s'était oubliée devant
une bouteille de sa liqueur favorite, si Antoine lui cherchait
querelle, elle tombait sur lui à bras raccourcis, en lui re-
prochant sa fainéantise et son ingratitude. Les voisins étaient

habitués aux tapages périodiques qui éclataient dans la chambre des époux. Ils s'assommaient consciencieusement; la femme tapait en mère qui corrige son galopin; mais le mari, traître et haineux, calculait ses coups, et, à plusieurs reprises, il faillit estropier la malheureuse.

— Tu seras bien avancé, quand tu m'auras cassé une jambe ou un bras, lui disait-elle. Qui te nourrira, fainéant?

A part ces scènes de violence, Antoine commençait à trouver supportable son existence nouvelle. Il était bien vêtu, mangeait à sa faim, buvait à sa soif. Il avait complétement mis de côté la vannerie; parfois, quand il s'ennuyait par trop, il se promettait de tresser, pour le prochain marché, une douzaine de corbeilles; mais, souvent, il ne terminait seulement pas la première. Il garda, sous un canapé, un paquet d'osier qu'il n'usa pas en vingt ans.

Les Macquart eurent trois enfants : deux filles et un garçon.

Lisa, née la première, en 1827, un an après le mariage, resta peu au logis. C'était une grosse et belle enfant, très-saine, toute sanguine, qui ressemblait beaucoup à sa mère. Mais elle ne devait pas avoir son dévouement de bête de somme. Macquart avait mis en elle un besoin de bien-être très-arrêté. Tout enfant, elle consentait à travailler une journée entière pour avoir un gâteau. Elle n'avait pas sept ans, qu'elle fut prise en amitié par la directrice des postes, une voisine. Celle-ci en fit une petite bonne. Lorsqu'elle perdit son mari, en 1839, et qu'elle alla se retirer à Paris, elle emmena Lisa avec elle. Les parents la lui avaient comme donnée.

La seconde fille, Gervaise, née l'année suivante, était bancale de naissance. Conçue dans l'ivresse, sans doute pendant une de ces nuits honteuses où les époux s'assommaient, elle avait la cuisse droite déviée et amaigrie, étrange repro-

13.

duction héréditaire des brutalités que sa mère avait eu à endurer dans une heure de lutte et de soûlerie furieuse. Gervaise resta chétive, et Fine, la voyant toute pâle et toute faible, la mit au régime de l'anisette, sous prétexte qu'elle avait besoin de prendre des forces. La pauvre créature se dessécha davantage. C'était une grande fille fluette, dont les robes, toujours trop larges, flottaient comme vides. Sur son corps émacié et contrefait, elle avait une délicieuse tête de poupée, une petite face ronde et blême d'une exquise délicatesse. Son infirmité était presque une grâce ; sa taille fléchissait doucement à chaque pas, dans une sorte de balancement cadencé.

Le fils des Macquart, Jean, naquit trois ans plus tard. Ce fut un fort gaillard, qui ne rappela en rien les maigreurs de Gervaise. Il tenait de sa mère, comme la fille aînée, sans avoir sa ressemblance physique. Il apportait, le premier, chez les Rougon-Macquart, un visage aux traits réguliers, et qui avait la froideur grasse d'une nature sérieuse et peu intelligente. Ce garçon grandit avec la volonté tenace de se créer un jour une position indépendante. Il fréquenta assidûment l'école et s'y cassa la tête, qu'il avait fort dure, pour y faire entrer un peu d'arithmétique et d'orthographe. Il se mit ensuite en apprentissage, en renouvelant les mêmes efforts, entêtement d'autant plus méritoire qu'il lui fallait un jour pour apprendre ce que d'autres savaient en une heure.

Tant que les pauvres petits restèrent à la charge de la maison, Antoine grogna. C'étaient des bouches inutiles qui lui rognaient sa part. Il avait juré, comme son frère, de ne plus avoir d'enfants, ces mange-tout qui mettent leurs parents sur la paille. Il fallait l'entendre se désoler, depuis qu'ils étaient cinq à table, et que la mère donnait les meilleurs morceaux à Jean, à Lisa et à Gervaise.

— C'est ça, grondait-il, bourre-les, fais-les crever!

A chaque vêtement, à chaque paire de souliers que Fine

leur achetait, il restait maussade pour plusieurs jours. Ah !
s'il avait su, il n'aurait jamais eu cette marmaille, qui le
forçait à ne plus fumer que quatre sous de tabac par jour,
et qui ramenait par trop souvent, au dîner, des ragoûts de
pomme de terre, un plat qu'il méprisait profondément.

Plus tard, dès les premières pièces de vingt sous que Jean
et Gervaise lui rapportèrent, il trouva que les enfants avaient
du bon. Lisa n'était déjà plus là. Il se fit nourrir par les
deux qui restaient sans le moindre scrupule, comme il se
faisait déjà nourrir par leur mère. Ce fut, de sa part, une
spéculation très-arrêtée. Dès l'âge de huit ans, la petite
Gervaise alla casser des amandes chez un négociant voisin ;
elle gagnait dix sous par jour, que le père mettait royale-
ment dans sa poche, sans que Fine elle-même osât demander
où cet argent passait. Puis, la jeune fille entra en apprentissage chez une blanchisseuse, et, quand elle fut ouvrière et
qu'elle toucha deux francs par jour, les deux francs s'égarè-
rent de la même façon entre les mains de Macquart. Jean,
qui avait appris l'état de menuisier, était également dépouillé
les jours de paye, lorsque Macquart parvenait à l'arrêter au
passage, avant qu'il eût remis son argent à sa mère. Si cet
argent lui échappait, ce qui arrivait quelquefois, il était
d'une terrible maussaderie. Pendant une semaine, il regardait ses enfants et sa femme d'un air furieux, leur cherchant
querelle pour un rien, mais ayant encore la pudeur de ne
pas avouer la cause de son irritation. A la paye suivante, il
faisait le guet et disparaissait des journées entières, dès
qu'il avait réussi à escamoter le gain des petits.

Gervaise battue, élevée dans la rue avec les garçons du
voisinage, devint grosse à l'âge de quatorze ans. Le père de
l'enfant n'avait pas dix-huit ans. C'était un ouvrier tanneur,
nommé Lantier. Macquart s'emporta. Puis, quand il sut que
la mère de Lantier, qui était une brave femme, voulait bien
prendre l'enfant avec elle, il se calma. Mais il garda Gervaise,

elle gagnait déjà vingt-cinq sous, et il évita de parler mariage. Quatre ans plus tard, elle eut un second garçon que
la mère de Lantier réclama encore. Macquart, cette fois-là,
ferma absolument les yeux. Et comme Fine lui disait timidement qu'il serait bon de faire une démarche auprès du
tanneur pour régler une situation qui faisait clabauder, il
déclara très-carrément que sa fille ne le quitterait pas, et
qu'il la donnerait à son séducteur plus tard, « lorsqu'il serait digne d'elle, et qu'il aurait de quoi acheter un mobilier. »

Cette époque fut le meilleur temps d'Antoine Macquart. Il
s'habilla comme un bourgeois, avec des redingotes et des
pantalons de drap fin. Soigneusement rasé, devenu presque
gras, ce ne fut plus ce chenapan hâve et déguenillé qui
courait les cabarets. Il fréquenta les cafés, lut les journaux,
se promena sur le cours Sauvaire. Il jouait au monsieur,
tant qu'il avait de l'argent en poche. Les jours de misère, il
restait chez lui, exaspéré d'être retenu dans son taudis et de
ne pouvoir aller prendre sa demi-tasse; ces jours-là, il accusait le genre humain tout entier de sa pauvreté, il se rendait malade de colère et d'envie, au point que Fine, par pitié, lui donnait souvent la dernière pièce blanche de la maison, pour qu'il pût passer sa soirée au café. Le cher homme
était d'un égoïsme féroce. Gervaise apportait jusqu'à soixante
francs par mois dans la maison, et elle mettait de minces
robes d'indienne, tandis qu'il se commandait des gilets de
satin noir chez un des bons tailleurs de Plassans. Jean, ce
grand garçon qui gagnait de trois à quatre francs par jour,
était peut-être dévalisé avec plus d'impudence encore. Le
café où son père restait des journées entières se trouvait
justement en face de la boutique de son patron, et, pendant
qu'il manœuvrait le rabot ou la scie, il pouvait voir, de
l'autre côté de la place, « monsieur » Macquart sucrant sa
demi-tasse et faisant un piquet avec quelque petit rentier.

C'était son argent que le vieux fainéant jouait. Lui, n'allait jamais au café, il n'avait pas les cinq sous nécessaires pour prendre un gloria. Antoine le traitait en jeune fille, ne lui laissant pas un centime et lui demandant compte de l'emploi exact de son temps. Si le malheureux, entraîné par des camarades, perdait une journée dans quelque partie de campagne, au bord de la Viorne ou sur les pentes des Garrigues, son père s'emportait, levait la main, lui gardait longtemps rancune pour les quatre francs qu'il trouvait en moins à la fin de la quinzaine. Il tenait ainsi son fils dans un état de dépendance intéressée, allant parfois jusqu'à regarder comme siennes les maîtresses que le jeune menuisier courtisait. Il venait, chez les Macquart, plusieurs amies de Gervaise, des ouvrières de seize à dix-huit ans, des filles hardies et rieuses dont la puberté s'éveillait avec des ardeurs provocantes, et qui, certains soirs, emplissaient la chambre de jeunesse et de gaieté. Le pauvre Jean, sevré de tout plaisir, retenu au logis par le manque d'argent, regardait ces filles avec des yeux luisants de convoitise ; mais la vie de petit garçon qu'on lui faisait mener lui donnait une timidité invincible ; il jouait avec les camarades de sa sœur, osant à peine les effleurer du bout des doigts. Macquart haussait les épaules de pitié :

— Quel innocent ! murmurait-il d'un air de supériorité ironique.

Et c'était lui qui embrassait les jeunes filles sur le cou, quand sa femme avait le dos tourné. Il poussa même les choses plus loin avec une petite blanchisseuse que Jean poursuivait plus vigoureusement que les autres. Il la lui vola un beau soir, presque entre les bras. Le vieux coquin se piquait de galanterie.

Il est des hommes qui vivent d'une maîtresse. Antoine Macquart vivait ainsi de sa femme et de ses enfants, avec autant de honte et d'impudence. C'était sans la moindre

vergogne qu'il pillait la maison et allait festoyer au dehors,
quand la maison était vide. Et il prenait encore une attitude
d'homme supérieur; il ne revenait du café que pour railler
amèrement la misère qui l'attendait au logis; il trouvait le
dîner détestable; il déclarait que Gervaise était une sotte et
que Jean ne serait jamais un homme. Enfoncé dans ses
jouissances égoïstes, il se frottait les mains, quand il avait
mangé le meilleur morceau; puis il fumait sa pipe à petites
bouffées, tandis que les deux pauvres enfants, brisés de fatigue, s'endormaient sur la table. Ses journées passaient,
vides et heureuses. Il lui semblait tout naturel qu'on l'en-
tretînt, comme une fille, à vautrer ses paresses sur les ban-
quettes d'un estaminet, à les promener, aux heures fraîches,
sur le Cours ou sur le Mail. Il finit par raconter ses escapades amoureuses devant son fils, qui l'écoutait avec des yeux
ardents d'affamé. Les enfants ne protestaient pas, accoutu-
més à voir leur mère l'humble servante de son mari. Fine,
cette gaillarde qui le rossait d'importance, quand ils étaient
ivres tous deux, continuait à trembler devant lui, lorsqu'elle avait son bon sens, et le laissait régner en despote au
logis. Il lui volait la nuit les gros sous qu'elle gagnait au
marché dans la journée, sans qu'elle se permît autre chose
que des reproches voilés. Parfois, lorsqu'il avait mangé à
l'avance l'argent de la semaine, il accusait cette malheureuse, qui se tuait de travail, d'être une pauvre tête, de ne
pas savoir se tirer d'affaire. Fine, avec une douceur d'a-
gneau, répondait de cette petite voix claire qui faisait un si
singulier effet en sortant de ce grand corps, qu'elle n'avait
plus ses vingt ans, et que l'argent devenait bien dur à gagner. Pour se consoler, elle achetait un litre d'anisette, elle
buvait le soir des petits verres avec sa fille, tandis qu'Antoine retournait au café. C'était là leur débauche. Jean allait se coucher; les deux femmes restaient attablées, prêtant l'oreille, pour faire disparaître la bouteille et les petits

verres au moindre bruit. Lorsque Macquart s'attardait, il arrivait qu'elles se soûlaient ainsi, à légères doses, sans en avoir conscience. Hébétées, se regardant avec un sourire vague, cette mère et cette fille finissaient par balbutier. Des taches roses montaient aux joues de Gervaise ; sa petite face de poupée, si délicate, se noyait dans un air de béatitude stupide, et rien n'était plus navrant que cette enfant chétive et blême, toute brûlante d'ivresse, ayant sur ses lèvres humides le rire idiot des ivrognes. Fine, tassée sur sa chaise, s'appesantissait. Elles oubliaient parfois de faire le guet, ou ne se sentaient plus la force d'enlever la bouteille et les verres, quand elles entendaient les pas d'Antoine dans l'escalier. Ces jours-là, on s'assommait chez les Macquart. Il fallait que Jean se levât pour séparer son père et sa mère, et pour aller coucher sa sœur, qui, sans lui, aurait dormi sur le carreau.

Chaque parti a ses grotesques et ses infâmes. Antoine Macquart, rongé d'envie et de haine, rêvant des vengeances contre la société entière, accueillit la république comme une ère bienheureuse où il lui serait permis d'emplir ses poches dans la caisse du voisin, et même d'étrangler le voisin, s'il témoignait le moindre mécontentement. Sa vie de café, les articles de journaux qu'il avait lus sans les comprendre, avaient fait de lui un terrible bavard qui émettait en politique les théories les plus étranges du monde. Il faut avoir entendu, en province, dans quelque estaminet, pérorer un de ces envieux qui ont mal digéré leurs lectures, pour s'imaginer à quel degré de sottise méchante en était arrivé Macquart. Comme il parlait beaucoup, qu'il avait servi et qu'il passait naturellement pour être un homme d'énergie, il était très-entouré, très-écouté par les naïfs. Sans être un chef de parti, il avait su réunir autour de lui un petit groupe d'ouvriers qui prenaient ses fureurs jalouses pour des indignations honnêtes et convaincues.

Dès février, il s'était dit que Plassans lui appartenait, et la façon goguenarde dont il regardait, en passant dans les rues, les petits détaillants qui se tenaient, effarés, sur le seuil de leur boutique, signifiait clairement : « Notre jour est arrivé, mes agneaux, et nous allons vous faire danser une drôle de danse ! » Il était devenu d'une insolence incroyable ; il jouait son rôle de conquérant et de despote, à ce point qu'il cessa de payer ses consommations au café, et que le maître de l'établissement, un niais qui tremblait devant ses roulements d'yeux, n'osa jamais lui présenter sa note. Ce qu'il but de demi-tasses, à cette époque, fut incalculable ; il invitait parfois les amis, et pendant des heures il criait que le peuple mourait de faim et que les riches devaient partager. Lui n'aurait pas donné un sou à un pauvre.

Ce qui fit surtout de lui un républicain féroce, ce fut l'espérance de se venger enfin des Rougon, qui se rangeaient franchement du côté de la réaction. Ah ! quel triomphe ! s'il pouvait un jour tenir Pierre et Félicité à sa merci ! Bien que ces derniers eussent fait d'assez mauvaises affaires, ils étaient devenus des bourgeois, et lui, Macquart, était resté ouvrier. Cela l'exaspérait. Chose plus mortifiante peut-être, ils avaient un de leurs fils avocat, un autre médecin, le troisième employé, tandis que son Jean travaillait chez un menuisier, et sa Gervaise, chez une blanchisseuse. Quand il comparait les Macquart aux Rougon, il éprouvait encore une grande honte à voir sa femme vendre des châtaignes à la halle et rempailler le soir les vieilles chaises graisseuses du quartier. Cependant, Pierre était son frère, il n'avait pas plus droit que lui à vivre grassement de ses rentes. Et, d'ailleurs, c'était avec l'argent qu'il lui avait volé, qu'il jouait au monsieur aujourd'hui. Dès qu'il entamait ce sujet, tout son être entrait en rage ; il clabaudait pendant des heures, répétant ses anciennes accusations à satiété, ne se lassant pas de dire :

— Si mon frère était où il devrait être, c'est moi qui serais rentier à cette heure.

Et quand on lui demandait où devrait être son frère, il répondait : « Au bagne ! » d'une voix terrible.

Sa haine s'accrut encore, lorsque les Rougon eurent groupé les conservateurs autour d'eux, et qu'ils prirent, à Plassans, une certaine influence. Le fameux salon jaune devint, dans ses bavardages ineptes de café, une caverne de bandits, une réunion de scélérats qui juraient chaque soir sur des poignards d'égorger le peuple. Pour exciter contre Pierre les affamés, il alla jusqu'à faire courir le bruit que l'ancien marchand d'huile n'était pas aussi pauvre qu'il le disait, et qu'il cachait ses trésors par avarice et par crainte des voleurs. Sa tactique tendit ainsi à ameuter les pauvres gens, en leur contant des histoire à dormir debout, auxquelles il finissait souvent par croire lui-même. Il cachait assez mal ses rancunes personnelles et ses désirs de vengeance sous le voile du patriotisme le plus pur; mais il se multipliait tellement, il avait une voix si tonnante, que personne n'aurait alors osé douter de ses convictions.

Au fond, tous les membres de cette famille avaient la même rage d'appétits brutaux. Félicité, qui comprenait que les opinions exaltées de Macquart n'étaient que des colères rentrées et des jalousies tournées à l'aigre, aurait désiré vivement l'acheter pour le faire taire. Malheureusement l'argent lui manquait, et elle n'osait l'intéresser à la dangereuse partie que jouait son mari. Antoine leur causait le plus grand tort auprès des rentiers de la ville neuve. Il suffisait qu'il fût leur parent. Granoux et Roudier leur reprochaient, avec de continuels mépris, d'avoir un pareil homme dans leur famille. Aussi Félicité se demandait-elle avec angoisse comment ils arriveraient à se laver de cette tache.

Il lui semblait monstrueux et indécent que, plus tard, M. Rougon eût un frère dont la femme vendait des châtaignes, et qui lui-même vivait dans une oisiveté crapuleuse. Elle finit par trembler pour le succès de leurs secrètes menées, qu'Antoine compromettait comme à plaisir ; lorsqu'on lui rapportait les diatribes que cet homme déclamait en public contre le salon jaune, elle frissonnait en pensant qu'il était capable de s'acharner et de tuer leurs espérances par le scandale.

Antoine sentait à quel point son attitude devait consterner les Rougon, et c'était uniquement pour les mettre à bout de patience, qu'il affectait, de jour en jour, des convictions plus farouches. Au café, il appelait Pierre « mon frère, » d'une voix qui faisait retourner tous les consommateurs ; dans la rue, s'il venait à rencontre quelque réactionnaire du salon jaune, il murmurait de sourdes injures que le digne bourgeois, confondu de tant d'audace, répétait le soir aux Rougon en paraissant les rendre responsables de la mauvaise rencontre qu'il avait faite.

Un jour, Granoux arriva furieux.

— Vraiment, cria-t-il dès le seuil de la porte, c'est intolérable ; on est insulté à chaque pas.

Et, s'adressant à Pierre :

— Monsieur, quand on a un frère comme le vôtre, on en débarrasse la société. Je venais tranquillement par la place de la sous-préfecture, lorsque ce misérable, en passant à côté de moi, a murmuré quelques paroles au milieu desquelles j'ai parfaitement distingué le mot de vieux coquin.

Félicité pâlit et crut devoir présenter des excuses à Granoux ; mais le bonhomme ne voulait rien entendre, il parlait de rentrer chez lui. Le marquis s'empressa d'arranger les choses.

— C'est bien étonnant, dit-il, que ce malheureux vous ait appelé vieux coquin ; êtes-vous sûr que l'injure s'adressait à vous ?

Granoux devint perplexe ; il finit par convenir qu'Antoine

avait bien pu murmurer : « Tu vas encore chez ce vieux coquin. »

M. de Carnavant se caressa le menton pour cacher le sourire qui montait malgré lui à ses lèvres.

Rougon dit alors avec le plus beau sang-froid :

— Je m'en doutais, c'est moi qui devais être le vieux coquin. Je suis heureux que le malentendu soit expliqué. Je vous en prie, messieurs, évitez l'homme dont il vient d'être question, et que je renie formellement.

Mais Félicité ne prenait pas aussi froidement les choses, elle se rendait malade, à chaque esclandre de Macquart ; pendant des nuits entières, elle se demandait ce que ces messieurs devaient penser.

Quelques mois avant le coup d'État, les Rougon reçurent une lettre anonyme, trois pages d'ignobles injures, au milieu desquelles on les menaçait, si jamais leur parti triomphait, de publier dans un journal l'histoire scandaleuse des anciennes amours d'Adélaïde et du vol dont Pierre s'était rendu coupable, en faisant signer un reçu de cinquante mille francs à sa mère, rendue idiote par la débauche. Cette lettre fut un coup de massue pour Rougon lui-même. Félicité ne put s'empêcher de reprocher à son mari sa honteuse et sale famille; car les époux ne doutèrent pas un instant que la lettre fût l'œuvre d'Antoine.

— Il faudra, dit Pierre d'un air sombre, nous débarrasser à tout prix de cette canaille. Il est par trop gênant.

Cependant Macquart, reprenant son ancienne tactique, cherchait des complices contre les Rougon, dans la famille même. Il avait d'abord compté sur Aristide, en lisant ses terribles articles de l'Indépendant. Mais le jeune homme, bien qu'aveuglé par ses rages jalouses, n'était point assez sot pour faire cause commune avec un homme tel que son oncle. Il ne prit même pas la peine de le ménager et le tint toujours à distance, ce qui le fit traiter de suspect par Antoine ; dans

les estaminets où régnait ce dernier, on alla jusqu'à dire
que le journaliste était un agent provocateur. Battu de ce
côté, Macquart n'avait plus qu'à sonder les enfants de sa sœur
Ursule.

Ursule était morte en 1839, réalisant ainsi la sinistre pro-
phétie de son frère. Les névroses de sa mère s'étaient chan-
gées chez elle en une phthisie lente qui l'avait peu à peu
consumée. Elle laissait trois enfants : une fille de dix-huit
ans, Hélène, mariée à un employé, et deux garçons, le fils
aîné, François, jeune homme de vingt-trois ans, et le dernier
venu, pauvre créature à peine âgée de six ans, qui se nommait Silvère. La mort de sa femme, qu'il adorait, fut pour
Mouret un coup de foudre. Il se traîna une année, ne s'occupant plus de ses affaires, perdant l'argent qu'il avait amassé.
Puis, un matin, on le trouva pendu dans un cabinet où
étaient encore accrochées les robes d'Ursule. Son fils aîné,
auquel il avait pu faire donner une bonne instruction com-
merciale, entra, à titre de commis, chez son oncle Rougon,
où il remplaça Aristide qui venait de quitter la maison.

Rougon, malgré sa haine profonde pour les Macquart,
accueillit très-volontiers son neveu, qu'il savait laborieux et
sobre. Il sentait le besoin d'un garçon dévoué qui l'aidât à
relever ses affaires. D'ailleurs, pendant la prospérité des Mouret, il avait éprouvé une grande estime pour ce ménage qui
gagnait de l'argent, et du coup il s'était raccommodé avec sa
sœur. Peut-être aussi voulait-il, en acceptant François comme
employé, lui offrir une compensation ; il avait dépouillé la
mère, il s'évitait tout remords en donnant du travail au fils ;
les fripons ont de ces calculs d'honnêteté. Ce fut pour lui
une bonne affaire. Il trouva dans son neveu l'aide qu'il cherchait. Si, à cette époque, la maison des Rougon ne fit pas
fortune, on ne put en accuser ce garçon paisible et méticu-
leux, qui semblait né pour passer sa vie derrière un comp-
toir d'épicier, entre une jarre d'huile et un paquet de morue

sèche. Bien qu'il eût une grande ressemblance physique avec
sa mère, il tenait de son père un cerveau étroit et juste, aimant d'instinct la vie réglée, les calculs certains du petit commerce. Trois mois après son entrée chez lui, Pierre, continuant son système de compensation, lui donna en mariage
Marthe, sa fille cadette, dont il ne savait comment se débarrasser. Les deux jeunes gens s'étaient aimés tout d'un coup,
en quelques jours. Une circonstance singulière avait sans
doute déterminé et grandi leur tendresse : ils se ressemblaient
étonnamment, d'une ressemblance étroite de frère et de sœur.
François, par Ursule, avait le visage d'Adélaïde, l'aïeule. Le
cas de Marthe était plus curieux, elle était également tout le
portrait d'Adélaïde, bien que Pierre Rougon n'eût aucun
trait de sa mère nettement accusé ; la ressemblance physique
avait ici sauté par-dessus Pierre, pour reparaître chez sa fille,
avec plus d'énergie. D'ailleurs, la fraternité des jeunes époux
s'arrêtait au visage ; si l'on retrouvait dans François le digne
fils du chapelier Mouret, rangé et un peu lourd de sang,
Marthe avait l'effarement, le détraquement intérieur de sa
grand'mère, dont elle était à distance l'étrange et exacte re-
production. Peut-être fut-ce à la fois leur ressemblance physique et leur dissemblance morale qui les jetèrent aux bras
l'un de l'autre. De 1840 à 1844, ils eurent trois enfants.
François resta chez son oncle jusqu'au jour où celui-ci se retira. Pierre voulait lui céder son fonds, mais le jeune homme
savait à quoi s'en tenir sur les chances de fortune que le commerce présentait à Plassans ; il refusa et alla s'établir à Marseille, avec ses quelques économies.

Macquart dut vite renoncer à entraîner dans sa campagne
contre les Rougon ce gros garçon laborieux, qu'il traitait
d'avare et de sournois, par une rancune de fainéant. Mais il
crut découvrir le complice qu'il cherchait dans le second fils
Mouret, Silvère, un enfant âgé de quinze ans. Lorsqu'on
trouva Mouret pendu dans les jupes de sa femme, le petit

Silvère n'allait pas même encore à l'école. Son frère aîné, ne sachant que faire de ce pauvre être, l'emmena avec lui chez son oncle. Celui-ci fit la grimace en voyant arriver l'enfant; il n'entendait pas pousser ses compensations jusqu'à nourrir une bouche inutile. Silvère, que Félicité prit également en grippe, grandissait dans les larmes, comme un malheureux abandonné, lorsque sa grand'mère, dans une des rares visites qu'elle faisait aux Rougon, eut pitié de lui et demanda à l'emmener. Pierre fut ravi; il laissa partir l'enfant, sans même parler d'augmenter la faible pension qu'il servait à Adélaïde, et qui désormais devrait suffire pour deux.

Adélaïde avait alors près de soixante-quinze ans. Vieillie dans une existence monacale, elle n'était plus la maigre et ardente fille qui courait jadis se jeter au cou du braconnier Macquart. Elle s'était roidie et figée, au fond de sa masure de l'impasse Saint-Mittre, ce trou silencieux et morne où elle vivait absolument seule, et dont elle ne sortait pas une fois par mois, se nourrissant de pommes de terre et de légumes secs. On eût dit, à la voir passer, une de ces vieilles religieuses, aux blancheurs molles, à la démarche automatique, que le cloître a désintéressées de ce monde. Sa face blême, toujours correctement encadrée d'une coiffe blanche, était comme une face de mourante, un masque vague, apaisé, d'une indifférence suprême. L'habitude d'un long silence l'avait rendue muette; l'ombre de sa demeure, la vue continuelle des mêmes objets, avaient éteint ses regards et donné à ses yeux une limpidité d'eau de source. C'était un renoncement absolu, une lente mort physique et morale, qui avait fait peu à peu de l'amoureuse détraquée une matrone grave. Quand ses yeux se fixaient, machinalement, regardant sans voir, on apercevait par ces trous clairs et profonds un grand vide intérieur. Rien ne restait de ses anciennes ardeurs voluptueuses qu'un amollissement des chairs, un tremble-

ment sénile des mains. Elle avait aimé avec une brutalité de
louve, et de son pauvre être usé, assez décomposé déjà pour
le cercueil, ne s'exhalait plus qu'une senteur fade de feuille
sèche. Étrange travail des nerfs, des âpres désirs qui s'étaient
rongés eux-mêmes, dans une impérieuse et involontaire chasteté. Ses besoins d'amour, après la mort de Macquart, cet
homme nécessaire à sa vie, avaient brûlé en elle, la dévorant
comme une fille cloîtrée, et sans qu'elle songeât un instant
à les contenter. Une vie de honte l'aurait laissée peut-être
moins lasse, moins hébétée, que cet inassouvissement achevant de se satisfaire par des ravages lents et secrets, qui mo-
difiaient son organisme.

Parfois encore, dans cette morte, dans cette vieille femme
blême qui paraissait n'avoir plus une goutte de sang, des
crises nerveuses passaient, comme des courants électriques,
qui la galvanisaient et lui rendaient pour une heure une vie
atroce d'intensité. Elle demeurait sur son lit, rigide, les
yeux ouverts ; puis des hoquets la prenaient, et elle se débattait ; elle avait la force effrayante de ces folles hystériques,
qu'on est obligé d'attacher, pour qu'elles ne se brisent pas la
tête contre les murs. Ce retour à ses anciennes ardeurs, ces
brusques attaques, secouaient d'une façon navrante son pauvre corps-endolori. C'était comme toute sa jeunesse de passion chaude qui éclatait honteusement dans ses froideurs de
sexagénaire. Quand elle se relevait, stupide, elle chancelait,
elle reparaissait si effarée, que les commères du faubourg
disaient : « Elle a bu, la vieille folle ! »

Le sourire enfantin du petit Silvère fut pour elle un dernier rayon pâle qui rendit quelque chaleur à ses membres
glacés. Elle avait demandé l'enfant, lasse de solitude, terri-
fiée par la pensée de mourir seule, dans une crise. Ce bam-
bin qui tournait autour d'elle la rassurait contre la mort.
Sans sortir de son mutisme, sans assouplir ses mouvements
automatiques, elle se prit pour lui d'une tendresse ineffable.

Roide, muette, elle le regardait jouer pendant des heures, écoutant avec ravissement le tapage intolérable dont il emplissait la vieille masure. Cette tombe était toute vibrante de bruit, depuis que Silvère la parcourait à califourchon sur un manche à balai, se cognant dans les portes, pleurant et criant. Il ramenait Adélaïde sur cette terre; elle s'occupait de lui avec des maladresses adorables; elle qui avait dans sa jeunesse oublié d'être mère pour être amante, éprouvait les voluptés divines d'une nouvelle accouchée, à le débarbouiller, à l'habiller, à veiller sans cesse sur sa frêle existence. Ce fut un réveil d'amour, une dernière passion adoucie que le ciel accordait à cette femme toute dévastée par le besoin d'aimer. Touchante agonie de ce cœur qui avait vécu dans les désirs les plus âpres et qui se mourait dans l'affection d'un enfant.

Elle était trop morte déjà pour avoir les effusions bavardes des grand'mères bonnes et grasses; elle adorait l'orphelin secrètement, avec des pudeurs de jeune fille, sans pouvoir trouver des caresses. Parfois, elle le prenait sur ses genoux, elle le regardait longuement de ses yeux pâles. Lorsque le petit, effrayé par ce visage blanc et muet, se mettait à sangloter, elle paraissait confuse de ce qu'elle venait de faire, elle le remettait vite sur le sol sans l'embrasser. Peut-être lui trouvait-elle une lointaine ressemblance avec le braconnier Macquart.

Silvère grandit dans un continuel tête-à-tête avec Adélaïde. Par une cajolerie d'enfant, il l'appelait tante Dide, nom qui finit par rester à la vieille femme; le nom de tante, ainsi employé, est en Provence une simple caresse. L'enfant eut pour sa grand'mère une singulière tendresse mêlée d'une terreur respectueuse. Quand il était tout petit et qu'elle avait une crise nerveuse, il se sauvait en pleurant, épouvanté par la décomposition de son visage; puis il revenait timidement après l'attaque, prêt à se sauver encore, comme si la pauvre vieille eût été capable de le battre. Plus tard, à douze ans, il demeura courageusement, veillant à ce qu'elle ne se blessât pas en tombant de son lit. Il resta des heures à la tenir étroitement entre ses bras pour maîtriser les brusques secousses qui tordaient ses membres. Pendant les intervalles de calme, il regardait avec de grandes pitiés sa face convulsionnée, son corps amaigri, sur lequel les jupes plaquaient, pareilles à un linceul. Ces drames secrets, qui revenaient chaque mois, cette vieille femme rigide comme un cadavre, et cet enfant penché sur elle, épiant en silence le retour de la vie, prenaient, dans l'ombre de la masure, un étrange caractère de morne épouvante et de bonté navrée. Lorsque tante Dide revenait à elle, elle se levait péniblement, rattachait ses jupes, se remettait à vaquer dans le logis, sans même questionner Silvère ; elle ne se souvenait de rien, et l'enfant, par un instinct de prudence, évitait de faire la moindre allusion à la scène qui venait de se passer. Ce furent surtout ces crises renaissantes qui attachèrent profondément le petit-fils à sa grand'mère. Mais, de même qu'elle l'adorait sans effusions bavardes, il eut pour elle une affection cachée et comme honteuse. Au fond, s'il lui était reconnaissant de l'avoir recueilli et élevé, il continuait à voir en elle une créature extraordinaire, en proie à des maux inconnus, qu'il fallait plaindre et respecter. Il n'y avait sans doute plus assez d'humanité dans Adélaïde, elle était trop blanche et trop roide pour que Silvère osât se pendre à son cou. Ils vécurent ainsi dans un silence triste, au fond duquel ils entendaient le frissonnement d'une tendresse infinie.

Cet air grave et mélancolique qu'il respira dès son enfance donna à Silvère une âme forte, où s'amassèrent tous les enthousiasmes. Ce fut de bonne heure un petit homme sérieux, réfléchi, qui rechercha l'instruction avec une sorte d'entêtement. Il n'apprit qu'un peu d'orthographe et d'arithmétique à l'école des frères, que les nécessités de son apprentissage

lui firent quitter à douze ans. Les premiers éléments lui
manquèrent toujours. Mais il lut tous les volumes dépareillés
qui lui tombèrent sous la main, et se composa ainsi un étrange
bagage ; il avait des données sur une foule de choses, données incomplètes, mal digérées, qu'il ne réussit jamais à classer nettement dans sa tête. Tout petit, il était allé jouer
chez un maître charron, un brave homme nommé Vian, dont
l'atelier se trouvait au commencement de l'impasse, en face
de l'aire Saint-Mittre, où le charron déposait son bois. Il
montait sur les roues des carrioles en réparation, il s'amusait
à traîner les lourds outils que ses petites mains pouvaient à
peine soulever ; une de ses grandes joies était alors d'aider
les ouvriers, en maintenant quelque pièce de bois ou en
leur apportant les ferrures dont ils avaient besoin. Quand il
eut grandi, il entra naturellement en apprentissage chez
Vian, qui s'était pris d'amitié pour ce galopin qu'il rencontrait sans cesse dans ses jambes, et qui le demanda à Adélaïde
sans vouloir accepter la moindre pension. Silvère accepta
avec empressement, voyant déjà le moment où il rendrait à
la pauvre tante Dide ce qu'elle avait dépensé pour lui. En peu
de temps, il devint un excellent ouvrier. Mais il se sentait
des ambitions plus hautes. Ayant aperçu, chez un carrossier
de Plassans, une belle calèche neuve, toute luisante de vernis, il s'était dit qu'il construirait un jour des voitures sem-
blables. Cette calèche resta dans son esprit comme un objet
d'art rare et unique, comme un idéal vers lequel tendirent
ses aspirations d'ouvrier. Les carrioles auxquelles il travaillait chez Vian, ces carrioles qu'il avait soignées amoureusement, lui semblaient maintenant indignes de ses tendresses.
Il se mit à fréquenter l'école de dessin, où il se lia avec un
jeune échappé du collége qui lui prêta son ancien traité de géométrie. Et il s'enfonça dans l'étude, sans guide, passant des
semaines à se creuser la tête pour comprendre les choses les
plus simples du monde. Il devint ainsi un de ces ouvriers sa-

vants qui savent à peine signer leur nom et qui parlent de
l'algèbre comme d'une personne de leur connaissance. Rien
ne détraque autant un esprit qu'une pareille instruction,
faite à bâtons rompus, ne reposant sur aucune base solide.
Le plus souvent, ces miettes de science donnent une idée
absolument fausse des hautes vérités, et rendent les pauvres
d'esprit insupportables de carrure bête. Chez Silvère, les
bribes de savoir volé ne firent qu'accroître les exaltations
généreuses. Il eut conscience des horizons qui lui restaient
fermés. Il se fit une idée sainte de ces choses qu'il n'arrivait
pas à toucher de la main, et il vécut dans une profonde et
innocente religion des grandes pensées et des grands mots
vers lesquels il se haussait, sans toujours les comprendre.
Ce fut un naïf, un naïf sublime, resté sur le seuil du temple,
à genoux devant des cierges qu'il prenait de loin pour des
étoiles.

La masure de l'impasse Saint-Mittre se composait d'abord
d'une grande salle sur laquelle s'ouvrait directement la porte
de la rue ; cette salle, dont le sol était pavé, et qui servait à
la fois de cuisine et de salle à manger, avait pour uniques
meubles des chaises de paille, une table posée sur des tréteaux, et un vieux coffre qu'Adélaïde avait transformé en
canapé, en étalant sur le couvercle un lambeau d'étoffe de
laine ; dans une encoignure, à gauche d'une vaste cheminée,
se trouvait une Sainte Vierge en plâtre, entourée de fleurs
artificielles, la bonne mère traditionnelle des vieilles femmes
provençales, si peu dévotes qu'elles soient. Un couloir menait de la salle à la petite cour, située derrière la maison, et
dans laquelle se trouvait un puits. A gauche du couloir, était
la chambre de tante Dide, une étroite pièce meublée d'un lit
en fer et d'une chaise ; à droite, dans une pièce plus étroite
encore, où il y avait juste la place d'un lit de sangle, couchait
Silvère, qui avait dû imaginer tout un système de planches,
montant jusqu'au plafond, pour garder auprès de lui ses

chers volumes dépareillés, achetés sou à sou dans la boutique d'un fripier du voisinage. La nuit, quand il lisait, il ac-
crochait sa lampe à un clou, au chevet de son lit. Si quelque
crise prenait sa grand'mère, il n'avait, au premier râle,
qu'un saut à faire pour être auprès d'elle.

La vie du jeune homme resta celle de l'enfant. Ce fut dans
ce coin perdu qu'il fit tenir toute son existence. Il éprouvait
les répugnances de son père pour les cabarets et les flâneries
du dimanche. Ses camarades blessaient ses délicatesses par
leurs joies brutales. Il préférait lire, se casser la tête à quelque problème bien simple de géométrie. Depuis que tante
Dide le chargeait des petites commissions du ménage, elle
ne sortait plus, elle vivait étrangère même à sa famille. Parfois le jeune homme songeait à cet abandon ; il regardait la
pauvre vieille qui demeurait à deux pas de ses enfants, et
que ceux-ci cherchaient à oublier, comme si elle fût morte ;
alors il l'aimait davantage, il l'aimait pour lui et pour les
autres. S'il avait, par moments, vaguement conscience que
tante Dide expiait d'anciennes fautes, il pensait : « Je suis né
pour lui pardonner. »

Dans un pareil esprit, ardent et contenu, les idées répu-
blicaines s'exaltèrent naturellement. Silvère, la nuit, au fond
de son taudis, lisait et relisait un volume de Rousseau, qu'il
avait découvert chez le fripier voisin, au milieu de vieilles
serrures. Cette lecture le tenait éveillé jusqu'au matin. Dans
le rêve cher aux malheureux du bonheur universel, les mots
de liberté, d'égalité, de fraternité, sonnaient à ses oreilles
avec ce bruit sonore et sacré des cloches qui fait tomber les
fidèles à genoux. Aussi quand il apprit que la république
venait d'être proclamée en France, crut-il que tout le monde
allait vivre dans une béatitude céleste. Sa demi-instruction
lui faisait voir plus loin que les autres ouvriers, ses aspirations ne s'arrêtaient pas au pain de chaque jour ; mais ses
naïvetés profondes, son ignorance complète des hommes, le

maintenaient en plein rêve théorique, au milieu d'un Éden
où régnait l'éternelle justice. Son paradis fut longtemps un
lieu de délices dans lequel il s'oublia. Quand il crut s'apercevoir que tout n'allait pas pour le mieux dans la meilleure
des républiques, il éprouva une douleur immense ; il fit un
autre rêve, celui de contraindre les hommes à être heureux,
même par la force. Chaque acte qui lui parut blesser les intérêts du peuple excita en lui une indignation vengeresse.
D'une douceur d'enfant, il eut des haines politiques farouches. Lui qui n'aurait pas écrasé une mouche, il parlait à
toute heure de prendre les armes. La liberté fut sa passion,
une passion irraisonnée, absolue, dans laquelle il mit toutes
les fièvres de son sang. Aveuglé d'enthousiasme, à la fois
trop ignorant et trop instruit pour être tolérant, il ne voulut
pas compter avec les hommes ; il lui fallait un gouvernement
idéal d'entière justice et d'entière liberté. Ce fut à cette
époque que son oncle Macquart songea à le jeter sur les rougon. Il se disait que ce jeune fou ferait une terrible besogne,
s'il parvenait à l'exaspérer convenablement. Ce calcul ne
manquait pas d'une certaine finesse.

Antoine chercha donc à attirer Silvère chez lui, en affichant une admiration immodérée pour les idées du jeune
homme. Dès le début, il faillit tout compromettre : il
avait une façon intéressée de considérer le triomphe de la
république, comme une ère d'heureuse fainéantise et de
mangeailles sans fin, qui froissa les aspirations purement
morales de son neveu. Il comprit qu'il faisait fausse route,
il se jeta dans un pathos étrange, dans une enfilade de mots
creux et sonores, que Silvère accepta comme une preuve
suffisante de civisme. Bientôt l'oncle et le neveu se virent
deux et trois fois par semaine. Pendant leurs longues discussions, où le sort du pays était carrément décidé, Antoine
essaya de persuader au jeune homme que le salon des Rougon
était le principal obstacle au bonheur de la France. Mais, de

nouveau, il fit fausse route en appelant sa mère « vieille coquine » devant Silvère. Il alla jusqu'à lui raconter les anciens scandales de la pauvre vieille. Le jeune homme, rouge
de honte, l'écouta sans l'interrompre. Il ne lui demandait
pas ces choses, il fut navré d'une pareille confidence, qui le
blessait dans ses tendresses respectueuses pour tante Dide.
A partir de ce jour, il entoura sa grand'mère de plus de
soins, il eut pour elle de bons sourires et de bons regards
de pardon. D'ailleurs, Macquart s'était aperçu qu'il avait
commis une bêtise, et il s'efforçait d'utiliser les tendresses
de Silvère en accusant les Rougon de l'isolement et de la
pauvreté d'Adélaïde. A l'entendre, lui avait toujours été le
meilleur des fils, mais son frère s'était conduit d'une façon
ignoble ; il avait dépouillé sa mère, et aujourd'hui qu'elle
n'avait plus le sou, il rougissait d'elle. C'était, sur ce sujet,
des bavardages sans fin. Silvère s'indignait contre l'oncle
Pierre, au grand contentement de l'oncle Antoine.

A chaque visite du jeune homme, les mêmes scènes se
reproduisaient. Il arrivait, le soir, pendant le dîner de la famille Macquart. Le père avalait quelque ragoût de pommes
de terre en grognant. Il triait les morceaux de lard, et suivait des yeux le plat, lorsqu'il passait aux mains de Jean et
de Gervaise.

— Tu vois, Silvère, disait-il avec une rage sourde qu'il
cachait mal sous un air d'indifférence ironique, encore des
pommes de terre, toujours des pommes de terre ! Nous ne
mangeons plus que de ça. La viande, c'est pour les riches.
Il devient impossible de joindre les deux bouts, avec des enfants qui ont un appétit de tous les diables.

Gervaise et Jean baissaient le nez dans leur assiette, n'o-
sant plus se couper du pain. Silvère, vivant au ciel dans
son rêve, ne se rendait nullement compte de la situation. Il
prononçait d'une voix tranquille ces paroles grosses d'o-
rage :

— Mais, mon oncle, vous devriez travailler.

— Ah ! oui, ricanait Macquart touché au vif de sa plaie, tu veux que je travaille, n'est-ce pas ? pour que ces gueux de riches spéculent encore sur moi. Je gagnerais peut-être vingt sous à m'exterminer le tempérament. Ça vaut bien la peine !

— On gagne ce qu'on peut, répondait le jeune homme. Vingt sous, c'est vingt sous, et ça aide dans une maison... D'ailleurs vous êtes un ancien soldat, pourquoi ne cherchez-vous pas un emploi ?

Fine intervenait alors, avec une étourderie dont elle se repentait bientôt.

— C'est ce que je lui répète tous les jours, disait-elle. Ainsi l'inspecteur du marché a besoin d'un aide ; je lui ai parlé de mon mari, il paraît bien disposé pour nous...

Macquart l'interrompait en la foudroyant d'un regard.

— Eh ! tais-toi, grondait-il avec une colère contenue. Ces femmes ne savent pas ce qu'elles disent ! On ne voudrait pas de moi. On connaît trop bien mes opinions.

A chaque place qu'on lui offrait, il entrait ainsi dans une irritation profonde. Il ne cessait cependant de demander des emplois, quitte à refuser ceux qu'on lui trouvait, en alléguant les plus singulières raisons. Quand on le poussait sur ce point, il devenait terrible.

Si Jean, après le dîner, prenait un journal :

— Tu ferais mieux d'aller te coucher. Demain tu te lèveras tard, et ce sera encore une journée de perdue... Dire que ce galopin-là a rapporté huit francs de moins la semaine dernière ! Mais j'ai prié son patron de ne plus lui remettre son argent. Je le toucherai moi-même.

Jean allait se coucher, pour ne pas entendre les récriminations de son père. Il sympathisait peu avec Silvère ; la politique l'ennuyait, et il trouvait que son cousin était « toqué. » Lorsqu'il ne restait plus que les femmes, si par

malheur elles causaient à voix basse, après avoir desservi la
table :

— Ah ! les fainéantes ! criait Macquart. Est-ce qu'il n'y a
rien à raccommoder ici ? Nous sommes tous en loques...
Écoute, Gervaise, j'ai passé chez ta maîtresse, où j'en ai appris de belles. Tu es une coureuse et une propre à rien.

Gervaise, grande fille de vingt ans passés, rougissait d'être
ainsi grondée devant Silvère. Celui-ci, en face d'elle, éprouvait un malaise. Un soir, étant venu tard, pendant une absence de son oncle, il avait trouvé la mère et la fille ivres
mortes devant une bouteille vide. Depuis ce moment, il ne
pouvait revoir sa cousine sans se rappeler le spectacle honteux de cette enfant, riant d'un rire épais, ayant de larges
plaques rouges sur sa pauvre petite figure pâlie. Il était aussi
intimidé par les vilaines histoires qui couraient sur son
compte. Grandi dans une chasteté de cénobite, il la regardait
parfois à la dérobée, avec l'étonnement craintif d'un collégien mis en face d'une fille.

Quand les deux femmes avaient pris leur aiguille et se
tuaient les yeux à lui raccommoder ses vieilles chemises,
Macquart, assis sur le meilleur siége, se renversait voluptueusement, sirotant et fumant, en homme qui savoure sa
fainéantise. C'était l'heure où le vieux coquin accusait les
riches de boire la sueur du peuple. Il avait des emportements superbes contre ces messieurs de la ville neuve, qui
vivaient dans la paresse et se faisaient entretenir par le
pauvre monde. Les lambeaux d'idées communistes qu'il avait
pris le matin dans les journaux devenaient grotesques et
monstrueux en passant par sa bouche. Il parlait d'une époque
prochaine où personne ne serait plus obligé de travailler.
Mais il gardait pour les Rougon ses haines les plus féroces. Il
n'arrivait pas à digérer les pommes de terre qu'il avait mangées.

— J'ai vu, disait-il, cette gueuse de Félicité qui achetait

ce matin un poulet à la halle... Ils mangent du poulet, ces
voleurs d'héritage !

— Tante Dide, répondait Silvère, prétend que mon oncle
Pierre a été bon pour vous, à votre retour du service. N'a-
t-il pas dépensé une forte somme pour vous habiller et vous
loger ?

— Une forte somme ! hurlait Macquart exaspéré. Ta grand'-
mère est folle !... Ce sont ces brigands qui ont fait courir ces
bruits-là, afin de me fermer la bouche. Je n'ai rien reçu.

Fine intervenait encore maladroitement, rappelant à son
mari qu'il avait eu deux cents francs, plus un vêtement
complet et une année de loyer. Antoine lui criait de se taire,
il continuait avec une furie croissante :

— Deux cents francs ! la belle affaire ! c'est mon dû que
je veux, c'est dix mille francs. Ah ! oui, parlons du bouge
où ils m'ont jeté comme un chien, et de la vieille redingote
que Pierre m'a donnée, parce qu'il n'osait plus la mettre,
tant elle était sale et trouée !

Il mentait ; mais personne, devant sa colère, ne protestait
plus. Puis, se tournant vers Silvère :

— Tu es encore bien naïf, toi, de les défendre ! ajoutait-il.
Ils ont dépouillé ta mère, et la brave femme ne serait pas
morte, si elle avait eu de quoi se soigner.

— Non, vous n'êtes pas juste, mon oncle, disait le jeune
homme, ma mère n'est pas morte faute de soins, et je sais
que jamais mon père n'aurait accepté un sou de la famille
de sa femme.

— Baste ! laisse-moi donc tranquille ! Ton père aurait pris
l'argent tout comme un autre. Nous avons été dévalisés indi-
gnement, nous devons rentrer dans notre bien.

Et Macquart recommençait pour la centième fois l'histoire
des cinquante mille francs. Son neveu, qui la savait par
cœur, ornée de toutes les variantes dont il l'enjolivait, l'é-
coutait avec quelque impatience.

— Si tu étais un homme, disait Antoine en finissant, tu viendrais un jour avec moi, et nous ferions un beau vacarme chez les Rougon. Nous ne sortirions pas sans qu'on nous donnât de l'argent.

Mais Silvère devenait grave et répondait d'une voix nette:

— Si ces misérables nous ont dépouillés, tant pis pour eux! Je ne veux pas de leur argent. Voyez-vous, mon oncle, ce n'est pas à nous qu'il appartient de frapper notre famille. Ils ont mal agi, ils seront terriblement punis un jour.

— Ah! quel grand innocent! criait l'oncle. Quand nous serons les plus forts, tu verras si je ne fais pas mes petites affaires moi-même. Le bon Dieu s'occupe bien de nous! La sale famille, la sale famille que la nôtre! Je crèverais de faim, que pas un de ces gueux-là ne me jetterait un morceau de pain sec.

Lorsque Macquart entamait ce sujet, il ne tarissait pas. Il montrait à nu les blessures saignantes de son envie. Il voyait rouge, dès qu'il venait à songer que lui seul n'avait pas eu de chance dans la famille, et qu'il mangeait des pommes de terre, quand les autres avaient de la viande à discrétion. Tous ses parents, jusqu'à ses petits-neveux, passaient alors par ses mains, et il trouvait des griefs et des menaces contre chacun d'eux.

— Oui, oui, répétait-il avec amertume, ils me laisseraient crever comme un chien.

Gervaise, sans lever la tête, sans cesser de tirer son aiguille, disait parfois timidement :

— Pourtant, papa, mon cousin Pascal a été bon pour nous, l'année dernière, quand tu étais malade.

— Il t'a soigné sans jamais demander un sou, reprenait Fine, venant au secours de sa fille, et souvent il m'a glissé des pièces de cinq francs pour te faire du bouillon.

— Lui! il m'aurait fait crever, si je n'avais pas eu une bonne constitution! s'exclamait Macquart. Taisez-vous,

bêtes! Vous vous laisseriez entortiller comme des enfants.
Ils voudraient tous me voir mort. Lorsque je serai malade,
je vous prie de ne plus aller chercher mon neveu, car je n'é-
tais pas déjà si tranquille que ça, de me sentir entre ses
mains. C'est un médecin de quatre sous, il n'a pas une
personne comme il faut dans sa clientèle.

Puis Macquart, une fois lancé, ne s'arrêtait plus.

— C'est comme cette petite vipère d'Aristide, disait-il,
c'est un faux frère, un traître. Est ce que tu te laisses prendre
à ses articles de *l'Indépendant*, toi, Silvère? Tu serais un
fameux niais. Ils ne sont pas même écrits en français, ses
articles. J'ai toujours dit que ce républicain de contrebande
s'entendait avec son digne père pour se moquer de nous. Tu
verras comme il retournera sa veste... Et son frère, l'illustre
Eugène, ce gros bêta dont les Rougon font tant d'embarras!
Est-ce qu'ils n'ont pas le toupet de prétendre qu'il a à Paris
une belle position! Je la connais, moi, sa position. Il est
employé à la rue de Jérusalem; c'est un mouchard...

— Qui vous l'a dit? Vous n'en savez rien, interrompait
Silvère, dont l'esprit droit finissait par être blessé des accusations mensongères de son oncle.

— Ah! je n'en sais rien? Tu crois cela? Je te dis que c'est
un mouchard... Tu te feras tondre comme un agneau, avec
ta bienveillance. Tu n'es pas un homme. Je ne veux pas
dire du mal de ton frère François; mais, à ta place, je serais
joliment vexé de la façon pingre dont il se conduit à ton
égard; il gagne de l'argent gros comme lui, à Marseille, et
il ne t'enverrait jamais une misérable pièce de vingt francs
pour tes menus plaisirs. Si tu tombes un jour dans la misère,
je ne te conseille pas de t'adresser à lui.

— Je n'ai besoin de personne, répondait le jeune homme
d'une voix fière et légèrement altérée. Mon travail nous suffit,
à moi et à tante Dide. Vous êtes cruel, mon oncle.

— Moi, je dis la vérité, voilà tout... Je voudrais t'ouvrir

les yeux. Notre famille est une sale famille ; c'est triste, mais c'est comme ça. Il n'y a pas jusqu'au petit Maxime, le fils d'Aristide, ce mioche de neuf ans, qui ne me tire la langue, quand il me rencontre. Cet enfant battra sa mère un jour, et ce sera bien fait. Va, tu as beau dire, tous ces gens-là ne méritent pas leur chance ; mais ça se passe toujours ainsi dans les familles : les bons pâtissent et les mauvais font fortune.

Tout ce linge sale que Macquart lavait avec tant de complaisance devant son neveu écœurait profondément le jeune homme. Il aurait voulu remonter dans son rêve. Dès qu'il donnait des signes trop vifs d'impatience, Antoine employait les grands moyens pour l'exaspérer contre leurs parents.

— Défends-les ! défends-les ! disait-il en paraissant se calmer. Moi, en somme, je me suis arrangé de façon à ne plus avoir affaire à eux. Ce que je t'en dis, c'est par tendresse pour ma pauvre mère, que toute cette clique traite vraiment d'une façon révoltante.

— Ce sont des misérables ! murmurait Silvère.

— Oh ! tu ne sais rien, tu n'entends rien, toi. Il n'y a pas d'injures que les Rougon ne disent contre la brave femme. Aristide a défendu à son fils de jamais la saluer. Félicité parle de la faire enfermer dans une maison de folles.

Le jeune homme, pâle comme un linge, interrompait brusquement son oncle.

— Assez ! criait-il, je ne veux pas en savoir davantage. Il faudra que tout cela finisse.

— Je me tais, puisque ça te contrarie, reprenait le vieux coquin en faisant le bonhomme. Il y a des choses pourtant que tu ne dois pas ignorer, à moins que tu ne veuilles jouer le rôle d'un imbécile.

Macquart, tout en s'efforçant de jeter Silvère sur les Rougon, goûtait une joie exquise à mettre des larmes de douleur

dans les yeux du jeune homme. Il le détestait peut-être plus
que les autres, parce qu'il était excellent ouvrier et qu'il ne
buvait jamais. Aussi aiguisait-il ses plus fines cruautés à inventer des mensonges atroces qui frappaient au cœur le pauvre garçon; il jouissait alors de sa pâleur, du tremblement
de ses mains, de ses regards navrés, avec la volupté d'un esprit méchant qui calcule ses coups et qui a touché sa victime au bon endroit. Puis, quand il croyait avoir suffisamment blessé et exaspéré Silvère, il l'abordait enfin la politique.

— On m'a assuré, disait-il en baissant la voix, que les
Rougon préparent un mauvais coup.

— Un mauvais coup? interrogeait Silvère devenu attentif.

— Oui, on doit saisir, une de ces nuits prochaines, tous
les bons citoyens de la ville et les jeter en prison.

Le jeune homme commençait par douter. Mais son oncle
donnait des détails précis : il parlait de listes dressées, il
nommait les personnes qui se trouvaient sur ces listes, il indiquait de quelle façon, à quelle heure et dans quelles circonstances s'exécuterait le complot. Peu à peu Silvère se
laissait prendre à ce conte de bonne femme, et bientôt il délirait contre les ennemis de la république.

— Ce sont eux, criait-il, que nous devrons réduire à l'impuissance, s'ils continuent à trahir le pays. Et que comptent-
ils faire des citoyens qu'ils arrêteront?

— Ce qu'ils comptent en faire! répondait Macquart avec
un petit rire sec, mais ils les fusilleront dans les basses fosses
des prisons.

Et comme le jeune homme, stupide d'horreur, le regardait sans pouvoir trouver une parole :

— Et ce ne sera pas les premiers qu'on y assassinera,
continuait-il. Tu n'as qu'à aller rôder le soir, derrière le pa-
lais de justice, tu y entendras des coups de feu et des gémis-
sements.

— O les infâmes! murmurait Silvère.

Alors l'oncle et le neveu se lançaient dans la haute politique. Fine et Gervaise, en les voyant aux prises, allaient se coucher doucement, sans qu'ils s'en aperçussent. Jusqu'à minuit, les deux hommes restaient ainsi à commenter les nouvelles de Paris, à parler de la lutte prochaine et inévitable. Macquart déblatérait amèrement contre les hommes de son parti; Silvère rêvait tout haut, et pour lui seul, son rêve de liberté idéale. Étranges entretiens, pendant lesquels l'oncle se versait un nombre incalculable de petits verres, et dont le neveu sortait gris d'enthousiasme. Antoine ne put cependant jamais obtenir du jeune républicain un calcul perfide, un plan de guerre contre les Rougon; il eut beau le pousser, il n'entendit sortir de sa bouche que des appels à la justice éternelle, qui tôt ou tard punirait les méchants.

Le généreux enfant parlait bien avec fièvre de prendre les armes et de massacrer les ennemis de la république; mais, dès que ces ennemis sortaient du rêve et se personnifiaient dans son oncle Pierre ou dans toute autre personne de sa connaissance, il comptait sur le ciel pour lui éviter l'horreur du sang versé. Il est à croire qu'il aurait même cessé de fréquenter Macquart dont les fureurs jalouses lui causaient une sorte de malaise, s'il n'avait goûté la joie de parler librement chez lui de sa chère république. Toutefois, son oncle eut sur sa destinée une influence décisive; il irrita ses nerfs par ses continuelles diatribes; il acheva de lui faire souhaiter âprement la lutte armée, la conquête violente du bonheur universel.

Comme Silvère atteignait sa seizième année, Macquart le fit initier à la société secrète des Montagnards, cette association puissante qui couvrait tout le Midi. Dès ce moment, le jeune républicain couva des yeux la carabine du contrebandier, qu'Adélaïde avait accrochée sur le manteau de la cheminée. Une nuit, pendant que sa grand'mère dormait, il la

nettoya, la remit en état. Puis il la replaça à son clou et attendit. Et il se berçait dans ses rêveries d'illuminé, il bâtissait des épopées gigantesques, voyant en plein idéal des luttes homériques, des sortes de tournois chevaleresques, dont
les défenseurs de la liberté sortaient vainqueurs, et acclamés
par le monde entier.

Macquart, malgré l'inutilité de ses efforts, ne se découra-
gea pas. Il se dit qu'il suffirait seul à étrangler les Rougon,
s'il pouvait jamais les tenir dans un petit coin. Ses rages de
fainéant envieux et affamé s'accrurent encore, à la suite d'accidents successifs qui l'obligèrent à se remettre au travail.
Vers les premiers jours de l'année 1850, Fine mourut presque subitement d'une fluxion de poitrine, qu'elle avait prise
en allant laver un soir le linge de la famille à la Viorne, et
en le rapportant mouillé sur son dos ; elle était rentrée trem-
pée d'eau et de sueur, écrasée par ce fardeau qui pesait un
poids énorme, et ne s'était plus relevée. Cette mort consterna
Macquart. Son revenu le plus assuré lui échappait. Quand il
vendit, au bout de quelques jours, le chaudron dans lequel
sa femme faisait bouillir ses châtaignes, et le chevalet qui lui
servait à rempailler ses vieilles chaises, il accusa grossièrement le bon Dieu de lui avoir pris la défunte, cette forte
commère dont il avait eu honte et dont il sentait à cette heure
tout le prix. Il se rabattit sur le gain de ses enfants avec
plus d'avidité. Mais, un mois plus tard, Gervaise, lasse de
ses continuelles exigences, s'en alla avec ses deux enfants et
Lantier, dont la mère était morte. Les amants se réfugièrent
à Paris. Antoine, atterré, s'emporta ignoblement contre sa
fille, en lui souhaitant de crever à l'hôpital, comme ses pareilles. Ce débordement d'injures n'améliora pas sa situation,
qui, décidément, devenait mauvaise. Jean suivit bientôt
l'exemple de sa sœur. Il attendit un jour de paye et s'arran-
gea de façon à toucher lui-même son argent. Il dit en par-
tant à un de ses amis, qui le répéta à Antoine, qu'il ne vou-

lait plus nourrir son fainéant de père, et que si ce dernier
s'avisait de le faire ramener par les gendarmes, il était décidé
à ne plus toucher une scie ni un rabot. Le lendemain, lorsque
Antoine l'eut cherché inutilement et qu'il se trouva seul, sans
un sou, dans le logement où, pendant vingt ans, il s'était
fait grassement entretenir , il entra dans une rage atroce,
donnant des coups de pied aux meubles, hurlant les impré-
cations les plus monstrueuses. Puis il s'affaissa, il se mit à
traîner les pieds, à geindre comme un convalescent. La
crainte d'avoir à gagner son pain le rendait positivement
malade. Quand Silvère vint le voir, il se plaignit avec des
larmes de l'ingratitude des enfants. N'avait-il pas toujours été
un bon père? Jean et Gervaise étaient des monstres qui le
récompensaient bien mal de tout ce qu'il avait fait pour eux.
Maintenant, ils l'abandonnaient, parce qu'il était vieux et
qu'ils ne pouvaient plus rien tirer de lui.

— Mais, mon oncle, dit Silvère, vous êtes encore d'un
âge à travailler.

Macquart, toussant, se courbant, hocha lugubrement la
tête, comme pour dire qu'il ne résisterait pas longtemps à
la moindre fatigue. Au moment où son neveu allait se retirer,
il lui emprunta dix francs. Il vécut un mois, en portant un
à un chez un fripier les vieux effets de ses enfants, et en vendant également peu à peu tous les menus objets du ménage.
Bientôt il n'eut plus qu'une table, une chaise, son lit et les
vêtements qu'il portait. Il finit même par troquer la couchette
de noyer contre un simple lit de sangles. Quand il fut à bout
de ressources, pleurant de rage, avec la pâleur farouche
d'un homme qui se résigne au suicide, il alla chercher le
paquet d'osier oublié dans un coin depuis un quart de siècle.
En le prenant, il parut soulever une montagne. Et il se re
mit à tresser des corbeilles et des paniers, accusant le genre
humain de son abandon. Ce fut alors surtout qu'il parla de
partager avec les ricesh. Il se montra terrible. Il incendiait

de ses discours l'estaminet, où ses regards furibonds lui assu-
raient un crédit illimité. D'ailleurs, il ne travaillait que lorsqu'il n'avait pu soutirer une pièce de cent sous à Silvère ou
à un camarade. Il ne fut plus « monsieur » Macquart, cet
ouvrier rasé et endimanché tous les jours, qui jouait au bourgeois ; il redevint le grand diable malpropre qui avait spéculé
jadis sur ses haillons. Maintenant qu'il se trouvait presque à
chaque marché pour vendre ses corbeilles, Félicité n'osait
plus aller à la halle. Il lui fit une fois une scène atroce. Sa
haine pour les Rougon croissait avec sa misère. Il jurait, en
proférant d'effroyables menaces, de se faire justice lui-
même, puisque les riches s'entendaient pour le forcer au travail

Dans ces dispositions d'esprit, il accueillit le coup d'État
avec la joie chaude et bruyante d'un chien qui flaire la curée.
Les quelques libéraux honorables de la ville n'ayant pu s'entendre et se tenant à l'écart, il se trouva naturellement un
des agents les plus en vue de l'insurrection. Les ouvriers,
malgré l'opinion déplorable qu'ils avaient fini par avoir de
ce paresseux, devaient le prendre à l'occasion comme un
drapeau de ralliement. Mais les premiers jours, la ville restant paisible, Macquart crut ses plans déjoués. Ce fut seulement à la nouvelle du soulèvement des campagnes, qu'il se
remit à espérer. Pour rien au monde, il n'aurait quitté
Plassans ; aussi inventa-t-il un prétexte pour ne pas suivre
les ouvriers qui allèrent, le dimanche matin, rejoindre la
bande insurrectionnelle de la Palud et de Saint-Martin-de-
Vaulx. Le soir du même jour, il était avec quelques fidèles
dans un estaminet borgne du vieux quartier, lorsqu'un camarade accourut les prévenir que les insurgés se trouvaient
à quelques kilomètres de Plassans. Cette nouvelle venait d'être
apportée par une estafette qui avait réussi à pénétrer dans
la ville, et qui était chargée d'en faire ouvrir les portes à la
colonne. Il y eut une explosion de triomphe. Macquart sur-

tout parut délirer d'enthousiasme. L'arrivée imprévue des
insurgés lui sembla une attention délicate de la Providence
à son égard. Et ses mains tremblaient à la pensée qu'il tien-
drait bientôt les Rougon à la gorge.

Cependant Antoine et ses amis sortirent en hâte du café.
Tous les républicains qui n'avaient pas encore quitté la ville,
se trouvèrent bientôt réunis sur le cours Sauvaire. C'était
cette bande que Rougon avait aperçue en courant se cacher
chez sa mère. Lorsque la bande fut arrivée à la hauteur de
la rue de la Banne, Macquart, qui s'était mis à la queue, fit
rester en arrière quatre de ses compagnons, grands gaillards
de peu de cervelle qu'il dominait de tous ses bavardages de
café. Il leur persuada aisément qu'il fallait arrêter sur-le-
champ les ennemis de la république, si l'on voulait éviter
les plus grands malheurs. La vérité était qu'il craignait de
voir Pierre lui échapper, au milieu du trouble que l'entrée
des insurgés allait causer. Les quatre grands gaillards le suivirent avec une docilité exemplaire et vinrent heurter violemment à la porte des Rougon. Dans cette circonstance critique, Félicité fut admirable de courage. Elle descendit
ouvrir la porte de la rue.

— Nous voulons monter chez toi, lui dit brutalement Macquart.

— C'est bien, messieurs, montez, répondit-elle avec une
politesse ironique, en feignant de ne pas reconnaître son
beau-frère.

En haut, Macquart lui ordonna d'aller chercher son
mari.

— Mon mari n'est pas ici, dit-elle de plus en plus calme,
il est en voyage pour ses affaires ; il a pris la diligence de
Marseille, ce soir à six heures.

Antoine, à cette déclaration faite d'une voix nette, eut un
geste de rage. Il entra violemment dans le salon, passa dans
la chambre à coucher, bouleversa le lit, regardant derrière

les rideaux et sous les meubles. Les quatre grands gaillards
l'aidaient. Pendant un quart d'heure, ils fouillèrent l'appartement. Félicité s'était paisiblement assise sur le canapé
du salon et s'occupait à renouer les cordons de ses
jupes, comme une personne qui vient d'être surprise dans
son sommeil et qui n'a pas eu le temps de se vêtir convenablement.

— C'est pourtant vrai, il s'est sauvé, le lâche! bégaya
Macquart en revenant dans le salon.

Il continua pourtant de regarder autour de lui d'un air
soupçonneux. Il avait le pressentiment que Pierre ne pouvait
avoir abandonné la partie au moment décisif. Il s'approcha
de Félicité, qui bâillait.

— Indique-nous l'endroit où ton mari est caché, lui dit-il,
et je te promets qu'il ne lui sera fait aucun mal.

— Je vous ai dit la vérité, répondit-elle avec impatience.
Je ne puis pourtant pas vous livrer mon mari, puisqu'il n'est
pas ici. Vous avez regardé partout, n'est-ce pas? Laissez-moi
tranquille maintenant.

Macquart, exaspéré par son sang-froid, allait certainement la battre, lorsqu'un bruit sourd monta de la rue.
C'était la colonne des insurgés qui s'engageait dans la rue de
la Banne.

Il dut quitter le salon jaune, après avoir montré le poing
à sa belle-sœur, en la traitant de vieille gueuse et en la me
naçant de revenir bientôt. Au bas de l'escalier, il prit à part
un des hommes qui l'avait accompagné, un terrassier nommé
Cassoute, le plus épais des quatre, et lui ordonna de s'asseoir
sur la première marche et de n'en pas bouger jusqu'à nouve
ordre.

— Tu viendrais m'avertir, lui dit-il, si tu voyais rentrer
la canaille d'en haut.

L'homme s'assit pesamment. Quand il fut sur le trottoir,
Macquart, levant les yeux, aperçut Félicité accoudée à une

fenêtre du salon jaune et regardant curieusement le défilé des
insurgés, comme s'il se fût agi d'un régiment traversant la
ville, musique en tête. Cette dernière preuve de tranquillité
parfaite l'irrita au point qu'il fut tenté de remonter pour jeter la vieille femme dans la rue. Il suivit la colonne en murmurant d'une voix sourde :

— Oui, oui, regarde-nous passer. Nous verrons si demain
tu te mettras à ton balcon.

Il était près de onze heures du soir, lorsque les insurgés
entrèrent dans la ville, par la porte de Rome. Ce furent les
ouvriers restés à Plassans qui leur ouvrirent cette porte à
deux battants, malgré les lamentations du gardien, auquel
on n'arracha les clefs que par la force. Cet homme, très-ja-
loux de ses fonctions, demeura anéanti devant ce flot de
foule, lui qui ne laissait entrer qu'une personne à la fois,
après l'avoir longuement regardée au visage ; il murmurait
qu'il était déshonoré. A la tête de la colonne, marchaient
toujours les hommes de Plassans, guidant les autres ; Miette,
au premier rang, ayant Silvère à sa gauche, levait le drapeau
avec plus de crânerie, depuis qu'elle sentait, derrière les
persiennes closes, des regards effarés de bourgeois réveillés
en sursaut. Les insurgés suivirent avec une prudente lenteur
les rues de Rome et de la Banne ; à chaque carrefour, ils
craignaient d'être accueillis à coups de fusil, bien qu'ils con-
nussent le tempérament calme des habitants. Mais la ville
semblait morte ; à peine entendait-on aux fenêtres des exclamations étouffées. Cinq ou six persiennes seulement s'ouvrirent ; quelque vieux rentier se montrait, en chemise, une
bougie à la main, se penchant pour mieux voir ; puis, dès
que le bonhomme distinguait la grande fille rouge qui paraissait traîner derrière elle cette foule de démons noirs, il
refermait précipitamment sa fenêtre, terrifié par cette apparition diabolique. Le silence de la ville endormie tranquillisa
les insurgés, qui osèrent s'engager dans les ruelles du vieux

quartier, et qui arrivèrent ainsi sur la place du Marché et sur la place de l'Hôtel-de-Ville, qu'une rue courte et large relie entre elles. Les deux places, plantées d'arbres maigres, se trouvaient vivement éclairées par la lune. Le bâtiment de l'Hôtel-de-Ville, fraîchement restauré, faisait, au bord du ciel clair, une grande tache d'une blancheur crue, sur laquelle le balcon du premier étage détachait en minces lignes noires ses arabesques de fer forgé. On distinguait nettement plusieurs personnes debout sur ce balcon, le maire, le commandant Sicardot, trois ou quatre conseillers municipaux, et d'autres fonctionnaires. En bas, les portes étaient fermées. Les trois mille républicains, qui emplissaient les deux places, s'arrêtèrent, levant la tête, prêts à enfoncer les portes d'une poussée.

L'arrivée de la colonne insurrectionnelle, à pareille heure, surprenait l'autorité à l'improviste. Avant de se rendre à la mairie, le commandant Sicardot avait pris le temps d'aller endosser son uniforme. Il fallut ensuite courir éveiller le maire. Quand le gardien de la porte de Rome, laissé libre par les insurgés, vint annoncer que les scélérats étaient dans la ville, le commandant n'avait encore réuni à grand'peine qu'une vingtaine de gardes nationaux. Les gendarmes, dont la caserne était cependant voisine, ne purent même être prévenus. On dut fermer les portes à la hâte pour délibérer. Cinq minutes plus tard, un roulement sourd et continu annonçait l'approche de la colonne.

M. Garçonnet, par haine de la république, aurait vivement souhaité de se défendre. Mais c'était un homme prudent qui comprit l'inutilité de la lutte, en ne voyant autour de lui que quelques hommes pâles et à peine éveillés. La délibération ne fut pas longue. Seul Sicardot s'entêta ; il voulait se battre, il prétendait que vingt hommes suffiraient pour mettre ces trois mille canailles à la raison. M. Garçonnet haussa les épaules et déclara que l'unique parti à prendre était de

16.

capituler d'une façon honorable. Comme les brouhahas de la
foule croissaient, il se rendit sur le balcon, où toutes les personnes présentes le suivirent. Peu à peu le silence se fit. En
bas, dans la masse noire et frissonnante des insurgés, les
fusils et les faux luisaient au clair de lune.

— Qui êtes-vous et que voulez-vous? cria le maire d'une
voix forte.

Alors un homme en paletot, un propriétaire de la Palud,
s'avança.

— Ouvrez la porte, dit-il sans répondre aux questions de
M. Garçonnet. Évitez une lutte fratricide.

— Je vous somme de vous retirer, reprit le maire. Je pro-
teste au nom de la loi.

Ces paroles soulevèrent dans la foule des clameurs assourdissantes. Quand le tumulte fut un peu calmé, des inter-
pellations véhémentes montèrent jusqu'au balcon. Des voix
crièrent :

— C'est au nom de la loi que nous sommes venus.

— Votre devoir, comme fonctionnaire, est de faire respecter la loi fondamentale du pays, la constitution, qui vient
d'être outrageusement violée.

— Vive la constitution! vive la république!

Et comme M. Garçonnet essayait de se faire entendre et
continuait à invoquer sa qualité de fonctionnaire, le propriétaire de la Palud, qui était resté au bas du balcon, l'interrompit avec une grande énergie.

— Vous n'êtes plus, dit-il, que le fonctionnaire d'un
fonctionnaire déchu ; nous venons vous casser de vos fonctions.

Jusque-là le commandant Sicardot avait terriblement
mordu ses moustaches, en mâchant de sourdes injures. La
vue des bâtons et des faux l'exaspérait ; il faisait des efforts
inouïs pour ne pas traiter comme ils le méritaient ces soldats
de quatre sous qui n'avaient pas même chacun un fusil. Mais

quand il entendit un monsieur en simple paletot parler de casser un maire ceint de son écharpe, il ne put se taire davantage, il cria :

— Tas de gueux ! si j'avais seulement quatre hommes et un caporal, je descendrais vous tirer les oreilles pour vous rappeler au respect !

Il n'en fallait pas tant pour occasionner les plus graves accidents. Un long cri courut dans la foule, qui se rua contre les portes de la mairie. M. Garçonnet, consterné, se hâta de quitter le balcon, en suppliant Sicardot d'être raisonnable, s'il ne voulait pas les faire massacrer. En deux minutes, les portes cédèrent, le peuple envahit la mairie et désarma les gardes nationaux. Le maire et les autres fonctionnaires présents furent arrêtés. Sicardot, qui voulut refuser son épée, dut être protégé par le chef du contingent des Tulettes, homme d'un grand sang-froid, contre l'exaspération de certains insurgés. Quand l'Hôtel-de-Ville fut au pouvoir des républicains, ils conduisirent les prisonniers dans un petit café de la place du Marché, où ils furent gardés à vue.

L'armée insurrectionnelle aurait évité de traverser Plassans, si les chefs n'avaient jugé qu'un peu de nourriture et quelques heures de repos étaient pour leurs hommes d'une absolue nécessité. Au lieu de se porter directement sur le chef-lieu, la colonne, par une inexpérience et une faiblesse inexcusables du général improvisé qui la commandait, accomplissait alors une conversion à gauche, une sorte de large détour qui devait la mener à sa perte. Elle se dirigeait vers les plateaux de Sainte-Roure, éloignés encore d'une dizaine de lieues, et c'était la perspective de cette longue marche qui l'avait décidée à pénétrer dans la ville, malgré l'heure avancée. Il pouvait être alors onze heures et demie.

Lorsque M. Garçonnet sut que la bande réclamait des vivres, il s'offrit pour lui en procurer. Ce fonctionnaire montra, en cette circonstance difficile, une intelligence très-nette

de la situation. Ces trois mille affamés devaient être satisfaits ; il ne fallait pas que Plassans, à son réveil, les trouvât
encore assis sur les trottoirs de ses rues ; s'ils partaient avant
le jour, ils auraient simplement passé au milieu de la ville
endormie comme un mauvais rêve, comme un de ces cau-
chemars que l'aube dissipe. Bien qu'il restât prisonnier,
M. Garçonnet, suivi par deux gardiens, alla frapper aux portes des boulangers et fit distribuer aux insurgés toutes les
provisions qu'il put découvrir.

Vers une heure, les trois mille hommes, accroupis à terre,
tenant leurs armes entre leurs jambes, mangeaient. La
place du Marché et celle de l'Hôtel-de-Ville étaient transfor-
mées en de vastes réfectoires. Malgré le froid vif, il y avait
des traînées de gaieté dans cette foule grouillante, dont les
clartés vives de la lune dessinaient vivement les moindres
groupes. Les pauvres affamés dévoraient joyeusement leur
part, en soufflant dans leurs doigts ; et, du fond des rues
voisines, où l'on distinguait de vagues formes noires assises
sur le seuil blanc des maisons, venaient aussi des rires
brusques qui coulaient de l'ombre et se perdaient dans la
grande cohue. Aux fenêtres, les curieuses enhardies, des
bonnes femmes coiffées de foulards, regardaient manger ces
terribles insurgés, ces buveurs de sang allant à tour de rôle
boire à la pompe du marché, dans le creux de leur main.

Pendant que l'Hôtel-de-Ville était envahi, la gendarmerie,
située à deux pas, dans la rue Canquoin, qui donne sur la
halle, tombait également au pouvoir du peuple. Les gendarmes furent surpris dans leur lit et désarmés en quelques
minutes. Les poussées de la foule avaient entraîné Miette et
Silvère de ce côté. L'enfant, qui serrait toujours la hampe
du drapeau contre sa poitrine, fut collée contre le mur de la
caserne, tandis que le jeune homme, emporté par le flot
humain, pénétrait à l'intérieur et aidant ses compagnons à
arracher aux gendarmes les carabines qu'ils avaient saisies

à la hâte. Silvère, devenu farouche, grisé par l'élan de la
bande, s'attaqua à un grand diable de gendarme nommé
Rengade, avec lequel il lutta quelques instants. Il parvint
d'un mouvement brusque à lui enlever sa carabine. Le canon
de l'arme alla frapper violemment Rengade au visage et lui
creva l'œil droit. Le sang coula, des éclaboussures jaillirent
sur les mains de Silvère, qui fut subitement dégrisé. Il regarda ses mains, il lâcha la carabine ; puis il sortit en courant,
la tête perdue, secouant les doigts.

— Tu es blessé ! cria Miette.

— Non, non, répondit-il d'une voix étouffée, c'est un
gendarme que je viens de tuer.

— Est-ce qu'il est mort !

— Je ne sais pas, il avait du sang plein la figure. Viens
vite.

Il entraîna la jeune fille. Arrivé à la halle, il la fit asseoir
sur un banc de pierre. Il lui dit de l'attendre là. Il regardait toujours ses mains, il balbutiait. Miette finit par comprendre, à ses paroles entrecoupées, qu'il voulait aller embrasser sa grand'mère avant de partir.

— Eh bien, va, dit-elle. Ne t'inquiète pas de moi. Lave
tes mains.

Il s'éloigna rapidement, tenant ses doigts écartés, sans
songer à les tremper dans les fontaines auprès desquelles il
passait. Depuis qu'il avait senti sur sa peau la tiédeur du
sang de Rengade, une seule idée le poussait, courir auprès de
tante Dide et se laver les mains dans l'auge du puits, au fond
de la petite cour. Là seulement, il croyait pouvoir effacer ce
sang. Toute son enfance paisible et tendre s'éveillait, il
éprouvait un besoin irrésistible de se réfugier dans les jupes
de sa grand'mère, ne fût-ce que pendant une minute. Il
arriva haletant. Tante Dide n'était pas couchée, ce qui
aurait surpris Silvère en tout autre moment. Mais il ne vit
pas même, en entrant, son oncle Rougon, assis dans un

coin, sur le vieux coffre. Il n'attendit pas les questions de la
pauvre vieille.

— Grand'mère, dit-il rapidement, il faut me pardonner...
Je vais partir avec les autres... Vous voyez, j'ai du sang...
Je crois que j'ai tué un gendarme.

— Tu as tué un gendarme ! répéta tante Dide d'une voix
étrange.

Des clartés aiguës s'allumaient dans ses yeux fixés sur les
taches rouges. Brusquement, elle se tourna vers le manteau
de la cheminée.

— Tu as pris le fusil, dit-elle ; où est le fusil ?

Silvère, qui avait laissé la carabine auprès de Miette, lui
jura que l'arme était en sûreté. Pour la première fois, Adélaïde fit allusion au contrebandier Macquart devant son petit-
fils.

— Tu rapporteras le fusil ? Tu me le promets ! dit-elle
avec une singulière énergie... C'est tout ce qui me reste de
lui... Tu as tué un gendarme ; lui, ce sont les gendarmes
qui l'ont tué.

Elle continuait à regarder Silvère fixement, d'un air de
cruelle satisfaction, sans paraître songer à le retenir. Elle ne
lui demandait aucune explication, elle ne pleurait point
comme ces bonnes grand'mères qui voient leurs petits-
enfants à l'agonie pour la moindre égratignure. Tout son
être se tendait vers une même pensée, qu'elle finit par formuler avec une curiosité ardente.

— Est-ce que c'est avec le fusil que tu as tué le gendarme?
demanda-t-elle.

Sans doute Silvère entendit mal ou ne comprit pas.

— Oui, répondit-il... Je vais me laver les mains.

Ce ne fut qu'en revenant du puits qu'il aperçut son oncle.
Pierre avait entendu en pâlissant les paroles du jeune homme.
Vraiment, Félicité avait raison, sa famille prenait plaisir à
le compromettre. Voilà maintenant qu'un de ses neveux

tuait les gendarmes ! Jamais il n'aurait la place de receveur,
s'il n'empêchait ce fou furieux de rejoindre les insurgés. Il
se mit devant la porte, décidé à ne pas le laisser sortir.

— Écoutez, dit-il à Silvère, très-surpris de le trouver là,
je suis le chef de la famille, je vous défends de quitter cette
maison. Il y va de votre honneur et du nôtre. Demain, je
tâcherai de vous faire gagner la frontière.

Silvère haussa les épaules.

— Laissez-moi passer, répondit-il tranquillement. Je ne
suis pas un mouchard ; je ne ferai pas connaître votre cachette, soyez tranquille.

Et comme Rougon continuait de parler de la dignité de
la famille et de l'autorité que lui donnait sa qualité
d'aîné :

— Est-ce que je suis de votre famille ! continua le jeune
homme. Vous m'avez toujours renié… Aujourd'hui, la peur
vous a poussé ici, parce que vous sentez bien que le jour de
la justice est venu. Voyons, place ! je ne me cache pas, moi ;
j'ai un devoir à accomplir.

Rougon ne bougeait pas. Alors tante Dide, qui écoutait les
paroles véhémentes de Silvère avec une sorte de ravissement,
posa sa main sèche sur les bras de son fils.

— Ote-toi, Pierre, dit-elle, il faut que l'enfant sorte.

Le jeune homme poussa légèrement son oncle et s'élança
dehors. Rougon, en refermant la porte avec soin, dit à sa
mère d'une voix pleine de colère et de menaces :

— S'il lui arrive malheur, ce sera de votre faute… Vous
êtes une vieille folle, vous ne savez pas ce que vous venez de
faire.

Mais Adélaïde ne parut pas l'entendre ; elle alla jeter un
sarment dans le feu qui s'éteignait, en murmurant avec un
vague sourire :

— Je connais ça… Il restait des mois entiers dehors, puis
il me revenait mieux portant.

Elle parlait sans doute de Macquart.

Cependant Silvère regagna la halle en courant. Comme il approchait de l'endroit où il avait laissé Miette, il entendit un bruit violent de voix et vit un rassemblement qui lui firent hâter le pas. Une scène cruelle venait de se passer. Des curieux circulaient dans la foule des insurgés, depuis que ces derniers s'étaient tranquillement mis à manger. Parmi ces curieux, se trouva Justin, le fils du méger Rébufat, un garçon d'une vingtaine d'années, créature chétive et louche qui nourrissait contre sa cousine Miette une haine implacable. Au logis, il lui reprochait le pain qu'elle mangeait, il la traitait comme une misérable ramassée par charité au coin d'une borne. Il est à croire que l'enfant avait refusé d'être sa maîtresse. Grêle, blafard, les membres trop longs, le visage de travers, il se vengeait sur elle de sa propre laideur et des mépris que la belle et puissante fille avait dû lui témoigner. Son rêve caressé était de la faire jeter à la porte par son père. Aussi l'espionnait-il sans relâche. Depuis quelque temps, il avait surpris ses rendez-vous avec Silvère; il n'attendait qu'une occasion décisive pour tout rapporter à Rébufat. Ce soir-là, l'ayant vue s'échapper de la maison vers huit heures, la haine l'emporta, il ne put se taire davantage. Rébufat, au récit qu'il lui fit, entra dans une colère terrible et dit qu'il chasserait cette coureuse à coups de pied, si elle avait l'audace de revenir. Justin se coucha, savourant à l'avance la belle scène qui aurait lieu le lendemain. Puis il éprouva un âpre désir de prendre immédiatement un avant-goût de sa vengeance. Il se rhabilla et sortit. Peut-être rencontrerait-il Miette. Il se promettait d'être très-insolent. Ce fut ainsi qu'il assista à l'entrée des insurgés et qu'il les suivit jusqu'à l'Hôtel-de-Ville, avec le vague pressentiment qu'il allait retrouver les amoureux de ce côté. Il finit, en effet, par apercevoir sa cousine sur le banc où elle attendait Silvère. En la voyant vêtue de sa grande pelisse et ayant à côté d'elle le drapeau rouge, appuyé contre un pilier de la halle, il se mit à ricaner, à la plaisanter grossièrement. La jeune fille, saisie à sa vue, ne trouva pas une parole. Elle sanglotait sous les injures. Et tandis qu'elle était toute secouée par les sanglots, la tête basse, se cachant la face, Justin l'appelait fille de forçat et lui criait que le père Rébufat lui ferait danser une fameuse danse si jamais elle s'avisait de rentrer au Jas-Meiffren. Pendant un quart d'heure, il la tint ainsi frissonnante et meurtrie. Des gens avaient fait cercle, riant bêtement de cette scène douloureuse. Quelques insurgés intervinrent enfin et menacèrent le jeune homme de lui administrer une correction exemplaire, s'il ne laissait pas Miette tranquille. Mais Justin, tout en reculant, déclara qu'il ne les craignait pas. Ce fut à ce moment que parut Silvère. Le jeune Rébufat, en l'apercevant, fit un saut brusque, comme pour prendre la fuite; il le redoutait, le sachant beaucoup plus vigoureux que lui. Il ne put cependant résister à la cuisante volupté d'insulter une dernière fois la jeune fille devant son amoureux.

— Ah ! je savais bien, cria-t-il, que le charron ne devait pas être loin ! C'est pour suivre ce toqué, n'est-ce pas, que tu nous as quittés ? La malheureuse ! elle n'a pas seize ans ! A quand le baptême ?

Il fit encore quelques pas en arrière, en voyant Silvère serrer les poings.

— Et surtout, continua-t-il avec un ricanement ignoble, ne viens pas faire tes couches chez nous. Tu n'aurais pas besoin de sage-femme. Mon père te délivrerait à coups de pied, entends-tu ?

Il se sauva, hurlant, le visage meurtri. Silvère, d'un bond, s'était jeté sur lui et lui avait porté en pleine figure un terrible coup de poing. Il ne le poursuivit pas. Quand il revint auprès de Miette, il la trouva debout, essuyant fiévreusement ses larmes avec la paume de sa main. Comme il la regardait doucement, pour la consoler, elle eut un geste de brusque énergie.

— Non, dit-elle, je ne pleure plus, tu vois... J'aime mieux ça. Maintenant je n'ai plus de remords d'être partie. Je suis libre.

Elle reprit le drapeau, et ce fut elle qui ramena Silvère au milieu des insurgés. Il était alors près de deux heures du matin. Le froid devenait tellement vif, que les républicains s'étaient levés, achevant leur pain debout et cherchant à se réchauffer en marquant le pas gymnastique sur place. Les chefs donnèrent enfin l'ordre du départ. La colonne se re-forma. Les prisonniers furent placés au milieu ; outre M. Gar-çonnet et le commandant Sicardot, les insurgés avaient ar-rêté et emmenaient M. Peirotte, le receveur, et plusieurs autres fonctionnaires.

A ce moment, on vit circuler Aristide parmi les groupes. Le cher garçon, devant ce soulèvement formidable, avait pensé qu'il était imprudent de ne pas rester l'ami des répu-blicains ; mais comme, d'un autre côté, il ne voulait pas trop se compromettre avec eux, il était venu leur faire ses adieux, le bras en écharpe, en se plaignant amèrement de cette mau-dite blessure qui l'empêchait de tenir une arme. Il ren-contra dans la foule son frère Pascal, muni d'une trousse et d'une petite caisse de secours. Le médecin lui annonça, de sa voix tranquille, qu'il allait suivre les insurgés. Aristide le traita tout bas de grand innocent. Il finit par s'esquiver, craignant qu'on ne lui confiât la garde de la ville, poste qu'il jugeait singulièrement périlleux.

Les insurgés ne pouvaient songer à conserver Plassans en leur pouvoir. La ville était animée d'un esprit trop réaction-naire, pour qu'ils cherchassent même à y établir une com-mission démocratique, comme ils l'avaient déjà fait ailleurs. Ils se seraient éloignés simplement, si Macquart, poussé et enhardi par ses haines, n'avait offert de tenir Plassans en

respéct, à la condition qu'on laissât sous ses ordres une vingtaine d'hommes déterminés. On lui donna les vingt hommes,
à la tête desquels il alla triomphalement occuper la mairie.
Pendant ce temps, la colonne descendait le cours Sauvaire
et sortait par la Grand'Porte, laissant derrière elle, silencieuses et désertes, ces rues qu'elle avait traversées comme un
coup de tempête. Au loin s'étendaient les routes toutes blanches de lune. Miette avait refusé le bras de Silvère ; elle
marchait bravement, ferme et droite, tenant le drapeau rouge
à deux mains, sans se plaindre de l'onglée qui lui bleuissait
les doigts.

V

Au loin s'étendaient les routes toutes blanches de lune.

La bande insurrectionnelle, dans la campagne froide et claire, reprit sa marche héroïque. C'était comme un large courant d'enthousiasme. Le souffle d'épopée qui emportait Miette et Silvère, ces grands enfants avides d'amour et de liberté, traversait avec une générosité sainte les honteuses comédies des Macquart et des Rougon. La voix haute du peuple, par intervalles, grondait, entre les bavardages du salon jaune et les diatribes de l'oncle Antoine. Et la farce vulgaire, la farce ignoble, tournait au grand drame de l'histoire.

Au sortir de Plassans, les insurgés avaient pris la route d'Orchères. Ils devaient arriver à cette ville vers dix heures du matin. La route remonte le cours de la Viorne, en suivant à mi-côte les détours des collines aux pieds desquelles coule le torrent. A gauche, la plaine s'élargit, immense tapis vert, piqué de loin en loin par les taches grises des villages. A droite, la chaîne des Garrigues dresse ses pics désolés, ses champs de pierres, ses blocs couleur de rouille, comme roussis par le soleil. Le grand chemin, formant chaussée du

côté de la rivière, passe au milieu de rocs énormes, entre
lesquels se montrent, à chaque pas, des bouts de la vallée.
Rien n'est plus sauvage, plus étrangement grandiose, que
cette route taillée dans le flanc même des collines. La nuit
surtout, ces lieux ont une horreur sacrée. Sous la lumière
pâle, les insurgés s'avançaient comme dans une avenue de
ville détruite, ayant aux deux bords des débris de temples;
la lune faisait de chaque rocher un fût de colonne tronqué,
un chapiteau écroulé, une muraille trouée de mystérieux
portiques. En haut, la masse des Garrigues dormait, à peine
blanchie d'une teinte laiteuse, pareille à une immense cité
cyclopéenne dont les tours, les obélisques, les maisons aux
terrasses hautes, auraient caché une moitié du ciel; et, dans
les fonds, du côte de la plaine, se creusait, s'élargissait un
océan de clartés diffuses, une étendue vague, sans bornes,
où flottaient des nappes de brouillard lumineux. La bande
insurrectionnelle aurait pu croire qu'elle suivait une chaussée gigantesque, un chemin de ronde construit au bord
d'une mer phosphorescente et tournant autour d'une Babel
inconnue.

Cette nuit-là, la Viorne, au bas des rochers de la route,
grondait d'une voix rauque. Dans ce roulement continu du
torrent, les insurgés distinguaient des lamentations aigres
de tocsin. Les villages épars dans la plaine, de l'autre côté
de la rivière, se soulevaient, sonnant l'alarme, allumant des
feux. Jusqu'au matin, la colonne en marche, qu'un glas fu-
nèbre semblait suivre dans la nuit d'un tintement obstiné, vit
ainsi l'insurrection courir le long de la vallée comme une
traînée de poudre. Les feux tachaient l'ombre de points sanglants; des chants lointains venaient, par souffles affaiblis; toute la vague étendue, noyée sous les buées blan-
châtres de la lune, s'agitait confusément, avec de brusques
frissons de colère. Pendant des lieues, le spectacle resta le
même.

Ces hommes, qui marchaient dans l'aveuglement de la fièvre que les événements de Paris avaient mise au cœur des républicains, s'exaltaient au spectacle de cette longue bande de terre toute secouée de révolte. Grisés par l'enthousiasme du soulèvement général qu'ils rêvaient, ils croyaient que la France les suivait, ils s'imaginaient voir, au delà de la Viorne, dans la vaste mer de clartés diffuses, des files d'hommes interminables qui couraient, comme eux, à la défense de la république. Et leur esprit rude, avec cette naïveté et cette illusion des foules, concevait une victoire facile et certaine. Ils auraient saisi et fusillé comme traître quiconque leur aurait dit, à cette heure, que seuls ils avaient le courage du devoir, tandis que le reste du pays, écrasé de terreur, se laissait lâchement garrotter.

Ils puisaient encore un continuel entraînement de courage dans l'accueil que leur faisaient les quelques bourgs bâtis sur le penchant des Garrigues, au bord de la route. Dès l'approche de la petite armée, les habitants se levaient en masse ; les femmes accouraient en leur souhaitant une prompte victoire ; les hommes, à demi vêtus, se joignaient à eux, après avoir pris la première arme qui leur tombait sous la main. C'était, à chaque village, une nouvelle ovation, des cris de bienvenue, des adieux longuement répétés.

Vers le matin, la lune disparut derrière les Garrigues ; les insurgés continuèrent leur marche rapide dans le noir épais d'une nuit d'hiver ; ils ne distinguaient plus ni la vallée, ni les coteaux ; ils entendaient seulement les plaintes sèches des cloches, battant au fond des ténèbres, comme des tambours invisibles, cachés ils ne savaient où, et dont les appels désespérés les fouettaient sans relâche.

Cependant Miette et Silvère allaient dans l'emportement de la bande. Vers le matin, la jeune fille était brisée de fatigue. Elle ne marchait plus qu'à petits pas pressés, ne pouvant suivre les grandes enjambées des gaillards qui l'entou

raient. Mais elle mettait tout son courage à ne pas se plaindre;
il lui eût trop coûté d'avouer qu'elle n'avait pas la force d'un
garçon. Dès les premières lieues, Silvère lui avait donné le
bras; puis, voyant que le drapeau glissait peu à peu de ses
mains roidies, il avait voulu le prendre, pour la soulager; et
elle s'était fâchée, elle lui avait seulement permis de soutenir le drapeau d'une main, tandis qu'elle continuerait à le
porter sur son épaule. Elle garda ainsi son attitude héroïque
avec une opiniâtreté d'enfant, souriant au jeune homme chaque fois qu'il lui jetait un regard de tendresse inquiète. Mais
quand la lune se cacha, elle s'abandonna dans le noir. Silvère la sentait devenir plus lourde à son bras. Il dut porter
le drapeau et la pendre à la taille, pour l'empêcher de trébu-
cher. Elle ne se plaignait toujours pas.

— Tu es bien lasse, ma pauvre Miette? lui demanda son
compagnon.

— Oui, un peu lasse, répondit-elle d'une voix op-
pressée.

— Veux-tu que nous nous reposions?

Elle ne dit rien; seulement il comprit qu'elle chancelait.
Alors il confia le drapeau à un des insurgés et sortit des
rangs, en emportant presque l'enfant dans ses bras. Elle se
débattit un peu, elle était confuse d'être si petite fille. Mais
il la calma, il lui dit qu'il connaissait un chemin de traverse
qui abrégeait la route de moitié. Ils pouvaient se reposer
une bonne heure et arriver à Orchères en même temps que
la bande.

Il était alors environ six heures. Un léger brouillard devait
monter de la Viorne. La nuit semblait s'épaissir encore. Les
jeunes gens grimpèrent à tâtons le long de la pente des Garrigues, jusqu'à un rocher, sur lequel ils s'assirent. Autour
d'eux se creusait un abîme de ténèbres. Ils étaient comme
perdus sur la pointe d'un récif, au-dessus du vide. Et dans
ce vide, quand le roulement sourd de la petite armée se fut

perdu, ils n'entendirent plus que deux cloches, l'une vibrante, sonnant sans doute à leurs pieds, dans quelque village bâti au bord de la route, l'autre éloignée, étouffée, répondant aux plaintes fébriles de la première par de lointains sanglots. On eût dit que ces cloches se racontaient, dans le néant, la fin sinistre d'un monde.

Miette et Silvère, échauffés par leur course rapide, ne sentirent pas d'abord le froid. Ils gardèrent le silence, écoutant avec une tristesse indicible ces bruits de tocsin dont frissonnait la nuit. Ils ne se voyaient même pas. Miette eut peur ; elle chercha la main de Silvère et la garda dans la sienne. Après l'élan fiévreux qui, pendant des heures, venait de les emporter hors d'eux-mêmes, la pensée perdue, cet arrêt brusque, cette solitude dans laquelle ils se retrouvaient côte à côte, les laissaient brisés et étonnés, comme éveillés en sursaut d'un rêve tumultueux. Il leur semblait qu'un flot les avait jetés sur le bord de la route et que la mer s'était ensuite retirée. Une réaction invincible les plongeait dans une stupeur inconsciente ; ils oubliaient leur enthousiasme ; ils ne songeaient plus à cette bande d'hommes qu'ils devaient rejoindre ; ils étaient tout au charme triste de se sentir seuls, au milieu de l'ombre farouche, la main dans la main.

— Tu ne m'en veux pas ? demanda enfin la jeune fille. Je marcherais bien toute la nuit avec toi ; mais ils couraient trop fort, je ne pouvais plus souffler.

— Pourquoi t'en voudrais-je ? dit le jeune homme.

— Je ne sais pas. J'ai peur que tu ne m'aimes plus. J'aurais voulu faire de grands pas comme toi, aller toujours sans m'arrêter. Tu vas croire que je suis une enfant.

Silvère eut dans l'ombre un sourire que Miette devina. Elle continua d'une voix décidée :

— Il ne faut pas toujours me traiter comme une sœur ; je veux être ta femme.

Et, d'elle-même, elle attira Silvère contre sa poitrine.

Elle le tint serré entre ses bras, en murmurant :

— Nous allons avoir froid, réchauffons-nous comme cela. »

Il y eut un silence. Jusqu'à cette heure trouble, les jeunes gens s'étaient aimés d'une tendresse fraternelle. Dans leur ignorance, ils continuaient à prendre pour une amitié vive l'attrait qui les poussait à se serrer sans cesse entre les bras, et à se garder dans leurs étreintes, plus long-temps que ne se gardent les frères et les sœurs. Mais, au fond de ces amours naïves, grondaient, plus hautement chaque jour, les tempêtes du sang ardent de Miette et de Silvère. Avec l'âge, avec la science, une passion chaude, d'une fougue méridionale, devait naître de cette idylle. Toute fille qui se pend au cou d'un garçon est femme déjà, femme inconsciente, qu'une caresse peut éveiller. Quand les amoureux s'embrassent sur les joues, c'est qu'ils tâ-tonnent et cherchent les lèvres. Un baiser fait des amants. Ce fut par cette noire et froide nuit de décembre, aux lamentations aigres du tocsin, que Miette et Silvère échan-gèrent un de ces baisers qui appellent à la bouche tout le sang du cœur.

Ils restaient muets, étroitement serrés l'un contre l'autre. Miette avait dit : « Réchauffons-nous comme cela, » et ils attendaient innocemment d'avoir chaud. Des tiédeurs leur vinrent bientôt à travers leurs vêtements; ils sentirent peu à peu leur étreinte les brûler, ils entendirent leurs poitrines se soulever d'un même souffle. Une langueur les envahit, qui les plongea dans une somnolence fiévreuse. Ils avaient chaud maintenant; des lueurs passaient devant leurs paupières closes, des bruits confus montaient à leur cerveau. Cet état de bien-être douloureux, qui dura quel-ques minutes, leur parut sans fin. Et alors ce fut dans une sorte de rêve, que leurs lèvres se rencontrèrent. Leur baiser fut long, avide. Il leur sembla que jamais ils

ne s'étaient embrassés. Ils souffraient, ils se séparèrent.
Puis, quand le froid de la nuit eut glacé leur fièvre, ils
demeurèrent à quelque distance l'un de l'autre, dans une
grande confusion.

Les deux cloches causaient toujours sinistrement entre
elles, dans l'abîme noir qui se creusait autour des jeunes
gens. Miette, frissonnante, effrayée, n'osa pas se rappro-
cher de Silvère. Elle ne savait même plus s'il était là, elle
ne l'entendait plus faire un mouvement. Tous deux étaient
pleins de la sensation âcre de leur baiser ; des effusions
leur montaient aux lèvres, ils auraient voulu se remercier,
s'embrasser encore ; mais ils étaient si honteux de leur
bonheur cuisant, qu'ils eussent mieux aimé ne jamais le
goûter une seconde fois, que d'en parler tout haut. Longtemps encore, si leur marche rapide n'avait fouetté leur
sang, si la nuit épaisse ne s'était faite complice, ils se
seraient embrassés sur les joues, comme de bons camarades. La pudeur venait à Miette. Après l'ardent baiser
de Silvère, dans ces heureuses ténèbres où son cœur s'ouvrait, elle se rappela les grossièretés de Justin. Quelques
heures auparavant, elle avait écouté sans rougir ce garçon,
qui la traitait de fille perdue ; il demandait à quand le baptême, il lui criait que son père la délivrerait à coups de
pied, si jamais elle s'avisait de rentrer au Jas-Meiffren, et
elle avait pleuré sans comprendre, elle avait pleuré parce
qu'elle devinait que tout cela devait être ignoble. Maintenant qu'elle devenait femme, elle se disait, avec ses innocences dernières, que le baiser, dont elle sentait encore
la brûlure en elle, suffisait peut-être pour l'emplir de cette
honte dont son cousin l'accusait. Alors elle fut prise de
douleur, elle sanglota.

— Qu'as-tu ? pourquoi pleures-tu ? demanda Silvère
d'une voix inquiète.

— Non, laisse, balbutia-t-elle, je ne sais pas.

Puis, comme malgré elle, au milieu de ses larmes :

— Ah! je suis une malheureuse. J'avais dix ans, on me jetait des pierres. Aujourd'hui, on me traite comme la dernière des créatures. Justin a eu raison de me mépriser devant le monde. Nous venons de faire le mal, Silvère.

Le jeune homme, consterné, la reprit entre ses bras, essayant de la consoler.

— Je t'aime! murmurait-il. Je suis ton frère. Pourquoi dis-tu que nous venons de faire le mal? Nous nous sommes embrassés parce que nous avions froid. Tu sais bien que nous nous embrassions tous les soirs en nous séparant.

— Oh! pas comme tout à l'heure, dit-elle d'une voix très-basse. Il ne faut plus faire cela, vois-tu; ça doit être défendu, car je me suis sentie toute singulière. Maintenant les hommes vont rire, quand je passerai. Je n'oserai plus me défendre, ils seront dans leur droit.

Le jeune homme se taisait, ne trouvant pas une parole pour tranquilliser l'esprit effaré de cette grande enfant de treize ans, toute frémissante et toute peureuse, à son premier baiser d'amour. Il la serrait doucement contre lui, il devinait qu'il la calmerait, s'il pouvait lui rendre le tiède engourdissement de leur étreinte. Mais elle se débattait, elle continuait :

— Si tu voulais, nous nous en irions, nous quitterions le pays. Je ne puis plus rentrer à Plassans; mon oncle me battrait, toute la ville me montrerait au doigt...

Puis, comme prise d'une irritation brusque :

— Non, je suis maudite, je te défends de quitter tante Dide pour me suivre. Il faut m'abandonner sur une grande route.

— Miette, Miette, implora Silvère, ne dis pas cela!

— Si, je te débarrasserai de moi. Sois raisonnable. On m'a chassée comme une vaurienne. Si je revenais avec toi, tu te battrais tous les jours. Je ne veux pas.

Le jeune homme lui donna un nouveau baiser sur la
bouche, en murmurant :

— Tu seras ma femme, personne n'osera plus te nuire.

— Oh ! je t'en supplie, dit-elle avec un faible cri, ne
m'embrasse pas comme cela. Ça me fait mal.

Puis, au bout d'un silence :

— Tu sais bien que je ne puis être ta femme. Nous sommes trop jeunes. Il me faudrait attendre, et je mourrais de
honte. Tu as tort de te révolter, tu seras bien forcé de me
laisser dans quelque coin.

Alors Silvère, à bout de force, se mit à pleurer. Les sanglots d'un homme ont des sécheresses navrantes. Miette,
effrayée de sentir le pauvre garçon secoué dans ses bras, le
baisa au visage, oubliant qu'elle brûlait ses lèvres. C'était
sa faute. Elle était une niaise de n'avoir pu supporter la
douceur cuisante d'une caresse. Elle ne savait pas pourquoi elle avait songé à des choses tristes, juste au moment
où son amoureux l'embrassait comme il ne l'avait jamais
fait encore. Et elle le pressait contre sa poitrine pour lui
demander pardon de l'avoir chagriné. Les enfants, pleurant, se serrant de leurs bras inquiets, mettaient un désespoir de plus dans l'obscure nuit de décembre. Au loin, les
cloches continuaient à se plaindre sans relâche, d'une voix
plus haletante.

— Il vaut mieux mourir, répétait Silvère au milieu de
ses sanglots, il vaut mieux mourir...

— Ne pleure plus, pardonne-moi, balbutiait Miette. Je
serai forte, je ferai ce que tu voudras.

Quand le jeune homme eut essuyé ses larmes :

— Tu as raison, dit-il, nous ne pouvons retourner à
Plassans. Mais l'heure n'est pas venue d'être lâche. Si nous
sortons vainqueurs de la lutte, j'irai chercher tante Dide,
nous l'emmènerons bien loin avec nous. Si nous sommes
vaincus...

Il s'arrêta.

— Si nous sommes vaincus?... répéta Miette doucement.

— Alors, à la grâce de Dieu ! continua Silvère d'une voix plus basse. Je ne serai plus là sans doute, tu consoleras la pauvre vieille. Ça vaudrait mieux.

— Oui, tu le disais tout à l'heure, murmura la jeune fille, il vaut mieux mourir.

A ce désir de mort, ils eurent une étreinte plus étroite. Miette comptait bien mourir avec Silvère ; celui-ci n'avait parlé que de lui, mais elle sentait qu'il l'emporterait avec joie dans la terre. Ils s'y aimeraient plus librement qu'au grand soleil. Tante Dide mourrait, elle aussi, et viendrait les rejoindre. Ce fut comme un pressentiment rapide, un souhait d'une étrange volupté que le ciel, par les voix désolées du tocsin, leur promettait de bientôt satisfaire. Mourir ! mourir ! les cloches répétaient ce mot avec un emportement croissant, et les amoureux se laissaient aller à ces appels de l'ombre; ils croyaient prendre un avant-goût du dernier sommeil, dans cette somnolence où les replongeaient la tiédeur de leurs membres et les brûlures de leurs lèvres, qui venaient encore de se rencontrer.

Miette ne se défendait plus. C'était elle, maintenant, qui collait sa bouche sur celle de Silvère, qui cherchait avec une muette ardeur cette joie dont elle n'avait pu d'abord supporter l'amère cuisson. Le rêve d'une mort prochaine l'avait enfiévrée; elle ne se sentait plus rougir, elle s'attachait à son amant, elle semblait vouloir épuiser, avant de se coucher dans la terre, ces voluptés nouvelles, dans lesquelles elle venait à peine de tremper les lèvres, et dont elle s'irritait de ne pas pénétrer sur-le-champ tout le poignant inconnu. Au delà du baiser, elle devinait autre chose qui l'épouvantait et l'attirait, dans le vertige de ses sens éveillés. Et elle s'abandonnait; elle eût supplié Silvère de dé-

chirer le voile, avec l'impudique naïveté des vierges. Lui,
fou de la caresse qu'elle lui donnait, empli d'un bonheur
parfait, sans force, sans autres désirs, ne paraissait pas
même croire à des voluptés plus grandes.

Quand Miette n'eut plus d'haleine, et qu'elle sentit faiblir
le plaisir âcre de la première étreinte :

— Je ne veux pas mourir sans que tu m'aimes, murmura-t-elle ; je veux que tu m'aimes encore davantage...

Les mots lui manquaient, non qu'elle eût conscience
de la honte, mais parce qu'elle ignorait ce qu'elle désirait.
Elle était simplement secouée par une sourde révolte intérieure et par un besoin d'infini dans la joie.

Elle eût, dans son innocence, frappé du pied comme un
enfant auquel on refuse un jouet.

— Je t'aime, je t'aime, répétait Silvère défaillant.

Miette hochait la tête, elle semblait dire que ce n'était
pas vrai, que le jeune homme lui cachait quelque chose.
Sa nature puissante et libre avait le secret instinct des fé-
condités de la vie. C'est ainsi qu'elle refusait la mort,
si elle devait mourir ignorante. Et, cette rébellion de son
sang et de ses nerfs, elle l'avouait naïvement par ses mains
brûlantes et égarées, par ses balbutiements, par ses supplications.

Puis, se calmant, elle posa la tête sur l'épaule du jeune
homme, elle garda le silence. Silvère se baissait et l'embrassait longuement. Elle goûtait ces baisers avec lenteur, en
cherchait le sens, la saveur secrète. Elle les interrogeait,
les écoutait courir dans ses veines, leur demandait s'ils
étaient tout l'amour, toute la passion. Une langueur la prit,
elle s'endormit doucement, sans cesser de goûter dans son
sommeil les caresses de Silvère. Celui-ci l'avait enveloppée
dans la grande pelisse rouge, dont il avait également ramené
un pan sur lui. Ils ne sentaient plus le froid. Quand Silvère, à la respiration régulière de Miette, eut compris qu'elle

sommeillait, il fut heureux de ce repos qui allait leur permettre de continuer gaillardement leur chemin. Il se promit de la laisser dormir une heure. Le ciel était toujours noir ; à peine, au levant, une ligne blanchâtre
indiquait-elle l'approche du jour. Il devait y avoir, derrière
les amants, un bois de pins, dont le jeune homme entendait
le réveil musical, aux souffles de l'aube. Et les lamentations
des cloches devenaient plus vibrantes dans l'air frissonnant,
berçant le sommeil de Miette, comme elles avaient accompagné ses fièvres d'amoureuse.

Les jeunes gens, jusqu'à cette nuit de trouble, avaient
vécu une de ces naïves idylles qui naissent au milieu de la
classe ouvrière, parmi ces déshérités, ces simples d'esprit,
chez lesquels on retrouve encore parfois les amours primi-
tives des anciens contes grecs.

Miette avait à peine neuf ans, lorsque son père fut envoyé au bagne, pour avoir tué un gendarme d'un coup de
feu. Le procès de Chantegreil était resté célèbre dans le
pays. Le braconnier avoua hautement le meurtre ; mais il
jura que le gendarme le tenait lui-même au bout de son
fusil. « Je n'ai fait que le prévenir, dit-il ; je me suis défendu ; c'est un duel et non un assassinat. » Il ne sortit pas
de ce raisonnement. Jamais le président des assises ne
parvint à lui faire entendre que, si un gendarme a le droit
de tirer sur un braconnier, un braconnier n'a pas celui de
tirer sur un gendarme. Chantegreil échappa à la guillotine,
grâce à son attitude convaincue et à ses bons antécédents.
Cet homme pleura comme un enfant, lorsqu'on lui amena
sa fille, avant son départ pour Toulon. La petite, qui avait
perdu sa mère au berceau, demeurait avec son grand'père à
Chavanoz, un village des gorges de la Seille. Quand le braconnier ne fut plus là, le vieux et la fillette vécurent d'au-
mônes. Les habitants de Chavanoz, tous chasseurs, vinrent
en aide aux pauvres créatures que le forçat laissait derrière

lui. Cependant le vieux mourut de chagrin. Miette, restée
seule, aurait mendié sur les routes, si les voisines ne s'étaient
souvenues qu'elle avait une tante à Plassans. Une âme cha-
ritable voulut bien la conduire chez cette tante, qui l'accueillit assez mal.

Eulalie Chantegreil, mariée au méger Rébufat, était une
grande diablesse noire et volontaire qui gouvernait au logis.
Elle menait son mari par le bout du nez, disait-on dans le
faubourg. La vérité était que Rébufat, avare, âpre à la besogne et au gain, avait une sorte de respect pour cette grande
diablesse, d'une vigueur peu commune, d'une sobriété et
d'une économie rares.

Grâce à elle, le ménage prospérait. Le méger grogna le
soir où, en rentrant du travail, il trouva Miette installée.
Mais sa femme lui ferma la bouche, en lui disant de sa voix
rude :

— Bah ! la petite est bien constituée ; elle nous servira
de servante ; nous la nourrirons et nous économiserons les
gages.

Ce calcul sourit à Rébufat. Il alla jusqu'à tâter les bras
de l'enfant, qu'il déclara avec satisfaction très-forte pour son
âge. Miette avait alors neuf ans. Dès le lendemain, il l'uti-
lisa. Le travail des paysannes, dans le Midi, est beaucoup
plus doux que dans le Nord. On y voit rarement les femmes
occupées à bêcher la terre, à porter les fardeaux, à faire
des besognes d'homme. Elles lient les gerbes, cueillent les
olives et les feuilles de mûrier ; leur occupation la plus
pénible est d'arracher les mauvaises herbes. Miette travailla
gaiement. La vie en plein air était sa joie et sa santé. Tant
que sa tante vécut, elle n'eut que des rires. La brave femme,
malgré ses brusqueries, l'aimait comme son enfant ; elle lui
défendait de faire les gros travaux dont son mari tentait parfois de la charger, et elle criait à ce dernier :

— Ah ! tu es un habile homme ! Tu ne comprends donc

pas, imbé le, que si tu la fatigues trop aujourd'hui, elle ne
pourra rien faire demain !

Cet argument était décisif. Rébufat baissait la tête et portait lui-même le fardeau qu'il voulait mettre sur les épaules
de la jeune fille.

Celle-ci eût vécu parfaitement heureuse, sous la protection secrète de sa tante Eulalie, sans les taquineries de son
cousin, alors âgé de seize ans, qui occupait ses paresses à
la détester et à la persécuter sourdement. Les meilleures
heures de Justin étaient celles où il parvenait à la faire
gronder par quelque rapport gros de mensonges. Quand il
pouvait lui marcher sur les pieds ou la pousser avec brutalité, en feignant de ne pas l'avoir aperçue, il riait, il goûtait
cette volupté sournoise des gens qui jouissent béatement du
mal des autres. Miette le regardait alors, avec ses grands
yeux noirs d'enfant, d'un regard luisant de colère et de fierté
muette, qui arrêtait les ricanements du lâche galopin. Au
fond, il avait une peur atroce de sa cousine.

La jeune fille allait atteindre sa onzième année, lorsque
sa tante Eulalie mourut brusquement. Dès ce jour, tout
changea au logis. Rébufat se laissa peu à peu aller à traiter
Miette en valet de ferme. Il l'accabla de besognes grossières,
se servit d'elle comme d'une bête de somme. Elle ne se
plaignit même pas, elle croyait avoir une dette de reconnaissance à payer. Le soir, brisée de fatigue, elle pleurait sa
tante, cette terrible femme dont elle sentait maintenant
toute la bonté cachée. D'ailleurs, le travail même dur ne
lui déplaisait pas ; elle aimait la force, elle avait l'orgueil de
ses gros bras et de ses solides épaules. Ce qui la navrait,
c'était la surveillance méfiante de son oncle, ses continuels
reproches, son attitude de maître irrité. A cette heure, elle
était une étrangère dans la maison. Même une étrangère
n'aurait pas été aussi maltraitée qu'elle. Rébufat abusait
sans scrupule de cette petite parente pauvre qu'il gardait

auprès de lui par une charité bien entendue. Elle payait dix
fois de son travail cette dure hospitalité, et il ne se passait
pas de journée qu'il lui reprochât le pain qu'elle mangeait.
Justin, surtout, excellait à la blesser. Depuis que sa mère
n'était plus là, voyant l'enfant sans défense, il mettait tout
son mauvais esprit à lui rendre le logis insupportable. La
plus ingénieuse torture qu'il inventa fut de parler à Miette
de son père. La pauvre fille, ayant vécu hors du monde,
sous la protection de sa tante, qui avait défendu qu'on prononçât devant elle les mots de bagne et de forçat, ne comprenait guère le sens de ces mots. Ce fut Justin qui le lui
apprit, en lui racontant à sa manière le meurtre du gendarme
et la condamnation de Chantegreil. Il ne tarissait pas en
détails odieux : les forçats avaient un boulet au pied, ils
travaillaient quinze heures par jour, ils mouraient tous à
la peine; le bagne était un lieu sinistre dont il décrivait
minutieusement toutes les horreurs. Miette l'écoutait, hébétée, les yeux en larmes. Parfois des violences brusques la
soulevaient, et Justin se hâtait de faire un saut en arrière,
devant ses poings crispés. Il savourait en gourmand cette
cruelle initiation. Quand son père, pour la moindre négli-
gence, s'emportait contre l'enfant, il se mettait de la partie,
heureux de pouvoir l'insulter sans danger. Et si elle essayait
de se défendre :

— Va, disait-il, bon sang ne peut mentir : tu finiras au
bagne comme ton père.

Miette sanglotait, frappée au cœur, écrasée de honte, sans
force.

A cette époque, Miette devenait femme déjà. D'une puberté précoce, elle résista au martyre avec une énergie
extraordinaire. Elle s'abandonnait rarement, seulement aux
heures où ses fiertés natives mollissaient sous les outrages
de son cousin. Bientôt elle supporta d'un œil sec les blessures incessantes de cet être lâche, qui la surveillait en par-

lant, de peur qu'elle ne lui sautât au visage. Puis, elle
savait le faire taire, en le regardant fixement. Elle eut
à plusieurs reprises l'envie de se sauver du Jas-Meiflren.
Mais elle n'en fit rien, par courage, pour ne pas s'avouer
vaincue sous les persécutions qu'elle endurait. En somme,
elle gagnait son pain, elle ne volait pas l'hospitalité des Rébufat ; cette certitude suffisait à son orgueil. Elle resta ainsi
pour lutter, se roidissant, vivant dans une continuelle pensée
de résistance. Sa ligne de conduite fut de faire sa besogne
en silence et de se venger des mauvaises paroles par un
mépris muet. Elle savait que son oncle abusait trop d'elle
pour écouter aisément les insinuations de Justin, qui rêvait
de la faire jeter à la porte. Aussi, mettait-elle une sorte de
défi à ne pas s'en aller d'elle-même.

Ses longs silences volontaires furent pleins d'étranges
rêveries. Passant ses journées dans l'enclos, séparée du
monde, elle grandit en révoltée, elle se fit des opinions qui
auraient singulièrement effarouché les bonnes gens du
faubourg. La destinée de son père l'occupa surtout. Toutes
les mauvaises paroles de Justin lui revinrent ; elle finit par
accepter l'accusation d'assassinat, par se dire que son père
avait bien fait de tuer le gendarme qui voulait le tuer. Elle
connaissait l'histoire vraie de la bouche d'un terrassier qui
avait travaillé au Jas-Meiffren. A partir de ce moment, elle
ne tourna même plus la tête, les rares fois qu'elle sortait,
lorsque les vauriens du faubourg la suivaient en criant :

— Eh! la Chantegreil !

Elle pressait le pas, les lèvres serrées, les yeux d'un noir
farouche. Quand elle refermait la grille, en rentrant, elle
jetait un seul et long regard sur la bande des galopins. Elle
serait devenue mauvaise, elle aurait glissé à la sauvagerie
cruelle des parias, si parfois toute son enfance ne lui était
revenue au cœur. Ses onze ans la jetaient à des faiblesses
de petite fille qui la soulageaient. Alors elle pleurait, elle

était honteuse d'elle et de son père. Elle courait se cacher
au fond d'une écurie pour sangloter à l'aise, comprenant
que, si l'on voyait ses larmes, on la martyriserait davantage.
Et quand elle avait bien pleuré, elle allait baigner ses yeux
dans la cuisine, elle reprenait son visage muet. Ce n'était
pas son intérêt seul qui la faisait se cacher ; elle poussait
l'orgueil de ses forces précoces jusqu'à ne plus vouloir paraître une enfant. A la longue tout devait s'aigrir en elle.
Elle fut heureusement sauvée, en retrouvant les tendresses
de sa nature aimante.

Le puits qui se trouvait dans la cour de la maison habitée
par tante Dide et Silvère était un puits mitoyen. Le mur du
Jas-Meiffren le coupait en deux. Anciennement, avant que
l'enclos des Fouque fût réuni à la grande propriété voisine,
les maraîchers se servaient journellement de ce puits. Mais
depuis l'achat du terrain, comme il était éloigné des communs, les habitants du Jas, qui avaient à leur disposition de
vastes réservoirs, n'y puisaient pas un seau d'eau dans un
mois. De l'autre côté, au contraire, chaque matin, on entendait grincer la poulie ; c'était Silvère qui tirait pour tante
Dide l'eau nécessaire au ménage.

Un jour, la poulie se fendit. Le jeune charron tailla
lui-même une belle et forte poulie de chêne qu'il posa le
soir, après sa journée. Il lui fallut monter sur le mur. Quand
il eut fini son travail, il resta à califourchon sur le chaperon du mur, se reposant, regardant curieusement la large
étendue du Jas-Meiffren. Une paysanne qui arrachait les
mauvaises herbes à quelques pas de lui finit par fixer son
attention. On était en juillet, l'air brûlait, bien que le soleil
fût déjà au bord de l'horizon. La paysanne avait retiré sa
casaque. En corset blanc, un fichu de couleur noué sur les
épaules, les manches de chemise retroussées jusqu'aux coudes, elle était accroupie dans les plis de sa jupe de cotonnade bleue, que retenaient deux bretelles croisées derrière

le dos. Elle marchait sur les genoux, arrachant activement
l'ivraie qu'elle jetait dans un couffin. Le jeune homme ne
voyait d'elle que ses bras nus, brûlés par le soleil, s'allongeant à droite, à gauche, pour saisir quelque herbe oubliée.
Il suivait complaisamment ce jeu rapide des bras de la
paysanne, goûtant un singulier plaisir à les voir si fermes et
si prompts. Elle s'était légèrement redressée en ne l'entendant plus travailler, et avait baissé de nouveau la tête,
avant qu'il eût pu même distinguer ses traits. Ce mouvement
effarouché le retint. Il se questionnait sur cette femme, en
garçon curieux, sifflant machinalement et battant la mesure
avec un ciseau à froid qu'il tenait à la main, lorsque le
ciseau lui échappa. L'outil tomba du côté du Jas-Meiffren,
sur la margelle du puits, et alla rebondir à quelques pas de
la muraille. Silvère le regarda, se penchant, hésitant à descendre. Mais il paraît que la paysanne examinait le jeune
homme du coin de l'œil, car elle se leva sans mot dire, et
vint ramasser le ciseau à froid, qu'elle tendit à Silvère. Alors
ce dernier vit que la paysanne était une enfant. Il resta surpris et un peu intimidé. Dans les clartés rouges du couchant,
la jeune fille se haussait vers lui. Le mur, à cet endroit,
était bas, mais la hauteur se trouvait encore trop grande.
Silvère se coucha sur le chaperon, la petite paysanne se
dressa sur la pointe des pieds. Ils ne disaient rien, ils se regardaient d'un air confus et souriant. Le jeune homme eût,
d'ailleurs, voulu prolonger l'attitude de l'enfant. Elle levait
vers lui une adorable tête, de grands yeux noirs, une bouche
rouge, qui l'étonnaient et le remuaient singulièrement. Jamais
il n'avait vu une fille de si près ; il ignorait qu'une bouche
et des yeux pussent être si plaisants à regarder. Tout lui
paraissait avoir un charme inconnu, le fichu de couleur, le
corset blanc, la jupe de cotonnade bleue, que tiraient les
bretelles, tendues par le mouvement des épaules. Son regard glissa le long du bras qui lui présentait l'outil ; jusqu'au

coude, le bras était d'un brun doré, comme vêtu de hâle ; mais plus loin, dans l'ombre de la manche de chemise retroussée, Silvère apercevait une rondeur nue, d'une blancheur de lait. Il se troubla, se pencha davantage, et put enfin saisir le ciseau. La petite paysanne commençait à être embarrassée. Puis ils restèrent là, à se sourire encore, l'enfant en bas, la face toujours levée, le jeune garçon à demi couché sur le chaperon du mur. Ils ne savaient comment se séparer. Ils n'avaient pas échangé une parole. Silvère oubliait même de dire merci.

— Comment t'appelles-tu ? demanda-t-il.

— Marie, répondit la paysanne ; mais tout le monde m'appelle Miette.

Elle se haussa légèrement, et de sa voix nette :

— Et toi ? demanda-t-elle à son tour.

— Moi, je m'appelle Silvère, répondit le jeune ouvrier.

Il y eut un silence, pendant lequel ils parurent écouter complaisamment la musique de leurs noms.

— Moi j'ai quinze ans, reprit Silvère. Et toi ?

— Moi, dit Miette, j'aurai onze ans à la Toussaint.

Le jeune ouvrier fit un geste de surprise.

— Ah ! bien ! dit-il en riant, moi qui t'avais prise pour une femme !... Tu as de gros bras.

Elle se mit à rire, elle aussi, en baissant les yeux sur ses bras. Puis ils ne se dirent plus rien. Ils demeurèrent encore un bon moment, à se regarder et à sourire. Comme Silvère semblait n'avoir plus de questions à lui adresser, Miette s'en alla tout simplement et se remit à arracher les mauvaises herbes, sans lever la tête. Lui, resta un instant sur le mur. Le soleil se couchait ; une nappe de rayons obliques coulait sur les terres jaunes du Jas-Meiffren ; les terres flambaient, on eût dit un incendie courant au ras du sol. Et, dans cette nappe flambante, Silvère regardait la petite paysanne accroupie et dont les bras nus avaient repris leur

jeu rapide ; la jupe de colonnade bleue blanchissait, des
lueurs couraient le long des bras cuivrés. Il finit par éprouver une sorte de honte à rester là. Il descendit du mur.

Le soir, Silvère, préoccupé de son aventure, essaya de
questionner tante Dide. Peut-être saurait-elle qui était cette
Miette qui avait des yeux si noirs et une bouche si rouge.
Mais, depuis qu'elle habitait la maison de l'impasse, tante Dide
n'avait plus jeté un seul coup d'œil derrière le mur de la
petite cour. C'était, pour elle, comme un rempart infranchissable, qui murait son passé. Elle ignorait, elle voulait ignorer
ce qu'il y avait maintenant de l'autre côté de cette muraille,
dans cet ancien enclos des Fouque, où elle avait enterré son
amour, son cœur et sa chair. Aux premières questions de
Silvère, elle le regarda avec un effroi d'enfant. Allait-il donc
lui aussi remuer les cendres de ces jours éteints et la faire
pleurer comme son fils Antoine ?

— Je ne sais, dit-elle d'une voix rapide, je ne sors plus, je
ne vois personne...

Silvère attendit le lendemain avec quelque impatience.
Dès qu'il fut arrivé chez son patron, il fit causer ses camarades d'atelier. Il ne raconta pas son entrevue avec Miette ;
il parla vaguement d'une fille qu'il avait aperçue de loin
dans le Jas-Meiffren.

— Eh ! c'est la Chantegreil ! cria un des ouvriers.

Et, sans que Silvère eût besoin de les interroger, ses
camarades lui racontèrent l'histoire du braconnier Chantegreil et de sa fille Miette, avec cette haine aveugle des foules contre les parias. Ils traitèrent surtout cette dernière
d'une sale façon ; et toujours l'insulte de fille de galérien
leur venait aux lèvres, comme une raison sans réplique qui
condamnait la chère innocente à une éternelle honte.

Le charron Vian, un brave et digne homme, finit par leur
imposer silence.

— Eh ! taisez-vous, mauvaises langues ! dit-il en lâchant

un brancard de carriole qu'il examinait. N'avez-vous pas
honte de vous acharner après une enfant? Je l'ai vue, moi,
cette petite. Elle a un air très-honnête. Puis on m'a dit
qu'elle ne boudait pas devant le travail et qu'elle faisait déjà
la besogne d'une femme de trente ans. Il y a ici des fainéants
qui ne la valent pas. Je lui souhaite pour plus tard un bon
mari qui fasse taire les méchants propos.

Silvère, que les plaisanteries et les injures grossières des
ouvriers avaient glacé, sentit des larmes lui monter aux
yeux, à cette dernière parole de Vian. D'ailleurs, il n'ouvrit
pas les lèvres. Il reprit son marteau, qu'il avait posé auprès
de lui, et se mit à taper de toutes ses forces sur le moyeu
d'une roue qu'il ferrait.

Le soir, dès qu'il fut rentré de l'atelier, il courut grimper
sur le mur. Il trouva Miette à sa besogne de la veille. Il l'appela. Elle vint à lui, avec son sourire embarrassé, son adorable sauvagerie d'enfant grandie dans les larmes.

— Tu es la Chantegreil, n'est-ce pas? lui demanda-t-il
brusquement.

Elle recula, elle cessa de sourire, et ses yeux devinrent
d'un noir dur, luisant de défiance. Ce garçon allait donc
l'insulter comme les autres ! Elle tournait le dos sans répondre, lorsque Silvère, consterné du subit changement de son
visage, se hâta d'ajouter :

— Reste, je t'en prie... Je ne veux pas te faire de la
peine... J'ai tant de choses à te dire !

Elle revint, méfiante encore. Silvère, dont le cœur était
plein et qui s'était promis de le vider longuement, resta
muet, ne sachant par où commencer, craignant de commettre quelque nouvelle maladresse. Tout son cœur se mit
enfin dans une phrase :

— Veux-tu que je sois ton ami? dit-il d'une voix émue.

Et comme Miette, toute surprise, levait vers lui ses yeux
redevenus humides et souriants, il continua avec vivacité :

— Je sais qu'on te fait du chagrin. Il faut que cela cesse. C'est moi qui te défendrai maintenant. Veux-tu?

L'enfant rayonnait. Cette amitié qui s'offrait à elle la tirait de tous ses mauvais rêves de haines muettes. Elle hocha la tête, elle répondit :

— Non, je ne veux pas que tu te battes pour moi. Tu aurais trop à faire. Puis il est des gens contre lesquels tu ne peux me défendre.

Silvère voulut crier qu'il la défendrait contre le monde entier, mais elle lui ferma la bouche, d'un geste câlin, en ajoutant :

— Il me suffit que tu sois mon ami.

Alors ils causèrent quelques minutes, en baissant la voix le plus possible. Miette parla à Silvère de son oncle et de son cousin. Pour rien au monde, elle n'aurait voulu qu'ils le vissent ainsi à califourchon sur le chaperon du mur. Justin serait implacable s'il avait une arme contre elle. Elle disait ses craintes avec l'effroi d'une écolière qui rencontre une amie que sa mère lui a défendu de fréquenter. Silvère comprit seulement qu'il ne pourrait voir Miette à son aise. Cela l'attrista beaucoup. Il promit cependant de ne plus remonter sur le mur. Ils cherchaient tous deux un moyen pour se revoir, lorsque Miette le supplia de s'en aller; elle venait d'apercevoir Justin qui traversait la propriété, en se dirigeant du côté du puits. Silvère se hâta de descendre. Quand il fut dans la petite cour, il resta au pied du mur, prêtant l'oreille, irrité de sa fuite. Au bout de quelques minutes, il se hasarda à grimper de nouveau et à jeter un coup d'œil dans le Jas-Meiffren; mais il vit Justin qui causait avec Miette, il retira vite la tête. Le lendemain, il ne put voir son amie, pas même de loin; elle devait avoir fini sa besogne dans cette partie du Jas. Huit jours se passèrent ainsi, sans que les deux camarades eussent l'occasion d'échanger une seule parole. Sil-

vère était désespéré; il songeait à aller carrément demander Miette chez les Rébufat.

Le puits mitoyen était un grand puits très-peu profond. De
chaque côté du mur, les margelles s'arrondissaient en un
large demi-cercle. L'eau se trouvait à trois ou quatre mètres, au plus. Cette eau dormante reflétait les deux ouvertures du puits, deux demi-lunes que l'ombre de la muraille
séparait d'une raie noire. En se penchant, on eût cru apercevoir, dans le jour vague, deux glaces d'une netteté et d'un
éclat singuliers. Par les matinées de soleil, lorsque l'égout-
tement des cordes ne troublait pas la surface de l'eau, ces
glaces, ces reflets du ciel, se découpaient, blancs sur l'eau
verte, en reproduisant avec une étrange exactitude les
feuilles d'un pied de lierre qui avait poussé le long de la muraille, au-dessus du puits.

Un matin, de fort bonne heure, Silvère, en venant tirer
la provision d'eau de tante Dide, se pencha machinalement,
au moment où il saisissait la corde. Il eut un tressaillement,
il resta courbé, immobile. Au fond du puits, il avait cru distinguer une tête de jeune fille qui le regardait en souriant;
mais il avait ébranlé la corde, l'eau agitée n'était plus qu'un
miroir trouble sur lequel rien ne se reflétait nettement. Il
attendit que l'eau se fût rendormie, n'osant bouger, le cœur
battant à grands coups. Et à mesure que les rides de l'eau
s'élargissaient et se mouraient, il vit l'apparition se refor-
mer. Elle oscilla longtemps dans un balancement qui donnait à ses traits une grâce vague de fantôme. Elle se fixa
enfin. C'était le visage souriant de Miette, avec son buste,
son fichu de couleur, son corset blanc, ses bretelles bleues.
Silvère s'aperçut à son tour dans l'autre glace. Alors, sachant
tous deux qu'ils se voyaient, ils firent des signes de tête.
Dans le premier moment, ils ne songèrent même pas à parler.
Puis ils se saluèrent.

— Bonjour, Silvère.

— Bonjour, Miette.

Le son étrange de leurs voix les étonna. Elles avaient pris une sourde et singulière douceur dans ce trou humide. Il leur semblait qu'elles venaient de très-loin, avec ce chant léger des voix entendues le soir dans la campagne. Ils comprirent qu'il leur suffirait de parler bas pour s'entendre. Le puits résonnait au moindre souffle. Accoudés aux margelles, penchés et se regardant, ils causèrent. Miette dit combien elle avait eu du chagrin depuis huit jours. Elle travaillait à l'autre bout du Jas et ne pouvait s'échapper que le matin de bonne heure. En disant cela, elle faisait une moue de dépit que Silvère distinguait parfaitement, et à laquelle il répondait par un balancement de tête irrité. Ils se faisaient leurs confidences, comme s'ils se fussent trouvés face à face, avec les gestes et les expressions de physionomie que demandaient les paroles. Peu leur importait le mur qui les séparait, maintenant qu'ils se voyaient là-bas, dans ces profondeurs discrètes.

— Je savais, continua Miette avec une mine fûtée, que tu tirais de l'eau chaque jour à la même heure. J'entends, de la maison, grincer la poulie. Alors j'ai inventé un prétexte, j'ai prétendu que l'eau de ce puits cuisait mieux les légumes. Je me disais que je viendrais en puiser tous les matins en même temps que toi, et que je pourrais te dire bonjour, sans que personne s'en doutât.

Elle eut un rire d'innocente qui s'applaudit de sa ruse, et elle termina en disant :

— Mais je ne m'imaginais pas que nous nous verrions dans l'eau.

C'était là, en effet, la joie inespérée qui les ravissait. Ils ne parlaient guère que pour voir remuer leurs lèvres, tant ce jeu nouveau amusait l'enfance qui était encore en eux. Aussi se promirent-ils sur tous les tons de ne jamais manquer au rendez-vous matinal. Quand Miette eut déclaré qu'il

lui fallait s'en aller, elle dit à Silvère qu'il pouvait tirer son
seau d'eau. Mais Silvère n'osait remuer la corde : Miette était
restée penchée, il voyait toujours son visage souriant, et il
lui en coûtait trop d'effacer ce sourire. A un léger ébranlement
qu'il donna au seau, l'eau frémit, le sourire de Miette pâlit.
Il s'arrêta, pris d'une étrange crainte : il s'imaginait qu'il
venait de la contrarier et qu'elle pleurait. Mais l'enfant lui
cria : « Va donc ! va donc ! » avec un rire que l'écho lui ren-
voyait plus prolongé et plus sonore. Et elle fit elle-même
descendre un seau bruyamment. Il y eut une tempête. Tout
disparut sous l'eau noire. Silvère alors se décida à emplir
ses deux cruches, en écoutant les pas de Miette, qui s'éloignait, de l'autre côté de la muraille.

A partir de ce jour, les jeunes gens ne manquèrent pas
une fois de se trouver au rendez-vous. L'eau dormante, ces
glaces blanches où ils contemplaient leur image, donnaient
à leurs entrevues un charme infini qui suffit longtemps
à leur imagination joueuse d'enfant. Ils n'avaient aucun désir de se voir face à face, cela leur semblait bien plus amu-
sant, de prendre un puits pour miroir et de confier à son
écho leur bonjour matinal. Ils connurent bientôt le puits
comme un vieil ami. Ils aimaient à se pencher sur la nappe
lourde et immobile, pareille à de l'argent en fusion. En bas,
dans un demi-jour mystérieux, des lueurs vertes couraient,
qui paraissaient changer le trou humide en une cachette
perdue au fond des taillis. Ils s'apercevaient ainsi dans une
sorte de nid verdâtre, tapissé de mousse, au milieu de la fraîcheur de l'eau et du feuillage. Et tout l'inconnu de cette
source profonde, de cette tour creuse sur laquelle ils se cour-
baient, attirés, avec de petits frissons, ajoutait à leur joie
de se sourire une peur inavouée et délicieuse. Il leur prenait
la folle idée de descendre, d'aller s'asseoir sur une rangée
de grosses pierres qui formaient une espèce de banc circu-
laire, à quelques centimètres de la nappe ; ils tremperaient

leurs pieds dans l'eau, ils causeraient pendant des heures, sans qu'on s'avisât jamais de les venir chercher en cet endroit. Puis, quand ils se demandaient ce qu'il pouvait bien y avoir là-bas, leurs frayeurs vagues revenaient, et ils pensaient que c'était assez déjà d'y laisser descendre leur image, tout au fond, dans ces lueurs vertes qui moiraient les pierres d'étranges reflets, dans ces bruits singuliers qui montaient des coins noirs. Ces bruits surtout, venus de l'invisible, les inquiétaient; souvent il leur semblait que des voix répondaient aux leurs; alors ils se taisaient, et ils entendaient mille petites plaintes qu'ils ne s'expliquaient pas : travail sourd de l'humidité, soupirs de l'air, gouttes d'eau glissant sur les pierres et dont la chute avait la sonorité grave d'un sanglot. Pour se rassurer, ils se faisaient des signes de tête affectueux. L'attrait qui les retenait accoudés aux margelles avait ainsi, comme tout charme poignant, sa pointe d'horreur secrète. Mais le puits restait leur vieil ami. Il était un si excellent prétexte à leur rendez-vous ! Jamais Justin, qui espionnait chaque pas de Miette, ne se défia de son empressement à aller tirer de l'eau, le matin. Parfois il la regardait de loin se pencher, s'attarder. « Ah ! la fainéante ! murmurait-il, dire qu'elle s'amuse à faire des ronds ! » Comment soupçonner que, de l'autre côté du mur, il y avait un galant qui regardait dans l'eau le sourire de la jeune fille, en lui disant : « Si cet âne rouge de Justin te maltraite, dis-le-moi, il aura de mes nouvelles ! »

Pendant plus d'un mois, ce jeu dura. On était en juillet; les matinées brûlaient, blanches de soleil, et c'était une volupté d'accourir là, dans ce coin humide. Il faisait bon de recevoir au visage l'haleine glacée du puits, de s'aimer dans cette eau de source, à l'heure où l'incendie du ciel s'allumait. Miette arrivait tout essoufflée, traversant les chaumes; dans sa course, les petits cheveux de son front et de ses tempes s'échevelaient; elle prenait à peine le temps de poser sa cru-

che; elle se penchait, rouge, décoiffée, vibrante de rires. Et
Silvère, qui se trouvait presque toujours le premier au rendez-vous, éprouvait, en la voyant apparaître dans l'eau, avec
cette rieuse et folle hâte, la sensation vive qu'il aurait res-
sentie, si elle s'était jetée brusquement dans ses bras, au détour d'un sentier. Autour d'eux, les gaietés de la radieuse
matinée chantaient, un flot de lumière chaude, toute sonore
d'un bourdonnement d'insectes, battait la vieille muraille,
les piliers et les margelles. Mais eux ne voyaient plus la ma-
tinale ondée de soleil, n'entendaient plus les mille bruits qui
montaient du sol : ils étaient au fond de leur cachette verte,
sous la terre, dans ce trou mystérieux et vaguement effrayant,
s'oubliant à jouir de la fraîcheur et du demi-jour, avec une
joie frissonnante.

Certains matins, Miette, dont le tempérament ne s'accom-
modait pas d'une longue contemplation, se montrait taquine;
elle remuait la corde, elle faisait tomber exprès des gouttes
d'eau qui ridaient les clairs miroirs et déformaient les images. Silvère la suppliait de se tenir tranquille. Lui, d'une
ardeur plus concentrée, ne connaissait pas de plus vif plaisir
que de regarder le visage de son amie, réfléchi dans toute la
pureté de ses traits. Mais elle ne l'écoutait pas, elle plaisantait, elle faisait la grosse voix, une voix de croquemitaine, à
laquelle l'écho donnait une douceur rauque.

— Non, non, grondait-elle, je ne t'aime pas aujourd'hui,
je te fais la grimace; vois comme je suis laide.

Et elle s'égayait à voir les formes bizarres que prenaient
leurs figures élargies, dansantes sur l'eau.

Un matin, elle se fâcha pour tout de bon. Elle ne trouva
pas Silvère au rendez-vous, et elle l'attendit près d'un quart
d'heure, en faisant vainement grincer la poulie. Elle allait
s'éloigner, exaspérée, lorsqu'il arriva enfin. Dès qu'elle l'a-
perçut, elle déchaîna une véritable tempête dans le puits;
elle agitait le seau d'une main irritée, l'eau noirâtre tour-

billonnait avec des jaillissements sourds contre les pierres.
Silvère eut beau lui expliquer que tante Dide l'avait retenu.
A toutes les excuses, elle répondait :

— Tu m'as fait de la peine, je ne veux pas te voir.

Le pauvre garçon interrogeait avec désespoir ce trou sombre, plein de bruits lamentables, où l'attendait, les autres
jours, une si claire vision, dans le silence de l'eau morte.
Il dut se retirer sans avoir vu Miette. Le lendemain, ayant
devancé l'heure du rendez-vous, il regardait mélancoliquement dans le puits, n'entendant rien, se disant que la mauvaise tête ne viendrait peut-être pas, lorsque l'enfant, qui
était déjà de l'autre côté, où elle guettait sournoisement son
arrivée, se pencha tout d'un coup, en éclatant de rire. Tout
fut oublié.

Il y eut ainsi des drames et des comédies dont le puits fut
complice. Ce bienheureux trou, avec ses glaces blanches et
son écho musical, hâta singulièrement leur tendresse. Ils
lui donnèrent une vie étrange, ils l'emplirent à tel point de
leurs jeunes amours, que, longtemps après, lorsqu'ils ne vinrent plus s'accouder aux margelles, Silvère, chaque matin,
en tirant de l'eau, croyait y voir apparaître la figure rieuse
de Miette, dans le demi-jour frissonnant et ému encore de
toute la joie qu'ils avaient mise là.

Ce mois de tendresse joueuse sauva Miette de ses désespoirs muets. Elle sentit se réveiller ses affections, ses insouciances heureuses d'enfant, que la solitude haineuse où elle
vivait avait comprimées en elle. La certitude qu'elle était aimée par quelqu'un, qu'elle ne se trouvait plus seule au
monde, lui rendit tolérables les persécutions de Justin et des
gamins du faubourg. Il y avait maintenant une chanson dans
son cœur qui l'empêchait d'entendre les huées. Elle pensait
à son père avec une pitié attendrie, elle ne s'abandonnait
plus aussi souvent à des rêveries d'implacable vengeance. Ses
amours naissantes étaient comme une aube fraîche dans la-

quelle se calmaient ses mauvaises fièvres. Et en même temps
une rouerie de fille amoureuse lui venait. Elle s'était dit
qu'elle devait garder son attitude muette et révoltée, si elle
voulait que Justin n'eût aucun soupçon. Mais, malgré ses efforts, lorsque ce garçon la blessait, il lui restait de la douceur plein les yeux ; elle ne savait plus où prendre le regard
noir et dur d'autrefois. Il l'entendait aussi chantonner entre
ses dents, le matin, au déjeuner.

— Eh ! tu es bien gaie, la Chantegreil ! lui disait-il avec
méfiance, en l'examinant de son air louche. Je parie que tu
as fait quelque mauvais coup.

Elle haussait les épaules, mais elle tremblait intérieure-
ment; elle s'efforçait vite de jouer son rôle de martyre révoltée. D'ailleurs, bien qu'il flairât les joies secrètes de sa
victime, Justin chercha longtemps avant d'apprendre de
quelle façon elle lui avait échappé.

Silvère, de son côté, goûtait des bonheurs profonds. Ses
rendez-vous quotidiens avec Miette suffisaient pour remplir
les heures vides qu'il passait au logis. Sa vie solitaire, ses
longs tête-à-tête silencieux avec tante Dide, furent employés
à reprendre un à un ses souvenirs de la matinée, à en jouir
dans leurs moindres détails. Il éprouva dès lors une plénitude de sensations qui le mura davantage dans l'existence
cloîtrée qu'il s'était faite auprès de sa grand'mère. Par tempérament, il aimait les coins cachés, les solitudes où il pouvait à son aise vivre avec ses pensées. A cette époque, il
s'était déjà jeté avidement dans la lecture de tous les bou-
quins dépareillés qu'il trouvait chez les brocanteurs du faubourg, et qui devaient le mener à une généreuse et étrange
religion sociale. Cette instruction, mal digérée, sans base
solide, lui ouvrait sur le monde, sur les femmes surtout, des
échappées de vanité, de volupté ardente, qui auraient singulièrement troublé son esprit, si son cœur était resté inas-
souvi. Miette vint, il la prit d'abord comme une camarade,

puis comme la joie et l'ambition de sa vie. Le soir, retiré
dans le réduit où il couchait, après avoir accroché sa lampe
au chevet de son lit de sangle, il retrouvait Miette à chaque
page du vieux volume poudreux qu'il avait pris au hasard
sur une planche, au-dessus de sa tête, et qu'il lisait dévote-
ment. Il ne pouvait être question, dans ses lectures, d'une
jeune fille, d'une créature belle et bonne, sans qu'il la rem-
plaçât immédiatement par son amoureuse. Et lui-même il
se mettait en scène. S'il lisait une histoire romanesque, il
épousait Miette au dénoûment ou mourait avec elle. S'il
lisait, au contraire, quelque pamphlet politique, quelque
grave dissertation sur l'économie sociale, livres qu'il préférait aux romans, par ce singulier amour que les demi-savants
ont pour les lectures difficiles, il trouvait encore moyen de
l'intéresser aux choses mortellement ennuyeuses que souvent
il ne parvenait même pas à comprendre; il croyait apprendre
la façon d'être bon et aimant pour elle, quand ils seraient
mariés. Il la mêlait ainsi à ses songeries les plus creuses.
Protégé par cette pure tendresse contre les gravelures de
certains contes du dix-huitième siècle qui lui tombèrent
entre les mains, il se plut surtout à s'enfermer avec elle dans
les utopies humanitaires que de grands esprits, affolés par
la chimère du bonheur universel, ont rêvées de nos jours.
Miette, dans son esprit, devenait nécessaire à l'abolissement
du paupérisme et au triomphe définitif de la révolution. Nuits
de lectures fiévreuses, pendant lesquelles son esprit tendu
ne pouvait se détacher du volume qu'il quittait et reprenait
vingt fois; nuits pleines, en somme, d'un voluptueux éner-
vement, dont il jouissait jusqu'aujourd, comme d'une ivresse
défendue, le corps serré par les murs de l'étroit cabinet, la
vue troublée par la lueur jaune et louche de la lampe, se
livrant à plaisir aux brûlures de l'insomnie et bâtissant des
projets de société nouvelle, absurdes de générosité, où la
femme, toujours sous les traits de Miette, était adorée par

les nations à genoux. Il se trouvait prédisposé à l'amour de
l'utopie par certaines influences héréditaires ; chez lui, les
troubles nerveux de sa grand'mère tournaient à l'enthousiasme chronique, à des élans vers tout ce qui était grandiose et impossible. Son enfance solitaire, sa demi-instruction, avaient singulièrement développé les tendances de sa
nature. Mais il n'était pas encore à l'âge où l'idée fixe plante
son clou dans le cerveau d'un homme. Le matin, dès qu'il
avait rafraîchi sa tête dans un seau d'eau, il ne se souvenait
plus que confusément des fantômes de sa veille, il gardait
seulement de ses rêves une sauvagerie pleine de foi naïve et
d'ineffable tendresse. Il redevenait enfant. Il courait au
puits, avec le seul besoin de retrouver le sourire de son
amoureuse, de goûter les joies de la radieuse matinée. Et,
dans la journée, si des pensées d'avenir le rendaient songeur,
souvent aussi, cédant à des effusions subites, il embrassait
sur les deux joues tante Dide, qui le regardait alors dans
les yeux, comme prise d'inquiétude, à les voir si clairs et si
profonds d'une joie qu'elle croyait reconnaître.

Cependant Miette et Silvère se lassaient un peu de n'apercevoir que leur ombre. Ils avaient usé leur jouet, ils rêvaient
des plaisirs plus vifs, que le puits ne pouvait leur donner.
Dans ce besoin de réalité qui les prenait, ils auraient voulu
se voir face à face, courir en pleins champs, revenir essoufflés,
les bras à la taille, serrés l'un contre l'autre, pour mieux
sentir leur amitié. Silvère parla un matin de franchir tout
simplement le mur et d'aller se promener dans le Jas, avec
Miette. Mais l'enfant le supplia de ne pas faire cette folie,
qui la livrerait à la merci de Justin. Il promit de chercher
un autre moyen.

La muraille, dans laquelle le puits était enclavé, formait,
à quelques pas, un coude brusque qui ménageait une espèce
d'enfoncement où les amoureux se seraient trouvés à l'abri
des regards, s'ils étaient parvenus à s'y réfugier. Il s'agissait

d'arriver à cet enfoncement. Silvère ne pouvait plus songer
à son projet d'escalade, dont Miette avait paru si effrayée. Il
nourrissait secrètement un autre projet. La petite porte que
Macquart et Adélaïde avaient jadis ouverte en une nuit,
était restée oubliée, dans ce coin perdu de la vaste
propriété voisine; on n'avait pas même songé à la condamner; noire d'humidité, verte de mousse, la serrure et les
gonds rongés de rouille, elle faisait comme partie de la
vieille muraille. Sans doute la clef était perdue; les herbes,
poussées au bas des planches, contre lesquelles s'étaient formés de légers talus, prouvaient suffisamment que personne
ne passait plus par là depuis de longues années. C'était cette
clef perdue que comptait retrouver Silvère. Il savait avec
quelle dévotion tante Dide laissait pourrir sur place les reli-
ques du passé. Cependant il fouilla la maison pendant huit
jours sans aucun résultat. Il allait toutes les nuits, à pas de
loup, voir s'il avait enfin, dans la journée, mis la main sur
la bonne clef. Il en essaya ainsi plus de trente, provenant
sans doute de l'ancien enclos des Fouque, et qu'il ramassa
un peu partout, le long des murs, sur les planches, au fond
des tiroirs. Il commençait à se décourager, lorsqu'il trouva
enfin la bienheureuse clef. Elle était tout simplement attachée
par une ficelle au passe-partout de la porte d'entrée, qui
restait toujours dans la serrure. Elle pendait là depuis près
de quarante ans. Chaque jour tante Dide avait dû la toucher
de la main, sans se décider jamais à la faire disparaître,
maintenant qu'elle ne pouvait que la reporter douloureusement à ses voluptés mortes. Quand Silvère se fut assuré
qu'elle ouvrait bien la petite porte, il attendit le lendemain,
en rêvant aux joies de la surprise qu'il ménageait à Miette.
Il lui avait caché ses recherches.

Le lendemain, dès qu'il entendit l'enfant poser sa cruche,
il ouvrit doucement la porte, dont il déblaya d'une poussée
le seuil couvert de longues herbes. En allongeant la tête, il

aperçut Miette penchée sur la margelle, regardant dans le
puits, tout absorbée par l'attente. Alors il gagna en deux enjambées l'enfoncement formé par le mur, et, de là, il appela :
« Miette! Miette! » d'une voix adoucie qui la fit tressaillir.
Elle leva la tête, le croyant sur le chaperon du mur. Puis,
quand elle le vit dans le Jas, à quelques pas d'elle, elle eut
un léger cri d'étonnement, elle accourut. Ils se prirent les
mains ; ils se contemplaient, ravis d'être si près l'un de l'autre,
se trouvant bien plus beaux ainsi, dans la lumière chaude
du soleil. C'était la mi-août, le jour de l'Assomption ; au
loin les cloches sonnaient, dans cet air limpide des grandes
fêtes, qui semble avoir des souffles particuliers de gaietés
blondes.

— Bonjour, Silvère !
— Bonjour, Miette !

Et la voix dont ils échangèrent leur salut matinal les
étonna. Ils n'en connaissaient les sons que voilés par l'écho
du puits. Elle leur parut claire comme un chant d'alouette.
Ah ! qu'il faisait bon dans ce coin tiède, dans cet air de fête !
Ils se tenaient toujours les mains, Silvère le dos appuyé
contre le mur, Miette penchée un peu en arrière. Entre
eux, leur sourire mettait une clarté. Ils allaient se dire
toutes les bonnes choses qu'ils n'avaient point osé confier
aux sonorités sourdes du puits, lorsque Silvère, tournant la
tête à un léger bruit, pâlit et lâcha les mains de Miette. Il
venait de voir tante Dide devant lui, droite, arrêtée sur le
seuil de la porte.

La grand'mère était venue par hasard au puits. En apercevant, dans la vieille muraille noire, la trouée blanche de
la porte que Silvère avait ouverte toute grande, elle reçut
au cœur un coup violent. Cette trouée blanche lui semblait
un abîme de lumière creusé brutalement dans son passé.
Elle se revit au milieu des clartés du matin, accourant,
passant le seuil avec tout l'emportement de ses amours ner-

veuses. Et Macquart était là qui l'attendait. Elle se pendait à
son cou, elle restait sur sa poitrine, tandis que le soleil levant, entrant avec elle dans la cour par la porte qu'elle ne
prenait pas le temps de refermer, les baignait de ses rayons
obliques. Vision brusque qui la tirait cruellement du sommeil
de sa vieillesse, comme un châtiment suprême, en réveillant
en elle les cuissons brûlantes du souvenir. Jamais l'idée ne
lui était venue que cette porte pût encore s'ouvrir. La mort
de Macquart, pour elle, l'avait murée. Le puits, la muraille
entière auraient disparu sous terre, qu'elle ne se serait pas
sentie frappée d'une stupeur plus grande. Et, dans son étonnement, montait sourdement une révolte contre la main
sacrilége qui, après avoir violé ce seuil, avait laissé derrière
elle la trouée blanche comme une tombe ouverte. Elle
s'avança, attirée par une sorte de fascination. Elle se tint
immobile, dans l'encadrement de la porte.

Là, elle regarda devant elle, avec une surprise douloureuse. On lui avait bien dit que l'enclos des Fouque se trouvait réuni au Jas-Meiffren; mais elle n'aurait jamais pensé
que sa jeunesse fût morte à ce point. Un grand vent semblait
avoir emporté tout ce qui était resté cher à sa mémoire. Le
vieux logis, le vaste jardin potager, avec ses carrés verts de
légumes, avaient disparu. Pas une pierre, pas un arbre
d'autrefois. Et, à la place de ce coin, où elle avait grandi,
et que la veille elle revoyait encore en fermant les yeux,
s'étendait un lambeau de sol nu, une large pièce de chaume
désolée comme une lande déserte. Maintenant, lorsque, les
paupières closes, elle voudrait évoquer les choses du passé,
toujours ce chaume lui apparaîtrait, pareil à un linceul de
bure jaunâtre jeté sur la terre où sa jeunesse était ensevelie.
En face de cet horizon banal et indifférent, elle crut que son
cœur mourait une seconde fois. Tout, à cette heure, était
bien fini. On lui prenait jusqu'aux rêves de ses souvenirs.
Alors elle regretta d'avoir cédé à la fascination de la trouée

blanche, de cette porte béa te sur les jours à jamais dis-
parus.

Elle allait se retirer, fermer la porte maudite, sans chercher même à connaître la main qui l'avait violée, lorsqu'elle
aperçut Miette et Silvère. La vue des deux enfants amoureux
qui attendaient son regard, confus, la tête baissée, la retint
sur le seuil, prise d'une douleur plus vive. Elle comprenait
maintenant. Jusqu'au bout, elle devait se retrouver, elle et
Macquart, aux bras l'un de l'autre, dans la claire matinée.
Une seconde fois, la porte était complice. Par où l'amour
avait passé, l'amour passait de nouveau. C'était l'éternel re-
commencement, avec ses joies présents et ses larmes fu-
tures. Tante Dide ne vit que les larmes, et elle eut comme
un pressentiment rapide qui lui montra les deux enfants
saignants, frappés au cœur. Toute secouée par le souvenir
des souffrances de sa vie, que ce lieu venait de réveiller en
elle, elle pleura son cher Silvère. Elle seule était coupable ;
si elle n'avait pas jadis troué la muraille, Silvère ne serait
point dans ce coin perdu, aux pieds d'une fille, à se griser
d'un bonheur qui irrite la mort et la rend jalouse.

Au bout d'un silence, elle vint, sans dire un mot, prendre le jeune homme par la main. Peut-être les eût-elle laissés là, à jaser au pied du mur, si elle ne s'était sentie complice de ces douceurs mortelles. Comme elle rentrait avec
Silvère, elle se retourna, en entendant le pas léger de Miette
qui s'était hâtée de reprendre sa cruche et de fuir à travers
le chaume. Elle courait follement, heureuse d'en être quitte
à si bon marché. Tante Dide eut un sourire involontaire, à
la voir traverser le champ comme une chèvre échappée.

— Elle est bien jeune, murmura-t-elle. Elle a le temps.

Sans doute, elle voulait dire que Miette avait le temps de
souffrir et de pleurer. Puis, reportant ses yeux sur Silvère,
qui avait suivi avec extase la course de l'enfant dans le soleil
limpide, elle ajouta simplement :

— Prends garde, mon garçon, on en meurt.

Ce furent les seules paroles qu'elle prononça en cette aventure, qui remua toutes les douleurs endormies au fond de
son être. Elle s'était fait une religion du silence. Quand Silvère fut rentré, elle ferma la porte à double tour et jeta la
clef dans le puits. Elle était certaine, de cette façon, que la
porte ne la rendrait plus complice. Elle revint l'examiner un
instant, heureuse de lui voir reprendre son air sombre et im-
muable. La tombe était refermée, la trouée blanche se trouvait à jamais bouchée par ces quelque. planches noires
d'humidité, vertes de mousse, sur lesquelles les escargots
avaient pleuré des larmes d'argent.

Le soir, tante Dide eut une de ces crises nerveuses qui la
secouaient encore de loin en loin. Pendant ces attaques, elle
parlait souvent à voix haute, sans suite, comme dans un
cauchemar. Ce soir-là, Silvère qui la maintenait sur son lit,
navré d'une pitié poignante pour ce pauvre corps tordu, l'entendit prononcer en haletant les mots de douanier, de coup
de feu, de meurtre. Et elle se débattait, elle demandait
grâce, elle rêvait de vengeance. Quand la crise toucha à sa
fin, elle eut, comme il arrivait toujours, une épouvante singulière, un frisson d'effroi qui faisait claquer ses dents. Elle se
soulevait à moitié, elle regardait avec un étonnement hagard
dans les coins de la pièce, puis se laissait retomber sur l'oreiller en poussant de longs soupirs. Sans doute elle était prise
d'hallucination. Alors elle attira Silvère sur sa poitrine, elle
parut commencer à le reconnaître, tout en le confondant par
instants avec une autre personne.

— Ils sont là, bégaya-t-elle. Vois-tu, ils vont te prendre,
ils te tueront encore... Je ne veux pas... Renvoie-les, dis-
leur que je ne veux pas, qu'ils me font mal, à fixer ainsi
leurs regards sur moi...

Et elle se tourna vers la ruelle, pour ne plus voir les gens
dont elle parlait. Au bout d'un silence

— Tu es auprès de moi, n'est-ce pas, mon enfant ? continua-t-elle. Il ne faut pas me quitter... J'ai cru que j'allais mourir tout à l'heure... Nous avons eu tort de percer le mur. Depuis ce jour, j'ai souffert. Je savais bien que cette porte nous porterait encore malheur... Ah ! les chers innocents, que de larmes ! On les tuera, eux aussi, à coups de fusil, comme des chiens.

Elle retombait dans son état de catalepsie, elle ne savait même plus que Silvère était là. Brusquement elle se redressa, elle regarda au pied de son lit, avec une horrible expression de terreur.

— Pourquoi ne les as-tu pas renvoyés ? cria-t-elle en cachant sa tête blanchie dans le sein du jeune homme. Ils sont toujours là. Celui qui a le fusil me fait signe qu'il va tirer...

Peu après, elle s'endormit du sommeil lourd qui terminait les crises. Le lendemain, elle parut avoir tout oublié. Jamais elle ne reparla à Silvère de la matinée où elle l'avait trouvé avec une amoureuse, derrière le mur.

Les jeunes gens restèrent deux jours sans se voir. Quand Miette osa revenir au puits, ils se promirent de ne plus recommencer l'équipée de l'avant-veille. Cependant leur entrevue, si brusquement coupée, leur avait donné un vif désir de se retrouver seule à seul, au fond de quelque heureuse solitude. Las des joies que le puits leur offrait, et ne voulant pas chagriner tante Dide, en revoyant Miette de l'autre côté du mur, Silvère supplia l'enfant de lui donner des rendez-vous autre part. Elle ne se fit guère prier, d'ailleurs ; elle accepta cette idée avec des rires satisfaits de gamine qui ne songe pas encore au mal ; ce qui la faisait rire, c'était l'idée qu'elle allait jouer de finesse avec cet espion de Justin. Lorsque les amoureux furent d'accord, ils discutèrent pendant longtemps le choix d'un lieu de rencontre. Silvère proposa des cachettes impossibles ; il rêvait de faire de véritables voyages, ou bien de rejoindre la jeune fille, à minuit dans les greniers du Jas-Meiffren. Miette, plus pratique, haussa les épaules, en déclarant qu'elle chercherait à son tour. Le lendemain, elle ne demeura qu'une minute au puits, le temps de sourire à Silvère et de lui dire de se trouver le soir, vers dix heures, au fond de l'aire Saint-Mittre. On pense si le jeune homme fut exact ! Tout le jour, le choix de Miette l'avait fort intrigué. Sa curiosité augmenta, lorsqu'il se fut engagé dans l'étroite allée que les tas de planches ménagent au fond du terrain. « Elle viendra par là, » se disait-il en regardant du côté de la route de Nice. Puis il entendit un grand bruit de branches derrière le mur, et il vit apparaître, au-dessus du chaperon, une tête rieuse, ébouriffée, qui lui cria joyeusement :

— C'est moi !

Et c'était Miette, en effet, grimpée comme un gamin sur un des mûriers qui longent encore aujourd'hui la clôture du Jas. En deux sauts, elle atteignit la pierre tombale, à demi enterrée dans l'angle de la muraille, au fond de l'allée. Silvère la regarda descendre avec un étonnement ravi, sans songer seulement à l'aider. Il lui prit les deux mains, il lui dit :

— Comme tu es leste ! tu grimpes mieux que moi.

Ce fut ainsi qu'ils se rencontrèrent pour la première fois dans ce coin perdu où ils devaient passer de si bonnes heures. A partir de cette soirée, ils se virent là presque chaque nuit. Le puits ne leur servit plus qu'à s'avertir des obstacles imprévus mis à leurs rendez-vous, des changements d'heure, de toutes les petites nouvelles, grosses à leurs yeux, et ne souffrant pas de retard ; il suffisait que celui qui avait à faire une communication à l'autre, mît en mouvement la poulie, dont le bruit strident s'entendait de fort loin. Mais bien que, certains jours, ils s'appelassent deux ou trois fois pour se dire des riens d'une énorme importance, ils ne goûtaient leurs vraies joies que le soir, dans l'allée discrète. Miette était d'une ponctualité rare. Elle couchait heureusement au-dessus de la cuisine, dans une chambre où l'on serrait, avant son arrivée, les provisions d'hiver, et à laquelle conduisait un petit escalier particulier. Elle pouvait ainsi sortir à toute heure sans être vue du père Rébufat ni de Justin. Elle comptait d'ailleurs, si ce dernier la voyait jamais rentrer, lui faire quelque histoire, en le regardant de cet air dur qui lui fermait la bouche.

Ah ! quelles heureuses et tièdes soirées ! On était alors dans les premiers jours de septembre, mois de clair soleil en Provence. Les amoureux ne pouvaient guère se rejoindre que vers neuf heures. Miette arrivait par son mur. Elle acquit bientôt une telle habileté à franchir cet obstacle, qu'elle était presque toujours sur l'ancienne pierre tombale avant que Silvère lui eût tendu les bras. Et elle riait de son tour de force, elle restait là un instant, essoufflée, décoiffée, donnant de petites tapes sur sa jupe pour la faire retomber. Son amoureux l'appelait en riant « méchant galopin. » Au fond, il aimait la crânerie de l'enfant. Il la regardait sauter son mur avec la complaisance d'un frère aîné qui assiste aux exercices d'un de ses jeunes frères. Il y avait tant de puérilité dans leur tendresse naissante ! A plusieurs reprises, ils firent le projet d'aller un jour dénicher des oiseaux, au bord de la Viorne.

— Tu verras comme je monte aux arbres ! disait Miette orgueilleusement. Quand j'étais à Chavanoz, j'allais jusqu'en haut des noyers du père André. Est-ce que tu as jamais déniché des pies, toi ? C'est ça qui est difficile !

Et une discussion s'engageait sur la façon de grimper le long des peupliers. Miette donnait son avis nettement, comme un garçon.

Mais Silvère, la prenant par les genoux, l'avait descendue à terre, et ils marchaient côte à côte, les bras à la taille. Tout en se querellant sur la manière dont on doit poser les pieds

et les mains à la naissance des branches, ils se serraient davantage, ils sentaient sous leurs étreintes des chaleurs in-
connues les brûler d'une étrange joie. Jamais le puits ne leur
avait procuré de pareils plaisirs. Ils restaient enfants, ils
avaient des jeux et des causeries de gamins, et goûtaient
des jouissances d'amoureux, sans savoir seulement parler
d'amour, rien qu'à se tenir par le bout des doigts. Ils cherchaient la tiédeur de leurs mains, pris d'un besoin instinctif,
ignorant où allaient leurs sens et leur cœur. A cette heure
d'heureuse naïveté, ils se cachaient même la singulière émotion qu'ils se donnaient mutuellement, au moindre contact.
Souriants, étonnés parfois des douceurs qui coulaient en eux,
dès qu'ils se touchaient, ils s'abandonnaient secrètement aux
mollesses de leurs sensations nouvelles, tout en continuant
à causer, comme deux écoliers, des nids de pies qui sont si
difficiles à atteindre.

Et ils allaient, dans le silence du sentier, entre les tas de
planches et le mur du Jas-Meiffren. Jamais ils ne dépassaient
le bout de ce cul-de-sac étroit, revenant sur leurs pas, à chaque fois. Ils étaient chez eux. Souvent Miette, heureuse de
se sentir si bien cachée, s'arrêtait et se complimentait de sa
découverte :

— Ai-je eu la main chanceuse ! disait-elle avec ravissement. Nous ferions une lieue, sans trouver une si bonne cachette !

L'herbe épaisse étouffait le bruit de leurs pas. Ils étaient
noyés dans un flot de ténèbres, bercés entre deux rives sombres, ne voyant qu'une bande d'un bleu foncé, semée d'é-
toiles, au-dessus de leur tête. Et, dans ce vague du sol qu'ils
foulaient, dans cette ressemblance de l'allée à un ruisseau
d'ombre coulant sous le ciel noir et or, ils éprouvaient une
émotion indéfinissable, ils baissaient la voix, bien que personne ne pût les entendre. Se livrant à ces ondes silencieuses de la nuit, la chair et l'esprit flottants, ils se con-

taient, ces soirs-là, les mille riens de leur journée, avec des frissons d'amoureux.

D'autres fois, par les soirées claires, lorsque la lune découpait nettement les lignes de la muraille et des tas de planches, Miette et Silvère gardaient leur insouciance d'enfant. L'allée s'allongeait, éclairée de raies blanches, toute gaie, sans inconnu. Et les deux camarades se poursuivaient, riaient comme des gamins en récréation, se hasardant même à grimper sur les tas de planches. Il fallait que Silvère effrayât Miette, en lui disant que Justin était peut-être derrière le mur, qui la guettait. Alors, encore essoufflés, ils marchaient côte à côte, en se promettant d'aller un jour courir dans les prés Sainte-Claire, pour savoir lequel des deux attraperait l'autre le plus vite.

Leurs amours naissantes s'accommodaient ainsi des nuits obscures et des nuits limpides. Toujours leur cœur était en éveil, et il suffisait d'un peu d'ombre pour que leur étreinte fût plus douce et leur rire plus mollement voluptueux. La chère retraite, si joyeuse au clair de lune, si étrangement émue par les temps sombres, leur semblait inépuisable en éclats de gaieté et en silences frissonnants. Et jusqu'à minuit ils restaient là, tandis que la ville s'endormait et que les fenêtres du faubourg s'éteignaient une à une.

Jamais ils ne furent troublés dans leur solitude. A cette heure avancée, les gamins ne jouaient plus à cache-cache derrière les tas de planches. Parfois, lorsque les jeunes gens entendaient quelque bruit, un chant d'ouvriers passant sur la route, des voix venant des trottoirs voisins, ils se hasardaient à jeter un regard sur l'aire Saint-Mittre. Le champ de poutres s'étendait, vide, peuplé de rares ombres. Par les soirées tièdes, ils y voyaient des couples vagues d'amoureux, des vieillards assis sur des madriers, au bord du grand chemin. Quand les soirées devenaient plus fraîches, ils

n'apercevaient plus, dans l'aire mélancolique et déserte,
qu'un feu de bohémiens, devant lequel passaient de grandes
ombres noires. L'air calme de la nuit leur apportait des
paroles et des sons perdus, le bonsoir d'un bourgeois fermant sa porte, le claquement d'un volet, l'heure grave des
horloges, tous ces bruits mourants d'une ville de province
qui se couche. Et lorsque Plassans était endormi, ils entendaient encore les querelles des bohémiens, les pétillements
de leur feu, au milieu desquels s'élevaient brusquement des
voix gutturales de jeunes filles chantant en une langue inconnue, pleine d'accents rudes.

Mais les amoureux ne regardaient pas longtemps au dehors, dans l'aire Saint-Mittre ; ils se hâtaient de rentrer
chez eux, ils se remettaient à marcher le long de leur cher
sentier clos et discret. Ils se souciaient bien des autres, de
la ville entière ! Les quelques planches qui les séparaient
des méchantes gens leur semblaient, à la longue, un rempart infranchissable. Ils étaient si seuls, si libres dans ce
coin situé en plein faubourg, à cinquante pas de la porte de
Rome, qu'ils s'imaginaient parfois être bien loin, au fond
de quelque creux de la Viorne, en rase campagne. De tous
les bruits qui venaient à eux, ils n'en écoutaient qu'un avec
une émotion inquiète, celui des horloges battant lentement
dans la nuit. Quand l'heure sonnait, parfois ils feignaient
de ne pas entendre, parfois ils s'arrêtaient net, comme
pour protester. Cependant, ils avaient beau s'accorder dix
minutes de grâce, il leur fallait se dire adieu. Ils auraient
joué, ils auraient bavardé jusqu'au matin, les bras enlacés,
afin d'éprouver ce singulier étouffement, dont ils goûtaient
en secret les délices, avec de continuelles surprises. Miette
se décidait enfin à remonter sur son mur. Mais ce n'était
point fini, les adieux traînaient encore un bon quart d'heure.
Quand l'enfant avait enjambé le mur, elle restait là, les
coudes sur le chaperon, retenue par les branches du mûrier

qui lui servait d'échelle. Silvère, debout sur la pierre
tombale, pouvait lui reprendre les mains, se remettre à
causer à demi-voix. Ils répétaient plus de dix fois : « A demain ! » et trouvaient toujours de nouvelles paroles. Silvère
grondait.

— Voyons, descends, il est plus de minuit.

Mais, avec des entêtements de fille, Miette voulait qu'il
descendît le premier; elle désirait le voir s'en aller. Et,
comme le jeune homme tenait bon, elle finissait par dire
brusquement, pour le punir, sans doute :

— Je vais sauter, tu vas voir.

Et elle sautait du mûrier, au grand effroi de Silvère. Il
entendait le bruit sourd de sa chute; puis elle s'enfuyait
avec un éclat de rire, sans vouloir répondre à son dernier
adieu. Il restait quelques instants à regarder son ombre
vague s'enfoncer dans le noir, et lentement il descendait à
son tour, il regagnait l'impasse Saint-Mittre.

Pendant deux années, ils vinrent là chaque jour. Ils y
jouirent, lors de leurs premiers rendez-vous, de quelques
belles nuits encore toutes tièdes. Les amoureux purent se
croire en mai, au mois des frissons de la séve, lorsqu'une
bonne odeur de terre et de feuilles nouvelles traîne dans
l'air chaud. Ce renouveau, ce printemps tardif fut pour
eux comme une grâce du ciel, qui leur permit de courir
librement dans l'allée et d'y resserrer leur amitié d'un lien
étroit.

Puis arrivèrent les pluies, les neiges, les gelées. Ces mau
vaises humeurs de l'hiver ne les retinrent pas. Miette ne
vint plus sans sa grande pelisse brune, et ils se moquèrent
tous deux des vilains temps. Quand la nuit était sèche et
claire, que de petits souffles soulevaient sous leurs pas une
poussière blanche de gelée, et les frappaient au visage
comme à coups de baguettes minces, ils se gardaient bien
de s'asseoir; ils allaient et venaient plus vite, enveloppés

dans la pelisse , les joues bleuies, les yeux pleurant de
froid ; et ils riaient, tout secoués de gaieté par leur marche
rapide dans l'air glacé. Un soir de neige, ils s'amusèrent à
faire une énorme boule qu'ils roulèrent dans un coin ; elle
resta là un grand mois, ce qui les fit s'étonner à chaque
nouveau rendez-vous. La pluie ne les effrayait pas davantage. Ils se virent par de terribles averses qui les mouil-
laient jusqu'aux os. Silvère accourait en se disant que Miette
ne ferait pas la folie de venir ; et quand Miette arrivait à
son tour, il ne savait plus comment la gronder. Au fond, il
l'attendait. Il finit par chercher un abri contre les mauvais
temps, sentant bien qu'ils sortiraient quand même, malgré
leur promesse mutuelle de ne pas mettre les pieds dehors
lorsqu'il pleuvrait. Pour trouver un toit, il n'eut qu'à creuser un des tas de planches ; il en retira quelques morceaux
de bois, qu'il rendit mobiles, de façon à pouvoir les dé-
placer et les replacer aisément. Dès lors, les amoureux
eurent à leur disposition une sorte de guérite basse et
étroite, un trou carré, où ils ne pouvaient tenir que serrés
l'un contre l'autre, assis sur le bout d'un madrier, qu'ils
laissaient au fond de la logette. Quand l'eau tombait, le
premier arrivé se réfugiait là ; et, lorsqu'ils s'y trouvaient
réunis, ils écoutaient avec une jouissance infinie l'averse
qui battait sur le tas de planches de sourds roulements de
tambour. Devant eux, autour d'eux, dans le noir d'encre de
la nuit, il y avait un grand ruissellement qu'ils ne voyaient
pas, et dont le bruit continu ressemblait à la voix haute
d'une foule. Ils étaient bien seuls cependant, au bout du
monde, au fond des eaux. Jamais ils ne se sentaient aussi
heureux, aussi séparés des autres, qu'au milieu de ce dé-
luge, dans ce tas de planches, menacés à chaque instant
d'être emportés par les torrents du ciel. Leurs genoux re-
pliés arrivaient presque au ras de l'ouverture, et ils s'enfonçaient le plus possible, les joues et les mains baignées

d'une fine poussière de pluie. A leurs pieds, de grosses gouttes tombées des planches clapotaient à temps égaux. Et ils avaient chaud dans la pelisse brune ; ils étaient si à l'étroit, que Miette se trouvait à demi sur les genoux de Silvère. Ils bavardaient ; puis ils se taisaient, pris d'une langueur, assoupis par la tiédeur de leur embrassement et par le roulement monotone de l'averse. Pendant des heures, ils restaient là, avec cet amour de la pluie qui fait marcher gravement les petites filles, par les temps d'orage, une ombrelle ouverte à la main. Ils finirent par préférer les soirées pluvieuses. Seule, leur séparation devenait alors plus pénible. Il fallait que Miette franchît son mur sous la pluie battante, et qu'elle traversât les flaques du Jas-Meiffren en pleine obscurité. Dès qu'elle quittait ses bras, Silvère la perdait dans les ténèbres, dans la clameur de l'eau. Il écoutait vainement, assourdi, aveuglé. Mais l'inquiétude où les laissait tous deux cette brusque séparation, était un charme de plus ; jusqu'au lendemain, ils se demandaient s'il ne leur était rien arrivé, par ce temps à ne pas mettre un chien dehors ; ils avaient peut-être glissé, ils pouvaient s'être égarés, craintes qui les occupaient tyranniquement l'un de l'autre, et qui rendaient plus tendre leur entrevue suivante.

Enfin les beaux jours revinrent, avril amena des nuits douces, l'herbe de l'allée verte grandit follement. Dans ce flot de vie coulant du ciel et montant du sol, au milieu des ivresses de la jeune saison, parfois les amoureux regrettèrent leur solitude d'hiver, les soirs de pluie, les nuits glacées, pendant lesquels ils étaient si perdus, si loin de tous bruits humains. Maintenant le jour ne tombait plus assez vite ; ils maudissaient les longs crépuscules et lorsque la nuit était devenue assez noire pour que Miette pût grimper sur le mur sans danger d'être vue, lorsqu'ils étaient enfin parvenus à se glisser dans leur cher sentier,

ils n'y trouvaient plus l'isolement qui plaisait à leur sauvagerie d'enfants amoureux. L'aire Saint-Mittre se peuplait,
les gamins du faubourg restaient sur les poutres à se poursuivre, à crier, jusqu'à onze heures; il arriva même parfois
qu'un d'entre eux vint se cacher derrière les tas de planches, en jetant à Miette et à Silvère le rire effronté d'un
vaurien de dix ans. La crainte d'être surpris, le réveil, les
bruits de la vie qui grandissaient autour d'eux, à mesure
que la saison devenait plus chaude, rendirent leurs entrevues inquiètes.

Puis ils commençaient à étouffer dans l'allée étroite.
Jamais elle n'avait frissonné d'un si ardent frisson ; jamais
le sol, ce terreau où dormaient les derniers ossements de
l'ancien cimetière, n'avait laissé échapper des haleines plus
troublantes. Et ils avaient encore trop d'enfance pour goûter le charme voluptueux de ce trou perdu, tout enfiévré
par le printemps. Les herbes leur montaient aux genoux ;
ils allaient et venaient difficilement, et, quand ils écrasaient
les jeunes pousses, certaines plantes exhalaient des odeurs
âcres qui les grisaient. Alors, pris d'étranges lassitudes,
troublés et vacillants, les pieds comme liés par les herbes,
ils s'adossaient contre la muraille, les yeux demi-clos, ne
pouvant plus avancer. Il leur semblait que toute la langueur
du ciel entrait en eux.

Leur pétulance d'écolier s'accommodant mal de ses faiblesses subites, ils finirent par accuser leur retraite de manquer d'air et par se décider à aller promener leur tendresse
plus loin, en pleine campagne. Alors ce furent, chaque soir,
de nouvelles escapades. Miette vint avec sa pelisse ; tous deux
s'enfouissaient dans le large vêtement, ils filaient le long des
murs, ils gagnaient la grand'route, les champs libres, les
champs larges, où l'air roulait puissamment comme les
vagues de la haute mer. Et ils n'étouffaient plus, ils retrouvaient là leur enfance, ils sentaient se dissiper les tournoie-

ments de tête, les ivresses que leur causaient les herbes
hautes de l'aire Saint-Mittre.

Ils battirent pendant deux étés ce coin de pays. Chaque
bout de rocher, chaque banc de gazon les connut bientôt;
et il n'était pas un bouquet d'arbres, une haie, un buisson,
qui ne devînt leur ami. Ils réalisèrent leurs rêves : ce furent
des courses folles dans les prés Sainte-Claire, et Miette courait joliment, et il fallait que Silvère fît ses plus grandes
enjambées pour l'attraper. Ils allèrent aussi dénicher des
nids de pie; Miette, entêtée, voulant montrer comment elle
grimpait aux arbres, à Chavanoz, se liait les jupes avec un
bout de ficelle, et montait sur les plus hauts peupliers; en
bas, Silvère frissonnait, les bras en avant, comme pour la
recevoir, si elle venait à glisser. Ces jeux apaisaient leurs
sens, au point qu'un soir ils faillirent se battre comme deux
galopins qui sortent de l'école. Mais, dans la campagne large,
il y avait encore des trous qui ne leur valaient rien. Tant
qu'ils marchaient, c'était des rires bruyants, des poussées,
des taquineries; ils faisaient des lieues, allaient parfois jus
qu'à la chaîne des Garrigues, suivaient les sentiers les plus
étroits, et souvent coupaient à travers champs; la contrée
leur appartenait, ils y vivaient comme en pays conquis,
jouissant de la terre et du ciel. Miette, avec cette conscience
large des femmes, ne se gênait même pas pour cueillir une
grappe de raisins, une branche d'amandes vertes, aux
vignes, aux amandiers, dont les rameaux la fouettaient au
passage ; ce qui contrariait les idées absolues de Silvère, sans
qu'il osât d'ailleurs gronder la jeune fille, dont les rares
bouderies le désespéraient. « Ah! la mauvaise! pensait-il
en dramatisant puérilement la situation, elle ferait de moi
un voleur. » Et Miette lui mettait dans la bouche sa part
du fruit volé. Les ruses qu'il employait, — la tenant à la
taille, évitant les arbres fruitiers, se faisant poursuivre le
long des plants de vignes, — pour la détourner de ce be-

soin instinctif de maraude, le mettaient vite à bout d'imagination. Et il la forçait à s'asseoir. C'était alors qu'ils re
commençaient à étouffer. Les creux de la Viorne, surtout,
étaient pour eux pleins d'une ombre fiévreuse. Quand la
fatigue les ramenait au bord du torrent, ils perdaient leurs
belles gaietés de gamins. Sous les saules, des ténèbres grises
flottaient, pareilles aux crêpes musqués d'une toilette de
femme. Les enfants sentaient ces crêpes, comme parfumés
et tièdes encore des épaules voluptueuses de la nuit, les ca-
resser aux tempes, les envelopper d'une langueur invincible. Au-loin, les grillons chantaient dans les prés Sainte-
Claire, et la Viorne avait à leurs pieds des voix chuchotantes
d'amoureux, des bruits adoucis de lèvres humides. Du ciel
endormi tombait une pluie chaude d'étoiles. Et, sous le
frisson de ce ciel, de ces eaux, de cette ombre, les enfants,
couchés sur le dos, en pleine herbe, côte à côte, pâmés et
les regards perdus dans le noir, cherchaient leur main,
échangeaient une étreinte courte.

Silvère, qui comprenait vaguement le danger de ces ex-
tases, se levait parfois d'un bond en proposant de passer dans
une des petites îles que les eaux basses découvraient au
milieu de la rivière. Tous deux, les pieds nus, s'aventu-
raient ; Miette se moquait des cailloux, elle ne voulait pas
que Silvère la soutînt, et il lui arriva une fois de s'asseoir au
beau milieu du courant ; mais il n'y avait pas vingt centimètres d'eau, elle en fut quitte pour faire sécher sa première jupe. Puis, quand ils étaient dans l'île, ils se cou-
chaient à plat ventre sur une langue de sable, les yeux au
niveau de la surface de l'eau, dont ils regardaient au loin,
dans la nuit claire, frémir les écailles d'argent. Alors Miette
déclarait qu'elle était en bateau, l'île marchait pour sûr ; elle
la sentait bien qui l'emportait ; ce vertige que leur donnait
le grand ruissellement dont leurs yeux s'emplissaient les
amusait un instant, les tenait là, sur le bord, chantant à

demi-voix, ainsi que les bateliers dont les rames battent
l'eau. D'autres fois, quand l'île avait une berge basse, ils s'y
asseyaient comme sur un banc de verdure, laissant pendre
leurs pieds nus dans le courant. Et, pendant des heures, ils
causaient, faisant jaillir l'eau à coups de talon, balançant les
jambes, prenant plaisir à déchaîner des tempêtes dans le
bassin paisible dont la fraîcheur calmait leur fièvre.

Ces bains de pieds firent naître dans l'esprit de Miette un
caprice qui faillit gâter leurs belles amours innocentes. Elle
voulut à toute force prendre de grands bains. Un peu en
dessus du pont de la Viorne, il y avait un trou, très-
convenable, disait-elle, à peine profond de trois à quatre
pieds, et très-sûr; il faisait si chaud, on serait si bien dans
l'eau jusqu'aux épaules; puis elle mourait depuis si longtemps du désir de savoir nager, Silvère lui apprendrait.
Silvère élevait des objections: la nuit, ce n'était pas prudent,
on pouvait les voir, ça leur ferait peut-être du mal; mais
il ne disait pas la vraie raison, il était instinctivement très-
alarmé à la pensée de ce nouveau jeu, il se demandait
comment ils se déshabilleraient, et de quelle façon il s'y
prendrait pour tenir Miette sur l'eau, dans ses bras nus.
Celle-ci ne semblait pas se douter de ces difficultés.

Un soir, elle apporta un costume de bain qu'elle s'était
taillé dans une vieille robe. Il fallut que Silvère retournât
chez tante Dide chercher son caleçon. La partie fut toute
naïve. Miette ne s'écarta même pas; elle se déshabilla, naturellement, dans l'ombre d'un saule, si épaisse que son corps
d'enfant n'y mit pendant quelques secondes qu'une blancheur vague. Silvère, de peau brune, apparut dans la nuit
comme le tronc assombri d'un jeune chêne, tandis que les
jambes et les bras de la jeune fille, nus et arrondis, ressemblaient aux tiges laiteuses des bouleaux de la rive. Puis tous
deux, comme vêtus des taches sombres que les hauts feuillages laissaient tomber sur eux, entrèrent dans l'eau gaie-

ment, s'appelant, se récriant, surpris par la fraîcheur. Et les scrupules, les hontes inavouées, les pudeurs secrètes, furent oubliées. Ils restèrent là une grande heure, barbotant, se jetant de l'eau au visage, Miette se fâchant, puis éclatant de rire, et Silvère lui donnant sa première leçon, lui enfonçant de temps à autre la tête, pour l'aguerrir. Tant qu'il la tenait d'une main par la ceinture de son costume, en lui passant l'autre main sous le ventre, elle faisait aller furieusement les jambes et les bras, elle croyait nager ; mais, dès qu'il la lâchait, elle se débattait en criant, et, les mains tendues, frappant l'eau, elle se rattrapait où elle pouvait, à la taille du jeune homme, à l'un de ses poignets. Elle s'abandonnait un instant contre lui, elle se reposait, essoufflée, toute ruisselante, tandis que son costume mouillé dessinait les grâces de son buste de vierge. Puis elle criait :

— Encore une fois ; mais tu le fais exprès, tu ne me tiens pas.

Et rien de honteux ne leur venait de ces embrassements de Silvère penché pour la soutenir, de ces sauvetages éperdus de Miette se pendant au cou du jeune homme. Le froid du bain les mettait dans une pureté de cristal. C'était, sous la nuit tiède, au milieu des feuillages pâmés, deux innocences nues qui riaient. Silvère, après les premiers bains, se reprocha secrètement d'avoir rêvé le mal. Miette se déshabillait si vite, et elle était si fraîche dans ses bras, si sonore de rires !

Mais, au bout de quinze jours, l'enfant sut nager. Libre de ses membres, bercée par le flot, jouant avec lui, elle se laissait envahir par les souplesses molles de la rivière, par le silence du ciel, par les rêveries des berges mélancoliques.

Quand tous deux ils nageaient sans bruit, Miette croyait voir, aux deux bords, les feuillages s'épaissir, se pencher vers eux, draper leur retraite de rideaux énormes. Et les jours de lune, des lueurs glissaient entre les troncs, des apparitions douces se promenaient le long des rives en robe blanche. Miette n'avait pas peur. Elle éprouvait une émotion indéfinissable à suivre les jeux de l'ombre. Tandis qu'elle avançait, d'un mouvement ralenti, l'eau calme, dont la lune faisait un clair miroir, se froissait à son approche comme une étoffe lamée d'argent ; les ronds s'élargissaient, se perdaient dans les ténèbres des bords, sous les branches pendantes des saules, où l'on entendait des clapotements mystérieux ; et, à chaque brassée, elle trouvait ainsi des trous pleins de voix, des enfoncements noirs devant lesquels elle passait avec plus de hâte, des bouquets, des rangées d'arbres, dont les masses sombres changeaient de forme, s'allongeaient, avaient l'air de la suivre du haut de la berge. Quand elle se mettait sur le dos, les profondeurs du ciel l'attendrissaient encore. De la campagne, des horizons qu'elle ne voyait plus, elle entendait alors monter une voix grave, prolongée, faite de tous les soupirs de la nuit.

Elle n'était point de nature rêveuse, elle jouissait par tout son corps, par tous ses sens, du ciel, de la rivière, des ombres, des clartés. La rivière surtout, cette eau, ce terrain mouvant, la portait avec des caresses infinies. Elle éprouvait, quand elle remontait le courant, une grande jouissance à sentir le flot filer plus rapide contre sa poitrine et contre ses jambes ; c'était un long chatouillement, très doux, qu'elle pouvait supporter sans rire nerveux. Elle s'enfonçait davantage, se mettait de l'eau jusqu'aux lèvres, pour que le courant passât sur ses épaules, l'enveloppât d'un trait, du menton aux pieds, de son baiser fuyant. Elle avait des langueurs qui la laissaient immobile à la surface, tandis que de petits jets glissaient mollement entre son costume et sa peau, gonflant l'étoffe ; puis elle se roulait dans les nappes mortes, ainsi qu'une chatte sur un tapis ; et elle allait de l'eau lumineuse, où se baignait la lune, dans l'eau noire, assombrie par les feuillages, avec des frissons, comme si elle eût quitté une

plaine ensoleillée et senti le froid des branches lui tomber
sur la nuque.

Maintenant, elle s'écartait pour se déshabiller, elle se cachait. Dans l'eau, elle demeurait silencieuse ; elle ne voulait plus que Silvère la touchât ; elle se coulait doucement
à son côté, nageant avec le petit bruit d'un oiseau dont le
vol traverse un taillis ; ou parfois elle tournait autour de
lui, prise de craintes vagues qu'elle ne s'expliquait pas. Lui-
même s'éloignait, quand il frôlait un de ses membres. La rivière n'avait plus pour eux qu'une ivresse amollie, un engourdissement voluptueux, qui les troublait étrangement.
Quand ils sortaient du bain, surtout, ils éprouvaient des
somnolences, des éblouissements. Ils étaient comme épuisés.
Miette mettait une grande heure à s'habiller. Elle ne passait
d'abord que sa chemise et une jupe ; puis elle restait là,
étendue sur l'herbe, se plaignant de fatigue, appelant Silvère, qui se tenvait à quelques pas, la tête vide, les membres pleins d'une étrange et excitante lassitude. Et, au retour, il y avait plus d'ardeur dans leur étreinte, ils sentaient
mieux, à travers leurs vêtements, leur corps assoupli par le
bain, ils s'arrêtaient en poussant de gros soupirs. Le chignon
énorme de Miette, encore tout humide, sa nuque, ses épaules avaient une senteur fraîche, une odeur pure, qui ache-
vaient de griser le jeune homme. L'enfant, heureusement,
déclara un soir qu'elle ne prendrait plus de bains, que l'eau
froide lui faisait monter le sang à la tête. Sans doute elle
donna cette raison en toute vérité, en toute innocence.

Ils reprirent leurs longues causeries. Il ne resta dans
l'esprit de Silvère, du danger que venaient de courir leurs
amours ignorantes, qu'une grande admiration pour la vigueur
physique de Miette. En quinze jours, elle avait appris à
nager, et souvent, quand ils luttaient de vitesse, il l'avait
vue couper le courant d'un bras aussi rapide que le sien.
Lui, qui adorait la force, les exercices corporels, se sentait le

cœur attendri en la voyant si forte, si puissante et si adroite
de corps. Il entrait, dans son cœur, une estime singulière
pour ses gros bras. Un soir, après un de ces premiers bains
qui les laissaient si rieurs, ils s'étaient empoignés par la
taille, sur une bande de sable, et pendant de longues minutes, ils avaient lutté, sans que Silvère parvînt à renverser
Miette; puis le jeune homme, ayant perdu l'équilibre, c'était
l'enfant qui était restée debout. Son amoureux la traitait en
garçon, et ce furent ces marches forcées, ces courses folles
à travers les prés, ces nids dénichés à la cime des arbres,
ces luttes, tous ces jeux violents, qui les protégèrent si longtemps et les empêchèrent de salir leurs tendresses. Il y avait
encore dans l'amour de Silvère, outre son admiration pour
la crânerie de son amoureuse, les douceurs de son cœur
tendre aux malheureux. Lui qui ne pouvait voir un être
abandonné, un pauvre homme, un enfant marchant nu-pieds
dans la poussière des routes, sans éprouver à la gorge un
serrement de pitié, il aimait Miette, parce que personne ne
l'aimait, parce qu'elle menait une existence rude de paria.
Quand il la voyait rire, il était profondément ému de cette
joie qu'il lui donnait. Puis, l'enfant était une sauvage comme
lui, ils s'entendaient dans la haine des commères du faubourg. Le rêve qu'il faisait, lorsque, dans la journée, il
cerclait chez son patron les roues des carrioles, à grands
coups de marteau, était plein de folie généreuse. Il pensait à
Miette en rédempteur. Toutes ses lectures lui remontaient au
cerveau; il voulait épouser un jour son amie pour la relever
aux yeux du monde; il se donnait une mission sainte, le
rachat, le salut de la fille du forçat. Et il avait la tête tellement bourrée de certains plaidoyers, qu'il ne se disait pas
ces choses simplement; il s'égarait en plein mysticisme so-
ciel, il imaginait des réhabilitations d'apothéose, il voyait
Miette assise sur un trône, au bout du cours Sauvaire, et
toute la ville s'inclinant, demandant pardon, chantant des

louanges. Heureusement qu'il oubliait ces belles choses, dès
que Miette sautait son mur et qu'elle lui disait sur la grande
route :

— Courons, veux-tu? je parie que tu ne m'attraperas
pas.

Mais si le jeune homme rêvait tout éveillé la glorification
de son amoureuse, il avait de tels besoins de justice, qu'il la
faisait souvent pleurer en lui parlant de son père. Malgré les
attendrissements profonds que l'amitié de Silvère avait mis
en elle, elle avait encore de loin en loin des réveils brusques, des heures mauvaises, où les entêtements, les rébel-
lions de sa nature sanguine la roidissaient, les yeux durs, les
lèvres serrées. Alors elle soutenait que son père avait bien
fait de tuer le gendarme, que la terre appartient à tout le
monde, qu'on a le droit de tirer des coups de fusil où l'on
veut et quand on veut. Et Silvère, de sa voix grave, lui
expliquait le code comme il le comprenait, avec des commentaires étranges qui auraient fait bondir toute la magistra-
ture de Plassans. Ces causeries avaient lieu, le plus souvent,
dans quelque coin perdu des prés Sainte-Claire. Les tapis
d'herbe, d'un noir verdâtre, s'étendaient à perte de vue, sans
qu'un seul arbre tachât l'immense nappe, et le ciel semblait
énorme, emplissant de ses étoiles la rondeur nue de l'horizon. Les enfants étaient comme bercés dans cette mer de
verdure. Miette luttait longtemps ; elle demandait à Silvère
s'il eût mieux valu que son père se laissât tuer par le gendarme, et Silvère gardait un instant le silence ; puis il disait
que, dans un tel cas, il valait mieux être la victime que le
meurtrier, et que c'était un grand malheur, lorsqu'on tuait
son semblable, même en état de légitime défense. Pour lui,
la loi était chose sainte, les juges avaient eu raison d'envoyer
Chantegreil au bagne. La jeune fille s'emportait, elle aurait
battu son ami, elle lui criait qu'il avait aussi mauvais cœur
que les autres. Et comme il continuait à défendre fermement

ses idées de justice, elle finissait par éclater en sanglots, en
balbutiant qu'il rougissait sans doute d'elle, puisqu'il lui
rappelait toujours le crime de son père. Ces discussions se
terminaient dans les larmes, dans une émotion commune.
Mais l'enfant avait beau pleurer, reconnaître qu'elle avait
peut-être tort, elle gardait tout au fond d'elle sa sauvagerie,
son emportement sanguin. Une fois, elle raconta avec de
longs rires comment un gendarme devant elle, en tombant
de cheval, s'était cassé la jambe. D'ailleurs Miette ne vivait
plus que pour Silvère. Quand celui-ci la questionnait sur
son oncle et sur son cousin, elle répondait «qu'elle ne savait
pas, » et s'il insistait, par crainte qu'on la rendît trop malheureuse au Jas-Meiffren, elle disait qu'elle travaillait beaucoup, que rien n'était changé. Elle croyait pourtant que Justin avait fini par savoir ce qui la faisait chanter le matin et
lui mettait de la douceur plein les yeux. Mais elle ajoutait :

— Qu'est-ce que ça fait ? s'il vient jamais nous déranger,
nous le recevrons, n'est-ce pas, de telle façon, qu'il n'aura
plus l'envie de se mêler de nos affaires.

Cependant, la campagne libre, les longues marches en
plein air, les lassaient parfois. Ils revenaient toujours à
l'aire Saint-Mittre, à l'allée étroite, d'où les avaient chassés
les soirées d'été bruyantes, les odeurs trop fortes des herbes
foulées, les souffles chauds et troublants. Mais, certains
soirs, l'allée se faisait plus douce, des vents la rafraîchis-
saient, ils pouvaient demeurer là sans éprouver de vertige.
Ils goûtaient alors des repos délicieux. Assis sur la pierre
tombale, l'oreille fermée au tapage des enfants et des bohémiens, ils se retrouvaient chez eux. Silvère avait ramassé à
plusieurs reprises des fragments d'os, des débris de crâne,
et ils aimaient à parler de l'ancien cimetière. Vaguement,
avec leur imagination vive, ils se disaient que leur amour
avait poussé, comme une belle plante robuste et grasse, dans
ce terreau, dans ce coin de terre fertilisé par la mort. Il y

avait grandi ainsi que ces herbes folles; il y avait fleuri comme
ces coquelicots que la moindre brise faisait battre sur leurs
tiges, pareils à des cœurs ouverts et saignants Et ils s'expliquaient les haleines tièdes passant sur leur front, les chu-
chotements entendus dans l'ombre, le long frisson qui secouait l'allée : c'étaient les morts qui leur soufflaient leurs
passions disparues au visage, les morts qui leur contaient leur
nuit de noces, les morts qui se retournaient dans la terre,
pris du furieux désir d'aimer, de recommencer l'amour. Ces
ossements, ils le sentaient bien, étaient pleins de tendresse
pour eux; les crânes brisés se réchauffaient aux flammes de
leur jeunesse, les moindres débris les entouraient d'un murmure ravi, d'une sollicitude inquiète, d'une jalousie frémissante. Et quand ils s'éloignaient, l'ancien cimetière pleurait.
Ces herbes, qui leur liaient les pieds par les nuits de feu, et
qui les faisaient vaciller, c'étaient des doigts minces, effilés
par la tombe, sortis de terre pour les retenir, pour les jeter
aux bras l'un de l'autre. Cette odeur âcre et pénétrante
qu'exhalaient les tiges brisées, c'était la senteur fécondante,
le suc puissant de la vie, qu'élaborent lentement les cer-
cueils et qui grisent de désirs les amants égarés dans la solitude des sentiers. Les morts, les vieux morts, voulaient les
noces de Miette et de Silvère.

Jamais les enfants ne furent pris d'effroi. La tendresse
flottante qu'ils devinaient autour d'eux les touchait, leur
faisait aimer les êtres invisibles dont ils croyaient souvent
sentir le frôlement, pareil à un léger battement d'ailes. Ils
étaient simplement attristés parfois d'une tristesse douce, et
ils ne comprenaient pas ce que les morts voulaient d'eux. Ils
continuaient à vivre leurs amours ignorantes, au milieu de
ce flot de séve, dans ce bout de cimetière abandonné, où la
terre engraissée suait la vie, et qui exigeait impérieusement
leur union. Les voix bourdonnantes qui faisaient sonner leurs
oreilles, les chaleurs subites qui leur poussaient tout le sang

au visage, ne leur disaient rien de distinct. Il y avait des
jours où la clameur des morts devenait si haute, que Miette,
fiévreuse, alanguie, couchée à demi sur la pierre tombale,
regardait Silvère de ses yeux noyés, comme pour lui dire :
« Que demandent-ils donc? pourquoi soufflent-ils ainsi de
la flamme dans mes veines? » Et Silvère, brisé, éperdu,
n'osait répondre, n'osait répéter les mots ardents qu'il croyait
saisir dans l'air, les conseils fous que lui donnaient les
grandes herbes, le supplications de l'allée entière, des tombes mal fermées brûlant de servir de couche aux amours de
ces deux enfants.

Ils se questionnaient souvent sur les ossements qu'ils découvraient. Miette, avec son instinct de femme, adorait les
sujets lugubres. A chaque nouvelle trouvaille, c'étaient des
suppositions sans fin. Si l'os était petit, elle parlait d'une
belle jeune fille poitrinaire, ou emportée par une fièvre, la
veille de son mariage; si l'os était gros, elle rêvait quelque
grand vieillard, un soldat, un juge, quelque homme terrible.
La pierre tombale surtout les occupa longtemps Par un beau
clair de lune, Miette avait distingué, sur une des faces, des
caractères à demi rongés. Il fallut que Silvère, avec son couteau, enlevât la mousse. Alors ils lurent l'inscription tron-
quée : *Cy gist... Marie... morte...* Et Miette, en trouvant
son nom sur cette pierre, était restée toute saisie. Silvère
l'appela « grosse bête. » Mais elle ne put retenir ses larmes.
Elle dit qu'elle avait reçu un coup dans la poitrine, qu'elle
mourrait bientôt, que cette pierre était pour elle. Le jeune
homme se sentit glacé à son tour. Cependant il réussit à faire
honte à l'enfant. Comment! elle, si courageuse, rêvait de
pareils enfantillages! Ils finirent par rire. Puis ils évitèrent
de reparler de cela. Mais, aux heures de mélancolie, lorsque
le ciel voilé attristait l'allée, Miette ne pouvait s'empêcher
de nommer cette morte, cette Marie inconnue dont la tombe
avait si longtemps facilité leur rendez-vous. Les os de la

pauvre fille étaient peut-être encore là. Elle eut un soir
l'étrange fantaisie de vouloir que Silvère retournât la pierre
pour voir ce qu'il y avait dessous. Il s'y refusa comme à un
sacrilége, et ce refus entretint les rêveries de Miette sur le
cher fantôme qui portait son nom. Elle voulait absolument
qu'elle fût morte à son âge, à treize ans, en pleine tendresse.
Elle s'apitoyait jusque sur la pierre, cette pierre qu'elle en-
jambait si lestement, où ils s'étaient tant de fois assis, pierre
glacée par la mort et qu'ils avaient réchauffée de leur amour.
Elle ajoutait :

— Tu verras, ça nous portera malheur... Moi, si tu
mourais, je viendrais mourir ici, et je voudrais qu'on roulât
ce bloc sur mon corps.

Silvère, la gorge serrée, la grondait de songer à des choses
tristes.

Et ce fut ainsi que, pendant près de deux années, ils
s'aimèrent dans l'allée étroite, dans la campagne large. Leur
idylle traversa les pluies glacées de décembre et les brûlantes
sollicitations de juillet, sans glisser à la honte des amours
communes; elle garda son charme exquis de conte grec, son
ardente pureté, tous ses balbutiements naïfs de la chair qui
désire et qui ignore. Les morts, les vieux morts eux-mêmes,
chuchotèrent vainement à leurs oreilles. Et ils n'emportèrent
de l'ancien cimetière qu'une mélancolie attendrie, que le
pressentiment vague d'une vie courte; une voix leur disait
qu'ils s'en iraient, avec leurs tendresses vierges, avant les
noces, le jour où ils voudraient se donner l'un à l'autre.
Sans doute ce fut là, sur la pierre tombale, au milieu des
ossements cachés sous les herbes grasses, qu'ils respirèrent
leur amour de la mort, cet âpre désir de se coucher ensemble dans la terre, qui les faisait balbutier au bord de la
route d'Orchères, par cette nuit de décembre, tandis que les
deux cloches se renvoyaient leurs appels lamentables.

Miette dormait paisible, la tête sur la poitrine de Silvère.

pendant qu'il rêvait aux rendez-vous lointains, à ces belles
années de continuel enchantement. Au jour, l'enfant se ré-
veilla. Devant eux, la vallée s'étendait toute claire sous le ciel
blanc. Le soleil était encore derrière les coteaux. Une clarté
de cristal, limpide et glacée comme une eau de source, coulait des horizons pâles. Au loin, la Viorne, pareille à un
ruban de satin blanc, se perdait au milieu des terres rouges
et jaunes. C'était une échappée sans bornes, des mers grises
d'oliviers, des vignobles pareils à de vastes pièces d'étoffe
rayée, toute une contrée agrandie par la netteté de l'air et
la paix du froid. Le vent qui soufflait par courtes brises avait
glacé le visage des enfants. Ils se levèrent vivement, ragail-
lardis, heureux des blancheurs de la matinée. Et, la nuit ayant
emporté leurs tristesses effrayées, ils regardaient d'un œil
ravi le cercle immense de la plaine, ils écoutaient les tintements des deux cloches, qui leur semblaient sonner joyeusement l'aube d'un jour de fête.

— Ah ! que j'ai bien dormi ! s'écria Miette. J'ai rêvé
que tu m'embrassais..... Est-ce que tu m'as embrassée,
dis ?

— C'est bien possible, répondit Silvère en riant. Je n'avais
pas chaud. Il fait un froid de loup.

— Moi, je n'ai froid qu'aux pieds.

— Eh bien ! courons... Nous avons deux bonnes lieues à
faire. Tu te réchaufferas.

Et ils descendirent la côte, ils regagnèrent la route en
courant. Puis, quand ils furent en bas, ils levèrent la tête,
comme pour dire adieu à cette roche sur laquelle ils avaient
pleuré, en se brûlant les lèvres d'un baiser. Mais ils ne re-
parlèrent point de cette caresse ardente qui avait mis dans
leur tendresse un besoin nouveau, vague encore, et qu'ils
n'osaient formuler. Ils ne se donnèrent même pas le bras,
sous prétexte de marcher plus vite. Et ils marchaient gaiement, un peu confus, sans savoir pourquoi, quand ils ve-

naient à se regarder. Autour d'eux, le jour grandissait. Le
jeune homme, que son patron envoyait parfois à Orchères,
choisissait sans hésiter les bons sentiers, les plus directs. Ils
firent ainsi plus de deux lieues, dans des chemins creux, le
long de haies et de murailles interminables. Miette accusait
Silvère de l'avoir égarée. Souvent, pendant des quarts d'heure
entiers, ils ne voyaient pas un bout du pays, ils n'apercevaient, au-dessus des murailles et des haies, que de longues
files d'amandiers dont les branches maigres se détachaient
sur la pâleur du ciel.

Brusquement, ils débouchèrent juste en face d'Orchères.
De grands cris de joie, des brouhaha de foule leur arrivaient, clairs dans l'air limpide. La bande insurrectionnelle
entrait à peine dans la ville. Miette et Silvère y pénétrèrent
avec les traînards. Jamais ils n'avaient vu un enthousiasme
pareil. Dans les rues, on eût dit un jour de procession,
lorsque le passage du dais met les plus belles draperies aux
fenêtres. On fêtait les insurgés comme on fête des libérateurs. Les hommes les embrassaient, les femmes leur apportaient des vivres. Et il y avait, sur les portes, des viei!-
lards qui pleuraient. Allégresse toute méridionale qui
s'épanchait d'une façon bruyante, chantant, dansant, gesticulant. Comme Miette passait, elle fut prise dans une immense farandole qui tournait sur la Grand'Place. Silvère la
suivit. Ses idées de mort, de découragement, étaient loin à
cette heure. Il voulait se battre, vendre du moins chère-
ment sa vie. L'idée de la lutte le grisait de nouveau. Il
rêvait la victoire, la vie heureuse avec Miette, dans la grande
paix de la République universelle.

Cette réception fraternelle des habitants d'Orchères fut la
dernière joie des insurgés. Ils passèrent la journée dans
une confiance rayonnante, dans un espoir sans bornes.
Les prisonniers, le commandant Sicardot, MM. Garçonnet,
Peirotte et les autres, qu'on avait enfermés dans une salle

de la Mairie, dont les fenêtres donnaient sur la Grand'Place, regardaient, avec une surprise effrayée, ces farandoles, ces grands courants d'enthousiasme qui passaient devant eux.

— Quels gueux! murmurait le commandant, appuyé à la rampe d'une fenêtre, comme sur le velours d'une loge de théâtre; et dire qu'il ne viendra pas une ou deux batteries pour me nettoyer toute cette canaille!

Puis il aperçut Miette, il ajouta, en s'adressant à M. Garçonnet :

— Voyez donc, monsieur le maire, cette grande fille rouge, là-bas. C'est une honte. Ils ont traîné leurs créatures avec eux. Pour peu que cela continue, nous allons assister à de belles choses.

M. Garçonnet hochait la tête, parlant « des passions déchaînées » et « des plus mauvais jours de notre histoire. » M. Peirotte, blanc comme un linge, restait silencieux; il ouvrit une seule fois les lèvres, pour dire à Sicardot, qui continuait à déblatérer amèrement :

— Plus bas donc, monsieur! vous allez nous faire massacrer.

La vérité était que les insurgés traitaient ces messieurs avec la plus grande douceur. Ils leur firent même servir, le soir, un excellent dîner. Mais, pour des trembleurs comme le receveur particulier, de pareilles attentions devenaient effrayantes : les insurgés ne devaient les traiter si bien que dans le but de les trouver plus gras et plus tendres, le jour où ils les mangeraient.

Au crépuscule, Silvère se rencontra face à face avec son cousin, le docteur Pascal. Le savant avait suivi la bande à pied, causant au milieu des ouvriers, qui le vénéraient. Il s'était d'abord efforcé de les détourner de la lutte; puis, comme gagné par leurs discours :

— Vous avez peut-être raison, mes amis, leur avait-il dit

avec son sourire d'indifférent affectueux ; battez-vous, je
suis là pour vous raccommoder les bras et les jambes.

Et, le matin, il s'était tranquillement mis à ramasser le
long de la route des cailloux et des plantes. Il se désespérait
de ne pas avoir emporté son marteau de géologue et sa boîte
à herboriser. A cette heure, ses poches, pleines de pierres,
crevaient, et sa trousse, qu'il tenait sous le bras, laissait
passer des paquets de longues herbes.

— Tiens, c'est toi, mon garçon ! s'écria-t-il en apercevant Silvère. Je croyais être ici le seul de la famille.

Il prononça ces derniers mots avec quelque ironie, rail-
lant doucement les menées de son père et de l'oncle Antoine.
Silvère fut heureux de rencontrer son cousin ; le docteur
était le seul des Rougon qui lui serrât la main dans les rues
et qui lui témoignât une sincère amitié. Aussi, en le voyant
couvert encore de la poussière de la route, et le croyant
acquis à la cause républicaine, le jeune homme montra-t-il
une vive joie. Il lui parla des droits du peuple, de sa cause
sainte, de son triomphe assuré, avec une emphase juvénile.
Pascal l'écoutait en souriant ; il examinait avec curiosité ses
gestes, les jeux ardents de sa physionomie, comme s'il eût
étudié un sujet, disséqué un enthousiasme, pour voir ce
qu'il y a au fond de cette fièvre généreuse.

— Comme tu vas ! comme tu vas ! Ah ! que tu es bien le
petit-fils de ta grand'mère !

Et il ajouta, à voix plus basse, du ton d'un chimiste qui
prend des notes :

— Hystérie ou enthousiasme, folie honteuse ou folie sublime. Toujours ces diables de nerfs !

Puis, concluant tout haut, résumant sa pensée :

— La famille est complète, reprit-il. Elle aura un
héros.

Silvère n'avait pas entendu. Il continuait à parler de sa
chère république. A quelques pas, Miette s'était arrêtée,

toujours vêtue de sa grande pelisse rouge; elle ne quittait
plus Silvère, ils avaient couru la ville aux bras l'un de l'autre.
Cette grande fille rouge finit par intriguer Pascal; il interrompit brusquement son cousin, il lui demanda :

— Quelle est cette enfant qui est avec toi?

— C'est ma femme, répondit gravement Silvère.

Le docteur ouvrit de grands yeux. Il ne comprit pas. Et,
comme il était très-timide avec les femmes, il envoya à
Miette, en s'éloignant, un large coup de chapeau.

La nuit fut inquiète. Il passa un vent de malheur sur les
insurgés. L'enthousiasme, la confiance de la veille furent
comme emportés dans les ténèbres. Au matin, les figures
étaient sombres; il y avait des échanges de regards tristes,
des silences longs de découragement. Des bruits effrayants
couraient; les mauvaises nouvelles, que les chefs avaient
réussi à cacher depuis la veille, s'étaient répandues sans que
personne eût parlé, soufflées par cette bouche invisible
qui jette d'une haleine la panique dans les foules. Des voix
disaient que Paris étaient vaincu, que la province avait
tendu les pieds et les poings ; et ces voix ajoutaient que des
troupes nombreuses parties de Marseille, sous les ordres du
colonel Masson et de M. de Blériot, le préfet du département,
s'avançaient à marches forcées pour détruire les bandes in-
surrectionnelles. Ce fut un écroulement, un réveil plein de
colère et de désespoir. Ces hommes, brûlant la veille de
fièvre patriotique, se sentirent frissonner dans le grand froid
de la France soumise, honteusement agenouillée. Eux seuls
avaient donc eu l'héroïsme du devoir! Ils étaient, à cette
heure, perdus au milieu de l'épouvante de tous, dans le
silence de mort du pays; ils devenaient des rebelles; on
allait les chasser à coups de fusil, comme des bêtes fauves.
Et ils avaient rêvé une grande guerre, la révolte d'un peuple, la conquête glorieuse du droit! Alors, dans une telle
déroute, dans un tel abandon, cette poignée d'hommes

pleura sa foi morte, son rêve de justice évanoui. Il y en eut qui, en injuriant la France entière de sa lâcheté, jetèrent leurs armes et allèrent s'asseoir sur le bord des routes; ils disaient qu'ils attendraient là les balles de la troupe, pour montrer comment mouraient des républicains.

Bien que ces hommes n'eussent plus devant eux que l'exil ou la mort, il y eut peu de désertions. Une admirable solidarité unissait ces bandes. Ce fut contre les chefs que la colère se tourna. Ils étaient réellement incapables. Des fautes irréparables avaient été commises; et maintenant, lâchés, sans discipline, à peine protégés par quelques sentinelles, sous les ordres d'hommes irrésolus, les insurgés se trouvaient à la merci des premiers soldats qui se présenteraient.

Ils passèrent deux jours encore à Orchères, le mardi et le mercredi, perdant le temps, aggravant leur situation. Le général, l'homme au sabre, que Silvère avait montré à Miette sur la route de Plassans, hésitait, pliait sous la terrible responsabilité qui pesait sur lui. Le jeudi, il jugea que décidément la position d'Orchères était dangereuse. Vers une heure, il donna l'ordre du départ, il conduisit sa petite armée sur les hauteurs de Sainte-Roure. C'était là, d'ailleurs, une position inexpugnable, pour qui aurait su la défendre. Sainte-Roure étage ses maisons sur le flanc d'une colline; derrière la ville, d'énormes blocs de rocher ferment l'horizon; on ne peut monter à cette sorte de citadelle que par la plaine des Nores, qui s'élargit au bas du plateau. Une esplanade, dont on a fait un cours, planté d'ormes superbes, domine la plaine. Ce fut sur cette esplanade que les insurgés campèrent. Les otages eurent pour prison une auberge, l'hôtel de la Mule-Blanche, située au milieu du cours. La nuit se passa lourde et noire. On parla de trahison. Dès le matin, l'homme au sabre, qui avait négligé de prendre les plus simples précautions, passa une revue. Les contingents étaient alignés, tournant le dos à la plaine, avec le tohu-bohu étrange des costumes, vestes brunes, paletots foncés, blouses bleues, serrées par des ceintures rouges ; les armes, bizarrement mêlées, luisaient au soleil clair, les faux aiguisées de frais, les larges pelles de terrassier, les canons brunis des fusils de chasse : lorsque, au moment où le général improvisé passait à cheval devant la petite armée, une sentinelle, qu'on avait oubliée dans un champ d'oliviers, accourut en gesticulant, en criant :

— Les soldats ! les soldats !

Ce fut une émotion inexprimable.. On crut d'abord à une fausse alerte. Les insurgés, oubliant toute discipline, se jetèrent en avant, coururent au bout de l'esplanade, pour voir les soldats. Les rangs furent rompus. Et quand la ligne sombre de la troupe apparut, correcte, avec le large éclair des baïonnettes, derrière le rideau grisâtre des oliviers, il y eut un mouvement de recul, une confusion qui fit passer un frisson de panique d'un bout à l'autre du plateau.

Cependant, au milieu du cours, La Palud et Saint-Martin-de-Vaulx, s'étant reformés, se tenaient farouches et debout. Un bûcheron, un géant dont la tête dépassait celle de ses compagnons, criait, en agitant sa cravate rouge : « A nous, Chavanoz, Graille, Poujols, Saint-Eutrope ! à nous, les Tulettes ! à nous, Plassans ! »

De grands courants de foule traversaient l'esplanade. L'homme au sabre, entouré des gens de Faverolles, s'éloigna, avec plusieurs contingents des campagnes, Vernoux, Corbière, Marsanne, Pruinas, pour tourner l'ennemi et le prendre de flanc. D'autres, Valqueyras, Nazère, Castel-le-Vieux, les Roches-Noires, Murdaran, se jetèrent à gauche, se dispersèrent en tirailleurs dans la plaine des Nores.

Et, tandis que le cours se vidait, les villes, les villages
que le bûcheron avait appelés à l'aide se réunissaient, formaient sous les ormes une masse sombre, irrégulière, grou-
pée en dehors de toutes les règles de la stratégie, mais qui
avait roulé là, comme un bloc, pour barrer le chemin ou
mourir. Plassans se trouvait au milieu de ce bataillon héroïque. Dans la teinte grise des blouses et des vestes, dans l'é-
clat bleuâtre des armes, la pelisse de Miette, qui tenait le
drapeau à deux mains, mettait une large tache rouge, une
tache de blessure fraîche et saignante.

Il y eut brusquement un grand silence. A une des fenêtres
de la Mule Blanche, la tête blafarde de M. Peirotte apparut.
Il parlait, il faisait des gestes.

— Rentrez, fermez les volets, crièrent les insurgés furieusement; vous allez vous faire tuer.

Les volets se fermèrent en toute hâte, et l'on n'entendit
plus que les pas cadencés des soldats qui approchaient.

Une minute s'écoula, interminable. La troupe avait disparu; elle était cachée dans un pli de terrain, et bientôt les
insurgés aperçurent, du côté de la plaine, au ras du sol, des
pointes de baïonnettes qui poussaient, grandissaient, roulaient sous le soleil levant, comme un champ de blé aux épis
d'acier. Silvère, à ce moment, dans la fièvre qui le secouait,
crut voir passer devant lui l'image du gendarme dont le sang
lui avait taché les mains; il savait, par les récits de ses compagnons, que Rengade n'était pas mort, qu'il avait simplement un œil crevé; et il le distinguait nettement, avec son
orbite vide, saignant, horrible. La pensée aiguë de cet
homme, auquel il n'avait plus songé depuis son départ de
Plassans, lui fut insupportable. Il craignit d'avoir peur. Il
serrait violemment sa carabine, les yeux voilés par un brouillard, brûlant de décharger son arme, de chasser l'image du
borgne à coups de feu. Les baïonnettes montaient toujours,
lentement.

Quand les têtes des soldats apparurent au bord de l'esplanade, Silvère, d'un mouvement instinctif, se tourna vers Miette. Elle était là, grandie, le visage rose, dans les plis du drapeau rouge ; elle se haussait sur la pointe des pieds, pour voir la troupe ; une attente nerveuse faisait battre ses narines, montrait ses dents blanches de jeune loup dans la rougeur de ses lèvres. Silvère lui sourit. Et il n'avait pas tourné la tête, qu'une fusillade éclata. Les soldats, dont on ne voyait encore que les épaules, venaient de lâcher leur premier feu. Il lui sembla qu'un grand vent passait sur sa tête, tandis qu'une pluie de feuilles coupées par les balles, tombaient des ormes. Un bruit sec, pareil à celui d'une branche morte qui se casse, le fit regarder à sa droite. Il vit par terre le grand bûcheron, celui dont la tête dépassait celles des autres, avec un petit trou noir au milieu du front. Alors il déchargea sa carabine devant lui, sans viser, puis il la chargea, tira de nouveau. Et cela, toujours, comme un furieux, comme une bête qui ne pense à rien, qui se dépêche de tuer. Il ne distinguait même plus les soldats ; des fumées flottaient sous les ormes, pareilles à des lambeaux de mousseline grise. Les feuilles continuaient à pleuvoir sur les insurgés, la troupe tirait trop haut. Par instants, dans les bruits déchirants de la fusillade, le jeune homme entendait un soupir, un râle sourd : et il y avait dans la petite bande une poussée, comme pour faire de la place au malheureux qui tombait en se cramponnant aux épaules de ses voisins. Pendant dix minutes, le feu dura.

Puis, entre deux décharges, un homme cria : « Sauve qui peut ! » avec un accent terrible de terreur. Il y eut des grondements, des murmures de rage, qui disaient : « Les lâches ! oh ! les lâches ! » Des phrases sinistres couraient : le général avait fui ; la cavalerie sabrait les tirailleurs dispersés dans la plaine des Nores. Et les coups de feu ne cessaient pas, ils partaient irréguliers, rayant la fumée de flammes brusques.

Une voix rude répétait qu'il fallait mourir là. Mais la voix affolée, la voix de terreur, criait plus haut : « Sauve qui peut ! sauve qui peut ! » Des hommes s'enfuirent, jetant leurs armes, sautant par-dessus les morts. Les autres serrèrent les rangs. Il resta une dizaine d'insurgés. Deux prirent encore la fuite ; et, sur les huit autres, trois furent tués d'un coup.

Les deux enfants étaient restés machinalement, sans rien comprendre. A mesure que le bataillon diminuait, Miette élevait le drapeau davantage ; elle le tenait, comme un grand cierge, devant elle, les poings fermés. Il était criblé de balles. Quand Silvère n'eut plus de cartouches dans les poches, il cessa de tirer, il regarda sa carabine d'un air stupide. Ce fut alors qu'une ombre lui passa sur la face, comme si un oiseau colossal eût effleuré son front d'un battement d'aile. Et, levant les yeux, il vit le drapeau qui tombait des mains de Miette. L'enfant, les deux poings serrés sur la poitrine, la tête renversée, avec une expression atroce de souffrance, tournait lentement sur elle-même. Elle ne poussa pas un cri ; elle s'affaissa en arrière, sur la nappe rouge du drapeau.

— Relève-toi, viens vite, dit Silvère lui tendant la main, la tête perdue.

Mais elle resta par terre, les yeux tout grands ouverts, sans dire un mot. Il comprit, il se jeta à genoux.

— Tu es blessée, dis ? Où es-tu blessée ?

Elle ne disait toujours rien ; elle étouffait ; elle le regardait de ses yeux agrandis, secouée par de courts frissons. Alors il lui écarta les mains.

— C'est là, n'est-ce pas ? c'est là.

Et il déchira son corsage, mit à nu sa poitrine. Il chercha, il ne vit rien. Ses yeux s'emplissaient de larmes. Puis, sous le sein gauche, il aperçut un petit trou rose ; une seule goutte de sang tachait la plaie.

— Ça ne sera rien, balbutia-t-il ; je vais aller chercher
Pascal, il te guérira. Si tu pouvais te relever... Tu ne peux
pas te relever?

Les soldats ne tiraient plus ; ils s'étaient jetés à gauche,
sur les contingents emmenés par l'homme au sabre. Au milieu de l'esplanade vide, il n'y avait que Silvère agenouillé
devant le corps de Miette. Avec l'entêtement du désespoir, il
l'avait prise dans ses bras. Il voulait la mettre debout ; mais
l'enfant eut une telle secousse de douleur qu'il la recoucha.
Il la suppliait :

— Parle-moi, je t'en prie. Pourquoi ne me dis-tu rien?

Elle ne pouvait pas. Elle agita les mains, d'un mouvement
doux et lent, pour dire que ce n'était pas sa faute. Ses lèvres serrées s'amincissaient déjà sous le doigt de la mort.
Les cheveux dénoués, la tête roulée dans les plis sanglants
du drapeau, elle n'avait plus que ses yeux de vivants, des
yeux noirs, qui luisaient dans son visage blanc. Silvère sanglota. Les regards de ces grands yeux navrés lui faisaient
mal. Il y voyait un immense regret de la vie. Miette lui disait qu'elle partait seule, avant les noces, qu'elle s'en allait
sans être sa femme ; elle lui disait encore que c'était lui qui
avait voulu cela, qu'il aurait dû l'aimer comme tous les garçons aiment les filles. A son agonie, dans cette lutte rude
que sa nature sanguine livrait à la mort, elle pleurait sa virginité. Silvère, penché sur elle, comprit les sanglots amers
de cette chair ardente. Il entendit au loin les sollicitations
des vieux ossements ; il se rappela ces caresses qui avaient
brûlé leurs lèvres, dans la nuit, au bord de la route : elle
se pendait à son cou, elle lui demandait tout l'amour, et lui,
il n'avait pas su, il la laissait partir petite fille, désespérée
de n'avoir pas goûté aux voluptés de la vie. Alors, désolé de
la voir n'emporter de lui qu'un souvenir d'écolier et de bon
camarade, il baisa sa poitrine de vierge, cette gorge pure et
chaste qu'il venait de découvrir. Il ignorait ce buste frisson-

nant, cette puberté admirable. Ses larmes trempaient ses lèvres. Il collait sa bouche sanglotante sur la peau de l'enfant.
Ces baisers d'amant mirent une dernière joie dans les yeux
de Miette. Ils s'aimaient, et leur idylle se dénouait dans la
mort.

Mais lui ne pouvait croire qu'elle allait mourir. Il
disait :

— Non, tu vas voir, ça n'est rien... Ne parle pas, si tu
souffres... Attends, je vais te soulever la tête; puis je te ré-
chaufferai, tu as les mains glacées.

La fusillade reprenait, à gauche, dans les champs d'oliviers. Des galops sourds de cavalerie montaient de la plaine
des Nores. Et, par instants, il y avait de grands cris d'hommes qu'on égorge. Des fumées épaisses arrivaient, traînaient
sous les ormes de l'esplanade. Mais Silvère n'entendait plus,
ne voyait plus. Pascal, qui descendait en courant vers la
plaine, l'aperçut, vautré à terre, et s'approcha, le croyant
blessé. Dès que le jeune homme l'eut reconnu, il se cram-
ponna à lui. Il lui montrait Miette.

— Voyez donc, disait-il, elle est blessée, là, sous le
sein...... Ah ! que vous êtes bon d'être venu ; vous la sau-
verez.

A ce moment, la mourante eut une légère convulsion. Une
ombre douloureuse passa sur son visage, et, de ses lèvres
serrées qui s'ouvrirent, sortit un petit souffle. Ses yeux, tout
grands ouverts, restèrent fixés sur le jeune homme.

Pascal, qui s'était penché, se releva en disant à demi-voix :

— Elle est morte.

Morte! ce mot fit chanceler Silvère. Il s'était remis à
genoux; il tomba assis, comme renversé par le petit souffle
de Miette.

— Morte ! morte ! répéta-t-il, ce n'est pas vrai, elle me
regarde... Vous voyez bien qu'elle me regarde.

Et il saisit le médecin par son vêtement, le conjurant de
ne pas s'en aller, lui affirmant qu'il se trompait, qu'elle
n'était pas morte, qu'il la sauverait, s'il voulait. Pascal lutta
doucement, disant de sa voix affectueuse :

— Je ne puis rien, d'autres m'attendent…. Laisse, mon
pauvre enfant; elle est bien morte, va.

Il lâcha prise, il retomba. Morte! morte! encore ce mot,
qui sonnait comme un glas dans sa tête vide! Quand il fut
seul, il se traîna auprès du cadavre. Miette le regardait toujours. Alors il se jeta sur elle, roula sa tête sur sa gorge nue,
baigna sa peau de ses larmes. Ce fut un emportement. Il po-
sait furieusement les lèvres sur la rondeur naissante de ses
seins, il lui soufflait dans un baiser toute sa flamme, toute
sa vie, comme pour la ressusciter. Mais l'enfant devenait
froide sous ses caresses. Il sentait ce corps inerte s'abandonner dans ses bras. Il fut pris d'épouvante; il s'accroupit, la
face bouleversée, les bras pendants, et il resta là, stupide,
répétant :

— Elle est morte, mais elle me regarde; elle ne ferme pas
les yeux, elle me voit toujours.

Cette idée l'emplit d'une grande douceur. Il ne bougea
plus. Il échangea avec Miette un long regard, lisant encore,
dans ces yeux que la mort rendait plus profonds, les derniers
regrets de l'enfant pleurant sa virginité.

Cependant, la cavalerie sabrait toujours les fuyards, dans
la plaine des Nores; les galops des chevaux, les cris des mourants, s'éloignaient, s'adoucissaient, comme une musique
lointaine, apportée par l'air limpide. Silvère ne savait plus
qu'on se battait. Il ne vit pas son cousin, qui remontait la
pente et qui traversait de nouveau le cours. En passant, Pascal ramassa la carabine de Macquart, que Silvère avait jetée;
il la connaissait pour l'avoir vue pendue à la cheminée de
tante Dide, et songeait à la sauver des mains des vainqueurs.
Il était à peine entré dans l'hôtel de la Mule Blanche, où l'on

avait porté un grand nombre de blessés, qu'un flot d'insurgés, chassés par la troupe comme une bande de bêtes, envahit l'esplanade. L'homme au sabre avait fui ; c'étaient les
derniers contingents des campagnes que l'on traquait. Il y
eut là un effroyable massacre. Le colonel Masson et le préfet, M. de Blériot, pris de pitié, ordonnèrent vainement la
retraite. Les soldats, furieux, continuaient à tirer dans le tas,
à clouer les fuyards contre les murailles, à coups de baïonnettes. Quand ils n'eurent plus d'ennemis devant eux, ils
criblèrent de balles la façade de la Mule Blanche. Les volets
partaient en éclats ; une fenêtre, laissée entr'ouverte, fut
arrachée, avec un bruit retentissant de verre cassé. Des voix
lamentables criaient à l'intérieur : « Les prisonniers ! les
prisonniers ! » Mais la troupe n'entendait pas, elle tirait
toujours. On vit, à un moment, le commandant Sicardot,
exaspéré, paraître sur le seuil, parler en agitant les bras. A
côté de lui, le receveur particulier, M. Peirotte, montra sa
taille mince, son visage effaré. Il y eut encore une décharge.
Et M. Peirotte tomba par terre, le nez en avant, comme une
masse.

Silvère et Miette se regardaient. Le jeune homme était
resté penché sur la morte, au milieu de la fusillade et des
hurlements d'agonie, sans même tourner la tête. Il sentit
seulement des hommes autour de lui, et il lui pris d'un
sentiment de pudeur : il ramena les plis du drapeau rouge
sur Miette, sur sa gorge nue. Puis ils continuèrent à se regarder.

Mais la lutte était finie. Le meurtre du receveur particulier avait assouvi les soldats. Des hommes couraient, battant
tous les coins de l'esplanade, pour ne pas laisser échapper un
seul insurgé. Un gendarme, qui aperçut Silvère sous les arbres, accourut ; et, voyant qu'il avait à faire à un enfant :

— Que fais-tu là, galopin ? lui demanda-t-il.

Silvère, les yeux sur les yeux de Miette, ne répondit pas.

— Ah ! le bandit, il a les mains noires de poudre, s'écria l'homme, qui s'était baissé. Allons, debout, canaille ! Ton compte est bon.

Et comme Silvère, souriant vaguement, ne bougeait pas, l'homme s'aperçut que le cadavre qui se trouvait là, dans le drapeau, était un cadavre de femme :

— Une belle fille, c'est dommage ! murmura-t-il... Ta maîtresse, hein ? crapule !

Puis il ajouta avec un rire de gendarme :

— Allons, debout !... Maintenant qu'elle est morte, tu ne veux peut-être pas coucher avec.

Il tira violemment Silvère, il le mit debout, il l'emmena comme un chien qu'on traîne par une patte. Silvère se laissa traîner, sans une parole, avec une obéissance d'enfant. Il se retourna, il regarda Miette. Il était désespéré de la laisser toute seule, sous les arbres. Il la vit de loin, une dernière fois. Elle restait là, chaste, dans le drapeau rouge, la tête légèrement penchée, avec ses grands yeux qui regardaient en l'air.

VI

Rougon, vers cinq heures du matin, osa enfin sortir de
chez sa mère. La vieille s'était endormie sur une chaise. Il
s'aventura doucement jusqu'au bout de l'impasse Saint-Mittre. Pas un bruit, pas une ombre. Il poussa jusqu'à la porte
de Rome. Le trou de la porte, ouverte à deux battants,
béante, s'enfonçait dans le noir de la ville endormie. Plassans dormait à poings fermés, sans paraître se douter de
l'imprudence énorme qu'il commettait en dormant ainsi les
portes ouvertes. On eût dit une cité morte. Rougon, prenant
confiance, s'engagea dans la rue de Nice. Il surveillait de
loin les coins des ruelles ; il frissonnait, à chaque creux de
porte, croyant toujours voir une bande d'insurgés lui sauter
aux épaules. Mais il arriva au cours Sauvaire sans mésaven-
ture. Décidément, les insurgés s'étaient évanouis dans les
ténèbres, comme un cauchemar.

Alors Pierre s'arrêta un instant sur le trottoir désert. Il
poussa un gros soupir de soulagement et de triomphe. Ces
gueux de républicains lui abandonnaient donc Plassans. La
ville lui appartenait, à cette heure : elle dormait comme

23.

une sotte ; elle était là, noire et paisible, muette et con-
fiante, et il n'avait qu'à étendre la main pour la prendre.
Cette courte halte, ce regard d'homme supérieur jeté sur le
sommeil de toute une sous-préfecture, lui causèrent des
jouissances ineffables. Il resta là, croisant les bras, prenant,
seul dans la nuit, une pose de grand capitaine à la veille
d'une victoire. Au loin, il n'entendait que le chant des fontaines du cours, dont les filets d'eau sonores tombaient dans
les bassins.

Puis des inquiétudes lui vinrent. Si, par malheur, on avait
fait l'Empire sans lui ! si les Sicardot, les Garçonnet, les
Peirotte, au lieu d'être arrêtés et emmenés par la bande insurrectionnelle, l'avaient jetée tout entière dans les prisons
de la ville ! Il eut une sueur froide, il se remit en marche,
espérant que Félicité lui donnerait des renseignements exacts.
Il avançait plus rapidement, filant le long des maisons de la
rue de la Banne, lorsqu'un spectacle étrange, qu'il aperçut
en levant la tête, le cloua net sur le pavé. Une des fenêtres
du salon jaune était vivement éclairée, et, dans la lueur,
une forme noire qu'il reconnut pour être sa femme, se penchait, agitait les bras d'une façon désespérée. Il s'interrogeait, ne comprenait pas, effrayé, lorsqu'un objet dur vint
rebondir sur le trottoir, à ses pieds. Félicité lui jetait la clef
du hangar, où il avait caché une réserve de fusils. Cette clef
signifiait clairement qu'il fallait prendre les armes. Il re-
broussa chemin, ne s'expliquant pas pourquoi sa femme l'a-
vait empêché de monter, s'imaginant des choses terribles.

Il alla droit chez Roudier, qu'il trouva debout, prêt à
marcher, mais dans une ignorance complète des événements
de la nuit. Roudier demeurait à l'extrémité de la ville neuve,
au fond d'un désert où le passage des insurgés n'avait envoyé aucun écho. Pierre lui proposa d'aller chercher Granoux, dont la maison faisait un angle de la place des Récollets, et sous les fenêtres duquel la bande avait dû passer. La

bonne du conseiller municipal parlementa longtemps avant
de les introduire, et ils entendaient la voix tremblante du
pauvre homme, qui criait du premier étage :

— N'ouvrez pas, Catherine! les rues sont infestées de brigands.

Il était dans sa chambre à coucher, sans lumière. Quand
il reconnut ses deux bons amis, il fut soulagé; mais il ne
voulut pas que la bonne apportât une lampe, de peur que la
clarté ne lui attirât quelque balle. Il semblait croire que la
ville était encore pleine d'insurgés. Renversé sur un fauteuil,
près de la fenêtre, en caleçon et la tête enveloppée d'un foulard, il geignait :

— Ah! mes amis, si vous saviez!... J'ai essayé de ı .c coucher; mais ils faisaient un tapage! Alors je me suis jeté dans
ce fauteuil. J'ai tout vu, tout. Des figures atroces, une bande
de forçats échappés. Puis ils ont repassé; ils entraînaient
le brave commandant Sicardot, le digne M. Garçonnet, le directeur des postes, tous ces messieurs, en poussant des cris
de cannibales!...

Rougon eut une joie chaude. Il fit répéter à Granoux
qu'il avait bien vu le maire et les autres au milieu de ces
brigands.

— Quand je vous le dis! pleurait le bonhomme; j'étais
derrière ma persienne... C'est comme M. Peirotte, ils sont
venus l'arrêter; je l'ai entendu qui disait, en passant sous
ma fenêtre : « Messieurs, ne me faites pas de mal. » Ils devaient le martyriser... C'est une honte, une honte...

Roudier calma Granoux en lui affirmant que la ville était
libre. Aussi le digne homme fut-il pris d'une belle ardeur
guerrière, lorsque Pierre lui apprit qu'il venait le chercher
pour sauver Plassans. Les trois sauveurs délibérèrent. Ils ré-
solurent d'aller éveiller chacun leurs amis et de leur donner
rendez-vous dans le hangar, l'arsenal secret de la réaction.
Rougon songeait toujours aux grands gestes de Félicité, flai-

rant un péril quelque part. Granoux, assurément le plus bête
des trois, fut le premier à trouver qu'il devait être resté des
républicains dans la ville Ce fut un trait de lumière, et Rougon, avec un pressentiment qui ne le trompa pas, se dit en
lui-même :

— Il y a du Macquart là-dessous.

Au bout d'une heure, ils se retrouvèrent dans le hangar,
situé au fond d'un quartier perdu. Ils étaient allés discrète-
ment, de porte en porte, étouffant le bruit des sonnettes et
des marteaux, racolant le plus d'hommes possible. Mais ils
n'avaient pu en réunir qu'une quarantaine, qui arrivèrent
à la file, se glissant dans l'ombre, sans cravate, avec les
mines blêmes et encore tout endormies de bourgeois effarés.
Le hangar, loué à un tonnelier, se trouvait encombré de
vieux cercles, de barils effondrés, qui s'entassaient dans les
coins. Au milieu, les fusils étaient couchés dans trois caisses
longues. Un rat-de-cave, posé sur une pièce de bois, éclairait
cette scène étrange d'une lueur de veilleuse qui vacillait.
Quand Rougon eut retiré les couvercles des trois caisses, ce
fut un spectacle d'un sinistre grotesque. Au-dessus des fusils, dont les canons luisaient, bleuâtres et comme phospho-
rescents, des cous s'allongeaient, des têtes se penchaient
avec une sorte d'horreur secrète, tandis que, sur les murs,
la clarté jaune du rat-de-cave dessinait l'ombre de nez énormes et de mèches de cheveux roidies.

Cependant la bande réactionnaire se compta, et, devant
son petit nombre, elle eut une hésitation. On n'était que
trente-neuf, on allait pour sûr se faire massacrer ; un père
de famille parla de ses enfants ; d'autres, sans alléguer de
prétexte, se dirigèrent vers la porte. Mais deux conjurés arrivèrent encore ; ceux-là demeuraient sur la place de l'Hôtel-
de-Ville, ils savaient qu'il restait, à la mairie, au plus une
vingtaine de républicains. On délibéra de nouveau. Quarante
et un contre vingt parut un chiffre possible. La distribution

des armes se fit au milieu d'un petit frémissement. C'était
Rougon qui puisait dans les caisses, et chacun, en recevant
son fusil, dont le canon, par cette nuit de décembre, était
glacé, sentait un grand froid le pénétrer et le geler jusqu'aux
entrailles. Les ombres, sur les murs, prirent des attitudes
bizarres de conscrits embarrassés, écartant leurs dix doigts.
Pierre referma les caisses avec regret ; il laissait là cent neuf
fusils qu'il aurait distribués de bon cœur ; ensuite il passa
au partage des cartouches. Il y en avait, au fond de la re
mise, deux grands tonneaux, pleins jusqu'aux bords, de
quoi défendre Plassans contre une armée. Et, comme ce
coin n'était pas éclairé, et qu'un de ces messieurs apportait
le rat-de-cave, un autre des conjurés, — c'était un gros charcutier qui avait des poings de géant, — se fâcha, disant qu'il
n'était pas du tout prudent d'approcher ainsi la lumière. On
l'approuva fort. Les cartouches furent distribuées en pleine
obscurité. Ils s'en emplirent les poches à les faire crever.
Puis, quand ils furent prêts, quand ils eurent chargé leurs
armes avec des précautions infinies, ils restèrent là un
instant, à se regarder d'un air louche, en échangeant des
regards où de la cruauté lâche luisait dans de la bêtise.

Dans les rues, ils s'avancèrent le long des maisons, muets,
sur une seule file, comme des sauvages qui partent pour la
guerre. Rougon avait tenu à honneur de marcher en tête ;
l'heure était venue où il devait payer de sa personne, s'il voulait le succès de ses plans ; il avait des gouttes de sueur au
front, malgré le froid, mais il gardait une allure très-mar-
tiale. Derrière lui, venait immédiatement Roudier et Granoux. A deux reprises, la colonne s'arrêta net ; elle avait
cru entendre des bruits lointains de bataille ; ce n'était que
les petits plats à barbe de cuivre, pendus par des chaînettes,
qui servent d'enseigne aux perruquiers du Midi, et que des
souffles de vent agitaient. Après chaque halte, les sauveurs
de Plassans reprenaient leur marche prudente dans le noir,

avec leur allure de héros effarouchés. Ils arrivèrent ainsi
sur la place de l'Hôtel-de-Ville. Là ils se groupèrent autour
de Rougon, délibérant une fois de plus. En face d'eux, sur
la façade noire de la mairie, une seule fenêtre était éclairée.
Il était près de sept heures, le jour allait paraître.

Après dix bonnes minutes de discussion, il fut décidé qu'on
avancerait jusqu'à la porte, pour voir ce que signifiait cette
ombre et ce silence inquiétants. La porte était entr'ouverte.
Un des conjurés passa la tête et la retira vivement, disant
qu'il y avait, sous la porche, un homme assis contre le mur,
avec un fusil entre les jambes, et qui dormait. Rougon, voyant
qu'il pouvait débuter par un exploit, entra le premier, s'empara de l'homme et le maintint, pendant que Roudier le
bâillonnait. Ce premier succès, remporté dans le silence,
encouragea singulièrement la petite troupe, qui avait rêvé
une fusillade très-meurtrière. Et Rougon faisait des signes
impérieux pour que la joie de ses soldats n'éclatât pas trop
bruyamment.

Ils continuèrent à avancer sur la pointe des pieds. Puis,
à gauche, dans le poste de police qui se trouvait là, ils aperçurent une quinzaine d'hommes couchés sur un lit de camp,
ronflant dans la lueur mourante d'une lanterne accrochée au
mur. Rougon, qui décidément devenait un grand général,
laissa devant le poste la moitié de ses hommes, avec l'ordre
de ne pas réveiller les dormeurs, mais de les tenir en respect
et de les faire prisonniers, s'ils bougeaient. Ce qui l'inquiétait, c'était cette fenêtre éclairée qu'ils avaient vue de la place,
il flairait toujours Macquart dans l'affaire, et comme il sentait qu'il fallait d'abord s'emparer de ceux qui veillaient en
haut, il n'était pas fâché d'opérer par surprise, avant que le
bruit d'une lutte les fît se barricader. Il monta doucement,
suivi des vingt héros dont il disposait encore. Roudier commandait le détachement resté dans la cour.

Macquart, en effet, se carrait en haut dans le cabinet du

maire, assis dans son fauteuil, les coudes sur son bureau.
Après le départ des insurgés, avec cette belle confiance d'un
homme d'esprit grossier, tout à son idée fixe et tout à sa
victoire, il s'était dit qu'il était le maître de Plasssans et
qu'il allait s'y conduire en triomphateur. Pour lui, cette
bande de trois mille hommes qui venait de traverser la ville,
était une armée invincible, dont le voisinage suffirait pour
tenir ses bourgeois humbles et dociles sous sa main. Les
insurgés avaient enfermé les gendarmes dans leur caserne,
la garde nationale se trouvait démembrée, le quartier noble
devait crever de peur, les rentiers de la ville neuve n'a-
vaient certainement jamais touché un fusil de leur vie. Pas
d'armes, d'ailleurs, pas plus que de soldats. Il ne prit seulement pas la précaution de faire fermer les portes, et tandis
que ses hommes poussaient la confiance plus loin encore,
jusqu'à s'endormir, il attendait tranquillement le jour qui
allait, pensait-il, amener et grouper autour de lui tous les
républicains du pays.

Déjà il songeait aux grandes mesures révolutionnaires : la
nomination d'une Commune dont il serait le chef, l'em-
prisonnement des mauvais patriotes et surtout des gens qui
lui déplaisaient. La pensée des Rougon vaincus, du salon
jaune désert, de toute cette clique lui demandant grâce, le
plongeait dans une douce joie. Pour prendre patience, il
avait résolu d'adresser une proclamation aux habitants de
Plassans. Ils s'étaient mis quatre pour rédiger cette affiche.
Quand elle fut terminée, Macquart, prenant une pose digne
dans le fauteuil du maire, se la fit lire, avant de l'envoyer à
l'imprimerie de *l'Indépendant*, sur le civisme de laquelle il
comptait. Un des rédacteurs commençait avec emphase :
« Habitants de Plassans, l'heure de l'indépendance a
sonné, le règne de la justice est venu... » lorsqu'un bruit
se fit entendre à la porte du cabinet, qui s'ouvrait lentement.

— C'est toi, Cassoute? demanda Macquart en interrompant la lecture

On ne répondit pas; la porte s'ouvrait toujours.

— Entre donc! reprit-il avec impatience. Mon brigand de frère est chez lui?

Alors, brusquement, les deux battants de la porte, poussés avec violence, claquèrent contre les murs, et un flot d'hommes armés, au milieu desquel marchait Rougon, très-rouge, les yeux hors des orbites, envahirent le cabinet en brandissant leurs fusils comme des bâtons.

— Ah! les canailles, ils ont des armes! hurla Macquart.

Il voulut prendre une paire de pistolets posés sur le bureau; mais il avait déjà cinq hommes à la gorge qui le maintenaient. Les quatre rédacteurs de la proclamation luttèrent un instant. Il y eut des poussées, des trépignements sourds, des bruits de chute. Les combattants étaient singulièrement embarrassés par leurs fusils, qui ne leur servaient à rien, et qu'ils ne voulaient pas lâcher. Dans la lutte, celui de Rougon, qu'un insurgé cherchait à lui arracher, partit tout seul, avec une détonation épouvantable, en emplissant le cabinet de fumée; la balle alla briser une superbe glace, montant de la cheminée au plafond, et qui avait la réputation d'être une des plus belles glaces de la ville. Ce coup de feu, tiré on ne savait pourquoi, assourdit tout le monde et mit fin à la bataille.

Alors, pendant que ces messieurs soufflaient, on entendit trois détonations qui venaient de la cour. Granoux courut à une des fenêtres du cabinet. Les visages s'allongèrent, et tous, penchés anxieusement, attendirent, peu soucieux d'avoir à recommencer la lutte avec les hommes du poste, qu'ils avaient oubliés dans leur victoire. Mais la voix de Roudier cria que tout allait bien. Granoux referma la fenêtre, rayonnant. La vérité était que le coup de feu de Rougon avait réveillé les dormeurs ; ils s'étaient rendus, voyant toute résistance impossible. Seulement, dans la hâte aveugle qu'ils avaient d'en finir, trois des hommes de Roudier avaient déchargé leurs armes en l'air, comme pour répondre à la détonation d'en haut, sans bien savoir ce qu'ils faisaient. Il y a de ces moments où les fusils partent d'eux-mêmes dans les mains des poltrons.

Cependant Rougon fit lier solidement les poings de Macquart avec les embrasses des grands rideaux verts du cabinet. Celui-ci ricanait, pleurant de rage.

— C'est cela, allez toujours... balbutiait-il. Ce soir ou demain, quand les autres reviendront, nous réglerons nos comptes !

Cette allusion à la bande insurrectionnelle fit passer un frisson dans le dos des vainqueurs. Rougon surtout éprouva un léger étranglement. Son frère, qui était exaspéré d'avoir été surpris comme un enfant par ces bourgeois effarés, qu'il traitait d'abominables pékins, à titre d'ancien soldat, le regardait, le bravait avec des yeux luisants de haine.

— Ah ! j'en sais de belles, j'en sais de belles ! reprit-il sans le quitter du regard. Envoyez-moi donc un peu devant la Cour d'assises pour que je raconte aux juges des histoires qui feront rire.

Rougon devint blême. Il eut une peur atroce que Macquart ne parlât et ne le perdît dans l'estime des messieurs qui venaient de l'aider à sauver Plassans. D'ailleurs, ces messieurs, tout ahuris de la rencontre dramatique des deux frères, s'étaient retirés dans un coin du cabinet, en voyant qu'une explication orageuse allait avoir lieu. Rougon prit une décision héroïque. Il s'avança vers le groupe et dit d'un ton très-noble :

— Nous garderons cet homme ici. Quand il aura réfléchi à sa situation, il pourra nous donner des renseignements utiles.

Puis, d'une voix encore plus digne :

— J'accomplirai mon devoir, messieurs. J'ai juré de sauver la ville de l'anarchie, et je la sauverai, dussé-je être le bourreau de mon plus proche parent.

On eût dit un vieux Romain sacrifiant sa famille sur l'autel de la patrie. Granoux, très-ému, vint lui serrer la main d'un air larmoyant qui signifiait : « Je vous comprends, vous êtes sublime ! » ; lui rendit ensuite le service d'emmener tout le monde, sous le prétexte de conduire dans la cour les quatre prisonniers qui étaient là.

Quand Pierre fut seul avec son frère, il sentit tout son aplomb lui revenir. Il reprit :

— Vous ne m'attendiez guère, n'est-ce pas ? Je comprends maintenant : vous deviez avoir dressé quelque guet-apens chez moi. Malheureux ! voyez où vous ont conduit vos vices et vos désordres !

Macquart haussa les épaules.

— Tenez, répondit-il, fichez-moi la paix. Vous êtes un vieux coquin. Rira bien qui rira le dernier.

Rougon, qui n'avait pas de plan arrêté à son égard, le poussa dans un cabinet de toilette où M. Garçonnet venait se reposer parfois. Ce cabinet, éclairé par en haut, n'avait d'autre issue que la porte d'entrée. Il était meublé de quelques fauteuils, d'un divan et d'un lavabo de marbre. Pierre ferma la porte à double tour, après avoir délié à moitié les mains de son frère. On entendit ce dernier se jeter sur le divan, et il entonna le *Ça ira !* d'une voix formidable, comme pour se bercer.

Rougon, seul enfin, s'assit à son tour dans le fauteuil du maire. Il poussa un soupir, il s'essuya le front. Que la conquête de la fortune et des honneurs était rude ! Enfin il touchait au but, il sentait le fauteuil moelleux s'enfoncer sous lui, il caressait de la main, d'un geste machinal, le bureau d'acajou, qu'il trouvait soyeux et délicat comme la peau

d'une jolie femme. Et il se carra davantage, il prit la pose
digne que Macquart avait un instant auparavant, en écoutant la lecture de la proclamation. Autour de lui, le silence
du cabinet lui semblait prendre une gravité religieuse qui
lui pénétrait l'âme d'une divine volupté. Il n'était pas jusqu'à l'odeur de poussière et de vieux papiers, traînant dans
les coins, qui ne montât comme un encens à ses narines di-
latées. Cette pièce, aux tentures fanées, puant les affaires
étroites, les soucis misérables d'une municipalité de troisième ordre, était un temple dont il devenait le dieu. Il
entrait dans quelque chose de sacré. Lui qui, au fond,
n'aimait pas les prêtres, il se rappela l'émotion délicieuse de
sa première communion quand il avait cru avaler Jésus.

Mais, dans son ravissement, il éprouvait de petits sou-
bresauts nerveux, à chaque éclat de voix de Macquart. Les
mots d'aristocrate, de lanterne, les menaces de pendaison,
lui arrivaient par souffles violents à travers la porte, et coupaient d'une façon désagréable son rêve triomphant. Toujours cet homme! Et son rêve, qui lui montrait Plassans à
ses pieds, s'achevait par la vision brusque de la Cour d'assises, des juges, des jurés et du public, écoutant les révéla-
tions honteuses de Macquart, l'histoire des cinquante mille
francs et les autres; ou bien, tout en goûtant la mollesse du
fauteuil de M. Garçonnet, il se voyait tout d'un coup pendu
à une lanterne de la rue de la Banne. Qui donc le débarrasse-
rait de ce misérable? Enfin Antoine s'endormit. Pierre eut
dix bonnes minutes d'extase pure.

Roudier et Granoux vinrent le tirer de cette béatitude. Ils
arrivaient de la prison, où ils avaient conduit les insurgés.
Le jour grandissait, la ville allait s'éveiller, il s'agissait de prendre un parti. Roudier déclara qu'avant tout il
serait bon d'adresser une proclamation aux habitants. Pierre,
justement, lisait celle que les insurgés avaient laissée sur
une table.

— Mais, s'écria-t-il, voilà qui nous convient parfaitement.
Il n'y a que quelques mots à changer.

Et, en effet, un quart d'heure suffit, au bout duquel Gra
noux lut, d'une voix émue :

« Habitants de Plassans, l'heure de la résistance a sonné,
le règne de l'ordre est revenu... »

Il fut décidé que l'imprimerie de *la Gazette* imprimerait
la proclamation, et qu'on l'afficherait à tous les coins de
rue.

— Maintenant, écoutez, dit Rougon, nous allons nous
rendre chez moi ; pendant ce temps, M. Granoux réunira ici
les membres du conseil municipal qui n'ont pas été arrêtés,
et leur racontera les terribles événements de cette nuit.

Puis il ajouta, avec majesté :

— Je suis tout prêt à accepter la responsabilité de mes
actes. Si ce que j'ai déjà fait paraît un gage suffisant de
mon amour de l'ordre, je consens à me mettre à la tête
d'une commission municipale, jusqu'à ce que les autorités
régulières puissent être rétablies. Mais, pour qu'on ne m'accuse pas d'ambition, je ne rentrerai à la mairie que rappelé
par les instances de mes concitoyens.

Granoux et Roudier se récrièrent. Plassans ne serait pas
ingrat. Car enfin leur ami avait sauvé la ville. Et ils rappe-
lèrent tout ce qu'il avait fait pour la cause de l'ordre : le salon jaune toujours ouvert aux amis du pouvoir, la bonne
parole portée dans les trois quartiers, le dépôt d'armes
dont l'idée lui appartenait, et surtout cette nuit mémorable,
cette nuit de prudence et d'héroïsme, dans laquelle il s'était
illustré à jamais. Granoux ajouta qu'il était sûr d'avance de
l'admiration et de la reconnaissance de messieurs les conseillers municipaux. Il conclut en disant :

— Ne bougez pas de chez vous ; je veux aller vous chercher et vous ramener en triomphe.

Roudier dit encore qu'il comprenait, d'ailleurs, le tact

la modestie de leur ami, et qu'il l'approuvait. Personne, certes, ne songerait à l'accuser d'ambition, mais on sentirait la délicatesse qu'il mettait à ne vouloir rien être sans l'assentiment de ses concitoyens. Cela était très-digne, très-noble, tout à fait grand.

Sous cette pluie d'éloges, Rougon baissait humblement la tête. Il murmurait : « Non, non, vous allez trop loin, » avec de petites pamoisons d'homme chatouillé voluptueusement. Chaque phrase du bonnetier retiré et de l'ancien marchand d'amandes, placés l'un à sa droite, l'autre à sa gauche, lui passait suavement sur la face; et, renversé dans le fauteuil du maire, pénétré par les senteurs administratives du cabinet, il saluait à gauche, à droite, avec des allures de prince prétendant dont un coup d'État va faire un empereur.

Quand ils furent las de s'encenser, ils descendirent. Granoux partit à la recherche du conseil municipal. Roudier dit à Rougon d'aller en avant; il le rejoindrait chez lui, après avoir donné les ordres nécessaires pour la garde de la mairie. Le jour grandissait. Pierre gagna la rue de la Banne, en faisant sonner militairement ses talons sur les trottoirs encore déserts. Il tenait son chapeau à la main, malgré le froid vif; des bouffées d'orgueil lui jetaient tout le sang au visage.

Au bas de l'escalier, il trouva Cassoute. Le terrassier n'avait pas bougé, n'ayant vu rentrer personne. Il était là, sur la première marche, sa grosse tête entre les mains, regardant fixement devant lui, avec le regard vide et l'entêtement muet d'un chien fidèle.

— Vous m'attendiez, n'est-ce pas? lui dit Pierre, qui comprit tout en l'apercevant. Eh bien! allez dire à M. Macquart que je suis rentré. Demandez-le à la mairie.

Cassoute se leva et se retira, en saluant gauchement. Il alla se faire arrêter comme un mouton, pour la grande

réjouissance de Pierre, qui riait tout seul en montant
l'escalier, surpris de lui-même, ayant vaguement cette
pensée :

— J'ai du courage, aurais-je de l'esprit?

Félicité ne s'était pas couchée. Il la trouva endimanchée,
avec son bonnet à rubans citron, comme une femme qui
attend du monde. Elle était vainement restée à la fenêtre,
elle n'avait rien entendu ; elle se mourait de curiosité.

— Eh bien? demanda-t-elle, en se précipitant au-devant
de son mari.

Celui-ci, soufflant, entra dans le salon jaune, où elle
le suivit, en fermant soigneusement les portes derrière
elle. Il se laissa aller dans un fauteuil, il dit d'une voix
étranglée :

— C'est fait, nous serons receveur particulier.

Elle lui sauta au cou ; elle l'embrassa.

— Vrai? vrai? cria-t-elle. Mais je n'ai rien entendu
O mon petit homme, raconte-moi ça, raconte-moi
tout.

Elle avait quinze ans, elle se faisait chatte, elle tourbil-
lonnait, avec ses vols brusques de cigale ivre de lumière et
de chaleur. Et Pierre, dans l'effusion de sa victoire, vida
son cœur. Il n'omit pas un détail. Il expliqua même ses
projets futurs, oubliant que, selon lui, les femmes n'étaient
bonnes à rien, et que la sienne devait tout ignorer, s'il voulait rester le maître. Félicité, penchée, buvait ses paroles.
Elle lui fit recommencer certaines parties du récit, disant
qu'elle n'avait pas entendu; en effet, la joie faisait un tel
vacarme dans sa tête que, par moments, elle devenait
comme sourde, l'esprit perdu en pleine jouissance. Quand
Pierre raconta l'affaire de la mairie, elle fut prise de rires,
elle changea trois fois de fauteuil, roulant les meubles, ne
pouvant tenir en place. Après quarante années d'efforts
continus, la fortune se laissait enfin prendre à la gorge.

Elle en devenait folle, à ce point qu'elle oublia elle-même toute prudence.

— Hein ! c'est à moi que tu dois tout cela ! s'écria t-elle avec une explosion de triomphe. Si je t'avais laissé agir, tu te serais fait bêtement pincer par les insurgés. Nigaud, c'était le Garçonnet, le Sicardot et les autres, qu'il fallait jeter à ces bêtes féroces.

Et, montrant ses dents branlantes de vieille, elle ajouta avec un rire de gamine :

— Eh ! vive la République! elle a fait place nette.

Mais Pierre était devenu maussade.

— Toi, toi, murmura-t-il, tu crois toujours avoir tout prévu. C'est moi qui ai eu l'idée de me cacher. Avec cela que les femmes entendent quelque chose à la politique ! Va, ma pauvre vieille, si tu conduisais la barque, nous ferions vite naufrage.

Félicité pinça les lèvres. Elle s'était trop avancée, elle avait oublié son rôle de bonne fée muette. Mais il lui vint une de ces rages sourdes, qu'elle éprouvait quand son mari l'écrasait de sa supériorité. Elle se promit de nouveau, lorsque l'heure serait venue, quelque vengeance exquise qui lui livrerait le bonhomme pieds et poings liés.

— Ah! j'oubliais, reprit Rougon, M. Peirotte est de la danse. Granoux l'a vu qui se débattait entre les mains des insurgés.

Félicité eut un tressaillement. Elle était justement à la fenêtre, qui regardait avec amour les croisées du receveur particulier. Elle venait d'éprouver le besoin de les revoir, car l'idée du triomphe se confondait en elle avec l'envie de ce bel appartement, dont elle usait les meubles du regard, depuis si longtemps.

Elle se retourna, et, d'une voix étrange :

— M. Peirotte est arrêté? dit-elle.

Elle sourit complaisamment; puis une vive rougeur lui

marbra la face. Elle venait, au fond d'elle, de faire ce souhait brutal : « Si les insurgés pouvaient le massacrer! »
Pierre lut sans doute cette pensée dans ses yeux.

— Ma foi! s'il attrapait quelque balle, murmura-t-il, ça
arrangerait nos affaires... On ne .erait pas obligé de le dé-
placer, n'est-ce pas? et il n'y aurait rien de notre faute.

Mais Félicité, plus nerveuse, frissonnait. Il lui semblait
qu'elle venait de condamner un homme à mort. Maintenant,
si M. Peirotte était tué, elle le reverrait la nuit, il viendrait
lui tirer les pieds. Elle ne jeta plus sur les fenêtres d'en
face que des coups d'œil sournois, pleins d'une horreur
voluptueuse. Et il y eut, dès lors, dans ses jouissances,
une pointe d'épouvante criminelle qui les rendit plus
aiguës.

D'ailleurs, Pierre, le cœur vidé, voyait à présent le mauvais côté de la situation. Il parla de Macquart. Comment se
débarrasser de ce chenapan? Mais Félicité, reprise par la
fièvre du succès, s'écria :

— On ne peut pas tout faire à la fois. Nous le bâil-
lonnerons, parbleu! Nous trouverons bien quelque
moyen...

Elle allait et venait, rangeant les fauteuils, époussetant
les dossiers. Brusquement, elle s'arrêta au milieu de la
pièce et, jetant un long regard sur le mobilier fané :

— Bon Dieu! dit-elle, que c'est laid ici! Et tout ce
monde qui va venir!

— Bast! répondit Pierre avec une superbe indifférence,
nous changerons tout cela.

Lui qui, la veille, avait un respect religieux pour les fauteuils et le canapé, il serait monté dessus à pieds joints.
Félicité, éprouvant le même dédain, alla jusqu'à bousculer
un fauteuil dont une roulette manquait et qui ne lui obéissait pas assez vite.

Ce fut à ce moment que Roudier entra. Il sembla à la

vieille femme qu'il était d'une bien plus grande politesse.
Les « monsieur, » les « madame » roulaient, avec une musique délicieuse. D'ailleurs, les habitués arrivaient à la file,
le salon s'emplissait. Personne ne connaissait encore, dans
leurs détails, les événements de la nuit, et tous accouraient,
les yeux hors de la tête, le sourire aux lèvres, poussés par
les rumeurs qui commençaient à courir la ville. Ces messieurs qui, la veille au soir, avaient quitté si précipitamment le salon jaune, à la nouvelle de l'approche des insurgés, revenaient, bourdonnants, curieux et importuns,
comme un essaim de mouches qu'aurait dispersé un coup
de vent. Certains n'avaient pas même pris le temps de
mettre leurs bretelles. Leur impatience était grande, mais
il était visible que Rougon attendait quelqu'un pour parler,
A chaque minute, il tournait vers la porte un regard
anxieux. Pendant une heure, ce furent des poignées de
mains expressives, des félicitations vagues, des chuchote-
ments admiratifs, une joie contenue, sans cause certaine,
et qui ne demandait qu'un mot pour devenir de l'enthousiasme.

Enfin Granoux parut. Il s'arrêta un instant sur le seuil,
la main droite dans sa redingote boutonnée; sa grosse face
blême, qui jubilait, essayait vainement de cacher son
émotion sous un grand air de dignité. A son apparition,
il se fit un silence ; on sentit qu'une chose extraordinaire
allait se passer. Ce fut au milieu d'une haie que Granoux
marcha droit vers Rougon. Il lui tendit la main.

— Mon ami, lui dit-il, je vous apporte l'hommage du
conseil municipal. Il vous appelle à sa tête, en attendant
que notre maire nous soit rendu. Vous avez sauvé Plassans.
Il faut, dans l'époque abominable que nous traversons,
des hommes qui allient votre intelligence à votre courage.
Venez…

Granoux, qui récitait là un petit discours qu'il avait

préparé avec grand'peine, de la mairie à la rue de la
Banne, sentit sa mémoire se troubler. Mais Rougon, gagné
par l'émotion, l'interrompit, en lui serrant les mains, en
répétant :

— Merci, mon cher Granoux, je vous remercie bien.

Il ne trouva rien autre chose. Alors il y eut une explosion
de voix assourdissante. Chacun se précipita, lui tendit la
main, le couvrit d'éloges et de compliments, le questionna
avec âpreté. Mais lui, digne déjà comme un magistrat, demanda quelques minutes pour conférer avec MM. Granoux
et Roudier. Les affaires avant tout. La ville se trouvait dans
une situation si critique! Ils se retirèrent tous trois dans
un coin du salon, et là, à voix basse, ils se partagèrent le
pouvoir, tandis que les habitués, éloignés de quelques pas,
et jouant la discrétion, leur jetaient à la dérobée des coups
d'œil où l'admiration se mêlait à la curiosité. Rougon prendrait le titre de président de la commission municipale;
Granoux serait secrétaire; quant à Roudier, il devenait
commandant en chef de la garde nationale réorganisée. Ces
messieurs se jurèrent un appui mutuel, d'une solidité à
toute épreuve.

Félicité, qui s'était approchée d'eux, leur demanda brusquement :

— Et Vuillet?

Ils se regardèrent. Personne n'avait aperçu Vuillet. Rougon eut une légère grimace d'inquiétude.

—Peut-être qu'on l'a emmené avec les autres.., dit-il
pour se tranquilliser.

Mais Félicité secoua la tête. Vuillet n'était pas un homme
à se laisser prendre. Du moment qu'on ne le voyait pas,
qu'on ne l'entendait pas, c'est qu'il faisait quelque chose de
mal.

La porte s'ouvrit, Vuillet entra. Il salua humblement,
avec son clignement de paupières, son sourire pincé de sa-

cristain. Puis il vint tendre sa main humide à Rougon et aux deux autres. Vuillet avait fait ses petites affaires tout seul. Il s'était taillé lui-même sa part du gâteau, comme aurait dit Félicité. Il avait vu, par le soupirail de sa cave, les insurgés venir arrêter le directeur des postes, dont les bureaux étaient voisins de sa librairie. Aussi, dès le matin, à l'heure même où Rougon s'asseyait dans le fauteuil du maire, était-il allé s'installer tranquillement dans le cabinet du directeur. Il connaissait les employés; il les avait reçus à leur arrivée, en leur disant qu'il remplacerait leur chef jusqu'à son retour, et qu'ils n'eussent à s'inquiéter de rien. Puis il avait fouillé le courrier du matin avec une curiosité mal dissimulée; il flairait les lettres; il semblait en chercher une particulièrement. Sans doute sa situation nouvelle répondait à un de ses plans secrets, car il alla, dans son contentement, jusqu'à donner à un de ses employés un exemplaire des *Œuvres badines de Piron*. Vuillet avait un fonds très-assorti de livres obscènes, qu'il cachait dans un grand tiroir, sous une couche de chapelets et d'images saintes; c'était lui qui inondait la ville de photographies et de gravures honteuses, sans que cela nuisît le moins du monde à la vente des paroissiens. Cependant il dut s'effrayer, dans la matinée, de la façon cavalière dont il s'était emparé de l'hôtel des postes. Il songea à faire ratifier son usurpation. Et c'est pourquoi il accourait chez Rougon, qui devenait décidément un puissant personnage.

— Où êtes-vous donc passé? lui demanda Félicité d'un air méfiant.

Alors il conta son histoire, qu'il enjoliva. Selon lui, il avait sauvé l'hôtel des postes du pillage.

— Eh bien! c'est entendu, restez-y! dit Pierre après avoir réfléchi un moment. Rendez-vous utile.

Cette dernière phrase indiquait la grande terreur des Rougon; ils avaient peur qu'on ne se rendît trop utile, qu'on ne sauvât la ville plus qu'eux. Mais Pierre n'avait trouvé aucun

péril sérieux à laisser Vuillet directeur intérimaire des postes;
c'était même une façon de s'en débarrasser. Félicité eut un
vif mouvement de contrariété.

Le conciliabule terminé, ces messieurs revinrent se mêler
aux groupes qui emplissaient le salon. Ils durent enfin satisfaire la curiosité générale. Il leur fallut détailler par le
menu les événements de la matinée. Rougon fut magnifique.
Il amplifia encore, orna et dramatisa le récit qu'il avait conté
à sa femme. La distribution des fusils et des cartouches
fit haleter tout le monde. Mais ce fut la marche dans les rues
désertes et la prise de la mairie qui foudroyèrent ces bourgeois de stupeur. A chaque nouveau détail, une interruption
partait.

— Et vous n'étiez que quarante et un, c'est prodigieux !
— Ah bien ! merci, il devait faire diablement noir !
— Non, je l'avoue, jamais je n'aurais osé cela !
— Alors, vous l'avez pris, comme ça, à la gorge !
— Et les insurgés, qu'est-ce qu'ils ont dit ?

Mais ces courtes phrases ne faisaient que fouetter la verve
de Rougon. Il répondait à tout le monde. Il mimait l'action.
Ce gros homme, dans l'admiration de ses propres exploits,
retrouvait des souplesses d'écolier, il revenait, se répétait, au
milieu des paroles croisées, des cris de surprise, des con-
versations particulières qui s'établissaient brusquement pour
la discussion d'un détail ; et il allait ainsi en s'agrandissant,
emporté par un souffle épique. D'ailleurs, Granoux et Roudier étaient là qui lui soufflaient des faits, de petits faits
imperceptibles qu'il omettait. Ils brûlaient, eux aussi, de
placer un mot, de conter un épisode, et parfois ils lui volaient la parole. Ou bien ils parlaient tous les trois ensemble.
Mais, lorsque pour garder comme dénoûment, comme bou
quet, l'épisode homérique de la glace cassée, Rougon voulut
dire ce qui s'était passé en bas dans la cour, lors de l'arrestation du poste, Roudier l'accusa de nuire au récit en chan-

geant l'ordre des événements. Et ils se disputèrent un instant avec quelque aigreur. Puis Roudier, voyant l'occasion bonne pour lui, s'écria d'une voix prompte :

— Eh bien, soit ! Mais vous n'y étiez pas… Laissez-moi dire…

Alors il expliqua longuement comment les insurgés s'étaient réveillés et comment on les avait mis en joue pour les réduire à l'impuissance. Il ajouta que le sang n'avait pas coulé, heureusement. Cette dernière phrase désappointa l'auditoire qui comptait sur son cadavre.

— Mais vous avez tiré, je crois, interrompit Félicité, voyant que le drame était pauvre.

— Oui, oui, trois coups de feu, reprit l'ancien bonnetier. C'est le charcutier Dubruel, M. Liévin et M. Massicot qui ont déchargé leurs armes avec une vivacité coupable.

Et, comme il y eut quelques murmures :

— Coupable, je maintiens le mot, reprit-il. La guerre a déjà de bien cruelles nécessités, sans qu'on y verse du sang inutile. J'aurais voulu vous voir à ma place… D'ailleurs, ces messieurs m'ont juré que ce n'était pas de leur faute; ils ne s'expliquent pas comment leurs fusils sont partis… Et pourtant il y a eu une balle perdue qui, après avoir ricoché, est allée faire un bleu sur la joue d'un insurgé…

Ce bleu, cette blessure inespérée satisfit l'auditoire. Sur quelle joue le bleu se trouvait-il, et comment une balle, même perdue, peut-elle frapper une joue sans la trouer? Cela donna sujet à de longs commentaires.

— En haut, continua Rougon de sa voix la plus forte, sans laisser à l'agitation le temps de se calmer; en haut, nous avions fort à faire. La lutte a été rude…

Et il décrivit l'arrestation de son frère et des quatre autres insurgés, très-largement, sans nommer Macquart, qu'il appelait « le chef. » Les mots : « le cabinet de M. le maire, le fauteuil, le bureau de M. le maire, » revenaient à chaque instant dans sa bouche et donnaient, pour les auditeurs, une grandeur merveilleuse à cette terrible scène. Ce n'était plus chez le portier, mais chez le premier magistrat de la ville qu'on se battait. Roudier était enfoncé. Rougon arriva enfin à l'épisode qu'il préparait depuis le commencement, et qui devait décidément le poser en héros.

— Alors, dit-il, un insurgé se précipite sur moi. J'écarte le fauteuil de M. le maire, je prends mon homme à la gorge. Et je le serre, vous pensez ! Mais mon fusil me gênait. Je ne voulais pas le lâcher, on ne lâche jamais son fusil. Je le tenais, comme cela, sous le bras gauche. Brusquement, le coup part...

Tout l'auditoire était pendu aux lèvres de Rougon. Granoux, qui allongeait les lèvres, avec une démangeaison féroce de parler, s'écria :

— Non, non, ce n'est pas cela.... Vous n'avez pu voir, mon ami ; vous vous battiez comme un lion... Mais moi qui aidais à garotter un des prisonniers, j'ai tout vu... L'homme a voulu vous assassiner ; c'est lui qui a fait partir le coup de fusil ; j'ai parfaitement aperçu ses doigts noirs qu'il glissait sous votre bras...

— Vous croyez ? dit Rougon devenu blême.

Il ne savait pas qu'il eût couru un pareil danger, et le récit de l'ancien marchand d'amandes le glaçait d'effroi. Granoux ne mentait pas d'ordinaire ; seulement, un jour de bataille, il est bien permis de voir les choses dramatiquement.

— Quand je vous le dis, l'homme a voulu vous assassiner, répéta-t-il avec conviction.

— C'est donc cela, dit Rougon, d'une voix éteinte, que j'ai entendu la balle siffler à mon oreille !

Il y eut une violente émotion ; l'auditoire parut frappé de respect devant ce héros. Il avait entendu siffler une balle à son oreille ! Certes, aucun des bourgeois qui étaient là n'aurait pu en dire autant. Félicité crut devoir se jeter dans les bras de son mari, pour mettre l'attendrissement de l'assemblée à son comble. Mais Rougon se dégagea tout d'un coup et termina son récit par cette phrase héroïque qui est restée célèbre à Plassans :

— Le coup part, j'entends siffler la balle à mon oreille, et, paf! la balle va casser la glace de M. le maire.

Ce fut une consternation. Une si belle glace! incroyable, vraiment! Le malheur arrivé à la place balança dans la sympathie de ces messieurs l'héroïsme de Rougon. Cette glace devenait une personne, et l'on parla d'elle pendant un quart d'heure avec des exclamations, des apitoiements, des effusions de regret, comme si elle eût été blessée au cœur. C'était le bouquet tel que Pierre l'avait ménagé, le dénoûment de cette odyssée prodigieuse. Un grand murmure de voix remplit le salon jaune. On refaisait entre soi le récit qu'on venait d'entendre, et, de temps à autre, un monsieur se détachait d'un groupe pour aller demander aux trois héros la version exacte de quelque fait contesté. Les héros rectifiaient le fait avec une minutie scrupuleuse; ils sentaient qu'ils parlaient pour l'histoire.

Cependant Rougon et ses deux lieutenants dirent qu'ils étaient attendus à la mairie. Il se fit un silence respectueux; on se salua avec des sourires graves. Granoux crevait d'importance; lui seul avait vu l'insurgé presser la détente et casser la glace; cela le grandissait, le faisait éclater dans sa peau. En quittant le salon, il prit le bras de Roudier, d'un air de grand capitaine brisé de fatigue, en murmurant :

— Il y a trente-six heures que je suis debout, et Dieu sait quand je me coucherai !

Rougon, en s'en allant, prit Vuillet à part et lui dit que le parti de l'ordre comptait plus que jamais sur lui et sur *la Gazette*. Il fallait qu'il publiât un bel article pour rassurer la population et traiter comme elle le méritait cette bande de scélérats qui avait traversé Plassans.

— Soyez tranquille ! répondit Vuillet. *La Gazette* ne devait paraître que demain matin, mais je vais la lancer dès ce soir.

Quand ils furent sortis, les habitués du salon jaune restèrent encore un instant, bavards comme des commères qu'un serin envolé réunit sur un trottoir. Ces négociants retirés, ces marchands d'huile, ces fabricants de chapeaux nageaient en plein drame féerique. Jamais pareille secousse ne les avait remués. Ils ne revenaient pas de ce qu'il se fût révélé, parmi eux, des héros tels que Rougon, Granoux et Roudier. Puis, étouffant dans le salon, las de se raconter entre eux la même histoire, ils éprouvèrent une vive démangeaison d'aller publier la grande nouvelle ; ils disparurent un à un, piqués chacun par l'ambition d'être le premier à tout savoir, à tout dire ; et Félicité, restée seule, penchée à la fenêtre, les vit qui se dispersaient dans la rue de la Banne, effarouchés, battant des bras comme de grands oiseaux maigres, soufflant l'émotion aux quatre coins de la ville.

Il était dix heures. Plassans, éveillé, courait les rues, ahuri de la rumeur qui montait. Ceux qui avaient vu ou entendu la bande insurrectionnelle racontaient des histoires à dormir debout, se contredisaient, avançaient des suppositions atroces. Mais le plus grand nombre ne savait même pas ce dont il s'agissait ; ceux-là demeuraient aux extrémités de la ville, et ils écoutaient, bouche béante, comme un conte de nourrice, cette histoire de plusieurs milliers de bandits envahissant les rues et disparaissant avant le jour, ainsi qu'une armée de fantômes. Les plus sceptiques disaient : « Allons donc ! » Cependant certains détails étaient précis. Plassans finit par être convaincu qu'un épouvantable malheur avait passé sur lui pendant son sommeil, sans le toucher. Cette catastrophe mal définie empruntait aux ombres de la nuit, aux contradictions des divers renseignements, un

caractère vague, une horreur insondable qui faisaient frissonner les plus braves. Qui donc avait détourné la foudre?
Cela tenait du prodige. On parlait de sauveurs inconnus,
d'une petite bande d'hommes qui avaient coupé la tête de
l'hydre, mais sans détails, comme d'une chose à peine croya-
ble, lorsque les habitués du salon jaune se répandirent dans
les rues semant les nouvelles, refaisant devant chaque porte
le même récit.

Ce fut une traînée de poudre. En quelques minutes, d'un
bout à l'autre de la ville, l'histoire courut. Le nom de Rougon vola de bouche en bouche, avec des exclamations de
surprise dans la ville neuve, des cris d'éloge dans le vieux
quartier. L'idée qu'ils étaient sans sous-préfet, sans maire,
sans directeur des postes, sans receveur particulier, sans autorités d'aucune sorte, consterna d'abord les habitants. Ils
restaient stupéfaits d'avoir pu achever leur somme et de
s'être réveillés comme à l'ordinaire, en dehors de tout gouvernement établi. La première stupeur passée, ils se jetèrent
avec abandon dans les bras des libérateurs. Les quelques républicains haussaient les épaules; mais les petits détaillants,
les petits rentiers, les conservateurs de toute espèce béni-
saient ces héros modestes dont les ténèbres avaient caché les
exploits. Quand on sut que Rougon avait arrêté son propre
frère, l'admiration ne connut plus de bornes ; on parla
de Brutus; cette indiscrétion qu'il redoutait tourna à sa
gloire. A cette heure d'effroi mal dissipé, la reconnaissance fut unanime. On acceptait le sauveur Rougon sans le
discuter

— Songez donc ! disaient les poltrons, ils n'étaient que
quarante et un !

Ce chiffre de quarante et un bouleversa la ville. C'est ainsi
que naquit à Plassans la légende des quarante et un bourgeois faisant mordre la poussière à trois mille insurgés. Il
n'y eut que quelques esprits envieux de la ville neuve, des

avocats sans causes, d'anciens militaires, honteux d'avoir
dormi cette nuit-là, qui élevèrent certains doutes. En somme,
les insurgés étaient peut-être partis tout seuls. Il n'y avait
aucune preuve de combat, ni cadavres, ni taches de sang.
Vraiment ces messieurs avaient eu la besogne facile.

— Mais la glace, la glace ! répétaient les fanatiques. Vous
ne pouvez pas nier que la glace de M. le maire soit cassée.
Allez donc la voir.

Et, en effet, jusqu'à la nuit, il y eut une procession d'individus qui, sous mille prétextes, pénétrèrent dans le cabinet, dont Rougon laissait, d'ailleurs, la porte grande ouverte ;
ils se plantaient devant la glace, dans laquelle la balle avait
fait un trou rond, d'où partaient de larges cassures ; puis
tous murmuraient la même phrase :

— Fichtre ! la balle avait une fière force !

Et ils s'en allaient, convaincus.

Félicité, à sa fenêtre, humait avec délices ces bruits, ces
voix élogieuses et reconnaissantes qui montaient de la ville.
Tout Plassans, à cette heure, s'occupait de son mari ; elle
sentait les deux quartiers, sous elle, qui frémissaient, qui
lui envoyaient l'espérance d'un prochain triomphe. Ah !
comme elle allait écraser cette ville qu'elle mettait si tard
sous ses talons ! Tous ses griefs lui revinrent, ses amer-
tumes passées redoublèrent ses appétits de jouissance immé-
diate.

Elle quitta la fenêtre, elle fit lentement le tour du salon.
C'était là que, tout à l'heure, les mains se tendaient vers eux.
Ils avaient vaincu, la bourgeoisie était à leurs pieds. Le salon
jaune lui parut sanctifié. Les meubles éclopés, le velours
éraillé, le lustre noir de chiures, toutes ces ruines prirent
à ses yeux un aspect de débris glorieux traînant sur un champ
de bataille. La plaine d'Austerlitz ne lui eût pas causé une
émotion aussi profonde.

Comme elle se remettait à la fenêtre, elle aperçut Aristide

qui rôdait sur la place de la Sous-Préfecture, le nez en l'air.
Elle lui fit signe de monter. Il semblait n'attendre que cet
appel.

— Entre donc, lui dit sa mère sur le palier, en voyant
qu'il hésitait. Ton père n'est pas là.

Aristide avait l'air gauche d'un enfant prodigue. Depuis
près de quatre ans, il n'était plus entré dans le salon jaune.
Il tenait encore son bras en écharpe.

— Ta main te fait toujours souffrir? lui demanda railleu-
sement Félicité.

Il rougit, il répondit avec embarras :

— Oh! ça va beaucoup mieux, c'est presque guéri.

Puis il resta là, tournant, ne sachant que dire. Félicité vint
à son secours.

— Tu as entendu parler de la belle conduite de ton père?
reprit-elle.

Il dit que toute la ville en causait. Mais son aplomb revenait ; il rendit à sa mère sa raillerie ; il la regarda en face,
en ajoutant :

— J'étais venu voir si papa n'était pas blessé.

— Tiens, ne fais pas la bête! s'écria Félicité, avec sa pétulance. Moi, à ta place, j'agirais très-carrément. Tu t'es
trompé, là, avoue-le, en t'enrôlant avec tes gueux de républicains. Aujourd'hui tu ne serais pas fâché de les lâcher et
de revenir avec nous, qui sommes les plus forts. Hé! la maison t'est ouverte!

Mais Aristide protesta. La République était une grande
idée. Puis les insurgés pouvaient l'emporter.

— Laisse-moi donc tranquille! continua la vieille femme
irritée. Tu as peur que ton père te reçoive mal. Je me charge
de l'affaire... Écoute-moi : tu vas aller à ton journal, tu ré-
digeras d'ici à demain un numéro très-favorable au coup
d'État, et demain soir, quand ce numéro aura paru, tu reviendras ici, tu seras accueilli à bras ouverts.

Et, comme le jeune homme restait silencieux :

— Entends-tu ? poursuivit-elle d'une voix plus basse et plus ardente ; c'est de notre fortune, c'est de la tienne, qu'il s'agit. Ne vas pas recommencer tes bêtises. Tu es déjà assez compromis comme cela.

Le jeune homme fit un geste, le geste de César passant le Rubicon. De cette façon, il ne prenait aucun engagement verbal. Comme il allait se retirer, sa mère ajouta, en cherchant le nœud de son écharpe :

— Et d'abord, il faut m'ôter ce chiffon-là. Ça devient ridicule, tu sais !

Aristide la laissa faire. Quand le foulard fut dénoué, il le plia proprement et le mit dans sa poche. Puis il embrassa sa mère en disant :

— A demain !

Pendant ce temps, Rougon prenait officiellement possession de la mairie. Il n'était resté que huit conseillers municipaux ; les autres se trouvaient entre les mains des insurgés, ainsi que le maire et les deux adjoints. Ces huit messieurs, de la force de Granoux, eurent des sueurs d'angoisse, lorsque ce dernier leur expliqua la situation critique de la ville. Pour comprendre avec quel effarement ils vinrent se jeter dans les bras de Rougon, il faudrait connaître les bonshommes dont sont composés les conseils municipaux de certaines petites villes. A Plassans, le maire avait sous la main d'incroyables buses, de purs instruments d'une complaisance passive. Aussi, M. Garçonnet n'étant plus là, la machine municipale devait se détraquer et appartenir à quiconque saurait en ressaisir les ressorts. A cette heure, le sous-préfet ayant quitté le pays, Rougon se trouvait naturellement, par la force des circonstances, le maître unique et absolu de la ville ; crise étonnante, qui mettait le pouvoir entre les mains d'un homme taré, auquel, la veille, pas un de ses concitoyens n'aurait prêté cent francs.

Le premier acte de Pierre fut de déclarer en permanence
la commission provisoire. Puis il s'occupa de la réorganisa-
tion de la garde nationale, et réussit à mettre sur pied trois
cents hommes ; les cent neuf fusils restés dans le hangar
furent distribués, ce qui porta à cent cinquante le nombre
des hommes armés par la réaction ; les cent cinquante autres gardes nationaux étaient des bourgeois de bonne volonté
et des soldats à Sicardot. Quand le commandant Roudier
passa la petite armée en revue sur la place de l'Hôtel-de-
Ville, il fut désolé de voir que les marchands de légumes
riaient en dessous ; tous n'avaient pas d'uniforme, et certains se tenaient bien drôlement, avec leur chapeau noir,
leur redingote et leur fusil. Mais, au fond, l'intention était
bonne. Un poste fut laissé à la mairie. Le reste de la petite
armée fut dispersé, par peloton, aux différentes portes de la
ville. Roudier se réserva le commandement du poste de la
Grand'Porte, la plus menacée.

Rougon, qui se sentait très-fort en ce moment, alla lui-
même rue Canquoin, pour prier les gendarmes de rester
chez eux, de ne se mêler de rien. Il fit, d'ailleurs, ouvrir
les portes de la gendarmerie, dont les insurgés avaient emporté les clefs. Mais il voulait triompher seul, il n'entendait
pas que les gendarmes pussent lui voler une part de sa gloire.
S'il avait absolument besoin d'eux, il les appellerait. Et il
leur expliqua que leur présence, en irritant peut-être les
ouvriers, ne ferait qu'aggraver la situation. Le brigadier le
complimenta beaucoup sur sa prudence. Lorsqu'il apprit
qu'il y avait un homme blessé dans la caserne, Rougon voulut se rendre populaire, il demanda à le voir. Il trouva Rengade couché, l'œil couvert d'un bandeau, avec ses grosses
moustaches qui passaient sous le linge. Il réconforta, par de
belles paroles sur le devoir, le borgne jurant et soufflant,
exaspéré de sa blessure, qui allait le forcer à quitter le service. Il promit de lui envoyer un médecin.

— Je vous remercie bien, monsieur, répondit Rengade, mais, voyez-vous, ce qui me soulagerait mieux que tous les remèdes, ce serait de tordre le cou au misérable qui m'a crevé l'œil. Oh ! je le reconnaîtrai ; c'est un petit maigre, pâlot, tout jeune...

Pierre se souvint du sang qui couvrait les mains de Silvère. Il eut un léger mouvement de recul, comme s'il eût craint que Rengade ne lui sautât à la gorge, en disant : « C'est ton neveu qui m'a éborgné ; attends, tu vas payer pour lui ! » Et, tandis qu'il maudissait tout bas son indigne famille, il déclara solennellement que, si le coupable était retrouvé, il serait puni avec toute la rigueur des lois.

— Non, non, ce n'est pas la peine, répondit le borgne ; je lui tordrai le cou.

Rougon s'empressa de regagner la mairie. L'après-midi fut employée à prendre diverses mesures. La proclamation, affichée vers une heure, produisit une impression excellente. Elle se terminait par un appel au bon esprit des citoyens, et donnait la ferme assurance que l'ordre ne serait plus troublé. Jusqu'au crépuscule, les rues, en effet, offrirent l'image d'un soulagement général, d'une confiance entière. Sur les trottoirs, les groupes qui lisaient la proclamation disaient :

— C'est fini, nous allons voir passer les troupes envoyées à la poursuite des insurgés.

Cette croyance que des soldats approchaient devint telle, que les oisifs du cours Sauvaire se portèrent sur la route de Nice pour aller au-devant de la musique. Ils revinrent, à la nuit, désappointés, n'ayant rien vu. Alors, une inquiétude sourde courut la ville.

A la mairie, la commission provisoire avait tant parlé pour ne rien dire, que les membres, le ventre vide, effarés par leurs propres bavardages, sentaient la peur les reprendre. Rougon les envoya dîner, en les convoquant de nouveau pour neuf heures du soir. Il allait lui-même quitter le cabinet, lorsque Macquart s'éveilla et frappa violemment à la porte de sa prison. Il déclara qu'il avait faim, puis il demanda l'heure, et quand son frère lui eût dit qu'il était cinq heures, il murmura, avec une méchanceté diabolique, en feignant un vif étonnement, que les insurgés lui avaient promis de revenir plus tôt, et qu'ils tardaient bien de le délivrer. Rougon, après lui avoir fait servir à manger, descendit, agacé par cette insistance de Macquart à parler du retour de la bande insurrectionnelle.

Dans les rues, il éprouva un malaise. La ville lui parut changée. Elle prenait un air singulier; des ombres filaient rapidement le long des trottoirs, le vide et le silence se faisaient, et, sur les maisons mornes, semblaient tomber, avec le crépuscule, une peur grise, lente et opiniâtre comme une pluie fine. La confiance bavarde de la journée aboutissait fatalement à cette panique sans cause, à cet effroi de la nuit naissante; les habitants étaient las, rassasiés de leur triomphe, à ce point qu'il ne leur restait des forces que pour rêver des représailles terribles de la part des insurgés. Rougon frissonna dans ce courant d'effroi. Il hâta le pas, la gorge serrée. En passant devant un café de la place des Récollets, qui venait d'allumer ses lampes, et où se réunissaient les petits rentiers de la ville neuve, il entendit un bout de conversation très-effrayant.

— Eh! bien! monsieur Picou, disait une voix grasse, vous savez la nouvelle, le régiment qu'on attendait n'est pas arrivé.

— Mais on n'attendait pas de régiment, monsieur Touche, répondait une voix aigre.

— Faites excuse. Vous n'avez donc pas lu la proclamation?

— C'est vrai, les affiches promettent que l'ordre sera maintenu par la force, s'il est nécessaire.

— Vous voyez bien; il y a la force; la force armée, cela s'entend.

— Et que dit-on?

— Mais, vous comprenez, on a peur, on dit que ce retard des soldats n'est pas naturel, et que les insurgés pourraient bien les avoir massacrés.

Il y eut un cri d'horreur dans le café. Rougon eut envie d'entrer pour dire à ces bourgeois que jamais la proclamation n'avait annoncé l'arrivée d'un régiment, qu'il ne fallait pas forcer les textes à ce point ni colporter de pareils bavardages. Mais lui-même, dans le trouble qui s'emparait de lui, n'était pas bien sûr de ne pas avoir compté sur un envoi de troupes, et il en venait à trouver étonnant, en effet, que pas un soldat n'eût paru. Il rentra chez lui très-inquiet. Félicité toute pétulante et pleine de courage, s'emporta, en le voyant bouleversé par de telles niaiseries. Au dessert, elle le réconforta.

— Eh! grande bête, dit-elle, tant mieux, si le préfet nous oublie! Nous sauverons la ville à nous tous seuls. Moi je voudrais voir revenir les insurgés, pour les recevoir à coups de fusil et nous couvrir de gloire... Écoute, tu vas fermer les portes de la ville, puis tu ne te coucheras pas; tu te donneras beaucoup de mouvement toute la nuit; ça te sera compté plus tard.

Pierre retourna à la mairie, un peu ragaillardi. Il lui fallut du courage pour rester ferme au milieu des doléances de ses collègues. Les membres de la commission provisoire rapportaient dans leurs vêtements la panique, comme on rapporte avec soi une odeur de pluie, par les temps d'orage. Tous prétendaient avoir compté sur l'envoi d'un régiment, et ils s'exclamaient, en disant qu'on n'abandonnait pas de la sorte de braves citoyens aux fureurs de la démagogie. Pierre, pour avoir la paix, leur promit presque leur régiment pour le lendemain. Puis il déclara avec solennité qu'il allait faire fermer les portes. Ce fut un soulagement. Des gardes nationaux durent se rendre immédiatement à chaque porte, avec ordre

de donner un double tour aux serrures. Quand ils furent de
retour, plusieurs membres avouèrent qu'ils étaient vraiment
plus tranquilles ; et lorsque Pierre eût dit que la situation critique de la ville leur faisait un devoir de rester à leur poste,
il y en eut qui prirent leurs petites dispositions pour passer
la nuit dans un fauteuil. Granoux mit une calotte de soie
noire, qu'il avait apportée par précaution. Vers onze heures,
la moitié de ces messieurs dormaient autour du bureau de
M. Garçonnet. Ceux qui tenaient encore les yeux ouverts,
faisaient le rêve, en écoutant les pas cadencés des gardes nationaux, sonnant dans la cour, qu'ils étaient des braves et
qu'on les décorait. Une grande lampe, posée sur le bureau,
éclairait cette étrange veillée d'armes. Rougon, qui semblait
sommeiller, se leva brusquement et envoya chercher Vuillet.
Il venait de se rappeler qu'il n'avait point reçu *la Gazette.*

Le libraire se montra rogue, de très-méchante humeur.

— Eh bien ! lui demanda Rougon en le prenant à part,
et l'article que vous m'aviez promis ? je n'ai pas vu le journal.

— C'est pour cela que vous me dérangez ? répondit Vuillet avec colère. Parbleu ! *la Gazette* n'a pas paru ; je n'ai pas
envie de me faire massacrer demain, si les insurgés reviennent.

Rougon s'efforça de sourire, en disant, que Dieu merci !
on ne massacrerait personne. C'était justement parce que des
bruits faux et inquiétants couraient, que l'article en question aurait rendu un grand service à la bonne cause.

— Possible, reprit Vuillet, mais la meilleure des causes,
en ce moment, est de garder sa tête sur les épaules.

Et il ajouta, avec une méchanceté aiguë :

— Moi qui croyais que vous aviez tué tous les insurgés !
Vous en avez trop laissé, pour que je me risque.

Rougon, resté seul, s'étonna de cette révolte d'un homme

26

si humble, si plat d'ordinaire. La conduite de Vuillet lui parut louche. Mais il n'eut pas le temps de chercher une explication. Il s'était à peine allongé de nouveau dans son fauteuil, que Roudier entra, en faisant sonner terriblement, sur sa cuisse, un grand sabre qu'il avait attaché à sa ceinture. Les dormeurs se réveillèrent effarés. Granoux crut à un appel aux armes.

— Hein? quoi? qu'est-ce qu'il y a? demanda-t-il, en remettant précipitamment sa calotte de soie noire dans la poche.

— Messieurs, dit Roudier essoufflé, sans songer à prendre aucune précaution oratoire, je crois qu'une bande d'insurgés s'approche de la ville.

Ces mots furent accueillis par un silence épouvanté. Rougon seul eut la force de dire :

— Vous les avez vus ?

— Non, répondit l'ancien bonnetier; mais nous entendons d'étranges bruits dans la campagne; un de mes hommes m'a affirmé qu'il avait aperçu des feux courant sur la pente des Garrigues.

Et, comme tous ces messieurs se regardaient avec des visages blancs et muets :

— Je retourne à mon poste, reprit-il ; j'ai peur de quelque attaque. Avisez de votre côté.

Rougon voulut courir après lui, avoir d'autres renseignements; mais il était déjà loin. Certes, la commission n'eut pas envie de se rendormir. Des bruits étranges! des feux! une attaque! et cela, au milieu de la nuit! Aviser, c'était facile à dire, mais que faire? Granoux faillit conseiller la même tactique qui leur avait réussi la veille : se cacher, attendre que les insurgés eussent traversé Plassans, et triompher ensuite dans les rues désertes. Pierre, heureusement, se souvenant des conseils de sa femme, dit que Roudier avait pu se tromper, et que le mieux était d'aller voir.

Certains membres firent la grimace; mais quand il fut convenu qu'une escorte armée accompagnerait la commission, tous descendirent avec un grand courage. En bas, ils ne laissèrent que quelques hommes; ils se firent entourer par une trentaine de gardes nationaux; puis ils s'aventurèrent dans la ville endormie. La lune seule, glissant au ras des toits, allongeait ses ombres lentes. Ils allèrent vainement le long des remparts, de porte en porte, l'horizon muré, ne voyant rien, n'entendant rien. Les gardes nationaux des différents postes leur dirent bien que des souffles particuliers leur venaient de la campagne, par-dessus les portails fermés; ils tendirent l'oreille sans saisir autre chose qu'un bruissement lointain, que Granoux prétendit reconnaître pour la clameur de la Viorne.

Cependant, ils restaient inquiets; ils allaient rentrer à la mairie très-préoccupés, tout en feignant de hausser les épaules et tout en traitant Roudier de poltron et de visionnaire, lorsque Rougon, qui avait à cœur de rassurer pleinement ses amis, eut l'idée de leur offrir le spectacle de la plaine, à plusieurs lieues. Il conduisit la petite troupe dans le quartier Saint-Marc et vint frapper à l'hôtel Valqueyras.

Le comte, dès les premiers troubles, était parti pour son château de Corbière. Il n'y avait à l'hôtel que le marquis de Carnavant. Depuis la veille, il s'était prudemment tenu à l'écart, non pas qu'il eût peur, mais parce qu'il lui répugnait d'être vu, tripotant avec les Rougon, à l'heure décisive. Au fond, la curiosité le brûlait; il avait dû s'enfermer, pour ne pas courir se donner l'étonnant spectacle des intrigues du salon jaune. Quand un valet de chambre vint lui dire, au milieu de la nuit, qu'il y avait en bas des messieurs qui le demandaient, il ne put rester sage plus longtemps, il se leva et descendit en toute hâte.

— Mon cher marquis, dit Rougon en lui présentant les

membres de la commission municipale, nous avons un service à vous demander. Pourriez-vous nous faire conduire dans le jardin de l'hôtel?

— Certes, répondit le marquis étonné, je vais vous y mener moi-même.

Et, chemin faisant, il se fit conter le cas. Le jardin se terminait par une terrasse qui dominait la plaine; en cet endroit, un large pan des remparts s'était écroulé, l'horizon s'étendait sans bornes. Rougon avait compris que ce serait là un excellent poste d'observation. Les gardes nationaux étaient restés à la porte. Tout en causant, les membres de la commission vinrent s'accouder sur le parapet de la terrasse. L'étrange spectacle qui se déroula alors devant eux les rendit muets. Au loin, dans la vallée de la Viorne, dans ce creux immense qui s'enfonçait, au couchant, entre la chaîne des Garrigues et les montagnes de la Seille, les lueurs de la lune coulaient comme un fleuve de lumière pâle. Les bouquets d'arbres, les rochers sombres, faisaient, de place en place, des îlots, des langues de terre, émergeant de la mer lumineuse. Et l'on distinguait, selon les coudes de la Viorne, des bouts, des tronçons de rivière, qui se montraient, avec des reflets d'armures, dans la fine poussière d'argent qui tombait du ciel. C'était un océan, un monde, que la nuit, le froid, la peur secrète, élargissaient à l'infini. Ces messieurs n'entendirent, ne virent d'abord rien. Il y avait dans le ciel un frisson de lumière et de voix lointaines qui les assourdissait et les aveuglait. Granoux, peu poëte de sa nature, murmura cependant, gagné par la paix sereine de cette nuit d'hiver :

— La belle nuit, messieurs !

— Décidément, Roudier a rêvé, dit Rougon avec quelque dédain.

Mais le marquis tendait ses oreilles fines.

— Eh! dit-il de sa voix nette, j'entends le tocsin.

Tous se penchèrent sur le parapet, retenant leur souffle. Et, légers, avec des puretés de cristal, les tintements éloignés d'une cloche montèrent de la plaine. Ces messieurs ne purent nier. C'était bien le tocsin. Rougon prétendit reconnaître la cloche du Béage, un village situé à une grande lieue de Plassans. Il disait cela pour rassurer ses collègues.

— Écoutez, écoutez, interrompit le marquis. Cette fois, c'est la cloche de Saint-Maur.

Et il leur désignait un autre point de l'horizon. En effet, une seconde cloche pleurait dans la nuit claire. Puis bientôt ce furent dix cloches, vingt cloches, dont leurs oreilles, accoutumées au large frémissement de l'ombre, entendirent les tintements désespérés. Des appels sinistres montaient de toutes parts, affaiblis, pareils à des râles d'agonisant. La plaine entière sanglota bientôt. Ces messieurs ne plaisantaient plus Roudier. Le marquis, qui prenait une joie méchante à les effrayer, voulut bien leur expliquer la cause de toutes ces sonneries :

— Ce sont, dit-il, les villages voisins qui se réunissent pour venir attaquer Plassans au point du jour.

Granoux écarquillait les yeux.

— Vous n'avez rien vu, là-bas! demanda-t-il tout à coup.

Personne ne regardait. Ces messieurs fermaient les yeux pour mieux entendre.

— Ah! tenez! reprit-il au bout d'un silence. Au delà de la Viorne, près de cette masse noire.

— Oui, je vois, répondit Rougon, désespéré; c'est un feu qu'on allume.

Un autre feu fut allumé presque immédiatement en face du premier, puis un troisième, puis un quatrième. Des taches rouges apparurent ainsi sur toute la longueur de la vallée, à des distances presque égales, pareilles aux lanternes de quelque avenue gigantesque. La lune, qui les éteignait à demi, les faisait s'étaler comme des mares de sang. Cette illumination sinistre acheva de consterner la commission municipale.

— Pardieu ! murmurait le marquis, avec son ricanement le plus aigu, ces brigands se font des signaux.

Et il compta complaisamment les feux, pour savoir, disait-il, à combien d'hommes environ aurait affaire « la brave garde nationale de Plassans. » Rougon voulut élever des doutes, dire que les villages prenaient les armes pour aller rejoindre l'armée des insurgés, et non pour venir attaquer la ville. Ces messieurs, par leur silence consterné, montrèrent que leur opinion était faite et qu'ils refusaient toute consolation.

— Voilà maintenant que j'entends *la Marseillaise*, dit Granoux d'une voix éteinte.

C'était encore vrai. Une bande devait suivre la Viorne et passer, à ce moment, au bas même de la ville ; le cri : « Aux armes, citoyens ! formez vos bataillons ! » arrivait, par bouffées, avec une netteté vibrante. Ce fut une nuit atroce. Ces messieurs la passèrent, accoudés sur le parapet de la terrasse, glacés par le terrible froid qu'il faisait, ne pouvant s'arracher au spectacle de cette plaine toute secouée par le tocsin et *la Marseillaise*, toute enflammée par l'illumination des signaux. Ils s'emplirent les yeux de cette mer lumineuse, piquée de flammes sanglantes ; ils se firent sonner les oreilles, à écouter cette clameur vague ; au point que leur sens se faussaient, qu'ils voyaient et entendaient d'effrayantes choses. Pour rien au monde ils n'auraient quitté la place ; s'ils avaient tourné le dos, ils se seraient imaginés qu'une armée était à leurs trousses. Comme certains poltrons, ils voulaient voir venir le danger, sans doute pour prendre la fuite au bon moment. Aussi, vers le

matin, quand la lune fut couchée, et qu'ils n'eurent plus
devant eux qu'un abîme noir, ils éprouvèrent des transes
horribles. Ils se croyaient entourés d'ennemis invisibles qui
rampaient dans l'ombre, prêts à leur sauter à la gorge. Au
moindre bruit, c'étaient des hommes qui se consultaient au
bas de la terrasse, avant de l'escalader. Et rien, rien que
du noir, dans lequel ils fixaient éperdument leurs regards.
Le marquis, comme pour les consoler, leur disait de sa voix
ironique :

— Ne vous inquiétez donc pas! Ils attendront le point
du jour.

Rougon maugréait. Il sentait la peur le reprendre. Les
cheveux de Granoux achevèrent de blanchir. L'aube parut
enfin avec des lenteurs mortelles. Ce fut encore un bien
mauvais moment. Ces messieurs, au premier rayon, s'attendaient à voir une armée rangée en bataille devant la
ville. Justement, ce matin-là, le jour avait des paresses,
traînait au bord de l'horizon. Le cou tendu, l'œil en arrêt,
ils interrogeaient les blancheurs vagues. Et, dans l'ombre
indécise, ils entrevoyaient des profils monstrueux, la plaine
se changeait en lac de sang, les rochers en cadavres flottants
à la surface, les bouquets d'arbres en bataillons encore me-
naçants et debout. Puis, lorsque les clartés croissantes eurent effacé ces fantômes, le jour se leva, si pâle, si triste,
avec des mélancolies telles, que le marquis lui-même eut le
cœur serré. On n'apercevait point d'insurgés, les routes
étaient libres; mais la vallée, toute grise, avait un aspect
désert et morne de coupe-gorge. Les feux étaient éteints, les
cloches sonnaient encore. Vers huit heures, Rougon distingua seulement une bande de quelques hommes qui s'éloignaient le long de la Viorne.

Ces messieurs étaient morts de froid et de fatigue. Ne
voyant aucun péril immédiat, ils se décidèrent à aller prendre quelques heures de repos. Un garde national fut laissé

sur la terrasse en sentinelle, avec ordre de courir prévenir
Roudier, s'il apercevait au loin quelque bande. Granoux
et Rougon, brisés par les émotions de la nuit, regagnèrent
leurs demeures, qui étaient voisines, en se soutenant mutuellement.

Félicité coucha son mari avec toutes sortes de précautions. Elle l'appelait « pauvre chat; » elle lui répétait qu'il
ne devait pas se frapper l'imagination comme cela, et que
tout finirait bien. Mais lui secouait la tête; il avait des
craintes sérieuses. Elle le laissa dormir jusqu'à onze heures.
Puis, quand il eût mangé, elle le mit doucement dehors,
en lui faisant entendre qu'il fallait aller jusqu'au bout. A
la mairie, Rougon ne trouva que quatre membres de la
commission; les autres se firent excuser; ils étaient réellement malades. La panique, depuis le matin, soufflait sur la
ville avec une violence plus âpre. Ces messieurs n'avaient
pu garder pour eux le récit de la nuit mémorable passée sur
la terrasse de l'hôtel Valqueyras. Leurs bonnes s'étaient
empressées d'en répandre la nouvelle, en l'enjolivant de
détails dramatiques. A cette heure, c'était chose acquise à
l'histoire, qu'on avait vu dans la campagne, des hauteurs
de Plassans, des danses de cannibales dévorant leurs prisonniers, des rondes de sorcières tournant autour de leurs
marmites où bouillaient des enfants, d'interminables défilés
de bandits dont les armes luisaient au clair de lune. Et
l'on parlait des cloches qui sonnaient d'elles-mêmes le
tocsin dans l'air désolé, et l'on affirmait que les insurgés
avaient mis le feu aux forêts des environs, et que tout le
pays flambait.

On était au mardi, jour de marché à Plassans; Roudier
avait cru devoir faire ouvrir les portes toutes grandes pour
laisser entrer les quelques paysannes qui apportaient des
légumes, du beurre et des œufs. Dès qu'elle fut assemblée,
la commission municipale, qui ne se composait plus que

de cinq membres, en comptant le président, déclara que
c'était là une imprudence impardonnable. Bien que la sentinelle laissée à l'hôtel Valqueyras n'eût rien vu, il fallait
tenir la ville close. Alors Rougon décida que le crieur public,
accompagné d'un tambour, irait par les rues proclamer la
ville en état de siége et annoncer aux habitants que quiconque sortirait ne pourrait plus rentrer. Les portes furent
officiellement fermées, en plein midi. Cette mesure, prise
pour rassurer la population, porta l'épouvante à son comble.
Et rien ne fut plus curieux que cette cité qui se cadenassait,
qui poussait les verrous, sous le clair soleil, au beau milieu
du dix-neuvième siècle.

Quand Plassans eut bouclé et serré autour de lui la ceinture usée de ses remparts, quand il se fut verrouillé comme
une forteresse assiégée aux approches d'un assaut, une angoisse mortelle passa sur les maisons mornes. A chaque
heure, du centre de la ville, on croyait entendre des fusillades éclater dans les faubourgs. On ne savait plus rien, on
était au fond d'une cave, d'un trou muré, dans l'attente
anxieuse de la délivrance ou du coup de grâce. Depuis deux
jours, les bandes d'insurgés qui battaient la campagne,
avaient interrompu toutes les communications. Plassans,
acculé dans l'impasse où il est bâti, se trouvait séparé du
reste de la France. Il se sentait en plein pays de rébellion ;
autour de lui, le tocsin sonnait, *la Marseillaise* grondait,
avec des clameurs de fleuve débordé. La ville, abandonnée
et frissonnante, était comme une proie promise aux vainqueurs, et les promeneurs du cours passaient, à chaque
minute, de la terreur à l'espérance, en croyant apercevoir,
à la Grand'Porte, tantôt des blouses d'insurgés et tantôt
des uniformes de soldats. Jamais sous-préfecture, dans
son cahot de murs croulants, n'eut une agonie plus douloureuse.

Vers deux heures, le bruit se répandit que le coup d'État

avait manqué; le prince-président était au donjon de Vincennes; Paris se trouvait entre les mains de la démagogie
la plus avancée; Marseille, Toulon, Draguignan, tout le
Midi appartenait à l'armée insurrectionnelle victorieuse.
Les insurgés devaient arriver le soir et massacrer Plassans.

Une députation se rendit alors à la mairie pour reprocher à la commission municipale la fermeture des portes,
bonne seulement à irriter les insurgés. Rougon, qui perdait
la tête, défendit son ordonnance avec ses dernières énergies;
ce double tour donné aux serrures lui semblait un des actes
les plus ingénieux de son administration; il trouva pour le
justifier des paroles convaincues. Mais on l'embarrassait, on
lui demandait où étaient les soldats, le régiment qu'il avait
promis. Alors il mentit, il dit très-carrément qu'il n'avait
rien promis du tout. L'absence de ce régiment légendaire,
que les habitants désiraient au point d'en avoir rêvé l'approche, était la grande cause de la panique. Les gens bien in-
formés citaient l'endroit exact de la route où les soldats
avaient été égorgés.

A quatres heures, Rougon, suivi de Granoux, se rendit à
l'hôtel Valqueyras. De petites bandes, qui rejoignaient les
insurgés, à Orchères, passaient toujours au loin, dans la vallée de la Viorne. Toute la journée, des gamins avaient
grimpé sur les remparts, des bourgeois étaient venus regarder
par les meurtrières. Ces sentinelles volontaires entretenaient
l'épouvante de la ville, en comptant tout haut les bandes,
qui étaient prises pour autant de forts bataillons. Ce peuple
poltron croyait assister, des créneaux, aux préparatifs de
quelque massacre universel. Au crépuscule, comme la veille,
la panique souffla, plus froide.

En rentrant à la mairie, Rougon et l'inséparable Granoux
comprirent que la situation devenait intolérable. Pendant
leur absence, un nouveau membre de la commission avait
disparu. Ils n'étaient plus que quatre. Ils se sentirent ridi-

cules, la face blême, à se regarder, pendant des heures,
sans rien dire. Puis ils avaient une peur atroce de passer
une seconde nuit sur la terrasse de l'hôtel Valqueyras.

Rougon déclara gravement que, l'état des choses demeu-
rant le même, il n'y avait pas lieu de rester en permanence.
Si quelque événement grave se produisait, on irait les prévenir. Et, par une décision, dûment prise en conseil, il se
déchargea sur Roudier des soins de son administration. Le
pauvre Roudier, qui se souvenait d'avoir été garde national
à Paris, sous Louis-Philippe, veillait à la Grand'Porte, avec
conviction.

Pierre rentra l'oreille basse, se coulant dans l'ombre des
maisons. Il sentait autour de lui Plassans lui devenir hostile.
Il entendait, dans les groupes, courir son nom, avec des paroles de colère et de mépris. Ce fut en chancelant et la sueur
aux tempes, qu'il monta l'escalier. Félicité le reçut, silencieuse, la mine consternée. Elle aussi commençait à déses-
pérer. Tout leur rêve croulait. Ils se tinrent là, dans le salon
jaune, face à face. Le jour tombait, un jour sale d'hiver qui
donnait des teintes boueuses au papier orange à grands ramages ; jamais la pièce n'avait paru plus fanée, plus sordide,
plus honteuse. Et, à cette heure, ils étaient seuls ; ils n'a-
vaient plus, comme la veille, un peuple de courtisans qui
les félicitaient. Une journée venait de suffire pour les vaincre,
au moment où ils chantaient victoire. Si le lendemain la situation ne changeait pas, la partie était perdue. Félicité qui,
la veille, songeait aux plaines d'Austerlitz, en regardant les
ruines du salon jaune, pensait maintenant, à le voir si
morne et si désert, aux champs maudits de Waterloo.

Puis, comme son mari ne disait rien, elle alla machinalement à la fenêtre, à cette fenêtre où elle avait humé avec
délice l'encens de toute une sous-préfecture. Elle aperçut
des groupes nombreux en bas, sur la place ; elle ferma les
persiennes, voyant des têtes se tourner vers leur maison, et

craignant d'être huée. On parlait d'eux ; elle en eut le pressentiment.

Des voix montaient dans le crépuscule. Un avocat clabaudait du ton d'un plaideur qui triomphe.

— Je l'avais bien dit, les insurgés sont partis tout seuls,
et ils ne demanderont pas la permission des quarante et un
pour revenir. Les quarante et un ! quelle bonne farce ! Moi
je crois qu'ils étaient au moins deux cents.

— Mais non, dit un gros négociant, marchand d'huile et
grand politique, ils n'étaient peut-être pas dix. Car, enfin,
ils ne se sont pas battus ; on aurait bien vu le sang, le matin. Moi qui vous parle, je suis allé à la mairie, pour voir ;
la cour était propre comme ma main.

Un ouvrier qui se glissait timidement dans le groupe,
ajouta :

— Il ne fallait pas être malin pour prendre la mairie. La
porte n'était pas même fermée.

Des rires accueillirent cette phrase, et l'ouvrier se voyant
encouragé, reprit :

— Les Rougon, c'est connu, c'est des pas grand'chose.

Cette insulte alla frapper Félicité au cœur. L'ingratitude
de ce peuple la navrait, car elle finissait elle-même par
croire à la mission des Rougon. Elle appela son mari ; elle
voulût qu'il prît une leçon sur l'instabilité des foules.

— C'est comme leur glace, continua l'avocat ; ont-ils fait
assez de bruit avec cette malheureuse glace cassée ! Vous savez que ce Rougon est capable d'avoir tiré un coup de fusil
dedans, pour faire croire à une bataille.

Pierre retint un cri de douleur. On ne croyait même plus
à sa glace. Bientôt on irait jusqu'à prétendre qu'il n'avait
pas entendu siffler une balle à son oreille. La légende des
Rougon s'effacerait, il ne resterait rien de leur gloire. Mais
il n'était pas au bout de son calvaire. Les groupes s'achar-
naient aussi vertement qu'ils avaient applaudi la veille. Un

ancien fabricant de chapeaux, vieillard de soixante-dix ans,
dont la fabrique se trouvait jadis dans le faubourg, fouilla
le passé des Rougon. Il parla vaguement, avec ses hésitations
d'une mémoire qui se perd, de l'enclos des Fouque, d'Adélaïde, de ses amours avec un contrebandier. Il en dit assez
pour donner aux commérages un nouvel élan. Les causeurs
se rapprochèrent ; les mots de canailles, de voleurs, d'intrigants éhontés, montaient jusqu'à la persienne derrière laquelle Pierre et Félicité suaient la peur et la colère. On en
vint sur la place à plaindre Macquart. Ce fut le dernier coup.
Hier Rougon était un Brutus, une âme stoïque qui sacrifiait
ses affections à la patrie ; aujourd'hui Rougon n'était plus
qu'un vil ambitieux qui passait sur le ventre de son pauvre
frère, et s'en servait comme d'un marchepied pour monter
à la fortune.

— Tu entends, tu entends, murmurait Pierre d'une voix
étranglée. Ah ! les gredins, ils nous tuent ; jamais nous ne
nous en relèverons.

Félicité, furieuse, tambourinait sur la persienne du bout
de ses doigts crispés, et elle répondait :

— Laisse-les dire, va. Si nous redevenons les plus forts, ils
verront de quel bois je me chauffe. Je sais d'où vient le
coup. La ville neuve nous en veut.

Elle devinait juste. L'impopularité brusque des Rougon
était l'œuvre d'un groupe d'avocats qui se trouvaient très-
vexés de l'importance qu'avait prise un ancien marchand
d'huile, illettré, et dont la maison avait risqué la faillite. Le
quartier Saint-Marc, depuis deux jours, était comme mort.
Le vieux quartier et la ville neuve restaient seuls en présence. Cette dernière avait profité de la panique pour perdre
le salon jaune dans l'esprit des commerçants et des ouvriers.
Roudier et Granoux étaient d'excellents hommes, d'honorables citoyens, que ces intrigants de Rougon trompaient. On
leur ouvrirait les yeux. A la place de ce gros ventru, de ce

27

gueux qui n'avait pas le sou, M. Isidore Granoux n'aurait-il
pas dû s'asseoir dans le fauteuil du maire. Les envieux partaient de là pour reprocher à Rougon tous les actes de son
administration qui ne datait que de la veille. Il n'aurait pas
dû garder l'ancien conseil municipal ; il avait commis une
sottise grave en faisant fermer les portes ; c'était par sa bêtise
que cinq membres avaient pris une fluxion de poitrine sur
la terrasse de l'hôtel Valqueyras. Et ils ne tarissaient pas.
Les républicains, eux aussi, relevaient la tête. On parlait
d'un coup de main possible, tenté sur la mairie par les ouvriers du faubourg. La réaction râlait.

Pierre, dans cet écroulement de toutes ses espérances,
songea aux quelques soutiens, sur lesquels, à l'occasion, il
pourrait encore compter.

— Est-ce qu'Aristide, demanda-t-il, ne devait pas venir
ce soir pour faire la paix ?

— Oui, répondit Félicité. Il m'avait promis un bel article.
L'Indépendant n'a pas paru...

Mais son mari l'interrompit en disant :

— Eh ! n'est-ce pas lui qui sort de la sous-préfecture ?

La vieille femme ne jeta qu'un regard.

— Il a remis son écharpe ! cria-t-elle.

Aristide, en effet, cachait de nouveau sa main dans son
foulard. L'Empire se gâtait, sans que la République triom-
phât, et il avait jugé prudent de reprendre son rôle de mu-
tilé. Il traversa sournoisement la place, sans lever la tête,
puis, comme il entendit sans doute dans les groupes des paroles dangereuses et compromettantes, il se hâta de disparaître au coude de la rue de Banne.

— Va, il ne montera pas, dit amèrement Félicité. Nous
sommes à terre... Jusqu'à nos enfants qui nous abandon-
nent !

Elle ferma violemment la fenêtre, pour ne plus voir, pour
ne plus entendre. Et quand elle eut allumé la lampe, ils dî-

nèrent, découragés, sans faim, laissant les morceaux sur
leur assiette. Ils n'avaient que quelques heures pour prendre
un parti. Il fallait qu'au réveil ils tinssent Plassans sous
leurs talons et qu'ils lui fissent demander grâce, s'ils ne
voulaient renoncer à la fortune rêvée. Le manque absolu de
nouvelles certaines était l'unique cause de leur indécision
anxieuse. Félicité, avec sa netteté d'esprit, comprit vite cela.
S'ils avaient pu connaître le résultat du coup d'État, ils auraient payé d'audace et continué quand même leur rôle de
sauveurs, ou ils se seraient hâtés de faire oublier le plus
possible leur campagne malheureuse. Mais ils ne savaient
rien de précis, ils perdaient la tête, ils avaient des sueurs
froides, à jouer ainsi leur fortune, sur un coup de dés, en
pleine ignorance des événements.

— Et ce diable d'Eugène qui ne m'écrit pas ! s'écria Rougon dans un élan de désespoir, sans songer qu'il livrait à sa
femme le secret de sa correspondance.

Mais Félicité feignit de ne pas avoir entendu. Le cri de
son mari l'avait profondément frappée. En effet, pourquoi
Eugène n'écrivait-il pas à son père? Après l'avoir tenu si
fidèlement au courant des succès de la cause bonapartiste,
il aurait dû s'empresser de lui annoncer le triomphe ou la
défaite du prince Louis. La simple prudence lui conseillait la
communication de cette nouvelle. S'il se taisait, c'était que
la République victorieuse l'avait envoyé rejoindre le prétendant dans les cachots de Vincennes. Félicité se sentit glacée;
le silence de son fils tuait ses dernières espérances.

A ce moment, on apporta *la Gazette*, encore toute
fraîche.

— Comment ! dit Pierre très-surpris, Vuillet a fait paraître son journal?

Il déchira la bande, il lut l'article de tête et l'acheva, pâle
comme un linge, fléchissant sur sa chaise.

— Tiens, lis, reprit-il, en tendant le journal à Félicité.

C'était un superbe article, d'une violence inouïe contre
les insurgés. Jamais tant de fiel, tant de mensonges, tant
d'ordures dévotes n'avaient coulé d'une plume. Vuillet commençait par faire le récit de l'entrée de la bande dans Plassans. Un pur chef-d'œuvre. On y voyait « ces bandits, ces
faces patibulaires, cette écume des bagnes, » envahissant la
ville, « ivres d'eau-de-vie, de luxure et de pillage; » puis il
les montrait « étalant leur cynisme dans les rues, épouvan-
tant la population par des cris sauvages, ne cherchant que
le viol et l'assassinat. » Plus loin, la scène de l'hôtel de
ville et l'arrestation des autorités devenaient tout un drame
atroce : « Alors, ils ont pris à la gorge les hommes les plus
respectables; et, comme Jésus, le maire, le brave commandant de la garde nationale, le directeur des postes, ce fonctionnaire si bienveillant, ont été couronnés d'épines par ces
misérables, et ont reçu leurs crachats au visage. » L'aliéna
consacré à Miette et à sa pelisse rouge montait en plein
lyrisme. Vuillet avait vu dix, vingt filles sanglantes : « Et
qui n'a pas aperçu, au milieu de ces monstres, des créatures
infâmes vêtues de rouge, et qui devaient s'être roulées dans le
sang des martyrs que ces brigands ont assassinés le long des
routes? Elles brandissaient des drapeaux, elles s'abandonnaient, en pleins carrefours, aux caresses ignobles de la
horde tout entière. » Et Vuillet ajoutait avec une emphase
biblique : « La République ne marche jamais qu'entre la
prostitution et le meurtre. » Ce n'était là que la première
partie de l'article; le récit terminé, dans une péroraison vi-
rulente, le libraire demandait si le pays souffrirait plus longtemps « la honte de ces bêtes fauves qui ne respectaient ni
les propriétés ni les personnes; » il faisait un appel à tous
les valeureux citoyens en disant qu'une plus longue tolérance
serait un encouragement, et qu'alors les insurgés viendraient
prendre « la fille dans les bras de la mère, l'épouse dans les
bras de l'époux; » enfin, après une phrase dévote dans la-

quelle il déclarait que Dieu voulait l'extermination des méchants, il terminait par ce coup de trompette : « On affirme
que ces misérables sont de nouveau à nos portes ; eh bien !
que chacun de nous prenne un fusil et qu'on les tue comme
des chiens ; on me verra au premier rang, heureux de débarrasser la terre d'une pareille vermine. »

Cet article, où la lourdeur du journalisme de province
enfilait des périphrases ordurières, avait consterné Rougon, qui murmura, lorsque Félicité posa *la Gazette* sur la
table :

— Ah ! le malheureux ! il nous donne le dernier coup ; on
croira que c'est moi qui ai inspiré cette diatribe.

— Mais, dit sa femme, songeuse, ne m'as-tu pas annoncé
ce matin qu'il refusait absolument d'attaquer les républicains ? Les nouvelles l'avaient terrifié, et tu prétendais qu'il
était pâle comme un mort.

— Eh ! oui, je n'y comprends rien. Comme j'insistais, il
est allé jusqu'à me reprocher de ne pas avoir tué tous les insurgés... C'était hier qu'il aurait dû écrire son article ; aujourd'hui, il va nous faire massacrer.

Félicité se perdait en plein étonnement. Quelle mouche
avait donc piqué Vuillet ? L'image de ce bedeau manqué, un
fusil à la main, faisant le coup de feu sur les remparts de
Plassans, lui semblait une des choses les plus bouffonnes
qu'on pût imaginer. Il y avait certainement là-dessous quelque cause déterminante qui lui échappait. Vuillet avait l'injure trop impudente et le courage trop facile, pour que la
bande insurrectionnelle fût réellement si voisine des portes
de la ville.

— C'est un méchant homme, je l'ai toujours dit, reprit
Rougon qui venait de relire l'article. Il n'a peut-être voulu
que nous faire du tort. J'ai été bien bon enfant de lui laisser
la direction des postes.

Ce fut un trait de lumière. Félicité se leva vivement,

comme éclairée par une pensée subite; elle mit un bonnet
jeta un châle sur ses épaules.

— Où vas-tu donc? demanda son mari étonné. Il est plus
de neuf heures.

— Toi, tu vas te coucher, répondit-elle avec quelque ru
desse. Tu es souffrant, tu te reposeras. Dors en m'attendant;
je te réveillerai s'il le faut, et nous causerons.

Elle sortit, avec ses allures lestes, et courut à l'hôtel des
postes. Elle entra brusquement dans le cabinet où Vuillet
travaillait encore. Il eut, à sa vue, un vif mouvement de
contrariété.

Jamais Vuillet n'avait été plus heureux. Depuis qu'il pou-
va't glisser ses doigts minces dans les courriers, il goûtait des
voluptés profondes, des voluptés de prêtre curieux, s'apprê-
tant à savourer les aveux de ses pénitentes. Toutes les indis-
crétions sournoises, tous les bavardages vagues des sacristies
chantaient à ses oreilles. Il approchait son long nez blême
des lettres, il regardait amoureusement les suscriptions de
ses yeux louches, il auscultait les enveloppes, comme les
petits abbés fouillent l'âme des vierges. C'étaient des jouissances infinies, des tentations pleines de chatouillements.
Les mille secrets de Plassans étaient là ; il touchait à l'honneur des femmes, à la fortune des hommes, et il n'avait qu'à
briser les cachets, pour en savoir aussi long que le grand-
vicaire de la cathédrale, le confident des personnes comme
il faut de la ville. Vuillet était une de ces terribles commères, froides, aiguës, qui savent tout, se font tout dire, et
ne répètent les bruits que pour en assassiner les gens. Aussi
avait-il fait souvent le rêve d'enfoncer son bras jusqu'à
l'épaule dans la boîte aux lettres. Pour lui, depuis la
veille, le cabinet du directeur des postes était un grand con-
fessionnal plein d'une ombre et d'un mystère religieux,
dans lequel il se pâmait en humant les murmures voilés,
les aveux frissonnants qui s'exhalaient des correspondances

D'ailleurs, le libraire faisait sa petite besogne avec une impudence parfaite. La crise que traversait le pays lui assurait l'impunité. Si des lettres éprouvaient quelque retard, si d'autres s'égaraient même complétement, ce serait la faute de ces gueux de républicains, qui couraient la campagne et interrompaient les communications. La fermeture des portes l'avait un instant contrarié ; mais il s'était entendu avec Roudier pour que les courriers pussent entrer et lui fussent apportés directement, sans passer par la mairie.

Il n'avait, à la vérité, décacheté que quelques lettres, les bonnes, celles que son flair de sacristain lui avait désignées comme contenant des nouvelles utiles à connaître avant tout le monde. Il s'était ensuite contenté de garder dans un tiroir, pour être distribuées plus tard, celles qui pourraient donner l'éveil et lui enlever le mérite d'avoir du courage, quand la ville entière tremblait. Le dévot personnage, en choisissant la direction des postes, avait singulièrement compris la situation.

Lorsque madame Rougon entra, il faisait son choix dans un tas énorme de lettres et de journaux, sous prétexte sans doute de les classer. Il se leva, avec son sourire humble, avançant une chaise ; ses paupières rougies battaient d'une façon inquiète. Mais Félicité ne s'assit pas ; elle dit brutalement :

— Je veux la lettre.

Vuillet écarquilla les yeux, d'un air de grande innocence.

— Quelle lettre, chère dame ? demanda-t-il.

— La lettre que vous avez reçue ce matin pour mon mari... Voyons, monsieur Vuillet, je suis pressée.

Et comme il bégayait qu'il ne savait pas, qu'il n'avait rien vu, que c'était bien étonnant, Félicité reprit, avec une sourde menace dans la voix :

— Une lettre de Paris, de mon fils Eugène, vous savez

bien ce que je veux dire, n'est-ce pas?... Je vais chercher
moi-même.

Elle fit mine de mettre la main dans les divers paquets
qui encombraient le bureau. Alors il s'empressa, il dit qu'il
allait voir. Le service était forcément si mal fait! Peut-être
bien qu'il y avait une lettre, en effet. Dans ce cas, on la re-
trouverait. Mais, quant à lui, il jurait qu'il ne l'avait pas
vue. En parlant, il tournait dans le cabinet, il bouleversait
tous les papiers. Puis, il ouvrit les tiroirs, les cartons. Félicité attendait impassible.

— Ma foi, vous avez raison, voici une lettre pour vous,
s'écria-t-il enfin, en tirant quelques papiers d'un carton. Ah!
ces diables d'employés, ils profitent de la situation pour ne
rien faire comme il faut!

Félicité prit la lettre et en examina le cachet attentivement, sans paraître s'inquiéter le moins du monde de ce
qu'un pareil examen pouvait avoir de blessant pour Vuillet.
Elle vit clairement qu'on avait dû ouvrir l'enveloppe; le libraire, maladroit encore, s'était servi d'une cire plus foncée
pour recoller le cachet. Elle eut soin de fendre l'enveloppe
en gardant intact le cachet, qui devait être, à l'occasion,
une preuve. Eugène annonçait, en quelques mots, le succès
complet du coup d'État; il chantait victoire, Paris était
dompté, la province ne bougeait pas, et il conseillait à ses
parents une attitude très-ferme en face de l'insurrection partielle qui soulevait le Midi. Il leur disait, en termi-
nant, que leur fortune était fondée, s'ils ne faiblissaient
pas.

Madame Rougon mit la lettre dans sa poche, et, lentement,
elle s'assit, en regardant Vuillet en face. Celui-ci, comme
très-occupé, avait fiévreusement repris son triage.

— Écoutez-moi, monsieur Vuillet, lui dit-elle.

Et, quand il eut relevé la tête :

— Jouons cartes sur table, n'est-ce pas? Vous avez tort de

trahir, il pourrait vous arriver malheur. Si, au lieu de dé-
cacheter nos lettres...

Il se récria, se prétendit offensé. Mais elle, avec tranquillité :

— Je sais, je connais votre école, vous n'avouerez jamais...
Voyons, pas de paroles inutiles, quel intérêt avez-vous à servir le coup d'État ?

Et, comme il parlait encore de sa parfaite honnêteté, elle
finit par perdre patience.

— Vous me prenez donc pour une bête ! s'écria-t-elle. J'ai
lu votre article... Vous feriez bien mieux de vous entendre
avec nous.

Alors, sans rien avouer, il confessa carrément qu'il voulait avoir la clientèle du collége. Autrefois, c'était lui qui
fournissait l'établissement de livres classiques. Mais on
avait appris qu'il vendait, sous le manteau, des pornogra-
phies aux élèves, en si grande quantité, que les pupitres débordaient de gravures et d'œuvres obscènes. A cette occasion,
il avait même failli passer en police correctionnelle. Depuis
cette époque, il rêvait de rentrer en grâce auprès de l'administration, avec des rages jalouses.

Félicité parut étonnée de la modestie de son ambition. Elle
le lui fit même entendre. Violer des lettres, risquer le bagne,
pour vendre quelques dictionnaires !

— Eh ! dit-il d'une voix aigre, c'est une vente assurée de
quatre à cinq mille francs par an. Je ne rêve pas l'impossible, comme certaines personnes.

Elle ne releva pas le mot. Il ne fut plus question des
lettres décachetées. Un traité d'aillance fut conclu, par lequel
Vuillet s'engageait à n'ébruiter aucune nouvelle et à ne pas
se mettre en avant, à la condition que les Rougon lui feraient
avoir la clientèle du collége. En le quittant, Félicité l'engagea à ne pas se compromettre davantage. Il suffisait qu'il
gardât les lettres et ne les distribuât que le surlendemain.

— Quel coquin ! murmura-t-elle, quand elle fut dans la rue, sans songer qu'elle-même venait de mettre un interdit sur les courriers.

Elle revint à pas lents, songeuse. Elle fit même un détour, passa par le cours Sauvaire, comme pour réfléchir plus longuement et plus à l'aise, avant de rentrer chez elle. Sous les arbres de la promenade, elle rencontra M. de Carnavant, qui profitait de la nuit pour fureter dans la ville sans se compromettre. Le clergé de Plassans, auquel répugnait l'action, gardait, depuis l'annonce du coup d'État, la neutralité la plus absolue. Pour lui, l'Empire était fait, il attendait l'heure de reprendre, dans une direction nouvelle, ses intrigues séculaires. Le marquis, agent désormais inutile, n'avait plus qu'une curiosité : savoir comment la bagarre finirait et de quelle façon les Rougon iraient jusqu'au bout de leur rôle.

— C'est toi, petite, dit-il en reconnaissant Félicité. Je voulais aller te voir. Tes affaires s'embrouillent.

— Mais non, tout va bien, répondit-elle, préoccupée.

— Tant mieux, tu me conteras cela, n'est-ce pas ? Ah ! je dois me confesser, j'ai fait une peur affreuse, l'autre nuit, à ton mari et à ses collègues. Si tu avais vu comme ils étaient drôles sur la terrasse, pendant que je leur faisais voir une bande d'insurgés dans chaque bouquet de la vallée !... Tu me pardonnes ?

— Je vous remercie, dit vivement Félicité. Vous auriez dû les faire crever de terreur. Mon mari est un gros sournois. Venez donc un de ces matins, lorsque je serai seule.

Elle s'échappa, marchant à pas rapides, comme décidée par la rencontre du marquis. Toute sa petite personne exprimait une volonté implacable. Elle allait enfin se venger des cachotteries de Pierre, le tenir sous ses pieds, assurer pour jamais sa toute-puissance au logis. C'était un coup de scène nécessaire, une comédie dont elle goûtait à l'avance les railleries profondes, et dont elle mûrissait le plan avec des raffinements de femme blessée.

Elle trouva Pierre couché, dormant d'un sommeil lourd; elle approcha un instant la bougie, et regarda, d'un air de pitié, son visage épais, où couraient par moments de légers frissons; puis elle s'assit au chevet du lit, ôta son bonnet, s'échevela, se donna la mine d'une personne désespérée, et se mit à sangloter très-haut.

— Hein! qu'est-ce que tu as, pourquoi pleures-tu? demanda Pierre brusquement réveillé.

Elle ne répondit pas, elle pleura plus amèrement.

— Par grâce, réponds, reprit son mari que ce muet désespoir épouvantait. Où es-tu allée? Tu as vu les insurgés?

Elle fit signe que non; puis, d'une voix éteinte:

— Je viens de l'hôtel Valqueyras, murmura-t-elle. Je voulais demander conseil à M. de Carnavant. Ah! mon pauvre ami, tout est perdu.

Pierre se mit sur son séant, très-pâle. Son cou de taureau que montrait sa chemise déboutonnée, sa chair molle était toute gonflée par la peur. Et, au milieu du lit défait, il s'affaissait comme un magot chinois, blème et pleurard.

— Le marquis, continua Félicité, croit que le prince Louis a succombé; nous sommes ruinés, nous n'aurons jamais un sou.

Alors, comme il arrive aux poltrons, Pierre s'emporta. C'était la faute du marquis, la faute de sa femme, la faute de toute sa famille. Est-ce qu'il pensait à la politique, lui, quand M. de Carnavant et Félicité l'avaient jeté dans ces bêtises-là!

— Moi, je m'en lave les mains, cria-t-il. C'est vous deux qui avez fait la sottise. Est-ce qu'il n'était pas plus sage de manger tranquillement nos petites rentes? Toi, tu

as toujours voulu dominer. Tu vois où cela nous a conduits.

Il perdait la tête, il ne se rappelait plus qu'il s'était montré aussi âpre que sa femme. Il n'éprouvait qu'un immense
désir, celui de soulager sa colère en accusant les autres de
sa défaite.

— Et, d'ailleurs, continua-t-il, est-ce que nous pouvions
réussir avec des enfants comme les autres! Eugène nous lâche
à l'instant décisif; Aristide nous a traînés dans la boue, et
il n'y a pas jusqu'à ce grand innocent de Pascal qui ne nous
compromette, en faisant de la philanthropie à la suite des
insurgés..... Et dire que nous nous sommes mis sur la
paille pour leur faire faire leurs humanités!

Il employait, dans son exaspération, des mots dont il
n'usait jamais. Félicité, voyant qu'il reprenait haleine, lui
dit doucement :

— Tu oublies Macquart.

— Ah! oui, je l'oublie! reprit-il avec plus de violence,
en voilà encore un dont la pensée me met hors de moi!...
Mais ce n'est pas tout; tu sais, le petit Silvère, je l'ai vu
chez ma mère, l'autre soir, les mains pleines de sang;
il a crevé un œil à un gendarme. Je ne t'en ai pas parlé,
pour ne point t'effrayer. Vois-tu un de mes neveux en
cour d'assises. Ah! quelle famille!.... Quant à Macquart,
il nous a gênés, au point que j'ai eu l'envie de lui casser la
tête, l'autre jour, quand j'avais un fusil. Oui, j'ai eu cette
envie.....

Félicité laissait passer le flot. Elle avait reçu les reproches
de son mari avec une douceur angélique, baissant la tête,
comme une coupable, ce qui lui permettait de rayonner en
dessous. Par son attitude, elle poussait Pierre, elle l'affolait.
Quand la voix manqua au pauvre homme, elle eut de
gros soupirs, feignant le repentir; puis elle répéta d'une
voix désolée :

— Qu'allons-nous faire, mon Dieu! qu'allons-nous faire!..... Nous sommes criblés de dettes.

— C'est ta faute! cria Pierre en mettant dans ce cri ses dernières forces.

Les Rougon, en effet, devaient de tous les côtés. L'espérance d'un succès prochain leur avait fait perdre toute prudence. Depuis le commencement de 1851, ils s'étaient laissés aller jusqu'à offrir, chaque soir, aux habitués du salon jaune, des verres de sirop et de punch, des petits gâteaux, des collations complètes, pendant lesquelles on buvait à la mort de la république. Pierre avait, de plus, mis un quart de son capital à la disposition de la réaction, pour contribuer à l'achat des fusils et des cartouches.

— La note du pâtissier est au moins de mille francs, reprit Félicité de son ton doucereux, et nous en devons peut-être le double au liquoriste. Puis il y a le boucher, le boulanger, le fruitier.....

Pierre agonisait. Félicité lui porta le dernier coup en ajoutant :

— Je ne parle pas des dix mille francs que tu as donnés pour les armes.

— Moi, moi! balbutia-t-il, mais on m'a trompé, on m'a volé! C'est cet imbécile de Sicardot qui m'a mis dedans, en me jurant que les Napoléon seraient vainqueurs. J'ai cru faire une avance. Mais il faudra bien que cette vieille ganache me rende mon argent.

— Eh! on ne te rendra rien du tout, dit sa femme en haussant les épaules. Nous subirons le sort de la guerre. Quand nous aurons tout payé, il ne nous restera pas de quoi manger du pain. Ah! c'est une jolie campagne!..... Va, nous pouvons aller habiter quelque taudis du vieux quartier.

Cette dernière phrase sonna lugubrement. C'était le glas de leur existence. Pierre vit le taudis du vieux quartier, dont sa femme évoquait le spectacle. C'était donc là qu'il irait mourir, sur un grabat, après avoir toute sa vie tendu vers les jouissances grasses et faciles. Il aurait vainement volé sa mère, mis la main dans les plus sales intrigues, menti pendant des années. L'empire ne payerait pas ses dettes, cet empire qui seul pouvait le sauver de la ruine. Il sauta du lit, en chemise, criant :

— Non, je prendrai un fusil, j'aime mieux que les insurgés me tuent.

— Ça, répondit Félicité avec une grande tranquillité, tu pourras le faire demain ou après-demain, car les républicains ne sont pas loin. C'est un moyen comme un autre d'en finir.

Pierre fut glacé. Il lui sembla que, tout d'un coup, on lui versait un grand seau d'eau froide sur les épaules. Il se recoucha lentement, et quand il fut dans la tiédeur des draps, il se mit à pleurer. Ce gros homme fondait aisément en larmes, en larmes douces, intarissables, qui coulaient de ses yeux sans efforts. Il s'opérait en lui une réaction fatale. Toute sa colère le jetait à des abandons, à des lamentations d'enfant. Félicité, qui attendait cette crise, eut un éclair de joie, à le voir si mou, si vide, si aplati devant elle. Elle garda son attitude muette, son humilité désolée. Au bout d'un long silence, cette résignation, le spectacle de cette femme plongée dans un accablement silencieux, exaspéra les larmes de Pierre.

— Mais parle donc! implora-t-il, cherchons ensemble. N'y a-t-il vraiment aucune planche de salut?

— Aucune, tu le sais bien, répondit-elle; tu exposais toi-même la situation tout à l'heure; nous n'avons de secours à attendre de personne; nos enfants eux-mêmes nous ont trahis.

— Fuyons, alors... Veux-tu que nous quittions Plassans cette nuit, tout de suite?

— Fuir! mais, mon pauvre ami, nous serions demain la
fable de la ville... Tu ne te rappelles donc pas que tu as
fait fermer les portes?

Pierre se débattait; il donnait à son esprit une tension
extraordinaire; puis, comme vaincu, d'un ton suppliant, il
murmura :

— Je t'en prie, trouve une idée, toi; tu n'as encore rien
dit.

Félicité releva la tête, en jouant la surprise; et, avec un
geste de profonde impuissance :

— Je suis une sotte en ces matières, dit-elle; je n'entends
rien à la politique, tu me l'as répété cent fois.

Et comme son mari se taisait, embarrassé, baissant les
yeux, elle continua lentement, sans reproches :

— Tu ne m'as pas mise au courant de tes affaires, n'est-
ce pas? J'ignore tout, je ne puis pas même te donner un
conseil... D'ailleurs, tu as bien fait, les femmes sont bavardes quelquefois, et il vaut cent fois mieux que les
hommes conduisent la barque tout seuls.

Elle disait cela avec une ironie si fine, que son mari ne
sentit pas la cruauté de ses railleries. Il éprouva simplement un grand remords. Et, tout d'un coup, il se confessa. Il parla des lettres d'Eugène, il expliqua ses plans,
sa conduite, avec la loquacité d'un homme qui fait son
examen de conscience et qui implore un sauveur. A chaque
instant, il s'interrompait pour demander : « Qu'aurais-tu
fait, toi, à ma place? » ou bien il s'écriait : « N'est-ce
pas? j'avais raison, je ne pouvais agir autrement. » Félicité
ne daignait pas même faire un signe. Elle écoutait, avec
la roideur rechignée d'un juge. Au fond, elle goûtait des
jouissances exquises; elle le tenait donc enfin, ce gros
sournois; elle en jouait comme une chatte joue d'une boule
de papier; et il tendait les mains pour qu'elle lui mît des
menottes.

— Mais attends, dit-il en sautant vivement du lit, je vais te faire lire la correspondance d'Eugène. Tu jugeras mieux la situation.

Elle essaya vainement de l'arrêter par un pan de sa chemise ; il étala les lettres sur la table de nuit, se recoucha, en lut des pages entières, la força à en parcourir elle-même. Elle retenait un sourire, elle commençait à avoir pitié du pauvre homme.

— Eh bien, dit-il, anxieux, quand il eut fini, maintenant que tu sais tout, ne vois-tu pas une façon de nous sauver de la ruine ?

Elle ne répondit encore pas. Elle paraissait réfléchir profondément.

— Tu es une femme intelligente, reprit-il pour la flatter ; j'ai eu tort de me cacher de toi, ça, je le reconnais...

— Ne parlons plus de ça, répondit-elle... Selon moi, si tu avais beaucoup de courage...

Et, comme il la regardait d'un air avide, elle s'interrompit, elle dit, avec un sourire :

— Mais tu me promets bien de ne plus te méfier de moi ? tu me diras tout ? tu n'agiras pas sans me consulter ?

Il jura, il accepta les conditions les plus dures. Alors Félicité se coucha à son tour ; elle avait pris froid, elle vint se mettre près de lui ; et, à voix basse, comme si l'on avait pu les entendre, elle lui expliqua longuement son plan de campagne. Selon elle, il fallait que la panique soufflât plus violente dans la ville, et que Pierre gardât une attitude de héros au milieu des habitants consternés. Un secret pressentiment, disait-elle, l'avertissait que les insurgés étaient encore loin. D'ailleurs, tôt ou tard, le parti de l'ordre l'emporterait, et les Rougon seraient récompensés. Après le rôle de sauveurs, le rôle de martyrs n'était pas à dédaigner. Elle fit si bien, elle parla avec tant de conviction, que son mari,

surpris d'abord de la simplicité de son plan, qui consistait
à payer d'audace, finit par y voir une tactique merveilleuse
et par promettre de s'y conformer, en montrant tout le
courage possible.

— Et n'oublie pas que c'est moi qui te sauve, murmura
la vieille, d'une voix câline. Tu seras gentil?

Ils s'embrassèrent, ils se dirent bonsoir. Ce fut un renouveau, pour ces deux vieilles gens brûlés par la convoitise. Mais ni l'un ni l'autre ne s'endormirent; au bout d'un
quart d'heure, Pierre, qui regardait au plafond une tache
ronde de la veilleuse, se tourna, et, à voix très-basse, com-
muniqua à sa femme une idée qui venait de pousser dans
son cerveau.

— Oh! non, non, murmura Félicité avec un frisson. Ce
serait trop cruel.

— Dame! reprit-il, tu veux que les habitants soient
consternés!... On me prendrait au sérieux, si ce que je t'ai
dit arrivait...

Puis, son projet se complétant, il s'écria :

— On pourrait employer Macquart... Ce serait une façon
de s'en débarrasser.

Félicité parut frappée par cette idée. Elle réfléchit, elle
hésita, et, d'une voix troublée, elle balbutia :

— Tu as peut-être raison. C'est à voir... Après tout, nous
serions bien bêtes d'avoir des scrupules : il s'agit pour nous
d'une question de vie ou de mort... Laisse-moi faire, j'irai
demain trouver Macquart, et je verrai si l'on peut s'entendre avec lui. Toi, tu te disputerais, tu gâterais tout... Bonsoir, dors bien, mon pauvre chéri... Va, nos peines finiront.

Ils s'embrassèrent encore, ils s'endormirent. Et, au plafond, la tache de lumière s'arrondissait comme un œil terrifié, ouvert et fixé longuement sur le sommeil de ces bourgeois blêmes, suant le crime dans les draps, et qui voyaient
en rêve tomber dans leur chambre une pluie de sang, dont

les gouttes larges se changeaient en pièces d'or sur le carreau.

Le lendemain, avant le jour, Félicité alla à la mairie, mu-
nie des instructions de Pierre, pour pénétrer près de Macquart. Elle emportait, dans une serviette, l'uniforme de
garde national de son mari. D'ailleurs, elle n'aperçut que
quelques hommes dormant à poings fermés dans le poste.
Le concierge, qui était chargé de nourrir le prisonnier,
monta lui ouvrir le cabinet de toilette, transformé en cellule.
Puis il redescendit tranquillement.

Macquart était enfermé dans le cabinet depuis deux jours
et deux nuits. Il avait eu le temps d'y faire de longues réflexions. Lorsqu'il eut dormi, les premières heures furent
données à la colère, à la rage impuissante. Il éprouvait des
envies de briser la porte, à la pensée que son frère se carrait
dans la pièce voisine. Et il se promettait de l'étrangler de ses
propres mains lorsque les insurgés viendraient le délivrer.
Mais le soir, au crépuscule, il se calma, il cessa de tourner
furieusement dans l'étroit cabinet. Il y respirait une odeur
douce, un sentiment de bien-être qui détendait ses nerfs.
M. Garçonnet, fort riche, délicat et coquet, avait fait arranger ce réduit d'une très-élégante façon ; le divan était moelleux et tiède ; des parfums, des pommades, des savons garnissaient le lavabo de marbre, et le jour pâlissant tombait
du plafond avec des voluptés molles, pareil aux lueurs d'une
lampe pendue dans une alcóve. Macquart, au milieu de cet
air musqué, fade et assoupi, qui traîne dans les cabinets de
toilette, s'endormit en pensant que ces diables de riches
« étaient bien heureux tout de même. » Il s'était couvert
d'une couverture qu'on lui avait donnée. Il se vautra jusqu'au matin, la tête, le dos, les bras appuyés sur les oreil-
lers. Quand il ouvrit les yeux, un filet de soleil glissait par
la baie. Il ne quitta pas le divan, il avait chaud, il songea en
regardant autour de lui. Il se disait que jamais il n'aurait

un pareil coin pour se débarbouiller. Le lavabo surtout l'intéressait ; ce n'était pas malin, pensait-il, de se tenir propre, avec tant de petits pots et tant de fioles. Cela le fit penser amèrement à sa vie manquée. L'idée lui vint qu'il avait peut-être fait fausse route ; on ne gagne rien à fréquenter les gueux ; il aurait dû ne pas faire le méchant et s'entendre avec les Rougon. Puis il rejeta cette pensée. Les Rougon étaient des scélérats qui l'avaient volé. Mais les tiédeurs, les souplesses du divan continuaient à l'adoucir, à lui donner un regret vague. Après tout, les insurgés l'abandonnaient, ils se faisaient battre comme des imbéciles. Il finit par conclure que la république était une duperie. Ces Rougon avaient de la chance. Et il se rappela ses méchancetés inutiles, sa guerre sourde ; personne, dans la famille, ne l'avait soutenu : ni Aristide, ni le frère de Silvère, ni Silvère lui-même, qui était un sot de s'enthousiasmer pour les républicains, et qui n'arriverait jamais à rien. Maintenant, sa femme était morte, ses enfants l'avaient quitté ; il crèverait seul, dans un coin, sans un sou, comme un chien. Décidément, il aurait dû se vendre à la réaction. En pensant cela, il lorgnait le lavabo, pris d'une grande envie d'aller se laver les mains avec une certaine poudre de savon contenue dans une boîte de cristal. Macquart, comme tous les fainéants qu'une femme ou leurs enfants nourrissent, avait des goûts de coiffeur. Bien qu'il portât des pantalons rapiécés, il aimait à s'inonder d'huile aromatique. Il passait des heures chez son barbier, où l'on parlait politique, et qui lui donnait un coup de peigne, entre deux discussions. La tentation devint trop forte ; Macquart s'installa devant le lavabo. Il se lava les mains, la figure ; il se coiffa, se parfuma, fit une toilette complète. Il usa de tous les flacons, de tous les savons, de toutes les poudres. Mais sa plus grande jouissance fut de s'essuyer avec les serviettes du maire ; elles étaient souples, épaisses. Il y plongea sa figure humide, y respira béatement

toutes les senteurs de la richesse. Puis quand il fut pommadé,
quand il sentit bon de la tête aux pieds, il revint s'étendre
sur le divan, rajeuni, porté aux idées conciliantes. Il éprouvait un mépris encore plus grand pour la république, depuis qu'il avait mis le nez dans les fioles de M. Garçonnet.
L'idée lui poussa qu'il était peut-être encore temps de faire
la paix avec son frère. Il pesa ce qu'il pourrait demander
pour une trahison. Sa rancune contre les Rougon le mordait
toujours au cœur ; mais il en était à un de ces moments où,
couché sur le dos, dans le silence, on se dit des vérités dures, on se gronde de ne s'être pas creusé, même au prix de
ses haines les plus chères, un trou heureux, pour vautrer
ses lâchetés d'âme et de corps. Vers le soir, Antoine se décida à faire appeler son frère le lendemain. Mais lorsque, le
lendemain matin, il vit entrer Félicité, il comprit qu'on
avait besoin de lui. Il se tint sur ses gardes.

La négociation fut longue, pleine de traîtrises, menée
avec un art infini. Ils échangèrent d'abord des plaintes vagues. Félicité, surprise de trouver Antoine presque poli,
après la scène grossière qu'il avait fait chez elle le dimanche
soir, le prit avec lui sur un ton de doux reproche. Elle dé-
plora les haines qui désunissent les familles. Mais, vraiment,
il avait calomnié et poursuivi son frère avec un acharnement
qui avait mis ce pauvre Rougon hors de lui.

— Parbleu ! mon frère ne s'est jamais conduit en frère
avec moi, dit Macquart avec une violence contenue. Est-ce
qu'il est venu à mon secours ? Il m'aurait laissé crever dans
mon taudis... Quand il a été gentil avec moi, vous vous
rappelez, à l'époque des deux cents francs, je crois qu'on
ne peut pas me reprocher d'avoir dit du mal de lui. Je ré-
pétais partout que c'était un bon cœur.

Ce qui signifiait clairement :

— Si vous aviez continué à me fournir de l'argent, j'aurais été charmant pour vous, et je vous aurais aidé, au lieu

de vous combattre. C'est votre faute. Il fallait m'acheter.

Félicité le comprit si bien, qu'elle répondit :

— Je sais, vous nous avez accusés de dureté, parce qu'on s'imagine que nous sommes à notre aise ; mais on se trompe, mon cher frère : nous sommes de pauvres gens ; nous n'avons jamais pu agir envers vous, comme notre cœur l'aurait désiré.

Elle hésita un instant, puis continua :

— A la rigueur, dans une circonstance grave, nous pourrions faire un sacrifice ; mais, vrai, nous sommes si pauvres, si pauvres !

Macquart dressa l'oreille. « Je les tiens ! » pensa-t-il. Alors, sans paraître avoir entendu l'offre indirecte de sa belle-sœur, il étala sa misère d'une voix dolente, il raconta la mort de sa femme, la fuite de ses enfants. Félicité, de son côté, parla de la crise que le pays traversait ; elle prétendit que la république avait achevé de les ruiner. De parole en parole, elle en vint à maudire une époque qui forçait le frère à emprisonner le frère. Combien le cœur leur saignerait, si la justice ne voulait pas rendre sa proie ! Et elle lâcha le mot de galères.

— Ça, je vous en défie, dit tranquillement Macquart.

Mais elle se récria :

— Je rachèterais plutôt de mon sang l'honneur de la famille. Ce que je vous en dis, c'est pour vous montrer que nous ne vous abandonnerons pas... Je viens vous donner les moyens de fuir, mon cher Antoine.

Ils se regardèrent un instant dans les yeux, se tâtant du regard avant d'engager la lutte.

— Sans condition ? demanda-t-il enfin.

— Sans condition aucune, répondit-elle.

Elle s'assit à côté de lui sur le divan, puis continua d'une voix décidée :

— Et même, avant de passer la frontière, si vous voulez

gagner un billet de mille francs, je puis vous en fournir les moyens.

Il y eut un nouveau silence.

— Si l'affaire est propre, murmura Antoine, qui avait l'air de réfléchir. Vous savez, je ne veux pas me fourrer dans vos manigances.

— Mais il n'y a pas de manigances, reprit Félicité, souriant des scrupules du vieux coquin. Rien de plus simple : vous allez sortir tout à l'heure de ce cabinet, vous irez vous cacher chez votre mère, et ce soir, vous réunirez vos amis, vous viendrez reprendre la mairie.

Macquart ne put cacher une surprise profonde. Il ne comprenait pas.

— Je croyais, dit-il, que vous étiez victorieux.

— Oh! je n'ai pas le temps de vous mettre au courant, répondit la vieille avec quelque impatience. Acceptez-vous ou n'acceptez-vous pas?

— Eh bien, non, je n'accepte pas... Je veux réfléchir. Pour mille francs, je serais bien bête de risquer peut-être une fortune.

Félicité se leva.

— A votre aise, mon cher, dit-elle froidement. Vraiment, vous n'avez pas conscience de votre position. Vous êtes venu chez moi me traiter de vieille gueuse, et lorsque j'ai la bonté de vous tendre la main dans le trou où vous avez eu la sottise de tomber, vous faites des façons, vous ne voulez pas être sauvé. Eh bien, restez ici, attendez que les autorités reviennent. Moi, je m'en lave les mains.

Elle était à la porte.

— Mais, implora-t-il, donnez-moi quelques explications. Je ne puis pourtant pas conclure un marché avec vous sans savoir. Depuis deux jours, j'ignore ce qui se passe. Est-ce que je sais, moi, si vous ne me volez pas?

— Tenez, vous êtes un niais, répondit Félicité, que ce cri

du cœur poussé par Antoine fit revenir sur ses pas. Vous
avez grand tort de ne pas vous mettre aveuglément de notre
côté. Mille francs, c'est une jolie somme, et on ne la risque
que pour une cause gagnée. Acceptez, je vous le conseille.

Il hésitait toujours.

— Mais quand nous voudrons prendre la mairie, est-ce
qu'on nous laissera entrer tranquillement?

— Ça, je ne sais pas, dit-elle avec un sourire. Il y aura
peut-être des coups de fusil.

Il la regarda fixement.

— Eh! dites donc, la petite mère, reprit-il d'une voix
rauque, vous n'avez pas au moins l'intention de me faire
loger une balle dans la tête?

Félicité rougit. Elle pensait justement, en effet, qu'une
balle, pendant l'attaque de la mairie, leur rendrait un grand
service en les débarrassant d'Antoine. Ce serait mille francs
de gagnés. Aussi se fâcha-t-elle en murmurant :

— Quelle idée !... Vraiment, c'est atroce d'avoir des idées
pareilles.

Puis, subitement calmée :

— Acceptez-vous?... Vous avez compris, n'est-ce pas?

Macquart avait parfaitement compris. C'était un guet-
apens qu'on lui proposait. Il n'en voyait ni les raisons ni
les conséquences ; ce qui le décida à marchander. Après
avoir parlé de la république comme d'une maîtresse à lui
qu'il était désespéré de ne plus aimer, il mit en avant les
risques qu'il aurait à courir, et finit par demander deux
mille francs. Mais Félicité tint bon. Et ils discutèrent jusqu'à ce qu'elle lui eut promis de lui procurer, à sa rentrée
en France, une place où il n'aurait rien à faire, et qui lui
rapporterait gros. Alors le marché fut conclu. Elle lui fit
endosser l'uniforme de garde national qu'elle avait apporté. Il devait se retirer paisiblement chez tante Dide, puis
amener vers minuit, sur la place de l'hôtel de ville, tous les

républicains qu'il rencontrerait, en leur affirmant que la mairie était vide, qu'il suffirait d'en pousser la porte pour s'en emparer. Antoine demanda des arrhes, et reçut deux cents francs. Elle s'engagea à lui compter les huit cents autres francs le lendemain. Les Rougon risquaient là les derniers sous dont ils pouvaient disposer.

Quand Félicité fut descendue, elle resta un instant sur la place pour voir sortir Macquart. Il passa tranquillement devant le poste, en se mouchant. D'un coup de poing, dans le cabinet, il avait cassé la vitre du plafond, pour faire croire qu'il s'était sauvé par là.

— C'est entendu, dit Félicité à son mari, en rentrant chez elle. Ce sera pour minuit... Moi, ça ne me fait plus rien. Je voudrais les voir tous fusillés. Nous déchiraient-ils, hier, dans la rue !

— Tu étais bien bonne d'hésiter, répondit Pierre, qui se rasait. Tout le monde ferait comme nous à notre place.

Ce matin-là — on était au mercredi — il soigna particulièrement sa toilette. Ce fut sa femme qui le peigna et noua sa cravate. Elle le tourna entre ses mains comme un enfant qui va à la distribution des prix. Puis, quand il fut prêt, elle le regarda, elle déclara qu'il était très-convenable, et qu'il aurait très-bonne figure au milieu des graves événements qui se préparaient. Sa grosse face pâle avait en effet une grande dignité et un air d'entêtement héroïque. Elle l'accompagna jusqu'au premier étage, en lui faisant ses dernières recommandations : il ne devait rien perdre de son attitude courageuse, quelle que fût la panique ; il fallait fermer les portes plus hermétiquement que jamais, laisser la ville agoniser de terreur dans ses remparts ; et cela serait excellent, s'il était le seul à vouloir mourir pour la cause de l'ordre.

Quelle journée ! Les Rougon en parlent encore, comme d'une bataille glorieuse et décisive. Pierre alla droit à la mairie, sans s'inquiéter des regards ni des paroles qu'il sur-

prit au passage. Il s'y installa magistralement, en homme
qui entend ne plus quitter la place. Il envoya simplement
un mot à Roudier, pour l'avertir qu'il reprenait le pouvoir.
« Veillez aux portes, disait-il, sachant que ces lignes pouvaient devenir publiques ; moi, je veillerai à l'intérieur, je
ferai respecter les propriétés et les personnes. C'est au moment où les mauvaises passions renaissent et l'emportent,
que les bons citoyens doivent chercher à les étouffer, au péril de leur vie. » Le style, les fautes d'orthographe, rendaient plus héroïque ce billet, d'un laconisme antique. Pas
un de ces messieurs de la commission provisoire ne parut.
Les deux derniers fidèles, Granoux lui-même, se tinrent
prudemment chez eux. De cette commission, dont les membres s'étaient évanouis, à mesure que la panique soufflait
plus forte, il n'y avait que Rougon qui restât à son poste,
sur son fauteuil de président. Il ne daigna pas même
envoyer un ordre de convocation. Lui seul, et c'était assez.
Sublime spectacle qu'un journal de la localité devait plus
tard caractériser d'un mot : « le courage donnant la main au
devoir. »

Pendant toute la matinée, on vit Pierre emplir la mairie
de ses allées et venues. Il était absolument seul, dans ce
grand bâtiment vide, dont les hautes salles retentissaient
longuement du bruit de ses talons. D'ailleurs, toutes les portes étaient ouvertes. Il promenait au milieu de ce désert sa
présidence sans conseil, d'un air si pénétré de sa mission,
que le concierge, en le rencontrant deux ou trois fois dans
les couloirs, le salua d'un air surpris et respectueux. On
l'aperçut derrière chaque croisée, et, malgré le froid vif, il
parut à plusieurs reprises sur le balcon, avec des liasses de
papiers dans les mains, comme un homme affairé qui attend
des messages importants.

Puis, vers midi, il courut la ville ; il visita les postes, parlant d'une attaque possible, donnant à entendre que les in-

surgés n'étaient pas loin ; mais il comptait, disait-il, sur le courage des braves gardes nationaux ; s'il le fallait, ils devaient se faire tuer jusqu'au dernier pour la défense de la bonne cause. Quand il revint de cette tournée, lentement, gravement, avec l'allure d'un héros qui a mis ordre aux affaires de sa patrie, et qui n'attend plus que la mort, il put constater une véritable stupeur sur son chemin ; les promeneurs du Cours, les petits rentiers incorrigibles qu'aucune catastrophe n'aurait pu empêcher de venir bayer au soleil, à certaines heures, le regardèrent passer d'un air ahuri, comme s'ils ne le reconnaissaient pas et qu'ils ne pussent croire qu'un des leurs, qu'un ancien marchand d'huile, eût le front de tenir tête à toute une armée.

Dans la ville, l'anxiété était à son comble. D'un instant à l'autre, on attendait la bande insurrectionnelle. Le bruit de l'évasion de Macquart fut commenté d'une effrayante façon. On prétendit qu'il avait été délivré par ses amis les rouges, et qu'il attendait la nuit, dans quelque coin, pour se jeter sur les habitants et mettre le feu aux quatre coins de la ville. Plassans, cloîtré, affolé, se dévorant lui-même dans sa prison de murailles, ne savait plus qu'inventer pour avoir peur. Les républicains, devant la fière attitude de Rougon, eurent une courte méfiance. Quant à la ville neuve, aux avocats et aux commerçants retirés, qui la veille déblatéraient contre le salon jaune, ils furent si surpris, qu'ils n'osèrent plus attaquer ouvertement un homme d'un tel courage. Ils se contentèrent de dire qu'il y avait folie à braver ainsi des insurgés victorieux et que cet héroïsme inutile allait attirer sur Plassans les plus grands malheurs. Puis, vers trois heures, ils organisèrent une députation. Pierre, qui brûlait du désir d'afficher son dévouement devant ses concitoyens, n'osait cependant pas compter sur une aussi belle occasion.

Il eut des mots sublimes. Ce fut dans le cabinet du maire

que le président de la commission provisoire reçut la députation de la ville neuve. Ces messieurs, après avoir rendu
hommage à son patriotisme, le supplièrent de ne pas songer
à la résistance. Mais lui, d'une voix haute, parla du devoir,
de la patrie, de l'ordre, de la liberté, et d'autres choses encore. D'ailleurs, il ne forçait personne à l'imiter; il accomplissait simplement ce que sa conscience, son cœur lui
dictaient.

— Vous le voyez, messieurs, je suis seul, dit-il en termi-
nant. Je veux prendre toute la responsabilité pour que nul
autre que moi ne soit compromis. Et, s'il faut une victime,
je m'offre de bon cœur; je désire que le sacrifice de ma vie
sauve celle des habitants.

Un notaire, la forte tête de la bande, lui fit remarquer
qu'il courait à une mort certaine.

— Je le sais, reprit-il gravement. Je suis prêt!

Ces messieurs se regardèrent. Ce « Je suis prêt! » les
cloua d'admiration. Décidément, cet homme était un brave.
Le notaire le conjura d'appeler à lui les gendarmes; mais
il répondit que le sang de ces soldats était précieux et qu'il
ne le ferait couler qu'à la dernière extrémité. La députation
se retira lentement, très-émue. Une heure après, Plassans
traitait Rougon de héros; les plus poltrons l'appelaient « un
vieux fou. »

Vers le soir, Rougon fut très-étonné de voir accourir Granoux. L'ancien marchand d'amandes se jeta dans ses bras,
en l'appelant « grand homme, » et en lui disant qu'il voulait mourir avec lui. Le « Je suis prêt! » que sa bonne venait
de lui rapporter de chez la fruitière, l'avait réellement en-
thousiasmé. Au fond de ce peureux, de ce grotesque, il y
avait des naïvetés charmantes. Pierre le garda, pensant qu'il
ne tirait pas à conséquence. Il fut même touché du dévouement du pauvre homme; il se promit de le faire complimen-
ter publiquement par le préfet, ce qui ferait crever de dépit

les autres bourgeois, qui l'avaient si lâchement abandonné. Et tous deux ils attendirent la nuit dans la mairie
déserte.

A la même heure, Aristide se promenait chez lui d'un air
profondément inquiet. L'article de Vuillet l'avait surpris.
L'attitude de son père le stupéfiait. Il venait de l'apercevoir
à une fenêtre, en cravate blanche, en redingote noire, si
calme à l'approche du danger, que toutes ses idées étaient
bouleversées dans sa pauvre tête. Pourtant les insurgés revenaient victorieux, c'était la croyance de la ville entière.
Mais des doutes lui venaient, il flairait quelque farce lugu-
bre. N'osant plus se présenter chez ses parents, il y avait
envoyé sa femme. Quand Angèle revint, elle lui dit de sa voix
traînante :

— Ta mère t'attend : elle n'est pas en colère du tout,
mais elle a l'air de se moquer joliment de toi. Elle m'a répété à plusieurs reprises que tu pouvais remettre ton écharpe
dans ta poche.

Aristide fut horriblement vexé. D'ailleurs, il courut
à la rue de la Banne, prêt aux plus humbles sou-
missions. Sa mère se contenta de l'accueillir avec des rires
de dédain.

— Ah ! mon pauvre garçon, lui dit-elle en l'apercevant,
tu n'es décidément pas fort.

— Est-ce qu'on sait, dans un trou comme Plassans ! s'é-
cria-t-il avec dépit. J'y deviens bête, ma parole d'honneur.
Pas une nouvelle, et l'on grelotte. C'est d'être enfermé dans
ces gredins de remparts.... Ah ! si j'avais pu suivre Eugène
à Paris !

Puis, amèrement, voyant que Félicité continuait à rire :

— Vous n'avez pas été gentille avec moi, ma mère. Je sais
bien des choses, allez... Mon frère vous tenait au courant de
ce qui se passait, et jamais vous ne m'avez donné la moindre indication utile.

— Tu sais cela? toi, dit Félicité devenue sérieuse et méfiante. Eh bien, tu es alors moins bête que je ne croyais. Est-ce que tu décachetterais les lettres, comme quelqu'un de ma connaissance?

— Non, mais j'écoute aux portes, répondit Aristide avec un grand aplomb.

Cette franchise ne déplut pas à la vieille femme. Elle se remit à sourire, et, plus douce :

— Alors, béta, demanda-t-elle, comment se fait-il que tu ne te sois pas rallié plus tôt?

— Ah! voilà, dit le jeune homme embarrassé. Je n'avais pas grande confiance en vous. Vous receviez de telles brutes : mon beau-père, Granoux et les autres!... Et puis je ne voulais pas trop m'avancer...

Il hésitait. Il reprit d'une voix inquiète :

— Aujourd'hui, vous êtes bien sûre au moins du succès du coup d'État?

— Moi? s'écria Félicité, que les doutes de son fils blessaient, mais je ne suis sûre de rien.

— Vous m'avez pourtant fait dire d'ôter mon écharpe?

— Oui, parce que tous ces messieurs se moquent de toi.

Aristide resta planté sur ses pieds, le regard perdu, semblant contempler un des ramages du papier orange. Sa mère fut prise d'une brusque impatience à le voir ainsi hésitant.

— Tiens, dit-elle, j'en reviens à ma première opinion : tu n'es pas fort. Et tu aurais voulu qu'on te fît lire les lettres d'Eugène! Mais, malheureux, avec tes continuelles incertitudes, tu aurais tout gâté. Tu es là à hésiter...

— Moi, j'hésite, interrompit-il en jetant sur sa mère un regard clair et froid. Ah! bien, vous ne me connaissez pas. Je mettrais le feu à la ville si j'avais envie de me chauffer les pieds. Mais comprenez donc que je ne veux pas faire fausse route! Je suis las de manger mon pain dur, et j'entends tricher la fortune. Je ne jouerai qu'à coup sûr.

Il avait prononcé ces paroles avec une telle âpreté, que sa mère, dans cet appétit brûlant du succès, reconnut le cri de son sang. Elle murmura :

— Ton père a bien du courage.

— Oui, je l'ai vu, reprit-il en ricanant. Il a une bonne tête. Il m'a rappelé Léonidas aux Thermopyles... Est-ce que c'est toi, mère, qui lui as fait cette figure-là ?

Et, gaiement, avec un geste résolu :

— Tant pis! s'écria-t-il, je suis bonapartiste!.... Papa n'est pas un homme à se faire tuer sans que ça lui rapporte gros.

— Et tu as raison, dit sa mère; je ne puis parler, mais tu verras demain.

Il n'insista pas, il lui jura qu'elle serait bientôt glorieuse de lui, et il s'en alla, tandis que Félicité, sentant se réveiller ses anciennes préférences, se disait à la fenêtre, en le regardant s'éloigner, qu'il avait un esprit de tous les diables, et que jamais elle n'aurait eu le courage de le laisser partir sans le mettre enfin dans la bonne voie.

Pour la troisième fois, la nuit, la nuit pleine d'angoisse, tombait sur Plassans. La ville agonisante en était aux derniers râles. Les bourgeois rentraient rapidement chez eux, les portes se barricadaient avec un grand bruit de boulons et de barres de fer. Le sentiment général semblait être que Plassans n'existerait plus le lendemain, qu'il se serait abîmé sous terre ou évaporé dans le ciel. Quand Rougon rentra pour dîner, il trouva les rues absolument désertes. Cette solitude le rendit triste et mélancolique. Aussi, à la fin du repas, eut-il une faiblesse, et demanda-t-il à sa femme s'il était nécessaire de donner suite à l'insurrection que Macquart préparait.

— On ne clabaude plus, dit-il. Si tu avais vu ces mes-

sieurs de la ville neuve, comme ils m'ont salué! Ça ne me
paraît guère utile maintenant de tuer du monde. Hein! qu'en
penses-tu? Nous ferons notre pelote sans cela.

— Ah! quel mollasse tu es! s'écria Félicité avec colère.
C'est toi qui as eu l'idée, et voilà que tu recules! Je te dis
que tu ne feras jamais rien sans moi!... Va donc, va donc
ton chemin. Est-ce que les républicains t'épargneraient s'ils
te tenaient?

Rougon, de retour à la Mairie, prépara le guet-apens.
Granoux lui fut d'une grande utilité. Il l'envoya porter ses
ordres aux différents postes qui gardaient les remparts; les
gardes nationaux devaient se rendre à l'hôtel de ville, par
petits groupes, le plus secrètement possible. Roudier, ce
bourgeois parisien égaré en province, qui aurait pu gâter
l'affaire en prêchant l'humanité, ne fut pas même averti.
Vers onze heures, la cour de la mairie était pleine de gardes
nationaux. Rougon les épouvanta; il leur dit que les républicains restés à Plassans allaient tenter un coup de main désespéré, et il se fit un mérite d'avoir été prévenu à temps
par sa police secrète. Puis, quand il eut tracé un tableau
sanglant du massacre de la ville si ces misérables s'empa-
raient du pouvoir, il donna l'ordre de ne plus prononcer une
parole et d'éteindre toutes les lumières. Lui-même prit un
fusil. Depuis le matin, il marchait comme dans un rêve; il
ne se reconnaissait plus; il sentait derrière lui Félicité, aux
mains de laquelle l'avait jeté la crise de la nuit, et il se serait laissé pendre en disant: « Ça ne fait rien, ma femme
va venir me décrocher. » Pour augmenter le tapage et secouer une plus longue épouvante sur la ville endormie, il
pria Granoux de se rendre à la cathédrale et de faire
sonner le tocsin aux premiers coups de feu. Le nom du
marquis devait lui ouvrir la porte du bedeau. Et, dans l'ombre, dans le silence noir de la cour, les gardes nationaux,
que l'anxiété effarait, attendaient, les yeux fixés sur le por-

che, impatients de tirer, comme à l'affût d'une bande de loups.

Cependant Macquart avait passé la journée chez tante Dide. Il s'était allongé sur le vieux coffre, en regrettant le divan de M. Garçonnet. A plusieurs reprises, il eut une envie folle d'aller écorner ses deux cents francs dans quelque café voisin ; cet argent, qu'il avait mis dans une des poches de son gilet, lui brûlait le flanc ; il employa le temps à le dépenser en imagination. Sa mère, chez laquelle, depuis quelques jours, ses enfants accouraient, éperdus, la mine pâle, sans qu'elle sortît de son silence, sans que sa figure perdît son immobilité morte, tourna autour de lui, avec ses mouvements roides d'automate, ne paraissant même pas s'apercevoir de sa présence. Elle ignorait les peurs qui bouleversaient la ville close ; elle était à mille lieues de Plassans, montée dans cette continuelle idée fixe qui tenait ses yeux ouverts, vides de pensées. A cette heure, pourtant, une inquiétude, un souci humain faisait par instant battre ses paupières. Antoine, ne pouvant résister au désir de manger un bon morceau, l'envoya chercher un poulet rôti chez un traiteur du faubourg. Quand il fut attablé :

— Hein? lui dit-il, tu n'en manges pas souvent, du poulet. C'est pour ceux qui travaillent et qui s'vent faire leurs affaires. Toi, tu as toujours tout gaspillé.. 'e parie que tu donnes tes économies à cette sainte nitouch 'e Silvère. Il a une maîtresse, le sournois. Va, si tu as un agot caché dans quelque coin, il te le fera sauter joliment u 'our.

Il ricanait, il était tout brûlant d'une joie fauve. 'rgent qu'il avait en poche, la trahison qu'il préparait, la certitude de s'être vendu un bon prix, l'emplissaient du contentement des gens mauvais qui redeviennent naturellement joyeux e' railleurs dans le mal. Tante Dide n'entendit que le nom de Silvère.

— Tu l'as vu? demanda-t-elle, ouvrant enfin les lèvres.

— Qui? Silvère? répondit Antoine. Il se promenait au milieu des insurgés avec une grande fille rouge au bras. S'il attrapait quelque prune, ça serait bien fait.

L'aïeule le regarda fixement, et d'une voix grave :

— Pourquoi? dit-elle simplement.

— Eh ! on n'est pas bête comme lui, reprit-il, embarrassé. Est-ce qu'on va risquer sa peau pour des idées? Moi, j'ai arrangé mes petites affaires. Je ne suis pas un enfant.

Mais tante Dide ne l'écoutait plus. Elle murmurait :

— Il avait déjà du sang plein les mains. On me le tuera comme l'autre ; ses oncles lui enverront les gendarmes.

— Qu'est-ce que vous marmottez donc là? dit son fils, qui achevait la carcasse du poulet. Vous savez, j'aime qu'on m'accuse en face. Si j'ai quelquefois causé de la république avec le petit, c'était pour le ramener à des idées plus raisonnables. Il était toqué. Moi j'aime la liberté, mais il ne faut pas qu'elle dégénère en licence... Et quant à Rougon, il a mon estime. C'est un garçon de tête et de courage.

— Il avait le fusil, n'est-ce pas? interrompit tante Dide, dont l'esprit perdu semblait suivre au loin Silvère sur la route.

— Le fusil? Ah! oui, la carabine de Macquart, reprit Antoine, après avoir jeté un coup d'œil sur le manteau de la cheminée, où l'arme était pendue d'ordinaire. Je crois la lui avoir vue entre les mains. Un joli instrument, pour courir les champs avec une fille au bras. Quel imbécile !

Et il crut devoir faire quelques plaisanteries grasses. Tante Dide s'était remise à tourner dans la pièce. Elle ne prononça plus une parole. Vers le soir, Antoine s'éloigna, après avoir mis une blouse et enfoncé sur ses yeux une casquette profonde que sa mère alla lui acheter. Il rentra dans la ville, comme il en était sorti, en contant une histoire aux gardes nationaux qui gardaient la porte de Rome. Puis il

gagna le vieux quartier où, mystérieusement, il se glissa de
porte en porte. Tous les républicains exaltés, tous les affiliés qui n'avaient pas suivi la bande, se trouvèrent, vers neuf
heures, réunis dans un café borgne où Macquart leur avait
donné rendez-vous. Quand il y eut là une cinquantaine
d'hommes, il leur tint un discours où il parla d'une vengeance personnelle à satisfaire, de victoire à remporter, de
joug honteux à secouer, et finit en se faisant fort de leur livrer la mairie en dix minutes. Il en sortait, elle était vide ;
le drapeau rouge y flotterait cette nuit même, s'ils le voulaient. Les ouvriers se consultèrent : à cette heure, la réaction agonisait, les insurgés étaient aux portes, il serait honorable de ne pas les attendre pour reprendre le pouvoir,
ce qui permettrait de les recevoir en frères, les portes grandes
ouvertes, les rues et les places pavoisées. D'ailleurs, personne
ne se défia de Macquart ; sa haine contre les Rougon, la
vengeance personnelle dont il parlait, répondaient de sa
loyauté. Il fut convenu que tous ceux qui étaient chasseurs et
qui avaient chez eux un fusil iraient le chercher, et qu'à
minuit, la bande se trouverait sur la place de l'hôtel de ville.
Une question de détail faillit les arrêter, ils n'avaient pas
de balles ; mais ils décidèrent qu'ils chargeraient leurs armes avec du plomb à perdrix, ce qui même était inutile,
puisqu'ils ne devaient rencontrer aucune résistance.

Une fois encore, Plassans vit passer, dans le clair de lune
muet de ses rues, des hommes armés qui filaient le long des
maisons. Lorsque la bande se trouva réunie devant l'hôtel
de ville, Macquart, tout en ayant l'œil au guet, s'avança
hardiment. Il frappa, et quand le concierge, dont la leçon
était faite, demanda ce qu'on voulait, il lui fit des menaces
si épouvantables, que cet homme, feignant l'effroi, se hâta
d'ouvrir. La porte tourna lentement, à deux battants. Le
porche se creusa, vide et béant.

Alors Macquart cria d'une voix forte :

— Venez, mes amis !

C'était le signal. Lui se jeta vivement de côté. Et, tandis que les républicains se précipitaient, du noir de la cour sortirent un torrent de flammes, une grêle de balles, qui passèrent avec un roulement de tonnerre, sous le porche béant. La porte vomissait la mort. Les gardes nationaux, exaspérés par l'attente, pressés d'être délivrés du cauchemar qui pesait sur eux dans cette cour morne, avaient lâché leur feu tous à la fois, avec une hâte fébrile. L'éclair fut si vif, que Macquart aperçut distinctement, dans la lueur fauve de la poudre, Rougon qui cherchait à viser. Il crut voir le canon du fusil dirigé sur lui, il se rappela la rougeur de Félicité, et se sauva, en murmurant :

— Pas de bêtises ! Le coquin me tuerait. Il me doit huit cents francs.

Cependant, un hurlement était monté dans la nuit. Les républicains surpris, criant à la trahison, avaient lâché leur feu à leur tour. Un garde national vint tomber sous le porche. Mais eux, ils laissaient trois morts. Ils prirent la fuite, se heurtant aux cadavres, affolés, répétant dans les ruelles silencieuses : « On assassine nos frères ! » d'une voix désespérée qui ne trouvait pas d'écho. Les défenseurs de l'ordre, ayant eu le temps de recharger leurs armes, se précipitèrent alors sur la place vide, comme des furieux, et envoyèrent des balles à tous les angles des rues, aux endroits où le noir d'une porte, l'ombre d'une lanterne, la saillie d'une borne, leur faisait voir des insurgés. Ils restèrent là, dix minutes, à décharger leurs fusils dans le vide.

Le guet-apens avait éclaté comme un coup de foudre dans la ville endormie. Les habitants des rues voisines, réveillés par le bruit de cette fusillade infernale, s'étaient assis sur leur séant, les dents claquant de peur. Pour rien au monde, ils n'auraient mis le nez à la fenêtre. Et, lentement, dans l'air déchiré par les coups de feu, une cloche de la cathédrale sonna le tocsin, sur un rhythme si irrégulier, si étrange, qu'on eût dit un martèlement d'enclume, un retentissement de chaudron colossal battu par le bras d'un enfant en colère. Cette cloche hurlante, que les bourgeois ne reconnurent pas, les terrifia plus encore que les détonations des fusils, et il y en eut qui crurent entendre les bruits d'une file interminable de canons roulant sur le pavé. Ils se recouchèrent, ils s'allongèrent sous leurs couvertures, comme s'ils eussent couru quelque danger à se tenir sur leur séant, au fond des alcôves, dans les chambres closes; le drap au menton, la respiration coupée, ils se firent tout petits, tandis que les cornes de leurs foulards leur tombaient dans les yeux, et que leurs épouses, à leur côté, enfonçaient la tête dans l'oreiller en se pâmant.

Les gardes nationaux restés aux remparts avaient, eux aussi, entendu les coups de feu. Ils accoururent à la débandade, par groupes de cinq ou six, croyant que les insurgés étaient entrés au moyen de quelque souterrain, et troublant le silence des rues du tapage de leurs courses ahuries. Roudier arriva un des premiers. Mais Rougon les renvoya à leurs postes, en leur disant sévèrement qu'on n'abandonnait pas ainsi les portes d'une ville. Consternés de ce reproche, — car, dans leur panique, ils avaient, en effet, laissé les portes sans un défenseur, — ils reprirent leur galop, ils repassèrent dans les rues avec un fracas plus épouvantable encore. Pendant une heure, Plassans put croire qu'une armée affolée le traversait en tous sens. La fusillade, le tocsin, les marches et les contre-marches des gardes nationaux, leurs armes qu'ils traînaient comme des gourdins, leurs appels effarés dans l'ombre, faisaient un vacarme assourdissant de ville prise d'assaut et livrée au pillage. Ce fut le coup de grâce pour les malheureux habitants, qui crurent tous à l'arrivée des insurgés; ils avaient bien dit que ce serait leur nuit suprême, que Plassans, avant le jour, s'abîmerait sous terre ou s'éva-

porerait en fumée ; et, dans leur lit, ils attendaient la catastrophe, fous de terreur, s'imaginant par instants que leur
maison remuait déjà.

Granoux sonnait toujours le tocsin. Quand le silence fut
retombé sur la ville, le bruit de cette cloche devint lamen
table. Rougon, que la fièvre brûlait, se sentit exaspéré
par ces sanglots lointains. Il courut à la cathédrale, dont
il trouva la petite porte ouverte. Le bedeau était sur le
seuil.

— Eh ! il y en a assez ! cria-t-il à cet homme ; on dirait
quelqu'un qui pleure, c'est énervant.

— Mais ce n'est pas moi, monsieur, répondit le bedeau,
d'un air désolé. C'est M. Granoux, qui est monté dans le
clocher... Il faut vous dire que j'avais retiré le battant de la
cloche, par ordre de M. le curé, justement pour éviter qu'on
sonnât le tocsin. M. Granoux n'a pas voulu entendre raison.
Il a grimpé quand même. Je ne sais pas avec quoi diable il
peut faire ce bruit.

Rougon monta précipitamment l'escalier qui menait aux
cloches, en criant :

— Assez ! assez ! Pour l'amour de Dieu, finissez donc !

Quand il fut en haut, il aperçut, dans un rayon de lune
qui entrait par la dentelure d'une ogive, Granoux, sans chapeau, l'air furieux, tapant devant lui avec un gros marteau.
Et qu'il y allait de bon cœur ! Il se renversait, prenait un
élan, et tombait sur le bronze sonore, comme s'il eût voulu
le fendre. Toute sa personne grasse se ramassait ; puis quand
il s'était jeté sur la grosse cloche immobile, les vibrations
le renvoyaient en arrière, et il revenait avec un nouvel emportement. On aurait dit un forgeron battant un fer chaud ;
mais un forgeron en redingote, court et chauve, d'attitude
maladroite et rageuse.

La surprise cloua un instant Rougon devant ce bourgeois
endiablé, se battant avec une cloche, dans un rayon de lune.

30

Alors il comprit les bruits de chaudron que cet étrange son-
neur secouait sur la ville. Il lui cria de s'arrêter. L'autre
n'entendit pas. Il dut le prendre par sa redingote, et Granoux, le reconnaissant :

— Hein ! dit-il, d'une voix triomphante, vous avez entendu ! J'ai essayé d'abord de taper sur la cloche avec les
poings ; ça me faisait mal. Heureusement, j'ai trouvé ce
marteau... Encore quelques coups, n'est-ce pas ?

Mais Rougon l'emmena. Granoux était radieux. Il s'es-
suyait le front, il faisait promettre à son compagnon de bien
dire le lendemain que c'était avec un simple marteau qu'il
avait fait tout ce bruit-là. Quel exploit et quelle importance allait lui donner cette furieuse sonnerie !

Vers le matin, Rougon songea à rassurer Félicité. Par
ses ordres, les gardes nationaux s'étaient enfermés dans la
mairie ; il avait défendu qu'on relevât les morts, sous prétexte qu'il fallait un exemple au peuple du vieux quartier.
Et, lorsque, pour courir à la rue de la Banne, il traversa
la place, dont la lune s'était retirée, il posa le pied sur la
main d'un des cadavres, crispée au bord d'un trottoir. Il
faillit tomber. Cette main molle qui s'écrasait sous son
talon, lui causa une sensation indéfinissable de dégoût et
d'horreur. Il suivit les rues désertes à grandes enjambées,
croyant sentir derrière son dos un poing sanglant qui le
poursuivait.

— Il y en a quatre par terre, dit-il en entrant.

Ils se regardèrent, comme étonnés eux-mêmes de leur
crime. La lampe donnait à leur pâleur une teinte de cire
jaune.

— Les as-tu laissés ? demanda Félicité ; il faut qu'on les
trouve là.

— Parbleu ! je ne les ai pas ramassés. Ils sont sur le dos...
J'ai marché sur quelque chose de mou...

Il regarda son soulier. Le talon était plein de sang. Pen-

dant qu'il mettait une autre paire de chaussures, Félicité
reprit :

— Eh bien, tant mieux ! c'est fini... On ne dira plus que
tu tires des coups de fusil dans les glaces.

La fusillade, que les Rougon avaient imaginée pour se
faire accepter définitivement comme les sauveurs de Plassans, jeta à leurs pieds la ville épouvantée et reconnais-
sante. Le jour grandit, morne, avec ces mélancolies grises
des matinées d'hiver. Les habitants n'entendant plus rien,
las de trembler dans leurs draps, se hasardèrent. Il en vint
dix à quinze ; puis, le bruit courant que les insurgés
avaient pris la fuite, en laissant des morts dans tous les
ruisseaux, Plassans entier se leva, descendit sur la place
de l'hôtel de ville. Pendant toute la matinée, les curieux
défilèrent autour des quatre cadavres. Ils étaient horriblement mutilés, un surtout, qui avait trois balles dans la
tête ; le crâne, soulevé, laissait voir la cervelle à nu. Mais le
plus atroce des quatre était le garde national tombé sous le
porche ; il avait reçu en pleine figure toute une charge de
ce plomb à perdrix dont s'étaient servis les républicains,
faute de balles ; sa face trouée, criblée, suait le sang. La
foule s'emplit les yeux de cette horreur, longuement, avec
cette avidité des poltrons pour les spectacles ignobles. On
reconnut le garde national ; c'était le charcutier Dubruel,
celui que Roudier accusait, le lundi matin, d'avoir tiré avec
une vivacité coupable. Des trois autres morts, deux étaient
des ouvriers chapeliers ; le troisième resta inconnu. Et,
devant les mares rouges qui tachaient le pavé, des groupes
béants frissonnaient, regardant derrière eux d'un air de
méfiance, comme si cette justice sommaire qui avait, dans
les ténèbres, rétabli l'ordre à coups de fusil, les guettait,
épiait leurs gestes et leurs paroles, prête à les fusiller à leur
tour, s'ils ne baisaient pas avec enthousiasme la main qui
venait de les sauver de la démagogie.

La panique de la nuit grandit encore l'effet terrible causé,
le matin, par la vue des quatre cadavres. Jamais l'histoire
vraie de cette fusillade ne fut connue. Les coups de feu des
combattants les coups de marteau de Granoux , la débandade des gardes nationaux lâchés dans les rues, ava'ent
empli les oreilles de bruits si terrifiants, que le plus grand
nombre rêva toujours une bataille gigantesque, livrée à un
nombre incalculable d'ennemis. Quand les vainqueurs, gros-
sissant le chiffre de leurs adversaires par une vantardise
instinctive, parlèrent d'environ cinq cents hommes, on se
récria ; des bourgeois prétendirent s'être mis à la fenêtre
et avoir vu passer, pendant plus d'une heure, le flot épais
des fuyards. Tout le monde, d'ailleurs, avait entendu courir
les bandits sous les croisées. Jamais cinq cents hommes
n'auraient pu de la sorte éveiller une ville en sursaut. C'était
une armée, une belle et bonne armée que la brave milice
de Plassans avait fait rentrer sous terre. Ce mot que prononça Rougon : « Ils sont rentrés sous terre, » parut d'une
grande justesse, car les postes, chargés de défendre les remparts, jurèrent toujours leurs grands dieux que pas un
homme n'était entré ni sorti ; ce qui ajouta au fait d'armes
une pointe de mystère, une idée de diables cornus s'abî-
mant dans les flammes, qui acheva de détraquer les imagi-
nations. Il est vrai que les postes évitèrent de raconter leurs
galops furieux. Aussi, les gens les plus raisonnables s'arrê-
tèrent-ils à la pensée qu'une bande d'insurgés avait dû pénétrer par une brèche, par un trou quelconque. Plus tard,
des bruits de trahison se répandirent, on parla d'un guet-
apens ; sans doute, les hommes menés par Macquart à la
tuerie, ne purent garder l'atroce vérité ; mais une telle
terreur régnait encore, la vue du sang avait jeté à la réaction un tel nombre de poltrons, qu'on attribua ces bruits à
la rage des républicains vaincus. On prétendit, d'autre part,
que Macquart était prisonnier de Rougon, et que celui-ci le

gardait dans un cachot humide, où·il le laissait lentement
mourir de faim. Cet horrible conte fit saluer Rougon jusqu'à terre.

Ce fut ainsi que ce grotesque, ce bourgeois ventru, mou
et blême, devint, en une nuit, un terrible monsieur dont
personne n'osa plus rire. Il avait mis un pied dans le sang.
Le peuple du vieux quartier resta muet d'effroi devant les
morts. Mais, vers dix heures, quand les gens comme il faut
de la ville neuve arrivèrent, la place s'emplit de conversa-
tions sourdes, d'exclamations étouffées. On parlait de l'autre
attaque, de cette prise de la mairie, dans laquelle une glace
seule avait été blessée ; et, cette fois on ne plaisantait plus
Rougon, on le nommait avec un respect effrayé : c'était vraiment un héros, un sauveur. Les cadavres, les yeux ouverts,
regardaient ces messieurs, les avocats et les rentiers, qui
frissonnaient en murmurant que la guerre civile a de bien
tristes nécessités. Le notaire, le chef de la députation envoyée la veille à la mairie, allait de groupe en groupe, rappelant le « Je suis prêt ! » de l'homme énergique auquel on
devait le salut de la ville. Ce fut un aplatissement général.
Ceux qui avaient le plus cruellement raillé les quarante et
un, ceux surtout qui avaient traité les Rougon d'intrigants
et de lâches, tirant des coups de fusil en l'air, parlèrent les
premiers de décerner une couronne de laurier « au grand
citoyen dont Plassans serait éternellement glorieux. » Car
les mares de sang séchaient sur le pavé ; les morts disaient
par leurs blessures à quelle audace le parti du désordre, du
pillage, du meurtre, en était venu, et quelle main de fer
il avait fallu pour étouffer l'insurrection.

Et Granoux, dans la foule, recevait des félicitations et
des poignées de main. On connaissait l'histoire du marteau.
Seulement, par un mensonge innocent, dont il n'eut bientôt
plus conscience lui-même, il prétendit qu'ayant vu les insurgés le premier, il s'était mis à taper sur la cloche, pour son-

ner l'alarme; sans lui, les gardes nationaux se trouvaient massacrés. Cela doubla son importance. Son exploit fut déclaré prodigieux. On ne l'appela plus que : « Monsieur Isidore, vous savez? le monsieur qui a sonné le tocsin avec un marteau ! » Bien que la phrase fût un peu longue, Granoux l'eût prise volontiers comme titre nobiliaire ; et l'on ne put désormais prononcer devant lui le mot « marteau, » sans qu'il crût à une délicate flatterie.

Comme on enlevait les cadavres, Aristide vint les flairer. Il les regarda sur tous les sens, humant l'air, interrogeant les visages. Il avait la mine sèche, les yeux clairs. De sa main, la veille emmaillotée, libre à cette heure, il souleva la blouse d'un des morts, pour mieux voir sa blessure. Cet examen parut le convaincre, lui ôter un doute. Il serra les lèvres, resta là un moment sans dire un mot, puis se retira pour aller presser la distribution de l'*Indépendant*, dans lequel il avait mis un grand article. Le long des maisons, il se rappelait ce mot de sa mère : « Tu verras demain! » Il avait vu, c'était très-fort ; ça l'épouvantait même un peu.

Cependant, Rougon commençait à être embarrassé de sa victoire. Seul dans le cabinet de M. Garçonnet, écoutant les bruits sourds de la foule, il éprouvait un étrange sentiment qui l'empêchait de se montrer au balcon. Ce sang, dans lequel il avait marché, lui engourdissait les jambes. Il se demandait ce qu'il allait faire jusqu'au soir. Sa pauvre tête vide, détraquée par la crise de la nuit, cherchait avec désespoir une occupation, un ordre à donner, une mesure à prendre, qui pût le distraire. Mais il ne savait plus. Où donc Félicité le menait-elle? Était-ce fini, allait-il falloir encore tuer du monde? La peur le reprenait, il lui venait des doutes terribles, il voyait l'enceinte des remparts trouée de tous côtés par l'armée vengeresse des républicains, lorsqu'un grand cri : « Les insurgés ! les insurgés ! » éclata sous les fenêtres de la mairie. Il se leva d'un bond et, soulevant un rideau, il regarda la foule qui courait, éperdue sur la place. A ce coup de foudre, en moins d'une seconde, il se vit ruiné, pillé, assassiné ; il maudit sa femme, il maudit la ville entière. Et, comme il regardait derrière lui d'un air louche, cherchant une issue, il entendit la foule éclater en applaudissements, pousser des cris de joie, ébranler les vitres d'une allégresse folle. Il revint à la fenêtre : les femmes agitaient leurs mouchoirs, les hommes s'embrassaient ; il y en avait qui se prenaient par la main et qui dansaient. Stupide, il resta là, ne comprenant plus, sentant sa tête tourner. Autour de lui, la grande mairie, déserte et silencieuse, l'épouvantait.

Rougon, quand il se confessa à Félicité, ne put jamais dire combien de temps avait duré son supplice. Il se souvint seulement qu'un bruit de pas, éveillant les échos des vastes salles, l'avait tiré de sa stupeur. Il attendait des hommes en blouse, armés de faux et de gourdins, et ce fut la commission municipale qui entra, correcte, en habit noir, l'air radieux. Pas un membre ne manquait. Une heureuse nouvelle avait guéri tous ces messieurs à la fois. Granoux se jeta dans les bras de son cher président.

— Les soldats ! bégaya-t-il, les soldats !

Un régiment venait, en effet, d'arriver, sous les ordres du colonel Masson et de M. de Blériot, préfet du département. Les fusils aperçus des remparts, au loin dans la plaine, avaient d'abord fait croire à l'approche des insurgés. L'émotion de Rougon fut si forte, que deux grosses larmes coulèrent sur ses joues. Il pleurait, le grand citoyen ! La commission municipale regarda tomber ces larmes avec une admiration respectueuse. Mais Granoux se jeta de nouveau au cou de son ami, en criant :

— Ah ! que je suis heureux !... Vous savez, je suis un homme franc, moi. Eh bien, nous avions tous peur, tous, n'est-ce pas, messieurs ? Vous seul étiez grand, courageux, sublime Quelle énergie il a dû vous falloir ! Je le disais

tout à l'heure à ma femme : Rougon est un grand homme,
il mérite d'être décoré.

Alors, ces messieurs parlèrent d'aller à la rencontre du
préfet. Rougon, étourdi, suffoqué, ne pouvant croire à ce
triomphe brusque, balbutiait comme un enfant. Il reprit
haleine ; il descendit, calme, avec la dignité que réclamait
cette solennelle occasion. Mais l'enthousiasme qui accueillit
la commission et son président sur la place de l'hôtel de ville,
faillit troubler de nouveau sa gravité de magistrat. Son nom
circulait dans la foule, accompagné cette fois des éloges les
plus chauds. Il entendit tout un peuple refaire l'aveu de
Granoux, le traiter de héros resté debout et inébranlable au
milieu de la panique universelle. Et, jusqu'à la place de la
sous-préfecture, où la commission rencontra le préfet, il but
sa popularité, sa gloire, avec des pâmoisons secrètes de femme
amoureuse dont les désirs sont enfin assouvis.

M. de Blériot et le colonel Masson entrèrent seuls dans la
ville, laissant la troupe campée sur la route de Lyon. Ils
avaient perdu un temps considérable, trompés sur la marche
des insurgés. D'ailleurs, ils les savaient maintenant à Orchères ; ils ne devaient s'arrêter qu'une heure à Plassans,
le temps de rassurer la population et de publier les cruelles
ordonnances qui décrétaient la mise sous séquestre des biens
des insurgés, et la mort pour tout individu surpris les armes
à la main. Le colonel Masson eut un sourire, lorsque le commandant de la garde nationale fit tirer les verrous de la porte
de Rome, avec un bruit épouvantable de vieille ferraille. Le
poste accompagna le préfet et le colonel, comme garde
d'honneur. Tout le long du cours Sauvaire, Roudier raconta
à ces messieurs l'épopée de Rougon, les trois jours de panique, terminés par la victoire éclatante de la dernière nuit.
Aussi, quand les deux cortéges se trouvèrent face à face,
M. de Blériot s'avança-t-il vivement vers le président de la
commission, lui serrant les mains, le félicitant, le priant de

veiller encore sur la ville jusqu'au retour des autorités ; et
Rougon saluait, tandis que le préfet, arrivé à la porte de la
sous-préfecture, où il désirait se reposer un moment, disait
à voix haute qu'il n'oublierait pas dans son rapport de faire
connaître sa belle et courageuse conduite.

Cependant, malgré le froid vif, tout le monde se trouvait
aux fenêtres. Félicité, se penchant à la sienne, au risque de
tomber, était toute pâle de joie. Justement Aristide venait
d'arriver avec un numéro de *l'Indépendant*, dans lequel
il s'était nettement déclaré en faveur du coup d'État, qu'il
accueillait « comme l'aurore de la liberté dans l'ordre et
de l'ordre dans la liberté. » Et il avait fait aussi une délicate
allusion au salon jaune, reconnaissant ses torts, disant que
« la jeunesse est présomptueuse, » et que « les grands citoyens se taisent, réfléchissent dans le silence, et laissent
passer les insultes, pour se dresser debout dans leur héroïsme au jour de la lutte. » Il était surtout content de cette
phrase. Sa mère trouva l'article supérieurement écrit. Elle
embrassa le cher enfant, le mit à sa droite. Le marquis de
Carnavant, qui était également venu la voir, las de se cloî-
trer, pris d'une curiosité furieuse, s'accouda à sa gauche,
sur la rampe de la fenêtre.

Quand M. de Blériot, sur la place, tendit la main à Rougon, Félicité pleura.

— Oh ! vois, vois, dit-elle à Aristide. Il lui a serré la
main. Tiens, il la lui prend encore !

Et jetant un coup d'œil sur les fenêtres où les têtes s'entassaient :

— Qu'ils doivent rager ! Regarde donc la femme à M. Peirotte, elle mord son mouchoir. Et là-bas, les filles du notaire,
et madame Massicot, et la famille Brunet, quelles figures,
hein ? comme leur nez s'allonge !... Ah ! dame, c'est notre
tour maintenant.

Elle suivit la scène qui se passait à la porte de la sous-

préfecture, avec des ravissements, des frétillements qui secouaient son corps de cigale ardente. Elle interprétait les
moindres gestes, elle inventait les paroles qu'elle ne pouvait
saisir, elle disait que Pierre saluait très-bien. Un moment,
elle devint maussade, quand le préfet accorda un mot à ce
pauvre Granoux qui tournait autour de lui, quêtant un éloge;
sans doute, M. de Blériot connaissait déjà l'histoire du marteau, car l'ancien marchand d'amandes rougit comme une
jeune fille et parut dire qu'il n'avait fait que son devoir.
Mais ce qui la fâcha plus encore, ce fut la trop grande bonté
de son mari, qui présenta Vuillet à ces messieurs; Vuillet,
il est vrai, se coulait entre eux, et Rougon se trouva forcé
de le nommer.

— Quel intrigant! murmura Félicité. Il se fourre partout... Ce pauvre chéri doit être si troublé!... Voilà le colonel qui lui parle. Qu'est-ce qu'il peut bien lui dire?

— Eh! petite, répondit le marquis avec une fine ironie,
il le complimente d'avoir si soigneusement fermé les portes.

— Mon père a sauvé la ville, dit Aristide d'une voix sèche.
Avez-vous vu les cadavres, monsieur?

M. de Carnavant ne répondit pas. Il se retira même de
la fenêtre, et alla s'asseoir dans un fauteuil en hochant la
tête, d'un air légèrement dégoûté. A ce moment, le préfet
ayant quitté la place, Rougon accourut, se jeta au cou de sa
femme.

— Ah! ma bonne!... balbutia-t-il.

Il ne put en dire davantage. Félicité lui fit aussi embrasser Aristide, en lui parlant du superbe article de l'*Indépendant*. Pierre aurait également baisé le marquis sur les
joues, tant il était ému. Mais sa femme le prit à part, et lui
donna la lettre d'Eugène qu'elle avait remise sous enveloppe. Elle prétendit qu'on venait de l'apporter. Pierre,
triomphant, la lui tendit après l'avoir lue.

— Tu es une sorcière, lui dit-il en riant. Tu as tout de-

viné. Ah ! quelle sottise j'allais faire sans toi ! Va, nous ferons
nos petites affaires ensemble. Embrasse-moi, tu es une brave
femme.

Il la prit dans ses bras, tandis qu'elle échangeait avec le
marquis un discret sourire.

VII

Ce fut seulement le dimanche, le surlendemain de la tuerie de Sainte-Roure, que les troupes repassèrent par Plassans. Le préfet et le colonel, que M. Garçonnet avait invités à dîner, entrèrent seuls dans la ville. Les soldats firent le tour des remparts et allèrent camper dans le faubourg, sur la route de Nice. La nuit tombait ; le ciel, couvert depuis le matin, avait d'étranges reflets jaunes qui éclairaient la ville d'une clarté louche, pareille à ces lueurs cuivrées des temps d'orage. L'accueil des habitants fut peureux ; ces soldats, encore saignants, qui passaient, las et muets, dans le crépuscule sale, dégoûtèrent les petits bourgeois propres du Cours, et ces messieurs, en se reculant, se racontaient à l'oreille d'épouvantables histoires de fusillades, de représailles farouches, dont le pays a conservé la mémoire. La terreur du coup d'État commençait, terreur éperdue, écrasante, qui tint le Midi frissonnant pendant de longs mois. Plassans, dans son effroi et sa haine des insurgés, avait pu accueillir la troupe, à son premier passage, avec des cris d'enthousiasme ; mais, à cette heure, devant ce régiment

sombre, qui tirait sur un mot de son chef, les rentiers eux-
mêmes et jusqu'aux notaires de la ville neuve, s'interrogeaient avec anxiété, se demandaient s'ils n'avaient pas
commis quelques peccadilles politiques méritant des coups
de fusil.

Les autorités étaient revenues depuis la veille, dans deux
carrioles louées à Sainte-Roure. Leur entrée imprévue
n'avait rien eu de triomphal. Rougon rendit au maire son
fauteuil sans grande tristesse. Le tour était joué; il attendait de Paris, avec fièvre, la récompense de son civisme.
Le dimanche, — il ne l'espérait que pour le lendemain, —
il reçut une lettre d'Eugène. Félicité avait eu soin, dès le
jeudi, d'envoyer à son fils les numéros de *la Gazette* et de
l'Indépendant, qui, dans une seconde édition, avaient ra-
conté la bataille de la nuit et l'arrivée du préfet. Eugène
répondait, courrier par courrier, que la nomination de son
père à une recette particulière allait être signée; mais,
disait-il, il voulait sur-le-champ lui annoncer une bonne
nouvelle : il venait d'obtenir pour lui le ruban de la Légion
d'honneur. Félicité pleura. Son mari décoré! son rêve d'orgueil n'était jamais allé jusque-là. Rougon, pâle de joie, dit
qu'il fallait le soir même donner un grand dîner. Il ne
comptait plus, il aurait jeté au peuple, par les deux fenêtres
du salon jaune, ses dernières pièces de cent sous pour
célébrer ce beau jour.

— Écoute, dit-il à sa femme, tu inviteras Sicardot : il y
a assez longtemps qu'il m'ennuie avec sa rosette, celui-là !
Puis Granoux et Roudier, auxquels je ne suis pas fâché de
faire sentir que ce n'est pas leurs gros sous qui leur don-
neront jamais la croix. Vuillet est un fesse-mathieu, mais
le triomphe doit être complet; préviens-le, ainsi que tout
le fretin... J'oubliais, tu iras en personne chercher le marquis; nous le mettrons à ta droite, il fera très-bien à notre
table. Tu sais que M. Garçonnet traite le colonel et le préfet.

C'est pour me faire comprendre que je ne suis plus rien. Je
me moque bien de sa mairie ; elle ne lui rapporte pas un
sou ! Il m'a invité, mais je dirai que j'ai du monde, moi
aussi. Tu les verras rire jaune demain... Et mets les petits
plats dans les grands. Fais tout apporter de l'hôtel de Provence. Il faut enfoncer le dîner du maire.

Félicité se mit en campagne. Pierre, dans son ravissement, éprouvait encore une vague inquiétude. Le coup
d'État allait payer ses dettes, son fils Aristide pleurait ses
fautes, et il se débarrassait enfin de Macquart ; mais il craignait quelque sottise de son fils Pascal, il était surtout très-
inquiet sur le sort réservé à Silvère, non pas qu'il le plai-
gnît le moins du monde : il redoutait simplement que
l'affaire du gendarme ne vînt devant les assises. Ah ! si une
balle intelligente avait pu le délivrer de ce petit scélérat !
Comme sa femme le lui faisait remarquer le matin, les
obstacles étaient tombés devant lui ; cette famille qui le
déshonorait avait, au dernier moment, travaillé à son élévation ; ses fils, Eugène et Aristide, ces mange-tout, dont il
regrettait si amèrement les mois de collége, payaient enfin
les intérêts du capital dépensé pour leur instruction. Et il
fallait que la pensée de ce misérable Silvère troublât cette
heure de triomphe !

Pendant que Félicité courait pour le dîner du soir, Pierre
apprit l'arrivée de la troupe et se décida à aller aux renseignements. Sicardot, qu'il avait interrogé à son retour, ne
savait rien : Pascal devait être resté pour soigner les blessés ; quant à Silvère, il n'avait pas même été vu du commandant, qui le connaissait peu. Rougon se rendit au faubourg, se promettant de remettre à Macquart, par la même
occasion, les huit cents francs qu'il venait seulement de
réaliser à grand'peine. Mais lorsqu'il fut dans la cohue du
campement, qu'il vit de loin les prisonniers, assis en longues files sur les poutres de l'aire Saint-Mittre, et gardés

par des soldats, le fusil au poing, il eut peur de se compromettre, il fila sournoisement chez sa mère, avec l'intention
d'envoyer la vieille femme chercher des nouvelles.

Quand il entra dans la masure, la nuit était presque tombée. Il ne vit d'abord que Macquart, fumant et buvant des
petits verres.

— C'est toi? ce n'est pas malheureux, murmura Antoine,
qui s'était remis à tutoyer son frère. Je me fais diablement
vieux ici. As-tu l'argent?

Mais Pierre ne répondit pas. Il venait d'apercevoir son
fils Pascal, penché au-dessus du lit. Il l'interrogea vivement.
Le médecin, surpris de ses inquiétudes, qu'il attribua
d'abord à ses tendresses de père, lui répondit avec tranquillité que les soldats l'avaient pris et qu'ils l'auraient fusillé,
sans l'intervention d'un brave homme qu'il ne connaissait
point. Sauvé par son titre de docteur, il était revenu avec la
troupe. Ce fut un grand soulagement pour Rougon. Encore
un qui ne le compromettrait pas. Il témoignait sa joie par
des poignées de main répétées, lorsque Pascal termina, en
disant d'une voix triste :

— Ne vous réjouissez pas. Je viens de trouver ma pauvre
grand'mère au plus mal. Je lui rapportais cette carabine,
à laquelle elle tient; et, voyez, elle était là, elle n'a plus
bougé.

Les yeux de Pierre s'habituaient à l'obscurité. Alors,
dans les dernières lueurs qui traînaient, il vit tante Dide,
roide, morte, sur le lit. Ce pauvre corps, que des névroses
détraquaient depuis le berceau, était vaincu par une crise
suprême. Les nerfs avaient comme mangé le sang; le sourd
travail de cette chair ardente, s'épuisant, se dévorant elle-
même dans une tardive chasteté, s'achevait, faisait de la
malheureuse un cadavre que des secousses électriques seules galvanisaient encore. A cette heure, une douleur atroce
semblait avoir hâté la lente décomposition de son être. Sa

pâleur de nonne, de femme amollie par l'ombre et les re-
.oncements du cloître, se tachaient de plaques rouges. Le
visage convulsé, les yeux horriblement ouverts, les mains
retournées et tordues, elle s'allongeait dans ses jupes, qui
dessinaient en lignes sèches les maigreurs de ses membres.
Et, serrant les lèvres, elle mettait, au fond de la pièce noire,
l'horreur d'une agonie muette.

Rougon eut un geste d'humeur. Ce spectacle navrant lui
fut très-désagréable; il avait du monde à dîner le soir, il
aurait été désolé d'être triste. Sa mère ne savait qu'inventer
pour le mettre dans l'embarras. Elle pouvait bien choisir
un autre jour. Aussi prit-il un air tout à fait rassuré, en
disant :

— Bah ! ça ne sera rien. Je l'ai vue cent fois comme cela.
Il faut la laisser reposer, c'est le seul remède.

Pascal hocha la tête.

— Non, cette crise ne ressemble pas aux autres, murmura-t-il. Je l'ai souvent étudiée, et jamais je n'ai remarqué
de tels symptômes. Regardez donc ses yeux : ils ont une
fluidité particulière, des clartés pâles très-inquiétantes. Et
le masque ! quelle épouvantable torsion de tous les mus-
cles !

Puis, se penchant davantage, étudiant les traits de plus
près, il continua à voix basse, comme se parlant à lui-
même.

— Je n'ai vu des visages pareils qu'aux gens assassinés,
morts dans l'épouvante... Elle doit avoir eu quelque émotion terrible.

— Mais comment la crise est-elle venue? demanda Rougon impatienté, ne sachant plus de quelle façon quitter la
chambre.

Pascal ne savait pas. Macquart, en se versant un nouveau petit verre, raconta qu'ayant eu l'envie de boire un
peu de cognac, il l'avait envoyée en chercher une bouteille.

Elle était restée fort peu de temps dehors. Puis, en rentrant, elle était tombée roide par terre, sans dire un mot. Macquart avait dû la porter sur le lit.

— Ce qui m'étonne, dit-il en manière de conclusion, c'est qu'elle n'ait pas cassé la bouteille.

Le jeune médecin réfléchissait. Il reprit au bout d'un silence :

— J'ai entendu deux coups de feu en venant ici. Peut-être ces misérables ont-ils encore fusillé quelques prisonniers. Si elle a traversé les rangs des soldats à ce moment, la vue du sang a pu la jeter dans cette crise... Il faut qu'elle ait horriblement souffert.

Il avait heureusement la petite boîte de secours qu'il portait sur lui, depuis le départ des insurgés. Il essaya d'introduire entre les dents serrées de tante Dide quelques gouttes d'une liqueur rosâtre. Pendant ce temps, Macquart demanda de nouveau à son frère :

— As-tu l'argent ?

— Oui, je l'apporte, nous allons terminer, répondit Rougon, heureu. de cette diversion.

Alors Macquart, voyant qu'il allait être payé, se mit à geindre. Il avait compris trop tard les cons. ences de sa trahison; sans cela, il aurait exigé une somme deux et trois fois plus forte. Et il se plaignait. Vraiment, mille francs, ce n'était pas assez. Ses enfants l'avaient abandonné, il se trouvait seul au monde, obligé de quitter la France. Peu s'en fallut qu'il ne pleurât en parlant de son exil.

— Voyons, voulez-vous les huit cent francs ? dit Rougon, qui avait hâte de s'en aller.

— Non, vrai, double la somme. Ta femme m'a filouté. Si elle m'avait carrément dit ce qu'elle attendait de moi, jamais je ne me serais compromis de la sorte pour si peu de chose.

Rougon aligna les huit cents francs en or sur la table.

— Je vous jure que je n'ai pas davantage, reprit-il. Je songerai à vous plus tard. Mais, par grâce, partez dès ce soir.

Macquart, maugréant, mâchant des lamentations sourdes, porta la table devant la fenêtre, et se mit à compter les pièces d'or, à la lueur mourante du crépuscule. Il faisait tomber de haut les pièces, qui lui chatouillaient délicieusement le bout des doigts, et dont le tintement emplissait l'ombre d'une musique claire. Il s'interrompit un instant pour dire :

— Tu m'as fait promettre une place, souviens-toi. Je veux rentrer en France... Une place de garde champêtre ne me déplairait pas, dans un bon pays que je choisirais...

— Oui, oui, c'est convenu, répondit Rougon. Avez-vous bien huit cents francs ?

Macquart se remit à compter. Les derniers louis tintaient, lorsqu'un éclat de rire strident leur fit tourner la tête. Tante Dide était debout devant le lit, délacée, avec ses cheveux blancs dénoués, sa face pâle tachée de rouge. Pascal avait vainement essayé de la retenir. Les bras tendus, secouée par un grand frisson, elle hochait la tête, elle délirait.

— Le prix du sang, le prix du sang ! dit-elle, à plusieurs reprises. J'ai entendu l'or... Et ce sont eux, eux, qui l'ont vendu. Ah ! les assassins ! Ce sont des loups.

Elle écartait ses cheveux, elle passait les mains sur son front, comme pour lire en elle. Puis elle continua :

— Je le voyais depuis longtemps, le front troué d'une balle. Il y avait toujours des gens, dans ma tête, qui le guettaient avec des fusils. Ils me faisaient signe qu'ils allaient tirer... C'est affreux, je les sens qui me brisent les os et me vident le crâne. Oh ! grâce, grâce !... Je vous en supplie, il ne la verra plus, il ne l'aimera plus, jamais, jamais ! Je l'enfermerai, je l'empêcherai d'aller dans ses jupes. Non, grâce ! ne tirez pas... Ce n'est pas ma faute... Si vous saviez...

Elle s'était presque mise à genoux, pleurant, suppliant, tendant ses pauvres mains tremblantes à quelque vision lamentable qu'elle apercevait dans l'ombre. Et, brusquement, elle se redressa, ses yeux s'agrandirent encore, sa gorge convulsée laissa échapper un cri terrible, comme si quelque spectacle, qu'elle seule voyait, l'eût emplie d'une terreur folle.

— O le gendarme ! dit-elle, étranglant, reculant, venant retomber sur le lit, où elle se roula avec de longs éclats de rire qui sonnaient furieusement.

Pascal suivait la crise d'un œil attentif. Les deux frères, très-effrayés, ne saisissant que des phrases décousues, s'étaient réfugiés dans un coin de la pièce. Quand Rougon entendit le mot de gendarme, il crut comprendre ; depuis le meurtre de son amant à la frontière, tante Dide nourrissait une haine profonde contre les gendarmes et les douaniers qu'elle confondait dans une même pensée de vengeance.

— Mais c'est l'histoire du braconnier qu'elle nous raconte là, murmura-t-il.

Pascal lui fit signe de se taire. La moribonde se relevait péniblement. Elle regarda autour d'elle, d'un air de stupeur. Elle resta un instant muette, cherchant à reconnaître les objets, comme si elle se fût trouvée dans un lieu inconnu. Puis, avec une inquiétude subite :

— Où est le fusil ? demanda-t-elle.

Le médecin lui mit la carabine entre les mains. Elle poussa un léger cri de joie, elle la regarda longuement, en disant à voix basse, d'une voix chantante de petite fille :

— C'est elle, oh ! je la reconnais.... Elle est toute tachée de sang. Aujourd'hui, les taches sont fraîches.... Ses mains rouges ont laissé sur la crosse des barres saignantes.... Ah ! pauvre, pauvre tante Dide !

Sa tête malade tourna de nouveau. Elle devint pensive.

— Le gendarme était mort, murmura-t-elle, et je l'ai vu, il est revenu.... Ça ne meurt jamais, ces gredins!

Et, reprise par une fureur sombre, agitant la carabine, elle s'avança vers ses deux fils, acculés, muets d'horreur. Ses jupes dénouées traînaient, son corps tordu se redressait, demi-nu, affreusement creusé par la vieillesse.

— C'est vous qui avez tiré! cria-t-elle. J'ai entendu l'or.... Malheureuse! je n'ai fait que des loups.... toute une famille, toute une portée de loups.... Il n'y avait qu'un pauvre enfant, et ils l'ont mangé; chacun a donné son coup de dent; ils ont encore du sang plein les lèvres.... Ah! les maudits! ils ont volé, ils ont tué. Et ils vivent comme des messieurs. Maudits! maudits! maudits!

Elle chantait, elle riait, elle criait et répétait : Maudits! sur une étrange phrase musicale, pareille au bruit déchirant d'une fusillade. Pascal, les larmes aux yeux, la prit entre ses bras, la recoucha. Elle se laissa faire, comme une enfant. Elle continue sa chanson, accélérant le rhythme, battant la mesure sur le drap, de ses mains sèches.

— Voilà ce que je craignais, dit le médecin, elle est folle. Le coup a été trop rude pour un pauvre être prédestiné comme elle aux névroses aiguës. Elle mourra dans une maison de fous, ainsi que son père.

— Mais qu'a-t-elle pu voir? demanda Rougon, en se décidant à quitter l'angle où il s'était caché.

— J'ai un doute affreux, répondit Pascal. Je voulais vous parler de Silvère, quand vous êtes entré. Il est prisonnier. Il faut agir auprès du préfet, le sauver, s'il en est temps encore.

L'ancien marchand d'huile regarda son fils en pâlissant. Puis, d'une voix rapide :

— Écoute, veille sur elle. Moi, je suis trop occupé ce soir. Nous verrons demain à la faire transporter à la maison d'aliénés des Tulettes. Vous, Macquart, il faut partir cette nuit même. Vous me le jurez! Je vais aller trouver M. de Blériot. »

Il balbutiait, il brûlait d'être dehors, dans le froid de la rue. Pascal fixait un regard pénétrant sur la folle, sur son père, sur son oncle; l'égoïsme du savant l'emportait; il étudiait cette mère et ces fils, avec l'attention d'un naturaliste surprenant les métamorphoses d'un insecte. Et il songeait à ces poussées d'une famille, d'une souche qui jette des branches diverses, et dont la séve âcre charrie les mêmes germes dans les tiges les plus lointaines, différemment tordues, selon les milieux d'ombre et de soleil. Il crut entrevoir un instant, comme au milieu d'un éclair, l'avenir des Rougon-Macquart, une meute d'appétits lâchés et assouvis, dans un flamboiement d'or et de sang.

Cependant, au nom de Silvère, tante Dide avait cessé de chanter. Elle écouta un instant, anxieuse. Puis, elle se mit à pousser des hurlements affreux. La nuit était entièrement tombée; la pièce, toute noire, se creusait, lamentable. Les cris de la folle, qu'on ne voyait plus, sortaient des ténèbres, comme d'une tombe fermée. Rougon, la tête perdue, s'enfuit, poursuivi par ces ricanements qui sanglotaient plus cruels dans l'ombre.

Comme il sortait de l'impasse Saint-Mittre, hésitant, se demandant s'il n'était pas dangereux de solliciter du préfet la grâce de Silvère, il vit Aristide qui rôdait autour du champ de poutres. Ce dernier, ayant reconnu son père, accourut, la mine inquiète, et lui dit quelques mots à l'oreille. Pierre devint blême; il jeta un regard effaré au fond de l'aire, dans ces ténèbres qu'un feu de bohémiens tachait seul d'une clarté rouge. Et tous deux disparurent par la rue de Rome, hâtant le pas, comme s'ils avaient tué, et relevant le collet de leur paletot, pour ne pas être vus.

— Ça m'évite une course, murmura Rougon. Allons dîner. On nous attend.

Lorsqu'ils arrivèrent, le salon jaune resplendissait. Félicité s'était multipliée. Tout le monde se trouvait là, Sicardot,
Granoux, Roudier, Vuillet. les marchands d'huile, les marchands d'amandes, la bande entière. Seul, le marquis avait
prétexté ses rhumatismes ; il partait, d'ailleurs, pour un
petit voyage. Ces bourgeois tachés de sang blessaient ses
délicatesses, et son parent, le comte de Valqueyras, devait
l'avoir prié d'aller se faire oublier quelque temps dans son
domaine de Corbière. Le refus de M. de Carnavant vexa les
Rougon. Mais Félicité se consola en se promettant d'étaler
un plus grand luxe ; elle loua deux candélabres, elle com-
manda deux entrées et deux entremets de plus, afin de
remplacer le marquis. La table, pour plus de solennité,
fut dressée dans le salon. L'hôtel de Provence avait fourni
l'argenterie, la porcelaine, les cristaux. Dès cinq heures,
le couvert se trouva mis, pour que les invités, en arrivant, pussent jouir du coup d'œil. Et il y avait, aux deux
bouts, sur la nappe blanche, deux bouquets de roses artificielles, dans des vases de porcelaine dorée, à fleurs
peintes.

La société habituelle du salon, quand elle fut réunie, ne
put cacher l'admiration que lui causa un pareil spectacle.
Ces messieurs souriaient d'un air embarrassé, en échangeant des regards sournois qui signifiaient clairement :
« Ces Rougon sont fous, ils jettent leur argent par la fenêtre. » La vérité était que Félicité, en allant faire les invi-
tations, n'avait pu retenir sa langue. Tout le monde savait
que Pierre était décoré et qu'on allait le nommer quelque
chose ; ce qui allongeait les nez singulièrement, selon l'expression de la vieille femme. Puis, disait Roudier : « Cette
noiraude se gonflait par trop. » Au jour des récompenses,
la bande de ces bourgeois qui s'étaient rués sur la république expirante, en s'observant les uns les autres, en se
faisant gloire chacun de donner un coup de dent plus

bruyant que celui du voisin, trouvait mauvais que leurs
hôtes eussent tous les lauriers de la bataille. Ceux mêmes
qui avaient hurlé par tempérament, sans rien demander à
l'empire naissant, étaient profondément vexés de voir que
grâce à eux, le plus pauvre, le plus taré de tous allait avoir
le ruban rouge à la boutonnière. Encore si l'on avait décoré
tout le salon !

— Ce n'est pas que je tienne à la décoration, dit Roudier à Granoux, qu'il avait entraîné dans l'embrasure
d'une fenêtre. Je l'ai refusée du temps de Louis-Philippe,
lorsque j'étais fournisseur de la cour. Ah ! Louis-Philippe
était un bon roi, la France n'en trouvera jamais un
pareil !

Roudier redevenait orléaniste. Puis il ajouta avec l'hypocrisie matoise d'un ancien bonnetier de la rue Saint-
Honoré :

— Mais vous, mon cher Granoux, croyez-vous que le ruban ne ferait pas bien à votre boutonnière ? Après tout, vous
avez sauvé la ville autant que Rougon. Hier, chez des personnes très-distinguées, on n'a jamais voulu croire que vous
ayez pu faire autant de bruit avec un marteau.

Granoux balbutia un remercîment, et, rougissant comme
une vierge à son premier aveu d'amour, il se pencha à
l'oreille de Roudier, en murmurant :

— N'en dites rien, mais j'ai lieu de penser que Rougon
demandera le ruban pour moi. C'est un bon garçon.

L'ancien bonnetier devint grave et se montra dès lors
d'un grande politesse. Vuillet étant venu causer avec lui
de la récompense méritée que venait de recevoir leur ami,
il répondit très-haut, de façon à être entendu de Félicité,
assise à quelques pas, que des hommes comme Rougon
« honoraient la Légion d'honneur. » Le libraire fit chorus ;
on lui avait, le matin, donné l'assurance formelle que la
clientèle du collége lui était rendue. Quant à Sicardot, il

eprouva d'abord un léger ennui à n'être plus le seul homme
décoré de la bande. Selon lui, il n'y avait que les militaires
qui eussent droit au ruban. Le courage de Pierre le surprenait. Mais, bonhomme au fond, il s'échauffa et finit par
crier que les Napoléon savaient distinguer les hommes de
cœur et d'énergie.

Aussi Rougon et Aristide furent-ils reçus avec enthousiasme ; toutes les mains se tendirent vers eux. On alla
jusqu'à s'embrasser. Angèle était sur le canapé, à côté de
sa belle-mère, heureuse, regardant la table avec l'étonnement d'une grosse mangeuse qui n'avait jamais vu autant
de plats à la fois. Aristide s'approcha, et Sicardot vint com-
plimenter son gendre du superbe article de *l'Indépendant*.
Il lui rendait son amitié. Le jeune homme, aux questions
paternelles qu'il lui adressait, répondit que son désir était
de partir avec tout son petit monde pour Paris, où son frère
Eugène le pousserait ; mais il lui manquait cinq cents francs.
Sicardot les promit, en voyant déjà sa fille reçue aux Tuileries par Napoléon III.

Cependant Félicité avait fait un signe à son mari. Pierre,
très-entouré, questionné affectueusement sur sa pâleur, ne
réussit qu'à s'échapper une minute. Il put murmurer à
l'oreille de sa femme qu'il avait retrouvé Pascal et que Macquart partait dans la nuit. Il baissa encore la voix pour lui
apprendre la folie de sa mère, en mettant un doigt sur sa
bouche, comme pour dire : « Pas un mot, ça gâterait notre
soirée. » Félicité pinça les lèvres. Ils échangèrent un regard
où ils lurent leur commune pensée : maintenant, la vieille
ne les gênerait plus ; on raserait la masure du braconnier,
comme on avait rasé les murs de l'enclos des Fouque, et
ils auraient à jamais le respect et la considération de
Plassans.

Mais les invités regardaient la table. Félicité fit asseoir ces
messieurs. Ce fut une béatitude. Comme chacun prenait sa

cuiller, Sicardot, d'un geste, demanda un moment de répit
Il se leva, et gravement :

— Messieurs, dit-il, je veux, au nom de la société, dire
à notre hôte combien nous sommes heureux des récompenses
que lui ont values son courage et son patriotisme. Je reconnais que Rougon a eu une inspiration du ciel en restant à
Plassans, tandis que ces gueux nous traînaient sur les grandes
routes. Aussi j'applaudis des deux mains aux décisions du
gouvernement... Laissez-moi achever... vous féliciterez ensuite notre ami... Sachez donc que notre ami, fait chevalier
de la Légion d'honneur, va en outre être nommé à une recette particulière.

Il y eut un cri de surprise. On s'attendait à une petite
place. Quelques-uns grimacèrent un sourire; mais, la vue
de la table aidant, les compliments recommencèrent de plus
belle.

Sicardot réclama de nouveau le silence.

— Attendez donc, reprit-il, je n'ai pas fini... Rien qu'un
mot... Il est à croire que nous garderons notre ami parmi
nous, grâce à la mort de M. Peirotte.

Tandis que les convives s'exclamaient, Félicité éprouva
un élancement au cœur. Sicardot lui avait déjà conté la
mort du receveur particulier; mais, rappelée au début de ce
dîner triomphal, cette mort subite et affreuse lui fit passer un
petit souffle froid sur le visage. Elle se rappela son souhait;
c'était elle qui avait tué cet homme. Et, avec la musique
claire de l'argenterie, les convives fêtaient le repas. En province, on mange beaucoup et bruyamment. Dès le relevé,
ces messieurs parlaient tous à la fois; ils donnaient le coup
de pied de l'âne aux vaincus, se jetaient des flatteries à la
tête, faisaient des commentaires désobligeants sur l'absence
du marquis; les nobles étaient d'un commerce impossible;
Roudier finit même par laisser entendre que le marquis
s'était fait excuser, parce que la peur des insurgés lui avait

donné la jaunisse. Au second service, ce fut une curée. Les
marchands d'huile, les marchands d'amandes, sauvaient la
France. On trinqua à la gloire des Rougon. Granoux, très-
rouge, commençait à balbutier, et Vuillet, très-pâle, était
complétement gris; mais Sicardot versait toujours, tandis
que Angèle, qui avait déjà trop mangé, se faisait des verres
d'eau sucrée. La joie d'être sauvés, de ne plus trembler, de
se retrouver dans ce salon jaune, autour d'une bonne table,
sous la clarté vive des deux candélabres et du lustre, qu'ils
voyaient pour la première fois sans son étui piqué de chiures
noires, donnait à ces messieurs un épanouissement de sottise, une plénitude de jouissance large et épaisse. Dans l'air
chaud, leurs voix montaient grasses, plus louangeuses à
chaque plat, s'embarrassant au milieu des compliments, allant jusqu'à dire — ce fut un ancien maître tanneur retiré
qui trouva ce joli mot — que le dîner « était un vrai festin
de Lucullus. »

Pierre rayonnait, sa grosse face pâle suait le triomphe.
Félicité, aguerrie, disait qu'ils loueraient sans doute le logement de ce pauvre M. Peirotte, en attendant qu'ils pussent acheter une petite maison dans la ville neuve; et elle
distribuait déjà son mobilier futur dans les pièces du receveur. Elle entrait dans ses Tuileries. A un moment, comme
le bruit des voix devenait assourdissant, elle parut prise
d'un souvenir subit; elle se leva et vint se pencher à l'oreille
d'Aristide :

— Et Silvère? lui demanda-t-elle.

Le jeune homme, surpris par cette question, tressail-
lit.

— Il est mort, répondit-il à voix basse. J'étais là quand
le gendarme lui a cassé la tête d'un coup de pistolet.

Félicité eut à son tour un léger frisson. Elle ouvrait la
bouche pour demander à son fils pourquoi il n'avait pas empêché ce meurtre, en réclamant l'enfant; mais elle ne dit

rien, elle resta là interdite. Aristide, qui avait lu sa question sur ses lèvres tremblantes, murmura :

— Vous comprenez, je n'ai rien dit... Tant pis pour lui, aussi! J'ai bien fait. C'est un bon débarras.

Cette franchise brutale déplut à Félicité. Aristide, comme son père, comme sa mère, avait son cadavre. Sûrement, il n'aurait pas avoué avec une telle carrure qu'il flânait au faubourg et qu'il avait laissé casser la tête à son cousin, si les vins de l'hôtel de Provence et les rêves qu'il bâtissait sur sa prochaine arrivée à Paris ne l'eussent fait sortir de sa sournoiserie habituelle. La phrase lâchée, il se dandina sur sa chaise. Pierre, qui de loin suivait la conversation de sa femme et de son fils, comprit, échangea avec eux un regard de complice implorant le silence. Ce fut comme un dernier souffle d'effroi qui courut entre les Rougon, au milieu des éclats et des chaudes gaietés de la table. En venant reprendre sa place, Félicité aperçut de l'autre côté de la rue, derrière une vitre, un cierge qui brûlait; on veillait le corps de M. Peirotte, rapporté le matin de Sainte-Roure. Elle s'assit, en sentant, derrière elle, ce cierge lui chauffer le dos. Mais les rires montaient, le salon jaune s'emplit d'un cri de ravissement, lorsque le dessert parut.

Et, à cette heure, le faubourg était encore tout frissonnant du drame qui venait d'ensanglanter l'aire Saint-Mittre. Le retour des troupes, après le carnage de la plaine des Nores, fut marqué par d'atroces représailles. Des hommes furent assommés à coups de crosse derrière un pan de mur, d'autres eurent la tête cassée au fond d'un ravin par le pistolet d'un gendarme. Pour que l'horreur fermât les lèvres, les soldats semaient les morts sur la route. On les eût suivis à la trace rouge qu'ils laissaient. Ce fut un long égorgement. A chaque étape, on massacrait quelques insurgés. On en tua deux à Sainte-Roure, trois à Orchères, un au Béage. Quand la troupe eut campé à Plassans, sur la route de Nice, il fut décidé qu'on fusillerait encore un des prisonniers, le plus compromis. Les vainqueurs jugeaient bon de laisser derrière eux ce nouveau cadavre, afin d'inspirer à la ville le respect de l'empire naissant. Mais les soldats étaient las de tuer; aucun ne se présenta pour la sinistre besogne. Les prisonniers, jetés sur les poutres du chantier comme sur un lit de camp, liés par les poings, deux à deux, écoutaient, attendaient, dans une stupeur lasse et résignée.

A ce moment, le gendarme Rengade écarta brusquement la foule des curieux. Dès qu'il avait appris que la troupe revenait avec plusieurs centaines d'insurgés, il s'était levé, grelottant de fièvre, risquant sa vie dans ce froid noir de décembre. Dehors, sa blessure se rouvrit, le bandeau qui cachait son orbite vide se tacha de sang; il y eut des filets rouges qui coulèrent sur sa joue et sur sa moustache. Effrayant, avec sa colère muette, sa tête pâle enveloppée d'un linge ensanglanté, il courut regarder chaque prisonnier au visage, longuement. Il suivit ainsi les poutres, se baissant, allant et revenant, faisant tressaillir les plus stoïques par sa brusque apparition. Et, tout d'un coup :

— Ah! le bandit, je le tiens! cria-t-il.

Il venait de mettre la main sur l'épaule de Silvère. Silvère, accroupi sur une poutre, la face morte, regardait au loin, devant lui, dans le crépuscule blafard, d'un air doux et stupide. Depuis son départ de Sainte-Roure, il avait eu ce regard vide. Le long de la route, pendant les longues lieues, lorsque les soldats activaient la marche du convoi à coups de crosse, il s'était montré d'une douceur d'enfant. Couvert de poussière, mourant de soif et de fatigue, il marchait toujours, sans une parole, comme une de ces bêtes dociles qui vont en troupeaux sous le fouet des vachers. Il songeait à Miette. Il la voyait étendue dans le drapeau, sous les arbres, les yeux en l'air. Depuis trois jours, il ne voyait qu'elle. A cette heure, au fond de l'ombre croissante, il la voyait encore.

Rengade se tourna vers l'officier, qui n'avait pu trouver parmi les soldats les hommes nécessaires à une exécution

— Ce gredin m'a crevé l'œil, lui dit-il en montrant Silvère. Donnez-le-moi... Ce sera autant de fait pour vous.

L'officier, sans répondre, se retira d'un air indifférent, en faisant un geste vague. Le gendarme comprit qu'on lui donnait son homme.

— Allons, lève-toi! reprit-il en le secouant.

Silvère, comme tous les autres prisonniers, avait un compagnon de chaîne. Il était attaché par un bras à un paysan de Poujols, un nommé Mourgue, homme de cinquante ans, dont les grands soleils et le dur métier de la terre avaient fait une brute. Déjà voûté, les mains roidies, la face plate, il clignait les yeux, hébété, avec cette expression entêtée et méfiante des animaux battus. Il était parti, armé d'une fourche, parce que tout son village partait; mais il n'aurait jamais pu expliquer ce qui le jetait ainsi sur les grandes routes. Depuis qu'on l'avait fait prisonnier, il comprenait encore moins. Il croyait vaguement qu'on le ramenait chez lui. L'étonnement de se voir attaché, la vue de tout ce monde qui le regardait, l'ahurissaient, l'abêtissaient davantage. Comme il ne parlait et n'entendait que le patois, il ne put deviner ce que voulait le gendarme. Il levait vers lui sa face épaisse, faisant effort; puis, s'imaginant qu'on lui demandait le nom de son pays, il dit de sa voix rauque:

— Je suis de Poujols.

Un éclat de rire courut dans la foule, et des voix crièrent:

— Détachez le paysan.

— Bah! répondit Rengade; plus on en écrasera, de cette vermine, mieux ça vaudra. Puisqu'ils sont ensemble, ils y passeront tous les deux.

Il y eut un murmure.

32.

Le gendarme se retourna, avec son terrible visage taché de sang, et les curieux s'écartèrent. Un petit bourgeois propret se retira, en déclarant que s'il restait davantage, ça l'empêcherait de dîner. Des gamins, ayant reconnu Silvère, parlèrent de la fille rouge. Alors le petit bourgeois revint sur ses pas, pour mieux voir l'amant de la femme au drapeau, de cette créature dont avait parlé *la Gazette.*

Silvère ne voyait, n'entendait rien; il fallut que Rengade le prît au collet. Alors il se leva, forçant Mourgue à se lever aussi.

— Venez, dit le gendarme. Ça ne sera pas long.

Et Silvère reconnut le borgne. Il sourit. Il dut comprendre. Puis il détourna la tête. La vue du borgne, de ces moustaches que le sang figé roidissait d'un givre sinistre, lui causa un regret immense. Il aurait voulu mourir dans une douceur infinie. Il évita de rencontrer l'œil unique de Rengade, qui brillait sous la pâleur du linge. Ce fut le jeune homme qui, de lui-même, gagna le fond de l'aire Saint-Mittre, l'allée étroite cachée par les tas de planches. Mourgue suivait.

L'aire s'étendait, désolée, sous le ciel jaune. La clarté des nuages cuivrés traînait en reflets louches. Jamais le champ nu, le chantier où les poutres dormaient, comme roidies par le froid, n'avait eu les mélancolies d'un crépuscule si lent, si navré. Au bord de la route, les prisonniers, les soldats, la foule, disparaissaient dans le noir des arbres. Seuls le terrain, les madriers, les tas de planches, pâlissaient dans les clartés mourantes, avec des teintes limoneuses, un aspect vague de torrent desséché. Les tréteaux des scieurs de long, profilant dans un coin leur charpente maigre, ébauchaient des angles de potence, des montants de guillotine. Et il n'y avait de vivant que trois bohémiens montrant leurs têtes effarées à la porte de leur voiture, un vieux et une vieille, et une grande fille aux cheveux crépus, dont les yeux luisaient comme des yeux de loup.

Avant d'atteindre l'allée, Silvère regarda. Il se souvint
d'un dimanche lointain où, par un beau clair de lune, il
avait traversé le chantier. Quelle douceur attendrie ! comme
les rayons pâles coulaient lentement le long des madriers !
Du ciel glacé tombait un silence souverain. Et, dans ce silence, la bohémienne aux cheveux crépus chantait à voix
basse dans une langue inconnue. Puis, Silvère se rappela
que ce dimanche lointain datait de huit jours. Il y avait huit
jours qu'il était venu dire adieu à Miette. Que cela était loin !
Il lui semblait qu'il n'avait plus mis les pieds dans le chantier depuis des années. Mais quand il entra dans l'allée
étroite, son cœur défaillit. Il reconnaissait l'odeur des herbes, les ombres des planches, les trous de la muraille. Une
voix éplorée monta de toutes ces choses. L'allée s'allongeait,
triste, vide ; elle lui parut plus longue ; il y sentit souffler
un vent froid. Ce coin avait cruellement vieilli. Il vit le mur
rongé de mousse, le tapis d'herbe brûlé par la gelée, les
tas de planches pourries par les eaux. C'était une désolation.
Le crépuscule jaune tombait comme une boue fine sur les
ruines de ses chères tendresses. Il dut fermer les yeux, et il
revit l'allée verte, les saisons heureuses se déroulèrent. Il
faisait tiède, il courait dans l'air chaud, avec Miette. Puis
les pluies de décembre tombaient, rudes, sans fin ; ils venaient toujours, ils se cachaient au fond des planches, ils
écoutaient, ravis, le grand ruissellement de l'averse. Ce fut,
dans un éclair, toute sa vie, toute sa joie qui passa. Miette
sautait son mur, elle accourait, secouée de rires sonores.
Elle était là, il voyait sa blancheur dans l'ombre, avec son
casque vivant, sa chevelure d'encre. Elle parlait des nids
de pies, qui sont si difficiles à dénicher, et elle l'entraînait.
Alors, il entendit au loin les murmures adoucis de la Viorne,
le chant des cigales attardées, le vent qui soufflait dans les
peupliers des prés Sainte-Claire. Comme ils avaient couru
pourtant ! Il se souvenait bien. Elle avait appris à nager en

quinze jours. C'était une brave enfant. Elle n'avait qu'un gros défaut : elle maraudait. Mais il l'aurait corrigée. La pensée de leurs premières caresses le ramena à l'allée étroite. Toujours ils étaient revenus dans ce trou. Il crut saisir le chant mourant de la bohémienne, le claquement des derniers volets, l'heure grave qui tombait des horloges. Puis le moment de la séparation sonnait, Miette remontait sur son mur. Elle lui envoyait des baisers. Et il ne la voyait plus. Une émotion terrible le prit à la gorge : il ne la verrait plus jamais, jamais.

— A ton aise, ricana le borgne; va, choisis ta place.

Silvère fit encore quelques pas. Il approchait du fond de l'allée, il n'apercevait plus qu'une bande de ciel où se mourait le jour couleur de rouille. Là, pendant deux ans, avait tenu sa vie. La lente approche de la mort, dans ce sentier où depuis si longtemps il promenait son cœur, était d'une douceur ineffable. Il s'attardait, il jouissait longuement de ses adieux à tout ce qu'il aimait, les herbes, les pièces de bois, les pierres du vieux mur, ces choses que Miette avait faites vivantes. Et sa pensée s'égarait de nouveau. Ils attendaient d'avoir l'âge pour se marier. Tante Dide serait restée avec eux. Ah ! s'ils avaient fui loin, bien loin, au fond de quelque village inconnu, où les vauriens du faubourg ne seraient plus venus jeter au visage de la Chantegreil le crime de son père ! Quelle paix heureuse ! Il aurait ouvert un atelier de charron, sur le bord d'une grande route. Certes, il faisait bon marché de ses ambitions d'ouvrier ; il n'enviait plus la carrosserie, les calèches aux larges panneaux vernis, luisants comme des miroirs. Dans la stupeur de son désespoir, il ne put se rappeler pourquoi son rêve de félicité ne se réaliserait jamais. Que ne s'en allait-t-il, avec Miette et tante Dide ? La mémoire tendue, il écoutait un bruit aigre de fusillade, il voyait un drapeau tomber devant lui, la hampe cassée, l'étoffe pendante, comme l'aile d'un oiseau abattu d'un coup de feu. C'était la république qui dormait avec Miette, dans un pan du drapeau rouge. Ah! misère elles étaient mortes toutes les deux! elles avaient un trou saignant à la poitrine, et voilà ce qui lui barrait la vie maintenant, les cadavres de ses deux tendresses. Il n'avait plus rien, il pouvait mourir. Depuis Sainte-Roure, c'était là ce qui lui avait donné cette douceur d'enfant, vague et stupide. On l'aurait battu sans qu'il le sentît. Il n'était plus dans sa chair, il était resté agenouillé auprès de ses mortes bien-aimées, sous les arbres, dans la fumée âcre de la poudre.

Mais le borgne s'impatientait ; il poussa Mourgue, qui se faisait traîner, il gronda :

— Allez donc, je ne veux pas coucher ici.

Silvère trébucha. Il regarda à ses pieds. Un fragment de crâne blanchissait dans l'herbe. Il crut entendre l'allée étroite s'emplir de voix. Les morts l'appelaient, les vieux morts, dont les haleines chaudes, pendant les soirées de juillet, les troublaient si étrangement, lui et son amoureuse. Ils reconnaissait bien leurs murmures discrets. Ils étaient joyeux, ils lui disaient de venir, ils promettaient de lui rendre Miette dans la terre, dans une retraite encore plus cachée que ce bout de sentier. Le cimetière, qui avait soufflé au cœur des enfants, par ses odeurs grasses, par sa végétation noire, les âpres désirs, étalant avec complaisance son lit d'herbes folles, sans pouvoir les jeter aux bras l'un de l'autre, rêvait, à cette heure, de boire le sang chaud de Silvère. Depuis deux étés, il attendait les jeunes époux.

— Est-ce là ? demanda le borgne.

Le jeune homme regarda devant lui. Il était arrivé au bout de l'allée. Il aperçut la pierre tombale, et il eut un tressaillement. Miette avait raison, cette pierre était pour elle. *Cy gist... Marie... morte.* Elle était morte, le bloc avait roulé sur elle. Alors, défaillant, il s'appuya sur la pierre glacée. Comme elle était tiède autrefois, lorsqu'ils

jasaient, assis dans un coin, pendant les longues soirées !
Elle venait par là, elle avait usé un coin du bloc à poser les
pieds, quand elle descendait du mur. Il restait un peu
d'elle, de son corps souple, dans cette empreinte. Et lui
pensait que toutes ces choses étaient fatales, que cette pierre
se trouvait à cette place pour qu'il pût y venir mourir, après
y avoir aimé.

Le borgne arma ses pistolets.

Mourir, mourir, cette pensée ravissait Silvère. C'était
donc là qu'on l'amenait, par cette longue route blanche qui
descend de Sainte-Roure à Plassans. S'il avait su, il se serait hâté davantage. Mourir sur cette pierre, mourir au fond
de l'allée étroite, mourir dans cet air, où il croyait sentir
encore l'haleine de Miette, jamais il n'aurait espéré une pareille consolation dans sa douleur. Le ciel était bon. Il attendit avec un sourire vague.

Cependant Mourgue avait vu les pistolets. Jusque-là, il s'é-
tait laissé traîner stupidement. Mais l'épouvante le saisit. Il
répéta d'une voix éperdue :

— Je suis de Poujols, je suis de Poujols !

Il se jeta à terre, il se vautra aux pieds du gendarme,
suppliant, s'imaginant sans doute qu'on le prenait pour un
autre.

— Qu'est-ce que ça me fait que tu sois de Poujols ? murmura Rengade.

Et comme le misérable, grelottant, pleurant de terreur,
ne comprenant pas pourquoi il allait mourir, tendait ses
mains tremblantes, ses pauvres mains de travailleur défor-
mées et durcies, en disant dans son patois qu'il n'avait rien
fait, qu'il fallait lui pardonner, le borgne s'impatienta de
ne pouvoir lui appliquer la gueule du pistolet sur la tempe,
tant il remuait.

— Te tairas-tu ! cria-t-il.

Alors Mourgue, fou d'épouvante, ne voulant pas mourir,

se mit à pousser des hurlements de bête, de cochon qu'on égorge.

— Te tairas-tu, gredin ! répéta le gendarme.

Et il lui cassa la tête. Le paysan roula comme une masse. Son cadavre alla rebondir au pied d'un tas de planches, où il resta plié sur lui-même. La violence de la secousse avait rompu la corde qui l'attachait à son compagnon. Silvère tomba à genoux devant la pierre tombale.

Rengade avait mis un raffinement de vengeance à tuer Mourgue le premier. Il jouait avec son second pistolet, il le levait lentement, goûtant l'agonie de Silvère. Celui-ci, tranquille, le regarda. La vue du borgne, dont l'œil farouche le brûlait, lui causa un malaise. Il détourna le regard, ayant peur de mourir lâchement, s'il continuait à voir cet homme frissonnant de fièvre, avec son bandeau maculé et sa moustache saignante. Mais comme il levait les yeux, il aperçut la tête de Justin au ras du mur, à l'endroit où Miette sautait.

Justin se trouvait à la porte de Rome, dans la foule, lorsque le gendarme avait emmené les deux prisonniers. Il s'était mis à courir à toutes jambes, faisant le tour par le Jas-Meiffren, ne voulant pas manquer le spectacle de l'exécution. La pensée que, seul des vauriens du faubourg, il verrait le drame à l'aise, comme du haut d'un balcon, lui donnait une telle hâte, qu'il tomba à deux reprises. Malgré sa course folle, il arriva trop tard pour le premier coup de pistolet. Désespéré, il grimpa sur le mûrier. En voyant que Silvère restait, il eut un sourire. Les soldats lui avaient appris la mort de sa cousine, l'assassinat du charron achevait de le mettre en joie. Il attendit le coup de feu avec cette volupté qu'il prenait à la souffrance des autres, mais décuplée par l'horreur de la scène, mêlée d'une épouvante exquise.

Silvère, en reconnaissant cette tête, seule au ras du mur, cet immonde galopin, la face blême et ravie, les cheveux légèrement dressés sur le front, éprouva une rage sourde, un besoin de vivre. Ce fut la dernière révolte de son sang, une rébellion d'une seconde. Il retomba à genoux, il regarda devant lui. Dans le crépuscule mélancolique, une vision suprême passa. Au bout de l'allée, à l'entrée de l'impasse Saint-Mittre, il crut apercevoir tante Dide, debout, blanche et roide comme une sainte de pierre, qui de loin voyait son agonie.

A ce moment, il sentit sur sa tempe le froid du pistolet La tête blafarde de Justin riait. Silvère, fermant les yeux, entendit les vieux morts l'appeler furieusement. Dans le noir, il ne voyait plus que Miette, sous les arbres, couverte du drapeau, les yeux en l'air. Puis le borgne tira, et ce fut tout ; le crâne de l'enfant éclata comme une grenade mûre ; sa face retomba sur le bloc, les lèvres collées à l'endroit usé par les pieds de Miette, à cette place tiède où l'amoureuse avait laissé un peu de son corps.

Et, chez les Rougon, le soir, au dessert, des rires montaient dans la buée de la table, toute chaude encore des débris du dîner. Enfin, ils mordaient aux plaisirs des riches ! Leurs appétits, aiguisés par trente ans de désirs contenus, montraient des dents féroces. Ces grands inassouvis, ces fauves maigres, à peine lâchés de la veille dans les jouissances, acclamaient l'empire naissant, le règne de la curée ardente. Comme il avait relevé la fortune des Bonaparte, le coup d'État fondait la fortune des Rougon.

Pierre se mit debout, tendit son verre, en criant :

— Je bois au prince Louis, à l'empereur !

Ces messieurs, qui avaient noyé leur jalousie dans le champagne, se levèrent tous, trinquèrent avec des exclamations assourdissantes. Ce fut un beau spectacle. Les bourgeois de Plassans, Roudier, Granoux, Vuillet et les autres, pleuraient, s'embrassaient, sur le cadavre à peine refroidi de la république. Mais Sicardot eut une idée triomphante. Il prit, dans les cheveux de Félicité, un nœud de satin rose qu'elle s'était collé par gentillesse au-dessus de l'oreille droite, coupa un bout du satin avec son couteau à dessert, et vint le passer solennellement à la boutonnière de Rougon. Celui-ci fit le modeste. Il se débattit, la face radieuse, en murmurant :

— Non, je vous en prie, c'est trop tôt. Il faut attendre que le décret ait paru.

— Sacrebleu ! s'écria Sicardot, voulez-vous bien garder ça ! c'est un vieux soldat de Napoléon qui vous décore !

Tout le salon jaune éclata en applaudissements. Félicité se pâma. Granoux le muet, dans son enthousiasme, monta sur une chaise, en agitant sa serviette et en prononçant un discours qui se perdit au milieu du vacarme. Le salon jaune triomphait, délirait.

Mais le chiffon de satin rose, passé à la boutonnière de Pierre, n'était pas la seule tache rouge dans le triomphe des Rougon. Oublié sous le lit de la pièce voisine, se trouvait encore un soulier au talon sanglant. Le cierge qui brûlait auprès de M. Peirotte, de l'autre côté de la rue, saignait dans l'ombre comme une blessure ouverte. Et, au loin, au fond de l'aire Saint-Mittre, sur la pierre tombale, une mare de sang se caillait.

FIN